PROYECTO ANDALÓN

LOS ORÍGENES DEL PROYECTO ANDALÓN

T. B. PHILLIPS

Proyecto Andalón
Los orígenes de Andalón, Libro Uno

Publicado por Andalon Press
Copyright © 2023 por T. B. Phillips

Diseño de cubierta por Lynnette Bonner de Indie Cover Design, imágenes ©
          depositphotos.com, File: # 27292737
          depositphotos.com, File: # 27136221
Diseño del interior del libro por Steward Design, https://StewartDesign.studio
Traducción del inglés por Jeffrey Oxford

ISBN: 979-8-9872191-2-6

Libros por T. B. Phillips
Cada serie dentro de la Saga Andalón se puede leer por separada. No se pierde nada si se lee una antes de otra, pero sí yo escondo pistas de cada una dentro de cada serie.

Andalon Origins
Andalon Project (May 2022)

Dreamers of Andalon
Andalon Awakens (June 2019)
Andalon Arises (July 2020)
Andalon Attacks (December 2020)

Children of Andalon
Andalon Legacy (Expected Fall 2022)

OTROS REINOS

Blossom of the Fae
Wailing Tempest (April 2021)
Howling Shadow (September 2021)

Una carta del autor

La *Saga Andalón* es una cadena de series independientes. Es un futuro especulativo de nuestro mundo después de un evento apocalíptico. La saga entera abarca doce siglos de evolución rastreables a un solo científico de la genética, y cada serie autónoma dentro de esa saga ofrece nuevos personajes y ambientes singulares. Cada viaje de los que hay en los varios puntos de la línea cronológica examina cómo cambia el mundo de Andalón a lo largo del tiempo.

El concepto surgió de unas conversaciones difíciles entre yo, un padre soltero, y mis tres hijos adolescentes, además de unas charlas con mis estudiantes. Como maestro trabajando en los ambientes más difíciles, sabía yo que no todas las situaciones terminan felizmente y que el mundo nos afecta a todos en maneras diferentes. Yo intentaba enseñarles a todos mis hijos y estudiantes sobre el mundo en que vivían y cómo el trauma y las circunstancias son iguales de impactantes. Más que nada, quería que entendieran que las situaciones pueden ser superadas por medio de la tenacidad y la resiliencia.

Escribo yo de unos personajes crudos y emotivos que reflejan a lectores reales que han sido magullados por la vida. En el mundo de Andalón, los héroes y los villanos son separados por una línea moral muy fina. Todas las acciones que resultan de sus decisiones se basan en experiencias distintas a ellos mismos, y no podemos juzgarlos de manera igual. Tampoco podemos silenciar sus diferencias de opiniones. Supongo que se podría decir que mis personajes son tan perfectamente defectuosos como cada uno de nosotros.

Estás al punto de entrar en *Los orígenes de Andalón*, y te presento a libro uno de la serie. Mientras vayas leyendo *Proyecto Andalón*, recuérdate de que cada final es un comienzo.

Cada final es un comienzo...

PARTE 1
EL PROYECTO

CAPÍTULO UNO

Un asistente de laboratorio amable se esforzaba para trabajar a pesar del ruido, sin poder enfocarse en los patrones pero intentando no hacer caso de la distracción. Después de un rato, no lo podía aguantar más y se dio por vencido, poniéndose de pie para caminar hacia una jaula de metal, inquieto por la ansiedad. El espécimen del Grupo Bravo parecía profundamente nervioso, y Sam ya no pudo aguantar su angustia. La chapa de identificación sobre la puerta decía "Felicima", pero el hombre ni la miró. Conocía muy bien a este mono.

"¿Qué te pasa, chica?", él le preguntó con una voz tranquilizadora. En su país natal, Corea del Sur, Sam Nakala había sido un vocalista de renombre, y él cantó una canción tradicional para su amiga pequeña. Ella escuchó sus tonos melódicos y empezó a calmarse inmediatamente. Sacando sus dedos delgados fuera de las puertas de la jaula, Felicima los extendió hasta que Sam dejó que ella apretara los de él mientras cantaba. Después de solo unos breves momentos ella se había calmado.

"Tengo que regresar al trabajo", le dijo él. "Tengo muchos datos, y tú requieres demasiado de mi tiempo". Ella rápidamente se retrajo las manos pequeñas, haciendo una demostración de disgusto por darse la vuelta y moverse hacia la parte trasera de la caja. Sam la miró por un momento, pero ella negó girarse y optó por enfurruñarse. "Hazlo a tu manera", él le dijo.

Él volvió a su tarea. Dos otros monos estaban atados cómodamente en sillitas altas diseñadas especialmente para exámenes prolongados. Varios instrumentos conectaban los sombreros pequeños que llevaban en la cabeza a un monitor que mostraba las medidas. Sam se enfocó en los patrones de ondas cerebrales, prestando más atención al nivel gama. Hasta ahora no había habido respuestas, pero algo en la pantalla llamó su atención.

Se desplazó a través de los datos hasta que encontró el momento cuando él había cantado. Ambos especímenes habían alcanzado sus frecuencias más elevadas mientras cantaba.

Él sonrió y dijo en voz baja: "Les gustó mi canto también, ¿eh?" Escribió un mensaje en el registro, asegurándose de indicar la hora. "Ya era hora de que los niños del Grupo Alfa alcanzaran gama", les dijo.

Al otro lado del laboratorio Felicima gritó de nuevo, enojando al resto del Grupo Bravo, los cuales se unieron al coro. Las medidas indicadas en el monitor aumentaron en ondas alfa, eliminando cualquier esperanza para otra respuesta gama. Le era obvio al científico que estos dos estaban irritados contra sus primos enojados y cualquier observación adicional sería inútil. "Muy bien", dijo, "eso basta para hoy". Les quitó los instrumentos y con cuidado levantó a cada mono, metiéndolos en sus jaulas uno por uno.

Él miró su reloj. Casi era la medianoche, y su novia Mi-Jung se pondría en contacto con él por medio de FaceTime muy pronto de Seúl. Mientras él trabajaba, ella le había mandado un mensaje de texto hablando de algún problema con su visado de estudiante. El mensaje parecía urgente. Cuidadosamente cerró cada cerradura de las jaulas y apagó el equipo antes de ir corriendo del laboratorio. La puerta pesada hizo un clic audible cuando se cerró detrás de él.

✦

El hombre con la voz bonita cerró con llave la puerta detrás de sí. Tan pronto como él salió, cada miembro del Grupo Alfa se puso de pie en su jaula. Unos hilos pequeños de aire se enroscaron como zarcillos entre las rejas y avanzaron a tientas dentro de cada cerradura. Estos serpentearon de un lado a otro hasta que cada mecanismo se abrió. Las puertas se abrieron de par en par.

Los humanos llamaban al primero que salió Oscar, pero él tenía otro nombre. Sus seguidores lo llamaban Rey. Él mandó una sola idea a su manada. *Recojan la comida mientras yo trabaje.* Cada uno asintió con la cabeza y en silencio se apresuró a servir a su amo.

Rey caminó hacia la computadora. Odiaba la máquina usada por los humanos para robar sus pensamientos. Esto pasaba todos los días: les exigían a los suyos que entregaran ambos sus pensamientos y su lenguaje secreto a la máquina. Normalmente negaban hacerlo, manteniéndose los cerebros tranquilos y calmados. A veces mandaban datos erráticos, chirriando en sus mentes en la misma manera en que el Grupo Bravo gritaba por atención. Intentaban lo todo, en realidad, para frustrar los objetivos de sus carceleros.

Él pasó por la jaula de la que se llamaba Felicima y miró hacia adentro. Ella lo miró de manera desafiante, no como sus hermanos que se encogían de miedo. Él no la mataría esta noche pero algún día sí, quizás. Él se centró en el aire alrededor de ella, trenzándolo en hilos y atando sus manos y pies. Ella protestó, y él la amordazó con una guata invisible. *Qué boca ruidosa y asquerosa*, pensó él.

Les mandó un mensaje a sus hermanos. *Abran esta jaula y lleven a Felicima afuera. Hagan con ella como quieran*, les exigió. Ellos obedecieron y pronto sus puños duros pegaban la carne blanda, con cuidado para no romper huesos pero lo suficiente duro como para enviarle un mensaje. Si un mono Rhesus pudiera sonreír, entonces Rey habría sonreído de placer ante su dolor. Emitió una risa tan malvada que parecía casi humano.

Llegó a la computadora y la encendió en la misma manera en que tantas veces había visto a sus carceleros hacerlo. Empleó los datos del Dr. Andalón porque le gustaba esa contraseña. Tecleó *FuerzadeMente*. No tardó mucho en encontrar el mensaje de Sam. *Dos sujetos respondieron a los estímulos de audio alcanzando la gama completa. Creo que quizá se hayan comunicado telepáticamente dada la breve, aunque exacta, frecuencia. Debemos investigar más y determinar si ocurrió alguna conversación.*

Mientras cantaba Sam, ambos Rey y Lynette habían sido atraídos por la melodía relajante. Habían conectado sus pensamientos y habían viajado brevemente al otro reino. Sam había sido testigo de su lapso y anotó la irregularidad. Por supuesto, el asistente no tenía idea de lo que significaba esa información.

Rey borró el mensaje y abrió el navegador de correo electrónico, accediendo al portapapeles y pegando una respuesta previa. El mensaje leía: *Gracias, Sam. Los datos no muestran ningún patrón obvio. Pura casualidad.*

Terminada la tarea, él vio que los otros habían distribuido la comida a las células de los otros del Grupo Alfa, dejando a Felicima en el suelo sola. Él tomó un momento para cruelmente apretar aun más las ataduras de aire, cortándole la circulación. Le dio un último puntapié en el abdomen y entonces cerró la puerta, dejándola llorar en silencio en una jaula fría y solitaria. Solo entonces le quitó los hilos de aire.

CAPÍTULO DOS

El Dr. David Andalón mostró su identificación y entró en el estacionamiento del profesorado. Las palabras *Massachusetts Institute of Technology* se veían grandes encima de una foto de un profesor recién titulado que tenía aspiraciones enormes de descubrimientos científicos, sonriendo en una manera que ya no podía hacer este hombre viejo. De no haber estado tan apresurado, se habría dado cuenta de la juventud que había perdido debido al estrés y la preocupación por su programa incipiente y por intentar recibir la permanencia.

Normalmente le saludaban con un gesto de la mano y él entraba, pero este guardia era nuevo y exigió que le mostrara la calcomanía del estacionamiento de profesorado. Aunque era una inconveniencia menor, eso no debía de hacerle tardar, pero buscarla a tientas debajo del asiento hizo que la dejara caer otra vez de nuevo debajo del pedal del freno y le costó minutos preciosos. Después de una exhibición frustrada de colocarla en su espejo retrovisor, le dedicó una mirada expectante al encargado de la puerta como si le estuviera pidiendo: *¿Puedo pasar, estudiante mocoso de licenciatura?*

Con un saludo de la mano y un aire de autoridad se le permitió pasar.

David no perdió tiempo en acelerar el motor para apresurarse por debajo del brazo elevador, perdiendo otra victoria al encargado de la puerta cuando su acto triunfal apagó el motor. Avergonzado, arrancó de nuevo el coche con un resoplido. El chico solo frunció el ceño y señaló la fila de coches que esperaba. David se enfurruñó en su asiento y se adelantó sin mirar hacia atrás. Afortunadamente, encontrar un lugar donde estacionarse era fácil aun si no estaba cerca del edificio. No podía permitirse llegar tarde en esta ocasión, así que rápidamente cambió las marchas para aparcar y agarró su maletín. Faltaban diez minutos.

Él corrió hacia Kresge, un edificio viejo con una cúpula plana con vistas al río Charles. En cualquier otro momento él se habría detenido a admirar la arquitectura del siglo veinte, pero la reunión iba a empezar en cualquier momento. Olió un poco de mezquite al pasar al lado de las parrillas, casi chocándose con varios estudiantes que estaban cocinando y disfrutando la tarde fría de diciembre. Aunque casi todos habían regresado a casa al final del semestre, estos se quedaban para los días festivos.

"¡Disculpe, doctor Andalón!", uno de ellos dijo mientras pasaba.

El profesor reconoció al estudiante de cursos superiores que se había inscrito en varias de sus clases. "¡Mi culpa, Alex! ¡Favor de disculparme!", respondió.

Alex preguntó: "¿Ya entregó usted las notas de mitad del curso?"

David giró y contestó: "Lamento no haber tenido tiempo. Hoy es el día de la revisión del presupuesto, y he dedicado todo mi tiempo a esta presentación".

"No pasa nada, profesor. Puede esperar". El estudiante lo dejó continuar pero luego gritó: "¡Oh! Solicité su beca de investigación para el próximo otoño. ¡Así que crucemos los dedos para que le financien!"

David se rió y miró su reloj. "Gracias, Alex. Si Dios quiere, va a haber bastante para añadir cuatro puestos. Me alegraría tenerte a bordo".

Faltaban cinco minutos.

Subió corriendo los escalones y entró en el atrio. A pesar de una fila corta en la estación de descontaminación, pudo entrar bastante rápido, frotándose las manos con desinfectante y luego cerrándose los ojos y la boca mientras que la niebla empañante se formaba alrededor de su piel y ropa. Afortunadamente, pocas personas deambulaban por allí, así que no tenía que abrirse camino entre nadie para entrar en el teatro. Con un encogimiento de sus hombros pasó por delante de dos ujieres que estaban cerrando las puertas, por poco llegando a tiempo y dirigiéndoles una mirada de gracias en respuesta a sus miradas irritadas. Una mirada rápida de él mismo hacia la tarima reveló que el decano aún no se había sentado. Con satisfacción se unió a su equipo en la mesa.

Una treintena rubia estaba elegantemente vestida con un blazer azul y una blusa blanca. Un pañuelo rojo sobresalía del bolsillo del pecho. A su derecha estaba sentado un estudiante coreano joven que había decidido llevar su bata de laboratorio. Los dos rebosaban el profesionalismo mientras que de repente David se sentía muy mal vestido con sus jeans y su camisa suelta.

"Me alegro que pudieras reunirte a nosotros", le reprendió la mujer con una sonrisa. "Por un minuto pensé que Sam y yo tendríamos que hacer la presentación".

David rápidamente tomó su asiento. "Me encontré con algo de tráfico en el camino de Worcester". Pronunció el nombre de la ciudad como el condimento.

"Qué lindo eres. Los de Massachusetts lo pronunciamos *Wuster*, David."

Él fingió estar herido y respondió: "Pensaba que hace mucho fijamos que no soy de por aquí".

Ella sonrió cálidamente y le dio unas palmaditas en la mano: "Eso nunca estaba en disputa". Inclinándose, ella le susurró, "Eres *adorablemente* lindo, Dr. Andalón, aun si eres del sur".

David se sonrojó y entonces sonrió diabólicamente: "¿Qué estás haciendo más tarde, Brooke?"

"Celebrando otro aniversario con mi esposo; ¿te gustaría acompañarme?"

"Pues", él respondió, mirando un calendario en su reloj: "Tengo esta cosa que necesito hacer..."

Ella golpeó su brazo juguetonamente y sonrió. "Si no estás allí, voy a presentar la demanda de divorcio".

"Como quieras", él dijo. "Hay un coche deportivo y bote de pesca que he estado mirando. Creo que uno tiene que ser soltero para comprarlos".

"Eso", dijo ella, "o matar a su esposo para el seguro".

El golpe de un martillo interrumpió su conversación, y el decano Marshall llamó la reunión al orden. "Antes de llegar a los específicos del presupuesto, creo que es necesario decir que las pandemias recientes han estresado la nación entera, no solo nuestra estimada ciudad universitaria".

"Magnífico", Brooke se inclinó y susurró, "aquí vienen, excusas para más recortes".

"Vamos a estar bien", David prometió. "Marshall me aseguró un aumento para este año".

"¿No lo hace todos los años?"

El Decano de Finanzas continuó: "El enfoque principal durante el año que viene permanecerá en los avances médicos y esos proyectos que se consideran de gran interés en nombre de la defensa nacional".

"Pues, eso nos elimina", David bromeó en voz baja.

"Te he estado diciendo que llames a mi hermano".

"Nunca", él respondió. "¡No dejaré que Jake militarice nuestro proyecto!"

"Shhh..." Sam advirtió con un dedo sobre sus labios.

David le lanzó una cara de disgusto al becario antes de añadir: "Por lo menos, escuchemos el daño al presupuesto".

Una pantalla bajó de por encima de la cabeza de los decanos, y Marshall explicó los números. "Un recorte de veinte por ciento a todos los proyectos asegurará el cumplimiento de los requisitos del CDC y de lo determinado por la administración actual. Y, desafortunadamente, se han hecho sacrificios dentro de la división de Bio-Investigación. Aunque se va a aumentar lo de la investigación genética por cinco por ciento en total, se puede anticipar una desfinanciación entera del *Proyecto Mendel*".

David se paralizó. Oyó las palabras, pero su mente tropezó mientras razonaba la última frase. La mano de Brooke le agarró el antebrazo, pero no era suficiente para que él se quedara sentado. Él gritó hacia ellos en la tarima: "¡Eso es absurdo!"

Marshall hizo un alarde de exasperación fingida y entonces le amonestó al profesor joven. "Dr. Andalón, si le gustaría expresar su oposición, necesitará hacerlo por la vía apropiada".

Pero David no se inmutó por el aviso y continuó en voz alta: "¡El Proyecto Mendel es fundamental para el futuro del ser humano! ¡Si le corta la financiación en este momento, literalmente detiene el progreso cuando estamos en la cúspide de un gran avance!"

"Dije que se puede apelar por la vía apropiada", gritó el decano.

"¡Ahora es el momento apropiado!" David había dejado su mesa y estaba caminando hacia la tarima. "¡Explique sus razones!"

"¡Porque, David, a nadie le importa un bledo sus monos psíquicos!" El comentario del decano provocó al público, que súbitamente se echó a reír.

Brooke dulcemente agarró el brazo de su esposo y se dirigió a él. "Vamos. No hay razón para quedarnos", ella dijo.

"Pero yo…" David tartamudeó. "Nosotros…"

El decano Marshall continuó. "Usted tiene dos meses para resolver la pregunta inmemorial, profesor. ¿Puede usted comprobar antes de Navidad que los chimpancés pueden comunicarse usando la telepatía?" El hombre arrogante se mecía mientras se reía, inspirado por el aplauso desenfrenado de los supervisores de departamentos allí reunidos. Alimentado por su risa, él añadió: "¡Nadie quiere que este mundo llegue a ser un planeta gobernado por los simios!"

Brooke tiró del brazo de él y casi lo arrastró del auditorio. Detrás de ellos, Sam recogió los apuntes de los tres y corrió tras la pareja.

Una vez que alcanzaron el atrio, David se alejó. "¡No es justo!", gritó. "¡Desde mi tesis doctoral trabajo en este proyecto! Diez años de mi vida se quedan encerrados en esto".

"¡Está bien, David! ¡No es el fin del mundo!" Brooke no quería que las palabras salieran en esa manera, pero el daño ya se había hecho.

Él la miró fijamente, estupefacto de que ella pudiera minimizar tan fácilmente el trabajo de su vida. "¿Así que no te importa que este año es mi año de solicitar permanencia? ¿Ni te importa nuestro futuro?"

"No, David", ella se disculpó. "¡Eso no es cómo me siento!" Ella intentó tomarle la mano, pero él la apartó bruscamente.

"Necesito pensar".

Él se abrió paso entre la multitud y salió por las puertas principales, apagando su teléfono para asegurarse la soledad.

Alex Boyd deambulaba por el Centro Estudiantil después de que el doctor Andalón había entrado en el Edificio Kresge. Este era un buen lugar donde mirar, escuchar y aprender. MIT era un epicentro de información, y a los estudiantes les gustaba hablar de sus proyectos. *Los estudiantes americanos son muy ingenuos*, él pensó, *y les gusta jactarse de sus investigaciones.*

En teoría él había crecido en un suburbio de Houston, Texas, y él interpretaba bien ese papel. Llevaba un par de botas de vaquero Tony Lama y jeans con corte de botas a la medida de la parte superior de ellas. En su cintura había una hebilla de cinturón grande que supuestamente él había recibido en un concurso de ganado. Hablaba un inglés perfecto con un toque de acento tejano, ocultando por completo su acento verdadero. Alex ni siquiera era su nombre verdadero, pero se aproximaba.

Oleksandr Boyko amaba su trabajo aun si no era para lo que se había apuntado, y era fundamental para la misión de su organización. Había pasado cuatro años en los Estados Unidos, deduciendo muchos secretos. MIT había llegado a ser un epicentro de información, siempre sugiriendo el enfoque y camino en que se dirigían las fuerzas militares y la comunidad científica.

Sus pensamientos volvieron al doctor Andalón. Él era un tipo simpático pero el hazmerreír de la universidad. Los superiores de Oleksandr se habían interesado en la investigación biogenética del profesor, pero hasta el momento el joven pensaba que era tiempo desperdiciado cuando había tantos otros proyectos fascinantes en la universidad. Él dio por sentado que el interés de sus superiores simplemente era determinar hasta qué punto se podría manipular los rasgos antes y después del nacimiento. Con una cadena reciente de pandemias por todo el mundo, sería bueno eliminar las debilidades del cuerpo humano y reforzar la resistencia, pero el científico se enfocaba principalmente en el desarrollo de las sensibilidades telepáticas. Nadie, ni siquiera Oleksandr, lo tomaba en serio.

Él sintió un zumbido en su bolsillo y sacó un teléfono inteligente. Los de alrededor, de mirarlo, observarían en la pantalla una foto de una chica rubia de diecinueve años de pie cerca de una vaca de cuerno largo. Ellos supondrían erróneamente que el remitente había sido su hermana en Texas. Él hizo un alarde de leer el mensaje antes de meter de nuevo el aparato en su bolsillo. *Tengo mucho que decirte*, leía. *¡Llámame esta noche!*

Inmediatamente dejó el Centro Estudiantil y caminó hacia el oeste por Memorial Drive. Cuando llegó a la biblioteca, aceleró su paso a pesar de que fácilmente iba a poder encontrar un cuarto privado el viernes por la tarde. Efectivamente, el edificio parecía despoblado. Una vez acurrucado dentro de un cubículo, sacó su computadora portátil y conectó su teléfono al puerto. Movió la foto de la chica a una carpeta llamada "familia" y se puso a trabajar. Escaneó el archivo con una clave simple de descifrado que era idéntica a la usada por el remitente. De pronto la foto desapareció. En su lugar había nuevas órdenes delineando una misión secundaria.

Estas órdenes no eran de su organización sino que habían sido mandadas por sus afiliados rusos. Oleksandr entendía la lealtad con más fluidez que la mayoría de la gente y se consideraba un agente libre abarcando dos mundos. Aunque su empleador le pagaba generosamente por la exclusividad de la información que podía recopilar, emprendía trabajillos para quienquiera dispuesto a pagarle una prima.

Esta nueva tarea desafiaría sus habilidades informáticas, una oportunidad que recibió de buena manera. En los últimos meses esas se habían quedado en nada. Con gusto él se conectó con la red universitaria utilizando un bypass virtual especialmente diseñado. A cualquier monitor de seguridad su inicio de sesión parecería provenir de una dirección específica. Miró su reloj. El Dr. Guggenheim en ese momento estaba enseñando su clase sub-graduada y no estaría en línea; así que no activaría un aviso de acceso duplicado.

Felix Guggenheim había resultado ser un blanco fácil desde el principio, y Oleksandr había anticipado esta oportunidad hacía varios años. El profesor envejecido tenía la costumbre de dejar conectada la computadora de su laboratorio durante toda la noche y frecuentemente se le olvidaba apagarla. Conseguir sus credenciales de acceso había sido una cosa fácil, y el hecho de que utilizaba las mismas contraseñas para su trabajo clasificado le proporcionaba al pirata informático un acceso fácil a las partes más sensibles del Sistema de Defensa de Misiles de los Estados Unidos.

Para encubrir su intrusión, desvió su conexión virtual accediendo a los mismos puertos a través de una cuenta militar activa de China que tenía a mano. Trabajó rápidamente para evitar la detección, no sabiendo exactamente cómo la nueva codificación afectaría las trayectorias. Eso le daba igual. No era su problema, y el trabajo le pagaría bien. Hizo los cambios especificados, enviando un ataque repetido de bot a varios de los más importantes silos de misiles, insertando un código que activaría los sistemas en unos pocos días. Los misiles no se lanzarían, por supuesto; simplemente encenderían las ojivas y sus radares durante unos minutos. Este tipo de trabajo de piratería generalmente tenía la meta de asustar a las naciones que vigilaban tales cosas, haciéndoles castigar públicamente al gobierno infractor. Sonrió por su trabajo. Alguien quería avergonzar a los Estados Unidos.

Después de terminar, Oleksandr volvió sobre sus pasos para borrar sus huellas, nuevamente dejando migas de pan que apuntaban hacia el Dr. Guggenheim. Seguro era que el hombre sufriría un castigo más severo que los políticos, su blanco de costumbre. Estos repetidamente se burlan de los protocolos de seguridad. El viejo no perdería su autorización de seguridad por esta experiencia, pero era seguro que sufriría una amonestación menor.

Terminado el trabajo, él respondió al texto anterior, dejándoles saber que había realizado la tarea. *¡Te pareces bien, hermanita! Te llamo esta noche. Esta tarde estoy descansando después de una mañana larga de estudiar.* Él cerró su computadora portátil, metiéndola de nuevo en su bolso antes de pasear casualmente hacia afuera. Una vez seguro que habían recibido el mensaje, utilizó su teléfono para acceder a su cartera de criptomoneda. Sonrió al ver la cantidad de un depósito reciente y rápidamente cerró el navegador.

CAPÍTULO TRES

A Doug Snyder le encantaba su trabajo. Hacía veinticinco años que trabajaba para el Servicio Geológico de los Estados Unidos, y la jubilación nunca había pasado por su mente. Aunque su trabajo verdadero era monitorear la actividad sísmica alrededor de Yellowstone, encontraba las fallas al oeste más emocionantes. California se convertía en un centro de actividad, y el científico engullía los datos de los instrumentos como un aficionado de los deportes disfruta las estadísticas de un jugador. La semana pasada lo había mantenido al borde de su asiento, y no había salido de la oficina por miedo de perder algo grande.

Su supervisor le mandó un mensaje instantáneo que se iluminó en su pantalla. Leía: "¿Estás trabajando?"

Él respondió: "No, de ninguna manera".

"Entonces, vete a casa porque no te pago horas extras". Beau Raines lo conocía bien. Habían ascendido de rango juntos, los dos empezando sus carreras como asistentes estudiantiles ayudando a instalar los instrumentos sísmicos.

"Algo está a punto de ocurrir, y no me lo quiero perder".

"Por Dios, Doug. Es cómo mirar la pintura secarse. Vete a casa y deja que el sistema te notifique cuando algo esté activo".

"He visto varios terremotos a lo largo de San Andreas hoy. Está activa desde Indio hasta Parkfield".

Beau empezó a escribir, pero el curso se detuvo varias veces como si él estuviera borrando sus pensamientos. Cuando apareció el mensaje, era breve. "Vete a casa. ¡Es tarde!"

Snyder respondió por cerrar la ventana del mensajero instantáneo. Casi al mismo tiempo vibró su teléfono. Miró el aviso, y entonces abrió el modelo de datos. Un sismógrafo había registrado un terremoto de magnitud 7,8 a veinte millas al sur de Point Loma. Rápidamente él lo comparó con tres otros instrumentos y confirmó los datos. Abrió de nuevo el mensajero y escribió: "Te lo dije". Lo cerró de nuevo antes de que Beau pudiera responder.

Recogiendo su teléfono, llamó a un colega en Reston, Virginia.

Una voz soñolienta contestó: "¿Tienes alguna idea de qué hora es?"

"Sí, lo sé, pero quería que miraras algo, Greg".

Greg Matthews era el geofísico principal de la región oriental. Dijo: "Esto debería ser bueno".

"Acabamos de registrar uno grande al sur de San Francisco". Doug recogió el mando y encendió la televisión. Hasta el momento, ninguna estación estaba reportando el daño, pero esos reportajes vendrían seguramente.

"Esto ocurre todo el tiempo allí. ¿Por qué me llamas a mí?"

"No creo que sea un temblor secundario".

La voz al otro lado preguntó: "¿Cuántos premonitores has medido?"

Él respondió: "Seis, hasta el momento".

"Mándame los datos, y los miraré, Doug".

"Gracias, Greg. Te debo uno".

Colgó justo a tiempo para ver a un reportero irrumpir en el titular de las noticias. "Primeros informes de un terremoto grande en Point Loma, California".

Doug murmuró entre dientes: "Prepárate, California, el siguiente quizá sea gigante". Dirigió su atención de nuevo a Yellowstone y empezó a examinar los datos. *Hasta el momento, todo bien*, pensó. Algo que pudiera registrarse en estos monitores tan pronto después del terremoto habría sido motivo de alarma. Se sentó y se puso cómodo para una noche larga.

Bryan y Linda Johnson disfrutaban sus vacaciones y estaban pasando el mejor momento de su vida. Suzy y Seth, sus mellizos de trece años, no se habrían puesto de acuerdo con los padres si alguien les hubiera pedido sus opiniones. El aburrimiento había abrumado a los dos en algún punto entre Kansas y Wyoming, pero no a sus padres. Mientras cantaban los adultos unas canciones de fogata en los asientos delanteros y charlaban de la diversión que les esperaba en Yellowstone, los adolescentes se enterraban los rostros en sus teléfonos.

Suzy miró a una mujer caerse de culo en una fuente mientras intentaba bailar la chacha. En secreto le gustaba el video, pero groseramente dejó un comentario: *Eso es karma. Sal de las redes sociales, abuela.* Ella arrastró el dedo hacia arriba y vio a un hombre viejo que atormentaba a sus hijos con horribles chistes de papá. Aunque lo encontró un poco gracioso, ella se desplazó sin hacer clic en "me gusta". Hizo una cara de muerta y sacó una selfie; entonces se la mandó a Seth con el comentario: *Me muero aquí y estoy rodeada por gente vieja.*

Él se rió por lo bajo al lado de ella y respondió: ¿Por qué piensan ellos que nos gustaría el aire libre? No tenemos ocho años.

Lo sé. ¿Verdad? Espero que los coma un oso para que podamos regresar pronto a casa.

Sus padres dejaron de cantar, y la voz de papá exclamó: "¡Aquí está, niños! ¡Bienvenidos a Yellowstone!"

"Santo cielo", Seth dijo por lo bajo. En voz alta dijo: "Qué estupendo, gracias por las noticias". Nunca levantó la vista de su teléfono.

Linda intervino: "Seth, sé respetuoso con tu padre".

"¡No puedo creer que nos arrastraron a través de cuatro estados solo para mirar los árboles y las montañas! Esto es mierda, y pierdo mi torneo de Fortnite".

Bryan intervino: "Basta con esa actitud. Linda, desactiva sus datos para el resto del viaje. ¡Vamos a divertirnos en familia!"

Ambos adolescentes intercambiaron una mirada cómplice y entonces conectaron al wifi del parque.

Mientras su padre pagaba la entrada, Suzy miraba por la ventanilla. "Pues, supongo que los árboles y las montañas sí son bonitas para mirar. Es mejor de lo que esperaba yo".

"¡Ese es el espíritu!" Linda le dio una palmada al brazo de su esposo. "¿Ves?", ella preguntó. "¿No te alegras de que hayamos venido?"

"Seguro", Suzy respondió. Ella mandó otro mensaje a su hermano. *Esto apesta.*

CAPÍTULO CUATRO

Brooke Andalón dio una vuelta y miró el reloj. Eran las once, pero el lado de la cama de David estaba vacío. Él no había regresado a casa y, aunque ella sabía que no debía preocuparse, se sentía más irritada que preocupada. Él no había hecho caso alguno de su aniversario y probablemente estaba trabajando tarde en el laboratorio para quitarse de encima la frustración con el decano Marshall. Si él no viniera a casa, ella iría a donde estaba él.

Ella tiró las sábanas y se puso los pantalones deportivos. Unos minutos más tarde, ella salió en reversa de la entrada y empezó a dirigirse hacia la universidad. Después de unos minutos de conducir, ella encendió un podcast. El anfitrión hablaba del Juicio Final y de Armagedón—temas demasiado intensos para tratar en ese momento. Ella extendió su mano para cambiar la estación pero se detuvo cuando el hombre dijo: "Tome Yellowstone, por ejemplo". Se retiró la mano y escuchó. Su familia, todos menos su hermano Jake, vivían en Wyoming.

"Los medios están demasiado enfocados en lo que dice el equipo del presidente y no hacen caso de las noticias verdaderas", el primer hombre dijo.

"¿De veras?", el segundo hombre preguntó. "¿Qué hay de Yellowstone? ¿Vamos a escuchar de nuevo toda esa basura acerca de un 'súper-volcán'? Ese escenario ha perdido su narrativa. Todos hemos sufrido por demasiadas películas de bajo presupuesto".

"Solo escúchame", el anfitrión dijo. "Los eventos sísmicos se han elevado veinte por ciento en los últimos cinco años, pero nadie lo reporta. Básicamente, los datos se han perdido en el Servicio Geológico de los Estados Unidos. Probablemente están en el escritorio de algún burócrata menor que solo está contando los meses hasta la jubilación".

"¿Veinte por ciento?"

"Sí. Veinte por ciento. No se necesita mucho para que esto explote".

"No creo que estén escondiendo nada", respondió el huésped. "Justo esta tarde informaron de uno grande en Point Loma. Diría yo que reportaron esos datos muy rápidamente".

"Cierto, ¿pero has visto la otra actividad que ha ocurrido esta noche?"

Sin esperar una respuesta, el conspiranoico continuó: "Por supuesto que no. Ninguno de nosotros la vio. Había toda una serie de terremotos toda la tarde, cada uno subiendo las fallas de San Andreas. No se necesita mucho para poner en marcha una reacción en cadena bajo Wyoming…"

Brooke apagó la radio y se sentó en silencio el resto del camino a Cambridge. El escenario era demasiado perturbador para imaginar, especialmente ya que sus padres se envejecían. Eran demasiado tercos para evacuar aun si habría aviso previo. Ella los llamaría, y a Jake, por la mañana.

Unos minutos después llegó al Edificio Koch de Biología. El lema por encima de las puertas decía: *Mens et Manus*, o *Mente y Mano*. Ella pasó su placa en la puerta y se dirigió directamente hacia el laboratorio. Un letrero en la puerta leía: *Proyecto Mendel*. Se estremeció cuando se dio cuenta de que alguien había añadido con un marcador: *pero no por mucho tiempo*. Incluso eran tan inmaduros como para dibujar un mono que se reía y usaba la telepatía para tirar su excremento. Ella abrió la puerta de par en par y entró.

David apenas se dio cuenta de su llegada. Él gruñó por encima de sus hombros y continuó trabajando con una primate juvenil sentada en el asiento.

"La debes tener atada". Ella se inclinó y le dio a David un beso en la mejilla. Su aliento olía a licor. Ella miró alrededor del laboratorio y vio una botella de vodka al lado del lavabo.

"Lo sé", él masculló. "Dicté la regla. ¿Recuerdas?"

"¿Así que ahora no haces caso de tus propias reglas?" Ella se arrodilló al lado del mono Rhesus y la abrochó en el asiento.

"¿Por qué? Nos están desfinanciando, así que ¿por qué debo tener cuidado? Tener cuidado es por qué hemos tardado".

Brooke recogió una jeringa descartada en el suelo. Mirando a su alrededor, ella encontró cerca un vial de líquido. "¿Epinefrina?"

"Sí".

"¿Qué estás haciendo, David?"

"Le di a Felicima un estimulante". Ni siquiera miró a Brooke cuando respondió. Sus ojos estaban pegados al chimpancé, esperando una respuesta.

"Esto no cumple con los controles del proyecto o los mandatos. ¿Qué esperas comprobar?"

"Esta niña es la más adelantada de todos. Si puedo sonsacar una respuesta de ella, entonces puedo pedir de nuevo la financiación".

"Pero ella es del Grupo Bravo. Ese es el grupo reservado para la destrucción".

Él respondió con un tono sarcástico. "Pensé que quizá el decano Marshall podría venderles el programa a unos patrocinadores militares".

"Para ya", ella respondió. "No puedes conseguir ondas gama sin una mente calmada. ¡Me enseñaste eso!"

"Estoy tratando de cansar la mente con epinefrina. Cuando el efecto del estimulante desaparezca, quizá ella se relaja".

"Eso es peligroso, David. No sabemos qué va a ocurrir si el experimento funciona en un grupo por destruir".

"Pues, nada se ha manifestado en la última hora, así que estoy al punto de meterla en su jaula de nuevo".

"Cariño", Brooke rogó. Lo abrazó fuertemente, pero él no respondió. Estaba sentado con los músculos tensos, mirando fijamente al mono.

Ella nunca había visto este lado de él, muy lejos de su naturaleza jovial. Él se retiró y fue al otro lado del laboratorio. Seis monos más lo miraban fijamente desde sus jaulas. Se inclinó contra las rejas con los ojos centrados en el mayor, Óscar. El primate lo miraba sin pestañear. "Toma estos tíos, por ejemplo. Le di a cada uno una dosis hace tres horas. Si la epinefrina no despierta a sus genes, entonces no sé lo que lo hará".

"Vamos a casa", ella rogó. "Ya terminó el proyecto".

"Tengo dos meses más; ¿recuerdas?" Él fijo sus ojos en los de ella.

"A menos que llames a mi hermano y le pidas financiación", ella rogó. "Eso siempre es una opción. Estoy segura que él encontraría una manera de mantenerla en marcha. ¡Él es general!"

"Esa no es una opción, Brooke. Jake es mi mejor amigo, pero no les entregaré este proyecto a las fuerzas armadas. Además, estos sujetos pertenecen a la universidad. No se los podré dar al Departamento de Defensa y mucho menos a la Fuerza Aérea". Él negó con la cabeza, de repente inquieto. "Yo tendría que empezar de nuevo completamente de cero, y eso significa diez años adicionales de investigación". Él empezó a caminar de un lado a otro. "Entonces, ¿qué? ¿Un político sobre-celoso está elegido al comité de financiación y corta el presupuesto también? No, he invertido demasiado".

"Entonces, llama a Michael".

"¿Qué va a hacer mi compañero de cuarto anterior?"

"Él es senador, David. Quizá puede desviar fondos en un proyecto de ley o algo. No sé".

"¿Por qué estás tan empeñada en que yo les pida a mis hermanos de la fraternidad un rescate?" La agitación se había convertido en ira ahora, y él caminaba de un lado a otro mientras hablaba. Su voz continuaba subiendo en volumen mientras despotricaba. "Hace veinte años que me gradué con la licenciatura, y los dos de ellos han realizado sus sueños mientras yo hacía carrera de doctorado. ¡Ligadas a este proyecto son mis esperanzas de permanencia! Así que, ¿qué he logrado yo, en realidad, que se compara con ellos, Brooke?"

Los monos cercanos aullaron de miedo ante su ruido, ahogándolo y haciéndole volver la cabeza. Su puño se estrelló con fuerza contra la parte superior de la jaula de Óscar; entonces recogió el vial vacío de epinefrina y lo tiró al otro lado del laboratorio. Brooke se estremeció cuando casi entró en una olla de agua hirviendo en la estufa de gas. Al parecer, él había pensado que era buena idea desinfectar instrumentos mientras bebía.

"David, ¡estás borracho!" No quería que sonara acusatoria, pero esa frase siempre suena así. Ella intentó de nuevo, más suave. "Favor de permitirme llevarte a casa. Llama mañana para decir que estás enfermo".

"¿Por qué? ¿Para que todo el departamento pueda reírse de mi *revolcándome* en mi fracaso?"

Los aullidos de los animales se habían vuelto ensordecedores mientras gritaban su disgusto ante su rabieta. Él se volvió a ellos y gritó: "¡Cállense!"

De repente, una ráfaga de aire conmocionante los golpeó a los dos en el pecho, quitándoles el aliento y tirándolos fuertemente contra la pared opuesta. A Brooke se le golpeó la cabeza contra un armario. Primero, su visión se nubló y luego se oscureció por completo.

David se dio la vuelta, ahogándose por el humo en el aire. Afortunadamente, se había despertado yaciendo sobre el piso frío, así el aire estaba más limpio que la capa que flotaba más arriba. Palpó por su alrededor hasta que sintió una pierna, y la agitó. Brooke estaba inconsciente. Él puso su oreja sobre su boca y esperó. Ella respiró.

Él intentó alzarla en sus brazos, pero se resbaló y se cayó, aterrizando con fuerza sobre su muñeca. Por todos lados los primates gritaban y aullaban mientras el infierno se propagaba. Todos menos una. Él se dio la vuelta para mirarla más de cerca, parpadeando por el escozor del humo. Felicima se había liberado de sus correas y estaba parada en dos pies, moviendo sus manos como una directora de orquesta.

De alguna manera sus ojos se habían vuelto dorados por la llama, brillando como brasas ardientes. El calor naranja y amarillo se arremolinaba ante ella, Convirtiéndose en un tornado ardiente. David soltó un soplido cuando ella lo arrojó en su dirección. Él se agachó, y el tornado explotó contra el armario detrás de él. El mono parecía reírse cuando él lo esquivó.

Aterrado, él tiró de un cajón, abriéndolo, y sacó un bisturí, sosteniéndolo extendido hacia Felicima.

Ella trepó por encima de la estufa de gas. Si él no lo hubiera visto con sus propios ojos, no habría creído lo que ella hizo luego. Se paró encima de la hornilla, ilesa y sin quemarse, canalizando el calor directamente dentro de su cuerpo. El calor se apiló alrededor de ella mientras ella señaló hacia el Grupo Alfa. Entonces, con los ojos cerrados, disparó el fuego de su mano como de un lanzallamas. Los sujetos cocinaron dentro de sus prisiones de metal. Todo el trabajo de la vida de David se destruyó dentro de un instante.

Él miró sin poder hacer nada mientras las llamas se extendieron hacia el casillero de químicas. Pensando rápidamente, se lanzó, hundiendo el bisturí profundamente en el pecho de Felicima. Con su mano izquierda la agarró por el cuello y sacó la hoja con su mano derecha. Una y otra vez la apuñaló hasta que ella se cayó inerte en sus manos. David dejó caer el cuerpo pequeño al piso, maravillándose de las quemaduras en su mano izquierda—simplemente por haber tocado el cuerpo de ella. Desde el otro lado del laboratorio oyó un gemido.

David dejó caer el bisturí y corrió al lado de Brooke. La agarró por los tobillos y la arrastró frenéticamente hacia la puerta. Extendiendo su mano, él sintió el metal caliente del pomo en su mano ampollada e intentó torpemente girar el mecanismo. Cuando por fin pudo abrirlo, las llamas detrás de él saltaron más alto; ya no tenían sed mientras bebían el oxígeno bienvenido. Con un gruñido arrastró hacia afuera a su esposa por el pasillo y la puerta principal. A salvo en el césped, él se cayó al suelo al lado de ella, resollando y tosiendo. Se le quemaban los pulmones mientras él los hacía respirar el aire limpio. De repente las llamas encontraron las tuberías de gas, y David se cubrió los ojos. El edificio estalló en la noche.

CAPÍTULO CINCO

El senador Víctor Tully se dirigió hacia la oficina de Michael Esterling, visiblemente irritado y andando con un aire enojado. El senador subalterno había hecho una declaración audaz por exigir que el senador senior se reuniera con él en *su* oficina. *Este advenedizo tiene mucho que aprender acerca de la política*, pensó. Su cita era para las cuatro. Miró su reloj. Marcaba las cuatro y media. Él sonrió; lo mínimo que podría hacer era hacer que el cabrón esperara.

Él abrió la puerta y vio a un recepcionista elegantemente vestido. El hombre levantó un dedo, indicando que Víctor debería esperar. Por supuesto, él no lo haría.

"Soy el senador Tully para ver al senador Esterling". Caminó con confidencia hacia la puerta de caoba. "Asegúrate de que no nos molesten hasta que después de que salga yo".

"Espere". El hombre colgó rápidamente el teléfono y se puso de pie.

"¿Perdón?"

"Dije que usted debe pararse, senador. Me dijeron que pidiera yo que usted se sentara y esperara mientras él termina con otra cita".

"¿Sentarme y esperar? ¿Quieres decir que él no está listo?", el senador se enfureció. "¡Nuestra cita fue para hace más de treinta minutos!"

"Exactamente, y él se reunió con otra persona mientras tardaba usted en llegar aquí". El recepcionista audaz se adelantó. Era una figura imponente, ancha de hombros y con ojos castigadores. Víctor era bastante seguro de que el hombre era más para seguridad que asistente personal. Se sentó.

Después de unos momentos, la puerta se abrió, y Víctor se puso de pie. Estaba preparado para fustigarle al senador joven de Massachusetts pero se congeló en seco.

La mujer que salió de la oficina de Esterling dijo: "Usted no tiene que ponerse de pie ante mí, Víctor".

"Señora Presidenta, yo…"

"¿Usted qué? Deliberadamente usted tardó su cita y ¿no esperaba encontrarme hablando con Michael del futuro de él?" La Presidente de la Cámara de Representantes lo miró con una sonrisa fría. "¿Pues?"

"Yo…" Quiso contestar, pero las palabras se quedaron atrapadas en su garganta.

"Michael", ella volvió la cabeza para mirar al hombre joven, "volvamos a hablar sobre un almuerzo. Me gustaría hablar más de estas ideas".

"Por cierto, Marsha. ¿Qué tal el viernes?"

"Tengo un almuerzo con el Vicepresidente, pero lo cancelaré para ti". Ella le lanzó a Víctor una mirada de disgusto y le dio la espalda para salir. El recepcionista le abrió la puerta. "Gracias, Robert", ella dijo mientras salía.

Esterling le sonrió a Víctor, haciendo un intento de estrecharle la mano. "¡Víctor! ¡Gracias por venir!"

Tully no le prestó atención y pasó por él. "Terminamos con esto de una vez". Una vez adentro, optó por un asiento al lado de una ventana pequeña, negándose a sentarse frente a la sede de poder de Michael, y contempló la vista de la ciudad.

El hombre más joven no hizo caso del desprecio. "Me alegro mucho que estés aquí, Víctor. Quería hablar de tu reciente proyecto de ley".

Esto causó que Tully se detuviera. ¿Está a punto de decirme que está a bordo? Por todas partes se le conocía a Michael Esterling como progresivo y como tal, atraía a los jóvenes votantes ingenuos. Pero su agenda verdadera era difícil de saber, y el hombre mismo era completamente impredecible. Víctor preguntó con algo de sospecha: "¿Qué hay de mi proyecto de ley?"

"Como está escrito, no lo aprobará el Senado. También acabo de asegurarme de que nunca lo aprobará la Cámara de Representantes a menos que añadas unas enmiendas".

"Pero nuestro partido controla la Cámara de Representantes, y ella no irá en contra de su propia agenda". Víctor se sentó erguido en su asiento, los pelos de su cuello tomando nota de una posible traición. "¿Exactamente por qué estuvo aquí la Señora Presidenta?"

"Ella y yo, los dos, estamos de acuerdo que tu proyecto de ley es una afrenta a los valores de nuestro partido". Él se detuvo y entonces añadió: "Como está escrito ahora, por supuesto".

"¿De repente ella decidió eso mientras estaba en tu oficina?" Sin esperar una respuesta añadió: "¿Y quién eres *tú*? Nada menos que un alborotador subalterno que pudo juntar bastantes votantes jóvenes para reclamar tu asiento".

"La nación necesita liderazgo nuevo y anhela mentes frescas en las dos Cámaras. La Señora Presidenta lo sabe".

"Hace cuatro décadas que sirvo al pueblo".

"Entonces, quizás", el hombre más joven dijo, "te has quedado más de la cuenta". Esterling se puso de pie y caminó casualmente al otro lado del escritorio, apoyando su cadera en la esquina. Se cruzó de brazos y entrecerró los ojos hacia Víctor. "Toda esta institución está corrupta, y yo pienso cambiarla".

Esto hizo que el senador senior se riera. "Buena suerte con eso. Cada uno de nosotros llegamos a Washington como el ficticio Sr. Smith—con esperanzas de grandeza y de marcar una diferencia. Pero a fin de cuentas, todo es un juego. Un juego de alianzas y conversaciones secretas. La política no tiene nada que ver con marcar una diferencia. De hecho, incluso tiene menos que ver con hacer el mundo mejor para el pueblo".

"Oh", Michael dijo, "estoy de acuerdo con eso cien por cien. Por eso no soy político. El pueblo, como tú dices, no son nada menos que votas para ustedes que cambian de opinión cada soplo de viento. Admítelo; nuestro partido, bajo su liderazgo actual, abusa de la clase baja, especialmente los inmigrantes y las minorías, haciéndoles dependientes. Nuestra respuesta a los problemas *de ellos* siempre ha sido aumentar los impuestos y esperar que algún día por fin marquemos una diferencia. Desafortunadamente, eso simplemente asegura que eligen perpetuamente a parlanchines pretenciosos como tú. ¿Dónde está el dinero de ellos excepto engordando el propio bolsillo de los políticos? No, senador Tully, soy lo opuesto de un político. Estoy aquí para poner tu mundo patas arriba y echarte—para hacer este partido para el pueblo, del pueblo, y por el pueblo".

Víctor luchó por contener su ira pero permitió que saliera un poco de veneno en sus palabras. "No tienes el poder de hacer esos cambios. Además", añadió, "el resto de nosotros no lo aceptaremos".

"¿Solo? No. Temo que tengas razón, por lo menos por ahora. Pero la Señora Presidenta y unos cuantos de tus amigos íntimos están dispuestos a escuchar".

"¿Y por qué es eso?"

"Porque mi asociado, Robert, en el cuarto de al lado, tiene su dedo sobre un correo electrónico, y está anhelando enviárselo a la cadena Fox. Es condenatorio, senador Tully. Cuarenta años de tus viles tratos de trastienda y todos los sucios secretos *privados* que preferirías que se quedaran escondidos". Michael caminó al otro lado de su escritorio y se sentó en un asiento. Una vez sentado, sacó una tableta, la tecleó con su dedo índice y añadió: "Esta es la versión de tu proyecto de ley que Marsha y sus amigos han acordado respaldar. Será presentada por ti y mi nombre no está en ella en ninguna parte".

"¿Qué hay para ti si tú no puedes disfrutar de la gloria? Hacer aprobar un proyecto de ley en las dos Cámaras podría eventualmente convertirlo en número dos. ¿Por qué no querrías eso?"

Michael suspiró ruidosamente. "Estimado colega". Chasqueó la lengua y añadió: "porque estoy aquí para participar en la solución en vez de contribuir a los problemas de Washington".

✦

Después de que había salido el senador Tully, Michael se reunió con cuatro miembros más de su partido. Cada uno compartía los mismos atributos que Víctor—demasiado poderoso y atascado en su camino por el bien de sus votantes. La mayoría se conformó cuando él compartió ciertos documentos mostrando su corrupción, pero uno había resultado problemático. Después de que salió, Michael presionó un botón en su escritorio.

La voz de Robert respondió del cuarto de al lado. "¿Sí, senador?"

"Pasa para acá. Necesito que me hagas un mandado". Se recostó en su silla y se frotó las sienes. No disfrutaba este lado más oscuro de su trabajo, pero su asistente lo hacía con entusiasmo.

En menos de un minuto Robert estaba sentado frente a él. "¿Qué le puedo hacer, jefe?"

"El senador Canava de California no está cooperando y necesitará algo de convencimiento". Sacó un archivo y lo deslizó por encima del escritorio. "Aquí se encuentran algunos de sus inversores claves. Háblales en la manera habitual, ofreciendo incentivos para que retiren sus promesas de contribuciones."

"¿Y los intereses especiales de él?"

"Su fideicomiso está ligado a bienes raíces. Los terremotos recientes serán una bendición para él. Busca cualquier compra a gran escala por estas compañías y entonces divulga la información a las cadenas mayores. Una vez que él esté ocupado con esa investigación, suelta esto". Le entregó a Robert otro archivo.

El asistente lo tomo, lo leyó, y chasqueó la lengua contra sus dientes. "Eso es jugoso, jefe".

"Pensaba yo que te gustaría". Él se derrumbó en su silla, exhausto por una mañana de hablar. "¿Había alguna llamada importante hoy?"

"El general Braston llamó". Sacó su iPhone y leyó el mensaje. "Mendel desfinanciado y el laboratorio quemado. Es hora de traerlo a Andalón".

Michael se recostó, dejando que el significado lo bañara.

El teléfono de Robert sonó de nuevo. "Eso es extraño".

"¿Qué es extraño?"

"Él acaba de mandar otro mensaje. Dice: 'Adán comió la manzana y nos condenó a todos. Ahora es el momento'. ¿Qué significa eso?"

Esterling sintió que se le revolvía el estómago. Era demasiado temprano. Pensaba que tendrían más tiempo—años, o incluso décadas.

"Borra todo de mi calendario para el resto de la semana. Búscame un vuelo militar inmediato de Andrews a Ramstein".

"¡Sí, señor!"

"Y, Robert..."

"¿Señor?"

Michael se detuvo. Debe decírselo a este hombre, ¿no? ¿Podría hacer frente a ello? Claro que no. Ninguno de ellos podría hacer frente a ello. El *mundo* no estaba preparado por las mismas razones por las que la gente se caía de presa interminable a hombres como el senador Víctor Tully.

Quizás él y Jake por fin podrían arreglar las cosas.

"Tómate la semana libre y pásala con tu familia. Yo... agradezco tu dedicación todos estos años".

"Por supuesto, señor".

Michael cerró la puerta de su oficina y salió por última vez.

CAPÍTULO SEIS

David se sirvió una taza de café y se derrumbó en su silla favorita en la mesa del desayuno. Este era *su* lugar. Aquí el calor del sol matutino entraba perfectamente mientras leía de los eventos del mundo, aprendiendo de las luchas de ultramar, los precios de las acciones y el clima. Algún día los periódicos se desaparecerían para siempre, siendo sustituidos por tabletas y teléfonos. Pero de chico había crecido en una casa donde siempre había un periódico sobre la mesa y el hombre que llegó a ser anhelaba fuertemente ese tiempo dorado, lamentando que las generaciones futuras nunca tengan las tiras cómicas para romper la negatividad de las noticias. Miró fijamente la mesa austera y vacía.

El sol no estaba en su lugar habitual tampoco, descansando más alto en el cielo debido a lo avanzado del día. Él no podía recordar la última vez que se había dormido hasta tarde, pero se sentía bien aun si la configuración de su lugar estaba un poco extraña. La noche anterior había sido una serie de preguntas de los administradores universitarios, policías y bomberos, todos queriendo saber si él deliberadamente había prendido fuego al laboratorio. Esa ansiedad había continuado durante toda la noche, llenándola con más preguntas que él mismo se hacía. Se había despertado curioso de cómo había podido dormir lo más mínimo.

Brooke estaba de pie frente a la estufa, vertiendo masa en una plancha. Ya que la mañana había pasado por completo, él estaba sorprendido de que ella estuviera cocinando panqueques.

Con una voz no-acusatoria él le preguntó: "¿Dónde está?"

Ni siquiera levantó sus ojos cuando respondió: "¿Dónde está qué?"

"El periódico, cariño. Siempre lo tienes aquí esperando, abierto a las tiras cómicas".

"Oh, eso", ella respondió. "No había nada chistoso de las noticias de hoy, así que lo tiré".

"¿Así de malo?"

"Eres un hombre inteligente, David. ¿Qué tan malo piensas?" Su tono seco no hizo nada para esconder la irritación.

"Déjame suponer: *Profesor de MIT quema laboratorio en una borrachera de rabia. ¿Así de malo?"*

Ella contestó: "Digamos, *Pirómano vengativo incendia laboratorio de MIT por la desfinanciación.* Así de malo".

"¡Ay! Ni siquiera añadieron 'presuntamente' y saltaron directamente a la culpa asumida".

Ella giró hacia él. "¡En serio, David! ¿Qué estabas *pensando*, emborrachándose y abusando a tus experimentos?"

"No lo sé", contestó. "Supongo que no estaba pensando. Solo necesitaba saber qué tan cerca estaba antes de que lo desenchufen".

"¿Y ahora? ¿Enfrentándose a posibles cargos?"

"Ahora sé que yo tenía razón. El experimento tuvo éxito".

Brooke se congeló con la espátula en el aire mientras lo miraba, esperando su explicación. Cuando él no dijo nada más, ella le preguntó: "¿Y cómo sabes eso?"

"La vi, Brooke. Felicima prendió el fuego".

"¿Cómo", ella preguntó, "prendió el fuego el mono?"

Empezando con la ráfaga de aire, él le contó todos los detalles. Cuando había terminado, él podía ver que ella no estaba convencida.

"Estás describiendo piroquinesis".

"Sí", él respondió.

"Eso no es para lo que fue diseñado el experimento".

"Precisamente". Él rebosaba de emoción mientras hablaba. "¿Puedes creer que por poco destruimos a Felicima y el resto de su grupo? ¡Buscamos la telepatía pero descubrimos algo más grande!" De repente se quedó callado. Alicaído, incluso. Cuando habló de nuevo, era en un susurro. "Nada de eso importa ahora ya que no están. Destruidos".

Brooke instó a la razón. "¿Qué estás haciendo? Siempre has sido específico acerca de tu teoría de que las ondas gama harían que cualquier telepatía fuera pacífica o no sería controlable. Monos que lanzan fuego son *lo opuesto* de eso."

"Sí", él respondió, "pero eso era antes de que el decano Marshall cancelara nuestra financiación". La mirada en el rostro de ella le hizo detenerse, reconsiderando su selección de palabras. "Cariño, escucha. El mero hecho de que nuestros experimentos resultaron en la telequinesis comprueba la validez de mi teoría. No quiero monos que lanzan fuego—es más, ni personas que lanzan fuego—pero prueban que podemos diseñar la raza humana para que tenga habilidades útiles."

"Útil es un término amplio, David".

Él decidió cambiar de tema. "Gracias por hacerme panqueques".

"No son para ti".

"Si no son para mí, entonces ¿para quién?" Apenas había hecho la pregunta cuando alguien tocó el timbre. Él levantó los ojos con esperanza hacia Brooke, pero ella evitó contestar. David cruzó la sala de estar y abrió la puerta para encontrar a un cariacontecido Sam.

"Gracias, doctor", el chico murmuró mientras se escabullía de su jefe. Se dirigió directamente hacia la mesa y se sentó en la silla favorita de David.

"Sam, esa es mi..." Brooke le cortó las palabras con una mirada fría. "Da igual". No queriendo sentarse con su cara al sol, David se inclinó contra la barra de la cocina. "Sabes que podrías haberte quedado en casa hoy".

"Lo invité". Brooke respondió con firmeza en su voz, "y su visita no tiene nada que ver contigo". Ella puso una mano de apoyo sobre el hombro del chico y dijo: "Sam, dile a David lo que pasó".

"Mi-Jung no viene".

"Oh, Sam", respondió. "Lo siento mucho. ¿Qué pasó?"

"El gobierno le negó el visado de estudiante. Resulta que el padre de ella tenía conexiones con el norte debido a unos contratos de trabajo que había tenido. Con la nueva prohibición de viajar, ella no puede venir".

"¿Qué prohibición de viajar?"

"Por Dios, David. Has estado tan absorto en el proyecto que no has prestado atención a nada fuera del laboratorio".

"Lo siento, he estado bajo mucha presión. ¿Qué prohibición de viajar?"

"El presidente declaró una prohibición contra todos los viajes entrantes del sudeste asiático".

Sam añadió. "Varios agentes de Corea del Norte fueron pillados en una operación encubierta en Japón. Tenían planes de lanzar bombas incendiarias contra la Universidad de Tokio."

"¿Qué tiene que ver esto con Mi-Jung?"

"Ya que estaban disfrazados como estudiantes de Corea del Sur, se han negado a todos los visados de estudiante hasta que determinen quién es agente y quién es estudiante legítimo".

"Lo siento, Sam. Ojalá pudiera hacer yo algo para ayudar".

Sam lo miró con una mirada perdida, los ojos rojos de una noche sin dormir debido a la preocupación y las emociones. Él preguntó: "¿Quemaste el laboratorio, David?"

"No, *ciertamente* no lo hice". Andalón arrastró una silla y se sentó frente al asistente joven. Él habría preferido su lugar habitual en la mesa, pero se las apañó. "Yo no haría eso. He invertido demasiado de mí mismo en él."

"Los policías de la universidad creen que lo hiciste. ¿Por qué estuviste allí?"

David suspiró. "Estaba intentando hacer manifestarse un resultado… y bebí un poco demasiado".

"*Mucho* demasiado", Brooke argumentó.

"Bien, *mucho* demasiado", lanzó hacia su esposa una mirada de soslayo; ella había regresado a la plancha para voltear los panqueques. "Le di a Felicima una inyección de epinefrina", David dijo.

"No debías de haberlo hecho", el chico respondió. "Ella ha estado mostrando una agresión intensa hacia el Grupo Alfa y siempre está agitada".

"No, no debía yo de haberlo hecho", se puso de acuerdo. "Pero yo creía que tenía que hacer algo".

Sam ponderó las palabras del profesor y luego preguntó: "¿Cómo empezó el incendio?"

Brooke se giró de la estufa y apuntó con su espátula, "Sí, *doctor* Andalón, dile a tu asistente pos-grado cómo empezó el incendio".

"Hice un berrinche y tiré algo de vidrio. Todos los monos estaban molestos, pero creo que la epinefrina que le puse a Felicima suscitó algunas habilidades".

Sam parecía estar escéptico, pero preguntó: "¿Cómo cuáles?"

"Primero, una ráfaga de aire tiró a Brooke y a mí contra la pared; entonces mientras estuvimos aturdidos, ella de alguna manera se sirvió de la piroquinesis y empezó a lanzar bolas de fuego".

El chico no se rió. "Dr. Andalón", él dijo, "no le digas a nadie esa historia. Te encarcelarían en el manicomio".

Brooke intervino: "¡Exactamente! David, no le digas a nadie esa historia".

"¡Pero eso es lo que esperábamos comprobar! Hace años que buscamos indicaciones de conexiones telepáticas entre sujetos".

"¿Pero la piroquinesis?" Sam frunció el ceño. "En tu tesis doctoral sugeriste que la telequinesis como efecto secundario de la telepatía solo se manifestaría por medio de formas variantes de la manipulación del aire".

"¡Exactamente! Y ella creó bastante viento para lanzarnos contra la pared". Ambos él y Brooke se tocaron la cabeza magullada ante el recuerdo. "Yo debía de haber estado equivocado al excluir el fuego".

Sam no estaba convencido. "Pero ahora nunca lo sabremos porque el laboratorio y Felicima son destruidos". Sacudió la cabeza. "Lo siento, Dr. Andalón, pero tan pronto como termine el semestre en diciembre regreso a Seúl y a Mi-Jung".

Brooke puso un plato lleno de un montón de panqueques frente al chico, quien lo roció completamente con un sirope, empeñado en ahogar sus penas con el dulce consuelo que solo puede proveer la Sra. Butterworth. Brooke lo abrazó fuertemente y entonces se dio la vuelta para salir. David empezó a hacer otra petición pero antes de que él pudiera abrirse la boca, el teléfono de Brooke sonó.

"Aló, Jake. Sí, los llamé hace una hora, pero mi papá no saldrá. ¿Qué?" Ella estaba sentada, callada, escuchando a su hermano y asintiendo con la cabeza. "No puedes estar hablando en serio. ¿Quieres que todos *nosotros* volemos *allí*? Jake, ¡es poco tiempo!"

David se puso erguido por eso. Jake Braston era un general de alto rango en la Fuerza Aérea de los Estados Unidos. Si *allí* significara que irían a volar a ver a Jake, entonces *allí* era Alemania.

"No es posible. No, David tiene unos asuntos en la universidad. ¿Qué? Oh". Ella lanzó una mirada fuerte hacia su marido. "Ya has *oído* de eso". Ella se detuvo: "Sí, lo pongo al teléfono". Ella le tiró el teléfono en vez de ponerlo en su mano; entonces ella apagó las hornillas y subió al primer piso sin preocuparse por los platos.

David levantó el auricular. "Aló, Jake".

"¡Aló!" vino la respuesta. "Vi en las noticias lo que ocurrió al laboratorio tuyo. ¿En qué tipo de problemas te has metido? ¿Cómo puedo ayudar?" Jake siempre había intentado jugar al hermano mayor, incluso cuando eran hermanos de fraternidad.

"Nada de lo que no me puedo excavar".

"¡Tonterías! ¡Brooke suena cabreada, amigo! Dime lo todo".

David respiró profundamente y entonces se lo contó todo—desde el corte de fondos hasta el laboratorio quemado. Cuando terminó, el teléfono estaba callado como un muerto. "¿Jake? ¿Estás allí?"

"Sí", llegó la respuesta tardía. "Estoy aquí. Dime más de la ráfaga de viento que los lanzó hacia atrás".

"¿Qué de ello?"

"¿De qué grupo de monos vino?"

"Un sujeto del Grupo Bravo".

"Eso es imposible", Jake respondió. "¿Qué estaban haciendo los otros en aquel momento?"

David estaba estupefacto. Él les había cantado las alabanzas de sus teorías a sus compañeros de cuarto durante toda su carrera universitaria e incluso en la escuela graduada. Era lo único de que quería hablar, pero nunca querían escuchar. Él no tenía idea de que Jake le había prestado atención alguna, mucho menos que él decidiría qué era posible y qué no.

"Yo estaba tan centrado en el sujeto que no les hacía caso. Gritaban, supongo".

"¿Por qué gritaban, David?"

"Yo había tirado una botella de vidrio a través del laboratorio y gritaba a Brooke".

"¿El Grupo Alfa es el grupo de estudio principal?"

"Sí, tienes razón".

"¿Qué generación?"

David se paró en seco. "Jake, ¿qué estás haciendo? ¿Por qué de repente estás interesado en mis investigaciones?"

Después de una pausa el hermano de Brooke respondió: "Necesito que tu y tu equipo entero vuelen aquí inmediatamente. Se lo pagaré si es necesario". Y, como en los días de fraternidad en la universidad, David se dio cuenta de que no se le puede decir *no* a Jake Braston.

"Nos vemos en Fráncfort, Jake, pero sí tenemos problemilla con uno de nuestros miembros del equipo".

"Solo dime lo que necesitas", vino la respuesta.

"Una de mis asistentes estudiantiles quedó atrapada en esta prohibición de viajar y ahora está atrapada en Seúl. Se llama Park Mi-Jung. La necesito allí, también".

"Trato hecho".

El Dr. Andalón colgó el teléfono y volvió la cabeza hacia Sam, quien tenía los ojos muy abiertos. Estaba a punto de hablar cuando Brooke bajó las escaleras con su maleta. La puso al lado de la puerta.

Ella preguntó: "¿A qué hora es el vuelo?"

El teléfono de David anunció un aviso, y él lo levantó para que ella lo pudiera ver. Jake trabajaba rápido y ya estaba hecha la reserva. "En dos horas. Haz rápido la maleta, Sam. El aeropuerto de Logan quizá está a diez minutos, pero la seguridad va a ser un infierno". El chico dejó el resto de sus panqueques no comidos y corrió por la puerta. David se acomodó en su silla favorita y levantó el tenedor. Vio que Brooke lo estaba mirando y preguntó: "¿Qué?"

"Esos son de Sam".

"Van a estar fríos antes de que él llegue de nuevo, cariño. Además, creo que acabo de redimirme en sus ojos."

CAPÍTULO SIETE

Cathy Fletcher odiaba su trabajo. Le dolían los pies; tenía dolor de espalda y necesitaba ducharse—una ducha muy larga. Ella se acarició los muslos donde el caño había rozado cuando se resbaló. Había dejado una mancha roja que ya latía. Quería irse a casa. Afortunadamente, era la hora del cierre.

Un hombre grande estaba sentado en la barra dividiendo las propinas con una camarera tetona. A pesar de los esfuerzos obvios de ella, él no tenía ningún interés en ella ni en su pecho ridículamente grande.

Cathy decidió salvarle: "¿Me puedes acompañar a mi coche, Tim?"

La morena detrás de la barra respondió: "¿No puedes ver que está ocupado?"

Tim no le hizo caso y se puso de pie. "Por supuesto, Cat". Él tomó su parte y dejó el resto en la barra. Señaló los billetes. "Eso es un buen botín. Puedes mandarle a tu ex marido algo de eso y ponerte al día con la manutención de tus hijos".

Ella arrebató la pila de la superficie lisa de la barra y dijo: "No te metas donde no te llaman".

Cathy y Tim intercambiaron una breve sonrisa cómplice. Los dos despreciaban a la mujer, quien siempre inventaba cosas, escondiendo la verdad de que ella una vez había abandonado a tres niños muy jóvenes. Ella, en cambio, optó por el egoísmo y terminó siendo una cantinera inútil, trabajando desapercibida para evitar pagar su parte.

Una vez afuera, Tim preguntó: "¿Tú y el niño necesitan algo?"

"Estamos bien por el momento". Ella le dio un abrazo rápido. "Pero gracias".

Él se inclinó la cabeza y abrió la puerta, mirando el asiento trasero antes de permitirle subir. "¿Qué tal la escuela?"

"Todo 'Sobresaliente' hasta ahora, pero tengo que hacer observaciones clínicas pronto. Eso va a tomar más de mi tiempo, y quizá yo tengo que cortar horas aquí".

"¿Es eso tan malo?", él preguntó. "¿Pasar menos horas aquí? Deberías renunciar totalmente". Él hizo un gesto hacia la marquesina parpadeante de dos gatos siameses. "Dime francamente, ¿es esta tu gente?"

"¿*Chochas en Abundancia*?" Cathy se rió. "¡Nací para desnudarme aquí!" Cuando ella se dio cuenta de que él no había compartido el chiste y solo le miraba con una preocupación seria, ella añadió: "Necesito el dinero y a veces paga muy bien". Él no dijo nada y solo se quedó de pie al lado de la puerta. "¿Qué es que te tiene tan irritado?", ella preguntó.

"Te vi resbalarte en el caño. Estás exhausta".

"Pues, no renuncio, Tim". Ella giró la llave y cerró la puerta, bajando la ventanilla para añadir: "¡Regreso mañana por la noche y cada noche después de esa! Estás atrapado conmigo hasta el fin del mundo". Ella puso el auto en reversa y salió del lugar, dejándolo verla salir. El tráfico de Kalamazoo estaba tranquilo mientras conducía hacia la autopista, y Cathy iba bien. El viaje a casa a su pueblo de Scott sería de solo quince minutos.

Mientras conducía, pensaba en Joshua. La maestra de él había mandado un correo electrónico hablando de su progreso en clase, así que ella permitió que su hermana Sarah le diera un helado después de la cena. *Debo ser yo*, pensó, *quien le da un helado*. Pero criar a un niño de cuatro años era caro, y ella tenía que ganar dinero para poder pagar las cuentas.

Cat era trabajadora, empezando cada día con un turno en el banco. Sus clases de enfermería eran por la tarde, y su trabajo nocturno era de tres noches la semana. Pensando de nuevo en lo que había sugerido Tim, ella deseaba poder renunciarlo. Pero seguía bailando—tenía que pagar el helado y las niñeras.

Cuando regresara a casa, enfrentaría dos horas más de estudio y esperaba que su hermana hubiera lavado los platos. Ella sabía, si eso no era el caso, de que terminaría optando por los apuntes de anatomía en vez de los tazones y platos, postergando una cosa más hasta la mañana. Pero las mañanas eran reservadas para un tiempo especial con Joshua, y odiaba perder eso.

Cada mañana ella lo despertaba y empezaba cada día preguntándole del anterior. Escuchaba sus aventuras sobre el desayuno; pasaba unos minutos leyendo con él; entonces lo vestía y lo llevaba al pre-escolar. Ella valoraba cada segundo de ese tiempo, igual que él. Lo llamaban *Tiempo de Joshie*.

Luces azules y rojas rompieron sus contemplaciones. "Mierda", ella masculló, deteniéndose al lado de la carretera. Después de unos momentos, un patrullero de carreteras estaba de pie en su ventanilla. Ella le entregó su carnet de conducir y esperó la pregunta cliché.

"No, agente", ella respondió después de que se la había hecho. "No tengo idea de lo rápido que iba".

"Debes conducir más lento", él le dijo después de ponerle una multa cara.

Ella miró la multa. Por lo visto ella había conducido por una zona de construcción sin saberlo. No había manera de pagar los trescientos dólares y también el alquiler. Tendría que seguir bailando en *Chochas en Abundancia*.

"Señora, tenga cuidado de estar en la calle a estas horas. Varias joyerías estaban asaltadas en Kalamazoo y, hace más o menos una hora, el mismo criminal asaltó una tienda de licores en Scott".

Ella preguntó: "¿Cómo se sabe que era el mismo tipo?"

"Cámaras de seguridad. Él manejaba una camioneta azul de último modelo en cada robo".

"Voy directamente a casa", ella prometió.

"Bien". Él estaba a punto de regresar a su patrulla cuando giró, agarrando de repente la puerta del auto con ambas manos. Al principio, ella estaba confundida, aterrada por la mirada de sorpresa y miedo en su rostro. Entonces ella lo sintió también. Su coche rebotaba erráticamente, casi como si un gigante hubiera escogido a su coche como su pelota de baloncesto. El patrullero continuaba aferrándose con todas las fuerzas mientras el mundo a su alrededor temblaba.

Después de que amainó, el hombre recobró la compostura y volvió la cabeza para mirar a lo lejos. De la dirección de la Planta de Gas del Río Kalamazoo, las llamas subieron alto en el horizonte. Apresuradamente, hizo un gesto de que Cat continuara y él corrió a su patrulla, yéndose a toda velocidad en la noche.

Ella condujo el resto del camino con los nudillos blancos envueltos firmemente alrededor del volante. Ella no había sentido un terremoto antes, pero no eran raros, incluso en Michigan. Su padre le había contado de uno grande de 2015 que había dañado cosas. "Abrió una línea de falla al norte", él le había dicho. "Los científicos dicen que está profunda bajo tierra", él había insistido, "pero algún día conectará a los Lagos Hurón y Michigan. ¡Recuerda lo que te digo!"

Cuando por fin ella llegó a su bloque de apartamentos, no pudo menos que ver la camioneta azul estacionado al lado del contenedor de basura. La miró de cerca y contempló las palabras del patrullero. *Como estas hay incluso hasta debajo de las piedras en Michigan*, ella decidió. Mirándola más cuidadosamente, ella vio algo que colgaba del espejo retrovisor. El fondo azul y las hojas plateadas que rodeaban un rifle saltaron a la vista. Una insignia de infantería de combate. La medalla favorita *de él*. *No*, ella pensó. "*¡No él! ¡No aquí!*"

Ella rápidamente se desabrochó y bajó del coche, buscando a tientas su teléfono y llamando al 911. Pero la línea estaba sin servicio, probablemente debido a los incendios y las líneas telefónicas caídas de la zona. Ella se adelantó, apresurándose a subir las escaleras con tal pánico que falló dos veces al intentar meter la llave en el ojo de la cerradura. Cuando por fin se abrió, encontró a Sarah mirando una película.

La mujer más joven saltó a sus pies cuando entró: "¡Él no saldría, Cat!"

Ella señaló con el dedo a un hombre robusto y guapo con una sonrisa cautivadora. Llevaba botas y una camisa de un sindicato que leía: *Los salarios injustos me rechinan el engranaje*. En su mano llevaba una pistola.

Cat tiró su bolsa a un asiento, teniendo cuidado de no mirar directamente al hombre. Cuando ella volvió la cabeza, lo hizo de manera casual, como si le estuviera diciendo que ella nunca estaría bajo su control total. "Necesitas irte, Clint", ella dijo al final.

"No puedes impedir que vea a Josh", él respondió, poniéndose de pie lentamente y metiendo el arma en su pretina. Con tres pasos él estaba lo bastante cerca de ella como para que ella oliera el alcohol en su aliento. "Él es mi hijo y tengo como objetivo pasar tiempo con él", él insistió.

"Tienes que regresar con un acompañante de la corte; sabes eso. Ahora, sal y pasa por las vías…"

Su puño le impactó el ojo antes de que ella terminara la frase, y ella se cayó con un ruido sordo. Sarah gritó, pero ese sonido se calló cuando ella también se cayó al suelo. La visión de Cat se nublaba mientras intentaba centrarse en su hermana, flácida e inmóvil al lado del sofá. Clint sostenía la pistola desenvainada, cerniéndose sobre las dos.

"Ve y haz una maleta para ti y para él y vámonos", él exigió, "y dame tu teléfono". Ella se lo entregó antes de apresurarse al dormitorio.

Cathy se había mudado tantas veces desde que rompió con su ex que ya no necesitaba hacer una maleta; en vez de eso siempre tenía una maleta hecha para ambos ella y su hijo—siempre estaba al lado de su cama y llena de las cosas más necesarias por si acaso tenían que huirse durante la noche. Ella agarró esa ahora, palpando un bulto ligero detrás de una fila de costuras en el forro. Un empuje rápido sobre este bolsillo escondido le consolaba, sabiendo que el objeto estaba allí. Algún día ella encontraría el valor y la necesidad de utilizarlo, y se preguntó si esta noche era el momento.

Ella se detuvo, sabiendo que él pensaría que ella iba a tardar unos minutos, y ella buscó en la mesita de noche un teléfono prepago que Tim le había regalado hace unos meses. "Por si acaso", él había dicho, dejándole saber que su número estaba guardado como el número uno en la marcación rápida. Ella respiró profundamente, encendiéndolo y contando hasta diez para calmarse los nervios. Ella exhaló mientras marcaba pero colgó con un suspiro después de darse cuenta de que las líneas estaban caídas. Con una respiración profunda, lo apagó y lo tiró dentro de la maleta.

Ella temía regresar al cuarto de estar, pero regresó para descubrir que Josh ya estaba despierto, quitándose el sueño de los ojos. Él miró fija y cautelosamente a su padre; entonces miró a su madre y esperó. Ella asintió con la cabeza, y él dio un paso a los brazos extendidos.

Clint lo levantó al aire y lo abrazó fuertemente. "¡Te he extrañado, hijo! ¡Vamos a divertirnos mucho ahora que estamos juntos!"

Cathy buscó a Sarah, pero ella ya no estaba tendida en el suelo. Una mirada rápida hacia la cocina reveló que tampoco estuvo allí. La mujer más joven no estaba por ninguna parte. "¿Dónde está Sarah?", ella exigió.

La mirada de su ex gritaba *no lo preguntes*, pero ella no marcharía atrás. No esta vez. Fue hacia el baño y puso una mano sobre el pomo.

"No lo hagas", él dijo.

El terror llenó sus entrañas, torciéndole los nervios y exprimiendo la bilis mientras ella se daba cuenta de lo que él quizás hubiera hecho. Con una respiración profunda Cat giró el pomo lentamente y miró hacia adentro, armándose los nervios para el cierre que necesitaba. La cortina de la ducha estaba corrida y las luces estaban apagadas, pero el resplandor del pasillo revelaba una sombra que descansaba en la bañera más allá de la lámina de vinilo.

Josh debía de haber presentido su pavor y empezó a extender sus manos hacia su madre de pie en la puerta. Temiendo lo que haría Clint si el niño lo dejara, ella negó con su cabeza, sonriendo débilmente. Aunque su rostro instaba a la calma, sus entrañas gritaban de ira y pérdida. Clint agarró más fuertemente al niño.

Cat pasó lentamente adentro, poniendo un pie delante del otro mientras se dirigía a la bañera. Tembló cuando abrió la cortina, y se le cerraron los ojos con violencia como si alguien hubiera accionado el interruptor en un cuarto oscuro sin previo aviso. Estaba aterrorizada de abrirlos.

No lo haría, ella se dijo. Él no es matón. Él es un montón de cosas, pero no eso. De mala gana ella se abrió los ojos, y ellos se agrandaron al ver el chorro de sangre en la sien de Sarah. Su hermana simpática yacía inmóvil—para nunca más despertarse. Recordando a Josh, el grito que anhelaba se atrapó en la garganta de Cat, convirtiéndose en bilis y subiendo como vómito. Inclinada sobre el inodoro, ella permitió que el terror se escapara de su cuerpo, vomitando hasta que salían de ella lágrimas en vez de gemidos.

"Apúrate", el monstruo llamó desde la sala de estar, y ella apretó ambos puños como si estuvieran alrededor de su garganta.

Ella quiso olvidarse de que la mujer en la bañera era familiar—que era Sarah, y ella recurrió a su conocimiento de la enfermería como guía mientras la miraba más de cerca. Solo había unos momentos para razonar lo que había pasado. Él la pegó en la sala de estar, se dio cuenta, *así que ella era sin vida cuando la arrastró hasta aquí*. Tratando el momento como una de las fotos de trauma médica de sus clases, ella examinó la herida. El corte en el costado de su cabeza se había hundido ligeramente, indicando una fuerza contundente. *Su pistola*, se dio cuenta. *Golpeada con el arma. Él la mató en sangre fría cuando estaba vulnerable e incapaz de defenderse.*

Cathy luchó para contener las lágrimas, resuelta a llorar más tarde ya que ahora no era el momento. Tenía que mantenerse firme para Josh, volviendo sus pensamientos al objeto en la maleta ahora en el suelo al lado de Clint. *Tendré mi oportunidad con él más tarde; solo* después de eso *lloraré por ti, Sarah*, se prometió.

Llena de luto, ella retrocedió, cerrando la puerta detrás de sí. Empujándose más allá de Clint y su sonrisa diabólica, ella recogió las maletas y extendió su mano hacia Josh.

El matón en la sala de estar negó con la cabeza, abrazando más fuertemente al niño cerca de su cadera. Mientras él mantuviera control de Josh, ella era su cautiva, incapaz de gritar, sin poder para luchar y sin ganas de huir.

"Vámonos", él exigió. "Tú vas primero".

Ella los guió a la camioneta azul y puso sus maletas en el asiento trasero. Ella se detuvo, viendo varias bolsas negras que ya estaban en el piso. Una botella de güisqui sobresalía de una, pero las otras estaban bien selladas. Las palabras del patrullero resonaron en su memoria, y no hacía falta que ella mirara dentro para saber que estaban llenas de oro y joyas—el botín de su ola de crímenes más reciente.

Él subió a Josh al asiento a su lado en el frente. "Abróchate, niño", él exigió. "Lamentaría que algo te pasara".

Cathy sabía que esas palabras le eran un aviso a ella en vez de una preocupación por Josh. Ella subió a la cabina de la camioneta al lado de su hijo y trató de no pensar en Sarah.

CAPÍTULO OCHO

Doug Snyder miraba la actividad que se desarrollaba bajo Yellowstone. El terremoto era pequeño, ni siquiera alcanzando un pleno tres punto cero, pero ocurrió en el lugar exacto para afectar la composición geológica de los manantiales atravesando la Cuenca del Géiser Superior. Los sensores detectaron una interrupción leve—más una onda pequeña que actividad a gran escala—en el agua subterránea. De no haber estado mirando, esperando específicamente esta pista, habría pasado desapercibida.

Ojeó los datos del agua superficial, conteniendo el aliento, buscando anomalías parecidas. Una fuente de datos, el de un rastreador de flujo manométrico del riachuelo Myriad, indicaba cero. *Debo informarle directamente a Beau*, él lo sabía, pero no había tiempo. Tomó el teléfono e hizo una llamada que podría resultar en su despedido.

"Estación de Guardaparques de Yellowstone", la voz de la mujer en la línea respondió.

"Soy Doug Snyder, sismólogo con el Servicio Geológico de Estados Unidos", él explicó.

"¿En qué le puedo servir, Doug?"

"Acaban ustedes de tener un terremoto, no grande, pero centrado dentro de la cuenca del géiser superior. ¡Necesita usted sacar a todo el mundo de esa sección del parque de inmediato!"

"Señor, recibimos llamadas de ciudadanos preocupados muy a menudo, en su mayoría tratando la ubicación del parque encima de un súper-volcán inactivo. Le aseguro de que nuestros científicos monitorean los datos todos los días, y no hay peligro para el parque o para nuestros visitantes".

Doug se puso la mano libre contra sus sienes, intentando con el masaje borrar la ignorancia que había acabado de escuchar. Obligando que sus nervios se calmaran, preguntó, "¿Cómo se llama?"

"Guardaparques Stewart", la mujer respondió.

"Guardaparques Stewart", él explicó, "yo no soy simplemente un *ciudadano preocupado*. Soy uno de esos científicos monitoreando sus datos *todos los días*, como dice usted, y ahora le estoy diciendo que hay peligro inminente para el parque. Necesitan evacuar a los visitantes de la cuenca del géiser".

Había una pausa en la línea. "No estoy autorizada para hacer eso", la mujer dijo.

"Entonces, ponga en la línea alguien que sí puede", él exigió.

"Favor de esperar".

Apúrate, pensó él, deseando urgencia en las personas al otro lado de la línea. Esperó con impaciencia, tamborileando con los dedos y moviéndose nerviosamente en su silla mientras aumentaba su presión arterial. El tiempo era esencial, y cada segundo era importante.

Por fin, después de lo que parecía una eternidad, una voz masculina contestó: "Soy el guardaparques Tedesco. La señora Stewart me lo contó, pero no estoy seguro de cómo podemos ayudar. Si usted es del Servicio Geológico, ¿no hay vías oficiales que seguir?"

"No tenemos tiempo para *vías oficiales*", Doug insistió. "¡Escuche! Envíe a alguien al rastreador de flujo del riachuelo Myriad al sudeste del centro de visitantes de Old Faithful. ¡Verifique si incluso fluye!"

"Puedo despachar a alguien, pero no entiendo por qué eso es un problema".

Snyder suspiró de exasperación. "Porque el último terremoto desvió el flujo del agua subterránea. ¡Está usted encima de una olla a presión, guardaparques Tedesco!"

Bryan apresuró a su familia a la estación de guardaparques y leyó el letrero. Había llegado. Old Faithful, el géiser más famoso del parque era una parte de la razón por qué él había arrastrado a su familia al parque. Lo quería ver desde que tenía los mismos años que los mellizos. Miró su reloj. El naturalista predijo que la próxima erupción ocurriría dentro de diez minutos.

"Vámonos", él urgió.

"¡Vamos! Cálmate", Linda se rió. "Suenas a tonto".

"Si perdemos esta, entonces tendremos que esperar entre una y dos horas para la próxima".

Él miró rápidamente hacia sus hijos y sonrió. De veras estaban prestando atención a las vistas alrededor de ellos en vez de esconderse las narices en los teléfonos inteligentes. Agarró la mano de su esposa y la apretó. *Estas son las mejores vacaciones*, pensó, *y mi familia las necesita.* Cuando ella había vendido la casa de los Martin, los dos decidieron que utilizarían las comisiones para hacer un viaje. El trabajo de ambos era estresante, y estaban muy tensos. Incluso los niños habían estado aburridos en casa durante las vacaciones de otoño y necesitaban algo estimulante antes de que reanudaran las clases en una semana.

Una gran multitud se había reunido cerca de la sección acordonada, escuchando atentamente al guardaparques que estaba contando la historia de la atracción. "Old Faithful entra en erupción unas veinte veces al día", él dijo, "y podemos predecir las erupciones basándonos en el tiempo y altura de la última". Hizo un gesto detrás de él. "Aunque la altura promedio es de cuarenta y un metros, no es raro ver una pluma que alcance los cincuenta y cinco".

La multitud exclamó con admiración, y una persona preguntó: "¿Qué tan precisas son sus predicciones?"

"Buena pregunta", respondió el guardaparques. "Tenemos una precisión del noventa por ciento, quitando o añadiendo diez minutos cada vez".

Seth se acercó a su padre y le tocó el brazo. Cuando Bryan volvió la cabeza, el chico preguntó: "¿Qué es esto otra vez?"

"Old Faithful es un géiser. Saldrá agua caliente de ese agujero en el suelo y hará una fuente de más de treinta metros de altura".

"Eso es impresionante", el adolescente respondió.

"Sí, lo es", Bryan accedió.

"¿Cómo lo hace?"

"Estamos de pie sobre un volcán gigante. Los científicos lo llaman un súper-volcán. El magma debajo de nosotros calienta a bolsas de agua y, cuando los gases acumulan presión, el agua se rocía al aire".

De repente Seth parecía estar preocupado. "¿Y qué pasa si todo entra en erupción? ¿Por qué demonios nos trajiste a un volcán?", preguntó.

Bryan se rió. "No entrará en erupción hasta pasados unos cien mil años, más o menos. Vamos bien".

Ellos llegaron a la barandilla y se unieron a la multitud. Faltaron cinco minutos. Él decidió hacer un juego. "Apostemos. Digo yo que entra en erupción a la hora predicha".

Linda entró en el juego. "Apuesto cinco dólares a que entra temprano".

Bryan le preguntó a Seth: "¿Qué dicen ustedes los niños?"

"Atrasado", los dos respondieron.

Después de unos minutos no había erupción. "Pues, cariño, parece que ambos tú y yo perdimos". Él sacó dos billetes de cinco y le dio uno a cada uno de los mellizos.

Varios minutos más pasaron, y entonces Suzy habló. "Esto tarda una eternidad". Agarró la mano de su hermano y lo arrastró. "Vamos; hagamos unos videos de TikTok". Ella señaló un área cubierta de hierba más adelante en el camino. "Podemos verla tan bien desde allí como aquí", ella dijo.

Bryan los miró correr. "¿Qué hacemos mal?"

Linda sabía lo que quería preguntar y respondió inmediatamente. "Nada. Ese es el comportamiento normal de los adolescentes". Ella se rió mientras Suzy se ató la camiseta para convertirla en un top corto y se subió los pantalones cortos aun más.

"¿Eso es normal?" Bryan se sacudió la cabeza. "Ella pasa más tiempo bailando y sacudiéndose las caderas frente a ese teléfono que leer. Vamos a tener una generación de imbéciles si no sacan la cara de esos aparatos electrónicos".

"Nuestros padres también pensaban que estábamos condenados por razones parecidas; no te lo olvides".

Ahora Suzy ya bailaba mientras su hermano filmaba. Bryan se sacudió la cabeza y miró su reloj. El géiser ya era quince minutos atrasado. Se acercó al guardaparques. Varias personas de la multitud expresaban sus opiniones, pero el hombre seguía asegurándoles.

"Esto ocurre a veces. Recuerden que nuestras predicciones son de quitar o añadir diez minutos, pero incluso a veces nos equivocamos", él dijo.

La tierra bruscamente retumbó bajo sus pies, sacudiendo el parque y haciendo que la gente agarrara las barandillas o que se aferrara el uno al otro para mantener el equilibrio. Por todas partes la gente gritó, pero el temblor solo duró unos segundos. Después de que se había calmado, todos se echaron a reír excepto Bryan. Miró al guardaparques.

El hombre parecía estar preocupado pero rápidamente se puso a asegurar a la multitud que lo rodeaba. "Esto ocurre también, a veces. Aunque son raros, los terremotos también ocurren dentro del parque".

Un grito espeluznante hizo que todas las cabezas giraran, excepto la de Bryan. Había venido de la dirección donde estaban Seth y Suzy, y él se negó a mirar por el miedo a lo que vería. *No*, él rogó, *¡que estén seguros!* Pero un segundo grito se unió al primero; era tan cercano que causó que sus oídos sonaran. Este reconoció como uno que venía de Linda y el grito desgarrador confirmó lo que ya sabía. Sus hijos estaban en peligro. Mientras él giraba lentamente, se dio cuenta de que un géiser nuevo había formado lejos de Old Faithful, arrojando agua hirviendo de una grieta nueva en el campo de hierba extremamente verde bajo sus pies.

El torrente humeante llovió sobre sus dos hijos, quemándoles el cabello y derritiéndoles la carne. Suzy había sido la fuente de ese grito, pero ella se había callado mientras sus ojos incrédulos miraban los huesos humeantes que antes eran manos. Agarraban el teléfono y se negaban a tirarlo a la hierba, como había ocurrido con el de Seth, mientras su lente única grababa el evento y transmitía en vivo su tormento.

Pronto la multitud cayó en la histeria, empujándose para huir del calor que venía del campo quemado. Al lado de Bryan, Linda intentó empujar contra la multitud de cuerpos que ahora los llevaba hacia la salida. Resuelta a salvar a sus hijos, la madre se arañó contra la embestida, pero Bryan le agarró los brazos y él la tiró hacia sí. Él enterró el rostro de ella en su pecho mientras clavaba los ojos en sus hijos, sabiendo que no había nada que nadie pudiera hacer hasta que el agua dejara de caer. No había nada que hacer excepto verlos morir.

CAPÍTULO NUEVE

Clint sostenía el volante con su mano izquierda, la mano derecha extendida para que pudiera mirar los videos que se reproducían en su teléfono. Sus ojos se lanzaban de un lado a otro, alternando impredeciblemente entre el camino y la pantalla, mirando o el uno o los dos como le convenía. Él sobre-compensó dos veces, cada vez cruzando la raya amarilla. El sonido de los neumáticos en la banda sonora hizo que Cat hablara.

"¿Puedes mirar el maldito camino?"

Él no hizo caso de su pregunta, girando la pantalla hacia ella. "¿Has visto esta aplicación?"

Ella miró mientras una mujer sincronizaba sus labios a la voz del presidente, hablando a un público de gatos. "No lo creo chistoso. Son adultos haciendo el tonto", ella dijo. "Además, ¿no es China el dueño de esa? ¿No la están usando para espiar al mundo?"

Él se encogió de hombros. No le importaba lo que pensaba ella y nunca le importaría. Clint hacía lo que Clint quisiera.

Ella sintió el moretón en su cara. Se había hinchado inmediatamente, cerrándole el ojo izquierdo. El zumbido en su oído no había parado desde que él había arrastrado a ella y a Joshua de su casa. Pensar en Sarah, yaciendo en la bañera, le hizo mal del estómago. *Ella todavía está allí*, ella se dio cuenta, *completamente sola y eternamente fría.*

Cat tiró de Josh más cerca. Él estaba acurrucado entre ellos, su cabeza en el regazo de ella pero todavía abrochado. Aunque no estaba seguro de por qué había llegado su padre, la llegada repentina de Clint en su vida había sido alegre para el niño. Pero cuando se despertara y viera el ojo hinchado de su madre, su entusiasmo se agotaría de inmediato. Clint nunca pegaría a ella delante de su hijo, pero Josh tenía bastantes años para saber que la llegada de papá significaba nuevos moratones para mamá.

Pero nunca ha asesinado antes, ella musitó aunque sabía que eso no era cierto. La insignia de infantería de combate colgando del espejo retrovisor era su posesión más preciada—un premio de Afganistán. La mayoría de los hombres, Cathy lo sabía, se alista en el ejército para marcar una diferencia, para hacer el mundo más seguro mientras ganan dinero para la universidad, pero no Clint Fletcher. Él se había alistado debido a razones más oscuras; sus impulsos sádicos anhelaban la violencia, y el ejército le daba oportunidades durante la guerra. Cuando regresó a casa antes de lo anticipado, ella estaba sorprendida y no entendía completamente las razones de su licenciamiento hasta que él mostró su ira. Solo entonces comprendió ella su despido del servicio militar—ni siquiera al ejército le agradan los sociópatas de sangre fría.

Con una voz cansada ella preguntó: "¿Cómo nos hallaste esta vez?"

"Tengo mis métodos, gatita", él respondió. "Además", añadió, "esa hermana tuya no puede permanecer fuera de las redes sociales tan bien como tú lo haces". Algo en la pantalla le hizo reírse más fuertemente, otra vez desviándose hacia el arcén. Milagrosamente Josh siguió dormido. Después de un momento él añadió: "Tienes que dejar de hacer esto. Sabes que cada vez que huyes es peor *para ti* cuando te devuelvo a casa".

Ella no respondió. Por experiencia sabía que cualquier respuesta o protesta que hiciera despertaría al monstruo dentro de él. En cambio, ella miró fijamente su cara bonita y pelo largo y suelto. *Fui engañada muy fácilmente*, ella pensó, *por su buen aspecto y sonrisa encantadora*. Pero no era simplemente ella. De vuelta a casa en Bay City, él había convencido a todos de su perfección. *Ellos piensan que soy loca*, ella meditó, *y él siempre será su mariscal de campo estrella.*

Él gritó en la noche. "¡Santo cielo!" La camioneta se salió de la carretera mientras él dejó caer el teléfono para agarrar el volante. La parte trasera se balanceaba salvajemente mientras corregía la dirección, llegando a un alto chirriante mitad sobre y mitad fuera del arcén.

Josh se despertó de repente, llorando fuertemente de miedo. Cat envolvió al niño en sus brazos, callándolo y consolándolo. "Está bien, cariño. Papá vio algo en el camino; eso es todo".

"Qué diablos; sí vi algo", Clint respondió, moviendo su mano a tientas alrededor del piso. Por fin halló su teléfono y se lo puso en la cara de ella. "¡Mira esto!"

Cat suspiró. "Solo es otro TikTok. Te dije que miraras el camino", ella añadió.

"Sigue mirando", él dijo con una risa peligrosa. Tenía varias risas, pero "la peligrosa" significaba que él había encontrado placer en algo que otros verían como repulsivo. Ella la oyó por primera vez después de que él le había pegado y la oyó de nuevo cuando les había apuntado a ella y a Sara con el arma algún tiempo antes esa noche. Por no querer que él le hiciera lo mismo que le había hecho a su hermana, ella miró.

Una adolescente bailaba en una zona de césped más verdosa que cualquiera que había visto Cat en Michigan. En el fondo, unas montañas nevadas se elevaban sobre los pinos y álamos altos. Los cientos de turistas deambulando sugerían que se filmó el video en un parque nacional. Un banner de texto apareció encima de la bailarina y lo confirmó. El texto leía: *secuestrados por padres aburridos en Yellowstone*. El texto desapareció y otro banner apareció: *haciendo nuestra propia diversión al estilo* TikTok, leía.

"No veo por qué nos desviaste del camino", Cat le dijo a Clint.

"Sigue mirando", él dijo con una sonrisa grande en su rostro. "¡Muéstraselo a Josh también!"

Ella giró la pantalla para que su hijo la pudiera ver. La miraron bailar hasta que terminó la canción.

"¿Y qué?"

"Dame eso", él dijo. "¡Debía de haber hecho clic en otro cuando se me cayó!" Deslizó su dedo en la pantalla varias veces; entonces sonrió de triunfo mientras giraba el teléfono hacia ellos.

La chica estaba de pie al lado de un chico, posiblemente su hermano por las apariencias de cara. Incluso podrían haber sido mellizos, Cat estimó, a juzgar por su cercanía en edad. "Yellowstone apesta", la chica gritó a la cámara. "¡Vengan a salvarnos del aburrimiento!"

Los dos se rieron de su chiste, y el chico se abrió la boca para añadir algo también. Al momento de hacerlo, una fuente de agua entró en erupción detrás de ellos, lloviendo sobre ellos una niebla y un aguacero torrencial de agua espumosa. *No*, Cat pensó, *no una fuente*. Con horror ella se dio cuenta de que un géiser había entrado en erupción debajo de sus pies. Lo que ella había pensado ser niebla era vapor. Ella miró impotente mientras su piel se ampolló y se quemó ante sus propios ojos. El chico debería de haber dejado caer su teléfono porque cuando el aparato se asentó, la cámara miraba hacia la pareja en medio de su ducha aterradora.

Joshua gritó, mortificado por lo que había visto, y Cat rápidamente le escudó los ojos, meciéndolo y cantándole suavemente mientras lo consolaba y le mentía. Ella le aseguró que los chicos estaban bien y que solo era una película.

"¡Carajo!" Clint dijo entre sus risas maníacas. "Esa era pura mierda, hijo. Mejor acostumbrarte porque la muerte viene para todos nosotros".

"¡Cállate, Clint!" No pudo contener más su ira. "¡Solo tiene cuatro años! ¡No necesita ver esa basura!"

"Oh, por favor", él respondió. "¡Mi padre me mostró mucho peor cuando tenía sus años! No voy a criar un coño de un hijo".

"Tienes razón sobre eso", ella le gruñó al monstruo en el asiento delantero. "Por eso estoy aquí para llevarlo muy lejos otra vez, tan pronto como pueda".

Afortunadamente, el golpe fue con su puño izquierdo, así que simplemente la aturdió brevemente cuando rebotó en su sien. Sus pensamientos volvieron de nuevo al objeto en su maleta, y ella se sentaba callada el resto del viaje, tramando y planeando la muerte de Clint Fletcher.

Los neumáticos del Airbus 330 despegaron de la pista, y el Dr. David Andalón dio un suspiro de alivio. La ansiedad de los aeropuertos siempre había sido peor que el vuelo en sí, y esta experiencia había sido terrible. Un terremoto grande cerca de San Francisco había retrasado varias llegadas y había dejado a pasajeros que salían preguntándose si incluso iban a poder despegar. El locutor había informado que el terremoto registró una magnitud de siete punto cuatro en la escala de Richter.

Para hacerlo aun peor, la seguridad había detenido a Sam, confundiéndolo, al parecer, con otro Sam Nakala en la lista de vigilancia internacional.

Una llamada rápida a Jake había clarificado el asunto, pero no sin una espera larga. La llegada de órdenes militares oficiales explicó que el contratista civil Sam Choi Nakala no era Sam Choe Nakala, y eso aceleró su paso por la seguridad. El coreano de David no era tan fluido como el de Brooke, pero fácilmente entendió la mayoría de los insultos que el chico lanzó por encima de sus hombros una vez que habían pasado a la terminal.

Ahora que estaban en el aire, David miró fijamente a las azafatas. Él siempre las consideraba la mejor indicación de que si él debía entrar en pánico en el aire. Este equipo trabajaba con una sonrisa, asegurándose de que los pasajeros estuvieran calmados y cómodos. Pero algo no iba bien. Una de ellas, una cuarentena con unas arrugas y pelo castaño, tiraba nerviosamente de su chaqueta. La etiqueta en su pecho leía: "Darlene".

Tan pronto como la tripulación apagó la señal del cinturón de seguridad, David se dirigió a los servicios de popa. Una cola corta se había formado, así que él se puso cerca de la estación de los auxiliares de vuelo. Darlene estaba ocupada preparando un carrito de bebidas pero también mantenía una conversación privada con un compañero de trabajo. David solo pudo distinguir unas cuantas palabras pero claramente la oyó decir "terremoto".

Dando un paso adelante, él preguntó: "¿Señora?"

"¿Mmm?" Ella lo miró con ojos cansados que revelaban su disgusto por la interrupción.

"¿Qué pasa con el terremoto? ¿Está usted hablando del de anoche?"

"Había otro", ella contestó. "Uno de 8,4 sacudió Palmdale, California, justo después de que nos despegamos".

"¿Cuánto daño?"

"Era bastante malo, de lo que escuché. Ahora que podemos acceder el internet a bordo, usted debe poder averiguarlo para usted mismo". Miró hacia arriba, de repente menos irritada. "Lo siento", ella dijo. "Ha sido un día largo".

David asintió y murmuró su acuerdo. "Esa es la atenuación del siglo". La puerta del servicio se abrió, y él era el siguiente. Después de terminar, se apresuró a su asiento y sacó su teléfono.

Brooke le miró acceder la red a bordo, levantándose una ceja ante el derroche. Normalmente él rechazaba las comodidades de sobreprecio. "¿Qué estás haciendo?", ella preguntó.

"Había otro terremoto, esta vez más al sur, cerca de Los Ángeles".

"Eso es horrible", ella dijo con una preocupación profunda para la gente afectada. "¿Fue malo?"

"Muy".

Él abrió un canal de noticias y juntos miraron mientras un helicóptero inspeccionaba el daño. Afortunadamente Palmdale era más dispersa y no tenía los rascacielos de las ciudades más grandes al norte y al sur. Pero mientras la cámara recorría el centro de la ciudad, él y Brooke boqueaban en forma audible. Una grieta gigante se había abierto en el centro de la ciudad, dividiéndola en dos. Mientras seguía volando el helicóptero, ellos se daban cuenta de la magnitud del suceso. La grieta recorría kilómetros, incluso llegando a la cercana Littlerock.

Viendo que su esposa estaba visiblemente perturbada, él apagó el teléfono y lo guardó.

"Creo que hemos visto bastantes noticias malas para hoy", él le dijo.

"Gracias", ella accedió. Después de unos momentos, ella apoyó la cabeza en su hombro y no mucho después ambos estaban dormidos.

El avión se tambaleó en el aire, cayéndose varios cientos de metros antes de estabilizarse. David sintió que la hebilla le mordía el vientre mientras lo mantenía atado a su asiento. Los que se habían desabrochado los cinturones volaron hacia el techo de la cabina antes de caerse de golpe sobre los asientos o el piso. Por todas partes bajaron las máscaras de oxígeno y se quedaron colgando frente a los pasajeros atónitos. Brooke gritó mientras el avión luchaba para enderezar su rumbo.

David puso sus manos sobre las de ella y las acarició. Era inútil pero esperaba calmarle los nervios. Con su mano libre, ella levantó la persiana para mirar el cielo de la noche. Muy lejos al oeste el horizonte brillaba rojo y amarillo. David miró hacia afuera, intentando razonar en su mente lo que podría crear tal espectáculo.

Brooke preguntó: "¿Qué es eso?" Ella señaló un destello en la distancia lejana.

"No estoy seguro", contestó honestamente. Él nunca había visto nada parecido. "¿Quizá un meteorito?"

"Era más una explosión", ella respondió justo cuando tres explosiones más iluminaron el horizonte.

Esta vez le era obvio a David. "Esas *sí* son explosiones", dijo mientras observaba el cielo sobre las nubes ondularse y ondearse. "¡Y esa es una onda de choque!" Se contuvo el aliento hasta que la conmoción golpeó el avión una segunda vez, enviando el Airbus a toda velocidad a estribor. Dos veces más el avión quedó atrapado en el aire ondulante, y dos veces más los pilotos retomaron control.

"Soy el capitán hablando", llegó una voz ansiosa por el altavoz, "favor de no entrar en pánico. Tengo control del avión, pero estamos volando sin instrumentos".

De repente David se dio cuenta de por qué esas explosiones parecían conocidas. "No", él dijo en voz alta, "no puede ser".

Brooke insistió: "¿Qué?" Él sacó su teléfono de su bolsillo y presionó el botón de encendido. La pantalla parpadeó una vez mientras intentaba encenderse y entonces se quedó en blanco. "¿Por qué hizo eso?", ella preguntó. "¿Está agotado?"

"No", él respondió. "Lo apagué con las pilas a ochenta por ciento de energía. Esas explosiones no eran naturales".

"¿Qué quieres decir, David? Estoy empezando a tener miedo".

Él señaló hacia la ventana. "Esas explosiones eran nucleares, y lo que sentimos no eran ondas de choques simples". Subió su teléfono inútil. "Esos eran pulsos electromagnéticos. El capitán no solo está volando a ciegas, también está sordo y mudo. No tenemos comunicaciones y navegación alguna". Durante los siguientes minutos miraron el resplandor, esperando y temiendo otras explosiones.

Ella rompió el silencio: "¿Qué es eso?"

David entrecerró para ver de qué hablaba y vio dos objetos subiendo a toda velocidad por las nubes hacia el avión. "Esos son aviones de combate", él respondió.

"¿De quién?"

"De nosotros, creo". Él miró de cerca mientras se acercaban. Pudo distinguir dos aviones de combate F-22. Se acercaron al lado de la cabina y agitaron sus alas. "Cariño", él dijo, "no vas a creer esto".

"¿Creer *qué*? No creo *nada* de esto".

"Lee los nombres bajo la cabina de mando".

El avión estaba lo suficiente cerca como para que ella pudiera leer muy fácilmente las palabras. Con los ojos abiertos, ella se recostó en la silla, sin pestañear y sin creerlo.

David las leyó de nuevo. *General Jake Braston.*

CAPÍTULO DIEZ

Doug Snyder clavaba los ojos en el monitor, agarrando su taza de café con una tensa mano derecha, pero no bebía. Hacía tiempo que se le había olvidado de que estaba allí. El contenido se había enfriado, y no pudo apartar los ojos de los datos del sensor. Él movía los labios sin pronunciar los números mientras los leía en silencio. El día que temía hacía mucho por fin había llegado. La mayoría de California sufrió una devastación total.

El terremoto que arrasó San Francisco había estado cerca de la superficie, el peor de los casos que todo sismólogo temía. Las ondas resultantes a lo largo de San Andreas habían sido iguales de catastróficas, pero más profundas en la capa de corteza. Por fin abandonó su taza y cambió la vista en su monitor. La imagen de satélite confirmó los datos anteriores. La repentina liberación de peso cortó una nueva falla más profunda en el mar y resultó en que la costa se deslizara dentro de la brecha. Por lo menos se habían perdido cuarenta millones de vidas en un solo evento que duró menos de una hora. *El Grande* por fin había llegado.

Mientras él se ponía de pie para salir, algo nuevo le llamó la atención. Varios terremotos importantes sacudían Michigan. Inclinándose sobre el teclado, abrió los sensores en un área a mil seiscientos kilómetros de distancia. Mientras que las fallas de California eran bien conocidas, estos sitios de Michigan no lo eran. El público solo se preocupaba por ellos cuando la sacudida moderada ocasional retumbó a través de los estados del Medio Oeste. Normalmente esto se podía relacionar con la fractura hidráulica y el deslizamiento causado por el agua de mar estando bombeada en los pozos de petróleo cerca de las fallas.

Tal como él temía, la actividad entre los Grandes Lagos también se había intensificado. Había cinco fallas entre el Lago Michigan y el Lago Hurón con una falla más grande y potencialmente más letal directamente debajo del Lago Superior. Si sus instrumentos tenían razón, el área estaba a punto de hacer eco de lo que había ocurrido en lo que había sido, hasta esta misma hora, California.

Él dirigió su atención a la pantalla de la televisión para una última mirada. Como se esperaba, los noticieros habían permanecido en gran parte en silencio. Los transmisores principales no estaban seguros de cómo reportar el suceso, y a los locutores atónitos, al parecer, se les había olvidado cómo transmitir las noticias sin un helicóptero que sobrevolaba o sin tráfico de Twitter. ¿Cómo pueden simplemente articular hechos cuando lo único que saben es balbucear opiniones? Doug añoraba los días de Walter Cronkite y cómo el hombre había calmado al mundo mientras informaba a las masas que Oswald había asesinado a Kennedy—presuntamente, por supuesto.

Cambió su pantalla para que mostrara sus propios monitores y abrió varios sitios más, mirando los datos más cercanos a casa. Estos también predecían la destrucción inminente, pero de un modo diferente. De repente varios sensores se apagaron, enviando mensajes de error en vez de datos. Rápidamente él desenchufó su computadora portátil de su cargador y corrió. Su vehículo blanco del Departamento del Interior con las siglas SGEEUU en letras verdes esperaba fuera. Tiró sus cosas al asiento de al lado y condujo.

El camino era largo, unos ciento treinta y seis kilómetros al primer sensor. Necesitaba los datos de inmediato y un reinicio del sistema debería de hacerse en la estación. Con una mano al volante, le mandó un texto a Beau y le dejó saber su destino y razón por salir tan de prisa.

La respuesta llegó inmediatamente. "Regresa a la estación. Demasiado peligroso cerca del cráter". Irritado, Doug apagó la pantalla y tiró el aparato al lado del portátil. Aceleró aun más.

Él escuchaba la radio mientras conducía; dos hombres balbuceaban datos científicos como si fueran expertos. Todo lo que decían era pura conjetura. Presionó la camioneta para que fuera aun más rápido, omiso a las consecuencias si le detuvieran. Uno de los hombres mencionó Yellowstone. Doug subió el volumen.

"Te hace preguntar", el hombre dijo, "si un suceso como este podría activar a ese cabrón".

"Por supuesto que sí puede", murmuró Snyder.

La otra voz intervino: "¿Qué se necesitaría para eso?"

"Depende de la presión", respondió Doug. Cambió de estación y escuchó música rock el resto del camino.

Después de un rato él empezó a relajarse. Aguantar tanta adrenalina podría cansar al cuerpo, y enfocó su respiración en un intento de conservar energía. En un momento incluso cantó junto con la radio. *Hotel California* siempre le animaba a cantar. "Puedes salir cuando quieras", cantó, "pero nunca puedes..."

La explosión iluminó el cielo en frente y lo coloreó de rojo y naranja. Incluso a gran altura pudo ver formar la nube en forma de hongo. "No", él rogó, "¡no esto!" Aceleró a velocidades peligrosas, decidido a revisar sus instrumentos. La onda de choque onduló por las nubes arriba, perturbando el cielo como si fuera agua agitada por un bote veloz. En casi el mismo instante en que pasó por arriba, su radio dejó de funcionar.

Normalmente cuando un radio pierde señal, el oyente se encuentra con una estática crepitante que disminuye y crepita a la par de las ondas de radio. Esta vez eso no ocurrió. Simplemente se calló. Precisamente en el mismo momento, sus faros y los instrumentos del tablero se oscurecieron. Tomó su teléfono; su pantalla también se había oscurecido. Como científico, Doug Snyder sabía lo que había causado la interrupción. Él aceleró por el asfalto, sabiendo que no pudo apagar el motor. Si lo hiciera, nunca más lo arrancaría.

Las explosiones habían sido explosiones nucleares a gran altura— conocidas también como pulsos electromagnéticos. Estas habrían freídos todos los circuitos electrónicos de América del Norte y posiblemente hasta la mitad del mundo. Las camionetas mayores de diésel, como la que estaba conduciendo Doug, continuarían funcionando al ralentí hasta que alguien las apagara o se quedaran sin petróleo, pero el circuito necesario para girar el motor de arranque y encender la manivela tendría que ser reemplazado con componentes nuevos que habían sido protegidos del pulso.

Sin importarle la oscuridad que escondía la carretera, Doug presionó más su pie contra el piso y aceleró en la noche. Después de veinte minutos, llegó a su destino. Abrió la puerta de par en par y corrió hacia la estación. Se le cayó dos veces la llave mientras manipulaba torpemente la cerradura, pero por fin logró girarla. La puerta no se movió. Dio un paso atrás y examinó las bisagras. Se habían torcido, igual que el marco.

Pequeñas grietas habían formado en las rocas cercanas. Siguió a estas hasta su lugar favorito, un lago pequeño lleno de vida y la razón por la que él había escogido una vida de científico—para proteger y conservar lo que los humanos destruimos. Se secó las lágrimas de las mejillas mientras se acercaba al lago. Normalmente lo encontraría rodeado de alces o venados. De vez en cuando veía un oso bebiendo de las manantiales que daban al lago más grande. Pero esta noche no había vida en este bastión de esperanza para la naturaleza. Sintió que sus pies se convertían en plomo mientras se acercaba, sin poder empujarlos hacia delante. El lecho del lago estaba seco.

No, él pensó, ¡no ha habido *ese nivel de actividad!* Y entonces vio los charcos que quedaban, pegados al barro como muestras de las aguas vivificantes que antes eran. El vapor subía al aire como si el lago hubiera hervido. Aquí y allá yacían peces sin vida como si hubieran sido arrojados a la basura o tirados de un avión que había pasado. De repente sus pies encontraron su razón de ser, y él corrió.

El géiser estaba justo al otro lado de la siguiente cresta. Corrió tan rápido como pudo, jadeando por el esfuerzo. Cuando llegó a la cima, Doug se cayó de rodillas, con los ojos muy abiertos reflejando no una sino diez grietas recién formadas. Cada una eructaba vapor y desprendía calor al aire. Puso las dos manos en la tierra mientras intentó ponerse de pie, pero se detuvo. Bajo sus palmas la tierra retumbaba, lentamente al principio pero luego con violencia. Cuando estalló la caldera dormida, Doug Snyder estuvo allí. Un volcanólogo orgulloso y científico de por vida para el Servicio Geológico de los Estados Unidos, él encontró la erupción tan bonita e imponente como había esperado. Se murió haciendo lo que amaba—siendo testigo de la pequeñez del ser humano.

Beau Raines comparó el momento de la erupción con el texto que Doug le había mandado. Si el tonto había continuado adelante, y él suponía que así era el caso, entonces Snyder había llegado pocos minutos antes de la erupción del súper-volcán más grande de América del Norte. Revisó las imágenes de la cámara de transmisión en vivo una vez más. Antes del apagón, no había habido aviso, excepto por varios géiseres nuevos que se habían formado una hora antes. Tomó su teléfono e hizo la llamada. Esta era una emergencia nacional.

Su teléfono y todas las luces de su oficina se apagaron simultáneamente. Normalmente, durante un apagón, las fuentes de energía emitían una cacofonía de advertencias, cantando como grillos robóticos protestando por la oscuridad. Pero su silencio espeluznante asustó al director. *Seguramente no todos los suministros de baterías se agotaron*, él razonó. En alguna parte del edificio se encendió un motor, y el generador de emergencia se prendió. A pesar de su zumbido, la iluminación de respaldo nunca se encendió. Después de ponerse de pie y caminar hacia la ventana, él miró hacia afuera, contemplando el horizonte ennegrecido de Denver.

Toda la ciudad había perdido energía y se mezclaba de manera inquietante con la cordillera frontal de las Montañas Rocosas. A lo lejos varios destellos estallaron más allá de las cimas de las montañas, enviando olas ondulantes que iluminaban el cielo y coronaban majestuosamente cada pico de colores vibrantes. Le recordaba a la Aurora Boreal, pero más grande. Parecía crecer mientras lo miraba, extendiéndose hacia el este como si estuviera tragando la oscuridad.

Parecía que la nieve caía del cielo; copos pesados que parecían más grises que blancos caían a la deriva. Él se inclinó hacia delante, esforzándose por observar el fenómeno mientras cubría las calles de abajo. De repente él se dio cuenta de que miraba las cenizas de Yellowstone—escupidas de la tierra y cenizas soplando en el cielo nocturno. Como científico, él sabía que estas cenizas cubrirían el continente antes del siguiente mediodía.

Un estruendo repentino tembló debajo de sus pies mientras se agarraba al alféizar para mantener el equilibrio. Miraba con asombro mientras que los picos de las montañas se desmoronaban ante sus ojos, derrumbándose dentro de una falla creciente que atravesaba la ciudad y continuaba hacia el sur. El edificio a su alrededor crujía y gemía mientras las vigas de acero fallaban, cayéndose en el abismo y tragándolo vivo. Su último pensamiento era de su familia y cuánto esperaba que él hubiera seguido su propio consejo de pasar menos tiempo en el trabajo.

PARTE II
VIEJOS AMIGOS Y
COMIENZOS NUEVOS

CAPÍTULO ONCE

Clint no llevó a Cat y Josh a su apartamento en Bay City; en vez de eso, condujo a la antigua propiedad de vacaciones de su padre. Cathy se incorporó cuando reconoció la estructura aislada de tres habitaciones que era más una cabaña que una casa. Se había cambiado desde la última vez que ella la había visitado, ahora había maleza alta que crecía demasiado cerca al edificio y la mayor parte del camino de acceso había sido arrasada por las inundaciones recientes. El temor la llenaba mientras rebotaban a lo largo del camino de tierra. Estarían completamente solos con Clint y sus arrebatos letales.

La chabola estaba ubicada en cincuenta acres arbolados que limitaba con un refugio nacional de vida silvestre a lo largo del río Shiawassee. La zona era el hogar de varias especies de aves acuáticas, en particular los gansos canadienses y varios patos norteamericanos. El padre de él le había enseñado desde una edad joven a vivir de la tierra, y no habría razón alguna para que ninguno de ellos fuera al pueblo aun si Clint lo permitiera.

"Pensaba que habías perdido este sitio cuando tu padre se murió", ella dijo.

"Se lo puso en venta hace un año y por casualidad tuve algo de suerte en el Casino de Eagles Landing. Me lo compré libre de gravámenes".

"¿Así que vives aquí ahora?"

Él le lanzó una sonrisa picaresca como si estuviera diciendo: "Estamos aquí, ¿no?"

Ella ayudó a Josh a bajar de la camioneta, poniéndolo en la entrada de gravilla. El niño miró por todos lados con los ojos muy abiertos como si estuviera recordando la última visita. Eso era antes de que su abuelo hubiera desaparecido, presuntamente ahogado en el río después de una noche de alcohol y pesca. Joshua le sonrió a su padre y preguntó: "¿Podemos cazar los gansos canadienses, papá? Me prometiste que cuando era mayor, podríamos hacerlo".

Clint sonrió también y puso una mano en el hombro de su hijo, haciendo que Cat temblara de odio. "Creo que es hora de que aprendas, pero tienes que romperles el cuello cuando caen".

Joshua palideció ante eso, dando un paso atrás.

"Clint, él es demasiado joven para eso", Cat rogó.

"Tonterías. Él aprenderá que eso es parte del destripamiento o se morirá de hambre mientras festejemos". A su hijo añadió: "Y no hay nada mejor que comer que un ganso canadiense". Mientras subieron juntos las escaleras, la tierra tembló, obligando que Cat agarrara un pilar para apoyarse. Joshua se cayó y Clint surfeó con los brazos extendidos a los lados. "¡Caray!", dijo, riéndose del terremoto.

"Sentí uno más temprano esta noche en Kalamazoo", Cat le dijo después de que disminuyeron los temblores.

"Es la fractura hidráulica. Las empresas ricas de petróleo siguen bombeando el agua de mar en el suelo para hacer flotar el crudo".

Ella señaló su camisa de sindicato. "La gente necesita petróleo para conducir sus coches, Clint. Los coches que haces".

"Que hacía. Estoy jubilado", dijo, gesticulando hacia la tierra silvestre circundante y, por fin, señalando la cabaña. "Pon tus cosas en la habitación. Vamos a dar un paseo en bote", dijo. Él metió la mano en el asiento trasero y sacó las dos bolsas grandes, cada una repleta de contenidos.

"Es tarde", ella argumentó. "Amanecerá en un par de horas".

"En realidad, es temprano", él insistió, "y nadie te dijo que te desnudaras toda la noche para otros hombres, Cat. Solo porque has estado despierta pecando toda la noche no significa que no puedes hacer cosas con tu familia cuando sale el sol".

Ella no hizo caso de la reprimenda e hizo cómo él le había dicho. Después de unos minutos estaban en un bote tipo plano Jon Boat de aluminio yendo río arriba. Cat vio que ahora había tres bolsas a los pies de Clint, las dos de la camioneta y otra, más pequeña y menos repleta. Ella preguntó: "¿Adónde vamos, Clint?"

"Río arriba", fue su respuesta.

"Clint", ella insistió, "si vas a hacer algo ilegal, ¿por qué no nos dejaste en la cabaña?"

Él entrecerró los ojos y le lanzó su mirada seria, la que le puso la piel de gallina. "Porque", dijo, "esto es algo que no puedo hacer sin ti".

Ella se quedó callada unos minutos más hasta que llegaron a la parte más profunda del río. Era ancho, demasiado lejos para que ella pudiera nadar a cualquiera de las orillas. Eso es cuando Clint apagó el motor y arrojó un ancla pequeña por la borda. Pronto el bote pequeño se mecía suavemente mientras las aguas pasaban por ambos lados. Ella miraba mientras él abría la cremallera de la bolsa.

Ella captó un destello de metal en el interior y algo más. No estaba segura, pero parecía cemento. "Clint, ¿por qué estamos aquí?"

Él sacó su arma de la región lumbar y lo apuntó a su pecho. "Abre la bolsa", exigió él, empujándola con los pies hacia ella, "y ponte eso en los tobillos".

Se le llenaban los ojos de lágrimas mientras miraba a Joshua. Sin decir nada, él clavó sus ojos en el arma en la mano de su padre; no pestañeaba y de repente parecía estar preocupado. Cat preguntó: "Entonces, ¿esto es el final?" Ella abrió la bolsa y encontró dos bloques de hormigón con cadenas que iban por los agujeros. Cada una terminaba con su propio juego de esposas. "¿Así que me vas a disparar delante de nuestro hijo y luego hacerme caer en el río?"

"Ese es el plan", él respondió antes de dirigirse a Joshua. "Hijo, tu madre es pecadora. Ella te robó y trataba de alejarte de mí, pero la hallé. Ahora tiene que pagar esto, ¿entiendes?" Joshua asintió, aunque Cat sabía que no entendía. El niño estaba confundido y tenía miedo. "Ahora ella va a ir para estar con tus abuelos, y solo seremos tú y yo".

Cat miró fijamente el arma, sin moverse.

"Dije que te las pusieras en los tobillos", Clint le dijo. Ella lentamente tomó la primera y la puso alrededor de su tobillo, teniendo cuidado de dejar espacio. "Más apretada", él exigió. Ella obedeció.

Ella estaba en un sueño, y el mundo alrededor de ella se había vuelto surreal. Sintió que su piel se desprendía de su cuerpo, un cuerpo que ya no era el suyo. Su voz gritaba en su cabeza mientras su cuerpo obedecía a ciegas y levantaba el segundo grillete. No le importaba morir, pero no quería que Joshua lo viera. Ella rogó: "¿Puede él darse la vuelta?"

"No, eso es parte del trato. Él debe mirar como yo vi a papá encargarse de mamá".

Se le iluminó la mente de Cat, y ella miró por encima del borde del bote. "¿Quieres decir...?"

"Sí, Cat. Este es el mismo lugar". Apuntó el arma hacia el bloque de hormigón. "Ahora, el otro", exigió.

Sus manos temblorosas se movían muy lentamente mientras ella manipulaba torpemente el mecanismo. El segundo sería más difícil ponerse que el primero. Una vez que estaba seguro, él apretaría el gatillo y tirarla por la borda. Una idea repentina le trajo terror a la mente, *¿y si él no aprieta el gatillo?* Ahogarse era, en su mente, la peor manera en que morirse. Ella preferiría comer la bala.

De repente la atención de Clint estuvo en el cielo. Ella pudo ver un destello de rojo en sus ojos mientras algo se estallaba sin ruido sobre el horizonte detrás de ella. Ella se dio la vuelta y miró mientras dos destellos más iluminaron el cielo al norte y al sur. El resplandor era brillante mientras tres nubes de hongo brillaban como bengalas grandes en la carretera.

Aprovechando el momento, ella levantó el bloque de hormigón y lo lanzó contra su cabeza; lo golpeó con un ruido sordo antes de caerse al suelo del bote. El bote se balanceaba cuando ella se cayó al fondo de aluminio, el bloque de hormigón apenas fallando en chocar contra la cabeza de ella al caer a su lado. Aturdido, Clint dejó caer el arma a sus pies. Estaba aturdido y más lento en responder mientras los dos intentaban recuperar el arma. Él logró patearlo a popa, así que ella agarró el extremo abierto del grillete. Con un clic, ella lo cerró alrededor del tobillo de él. Ahora los dos estaban igualmente trabados y susceptibles de ahogarse.

Ella trató de alcanzar el arma, pero él agarró a Cat y la tiró contra la cubierta dura. Él apretó sus manos alrededor del cuello de ella, pero lo único en lo que ella pudo concentrarse era el charco de agua del río alrededor de su cabeza. *Huele a pescado*, pensaba mientras el mundo a su alrededor se ennegrecía en los bordes.

De repente el bote se tambaleó en el agua, sacudiéndose violentamente. Ella apenas podía ver la cara de él flotando peligrosamente cerca del borde y ella pateó con su pie libre, arqueándose la espalda y enviándolo volando hacia adelante. El puente de su nariz chocó fuertemente contra el aluminio, y ella salió apresuradamente de debajo de su peso el momento en que su agarre se aflojó. Aunque su visión quedaba nublada, pudo distinguir a Joshua de pie en la popa y sosteniendo el arma hacia su padre.

"Dámela", ella dijo en voz baja. Mientras Clint se ponía de pie para enfrentarla, Joshua le entregó el arma a ella.

El bote se meció otra vez, esta vez tirando a ambos adultos a la cubierta. Cat apenas sostenía el arma mientras se daba cuenta de que todo el río estaba lleno de olas, probablemente debido a otro temblor.

Clint se puso de pie primero y trató de abalanzarse sobre ella.

Ella apretó el gatillo dos veces seguidas, y el niño y su madre miraron al monstruo tambalearse hacia atrás, agitándose los brazos, antes de desaparecer por la borda. El bloque de hormigón encadenado a su tobillo se enganchó en el costado del bote, amenazando con volcarlo por completo.

Con el arma apuntada hacia su esposo moribundo que desesperadamente estaba tratando de nadar, Cat usó su mano libre para subir el bloque sobre el mamparo de aluminio. Con un plaf satisfactorio, salpicó el agua, arrastrando hacia abajo a un Clint muy sorprendido. Sus brazos intentaron débilmente luchar contra la corriente descendente, pero pronto desapareció en el olvido.

Cat ojeó las orillas del río. El terremoto había sido uno grande, más fuerte que cualquier otro que había sentido, y ahora estaban siendo arrojados como si estuvieran a la deriva en un mar embravecido.

Joshua gritó y señaló río arriba. Su madre dio la vuelta para ver un muro de agua rápidamente acercándose desde el valle. Ella se apresuró a desatar la cuerda del ancla, pero el tiempo se estaba agotando rápidamente. Poniendo la boca del arma contra el nailon, ella apretó el gatillo, partiendo la cuerda y enviando el bote junto con la corriente.

Le gritó a Joshua: "¡Échate al suelo!" Él corrió hacia ella, y ella lo envolvió en sus brazos, poniendo su propio cuerpo encima del suyo en el charco de pescado en la cubierta. Con los ojos cerrados, ella oró que el bote no zozobrara y nunca vio cómo la corriente los arrastró río abajo como madera a la deriva en las inundaciones.

Los Johnson no se dijeron nada el uno al otro mientras viajaban a través de tres estados a menos que tuviera que ver con el viaje en sí. Ninguno de los dos tenía la mentalidad adecuada para conducir, pero tomaron turnos en hacerlo. Habían conducido trece horas y acabaron de girar hacia el sur en Omaha, Nebraska.

Linda no había querido dejar a los hijos, pero el vuelo que llevaba los ataúdes estaba completamente lleno. Ella estaba detrás del volante, más que nada para calmarse los nervios, y los conducía al sur en la Autopista 29.

Bryan rompió el silencio. "Lo siento", él dijo.

"¿Por qué?", ella preguntó. "¿Por matar a nuestros hijos o por arruinarnos la vida?"

"Los dos", él respondió.

"Nunca te perdonaré esto". Ella miró fijamente hacia adelante mientras hablaba, deliberadamente evitando mirar a su esposo. "Este viaje entero era tu idea, y ellos ni siquiera querían venir".

"Lo sé", él respondió. "No tenía idea alguna de que no era seguro. Miles de personas visitan el parque cada día", dijo.

Ella volvió la cabeza y gritó: "¡Llevaste a nuestros bebés a un volcán, y ahora están muertos!"

Se le llenaron los ojos de lágrimas inmediatamente. "Lo sé. Lo siento, cariño. Lo siento mucho".

El puño de ella hizo contacto con la mejilla de él, haciendo que le picara la piel, y su anillo de matrimonio dejó un corte. "No se te permite llorar", ella gritó. "¡No en frente de mí!" El cuerpo de ella jadeaba entre sus propios sollozos, las lágrimas cayéndose y los mocos goteando de su nariz. "¡Te odio!" Ella lo pegó de nuevo. Él se levantó las manos para defenderse, no diciendo nada y dejándole expulsar toda su ira.

Estaba tan centrada en pegar a Bryan que no vio el coche que se acercaba. Este se desvió, pero los vehículos se golpearon los faros y los dos se deslizaron de la carretera. El otro conductor se volcó en una zanja e inmediatamente se paró. Ellos no tenían tanta suerte. El coche dio cuatro vueltas antes de rodar sobre el techo y detenerse en un campo de maíz.

Bryan se desmayó momentáneamente pero recuperó la conciencia. Mirando alrededor de la cabina, él se dio cuenta de que Linda había sido arrojada del vehículo. Un agujero grande en el parabrisas contó la historia de su salida. Él palpó su propio cinturón de seguridad y lo desabrochó, cayéndose de bruces en el techo. Pateó el vidrio, tirando lo que quedaba. Se cortó las manos y las rodillas en varios lugares mientras salía del desastre, decidido a encontrar a su esposa.

Aturdido, anduvo a tientas por las hileras de maíz, confundido y perdido. Todo parecía igual en todas direcciones. Cuando por fin llegó a un espacio abierto, podía ver las luces de Omaha en el horizonte. La Base de la Fuerza Aérea de Offutt se ubicaba entre él y la ciudad.

Estaba a punto de darse la vuelta y dirigirse a la carretera cuando un sonido rugió en el cielo. Él había crecido rodeado de aviones de propulsión a chorro, pero este rugido era un sonido demasiado bajo para eso. Miró fijamente el cielo, con los ojos buscando luces parpadeantes. Un cohete muy grande pintado con una estrella roja bajó de una altura muy alta, apenas dándole tiempo suficiente para calcular su destino. Se estrelló en el centro de la base aérea, detonándose de inmediato.

Si Linda hubiera conducido más lentamente y ellos hubieran estado unos cientos de millas más al oeste, él habría visto la nube de hongo que se asocia con las explosiones nucleares. También habría visto él un horizonte salpicado de cientos de otros destellos de luz, cada uno igual de destructivo y contando la historia de ciudades enteras que de repente dejaron de existir. Demasiado cercano y a la vista de la explosión, Bryan inmediatamente se vaporizó—su cuerpo convirtiéndose en cenizas en un destello brillante de luz.

CAPÍTULO DOCE

Los neumáticos del avión tocaron la pista, y Brooke respiró aliviada. Más allá de su ventanilla, un equipo de tierra se alineaba en el asfalto oscuro, sus caras iluminadas por los fuegos parpadeantes encendidos apresuradamente en barriles de acero. Ella había anticipado camiones de bomberos y vehículos policiales, pero los trabajadores estaban haciendo todo a pie, uniendo una larga cadena de mangueras y extendiéndolas hacia el avión que se aproximaba. Después de frenarse violentamente, por fin se detuvo cuando se le acabó el impulso. El avión no tenía poder para llegar a la terminal, y ellos tendrían que andar a pie a la terminal completamente oscura.

Un pequeño grupo de soldados salió corriendo a su encuentro; varios de ellos empujaban una escalera de metal hacia el avión. El sonido de golpear el fuselaje sacudió el avión, y los pasajeros murmuraron del bienvenido extraño y el sonido repentino de puños pegando desde el exterior. Los auxiliares de vuelo abrieron la puerta, y varios hombres armados subieron a bordo.

Una mujer que llevaba una etiqueta con el rango de capitana se dirigió a los pasajeros. "Señoras y señores, bienvenidos a la Base de la Fuerza Aérea de Ramstein. Como pueden averiguar, las cosas se nos han complicado esta noche para todos nosotros. Se creará un centro de acogida en la USO justo dentro de la terminal principal".

Todos a la vez empezaron a gritar, cada uno vociferando más alto que su vecino y exigiendo una respuesta. Uno de ellos, un cincuentón vestido con un traje de negocios, hablaba con un fuerte acento alemán. Él insistió: "¡Soy ciudadano de Alemania, y se me esperan en Fráncfort! ¿Por qué estoy detenido por el gobierno de ustedes?"

La mujer sonrió suavemente mientras hablaba, su belleza clásica añadiéndole calma a su voz. "Una vez dentro, habrá una sesión informativa.

Sé que tienen muchas preguntas, pero favor de esperar hasta después para hacerlas".

Una vez que se dieron cuenta de que ella no ofrecería explicaciones, se calmó el griterío. Uno tras otro se vaciaron los compartimentos superiores y los asientos. Brooke, Sam y David se quedaron atrás después de que todos habían bajado, sintiendo que más del trabajo de Jake estaba ocurriendo alrededor de ellos. La mujer joven se acercó a ellos: "¿Dr. Andalón, supongo?" Le dio la mano de bienvenida, y David la tomó. "Mi nombre es Stephanie Yurik".

"Mucho gusto", David respondió.

Entonces ella giró hacia Brooke: "Dra. Braston, encantada de conocerla después de tanto tiempo". David parecía estar confundido por esto, levantándose una ceja en una pregunta.

Brooke lo desvió. "Igualmente, aunque no tengo idea de cómo me conoce".

"Por supuesto", Stephanie respondió, una vez más dándoles una sonrisa cautivadora. "Favor de seguirme. Denle al sargento Roark sus maletas, y él se encargará de que llegan a sus habitaciones". Un momento de preocupación le cruzó la cara mientras añadía: "Como dije, las cosas se han complicado esta noche, y su hermano quiere informarles de todo aparte de los pasajeros".

Los guió bajando las escaleras a un camión que esperaba, el sonido de su motor solitario rugiendo en la noche. El único brillo en sus faros era un reflejo de los fuegos a lo largo de la pista. La capitana Yurik mantenía la puerta abierta, y Brooke subió.

Mientras David subía al lado de su esposa, él susurró. "¿De qué se trataba eso? ¿Cómo te conoce?"

Ella se encogió de hombros. "Jake probablemente habla de su hermana menor todo el tiempo".

Él asintió aunque parecía dudarlo, pero su respuesta había sido suficiente. Afortunadamente él se quedó callado el resto del viaje corto. Él averiguaría la verdad muy pronto.

Dentro de pocos minutos se detuvieron frente a un búnker de la era de la Guerra Fría. Varios guardias armados con rifles M-16 estaban de pie delante de él con rostros decididos, los ojos clavados en los recién llegados. Brooke pensaba que ella pudo distinguir miedo en cada uno. Ella agarró el brazo de David y le dejó guiarla por el estacionamiento. Una sola puerta de acero se cernía delante de ellos, abierta y esperando su llegada.

La capitana Yurik hizo un gesto. "Por aquí, por favor".

Una vez dentro, los soldados que guardaban la puerta cerraron de golpe el acero pesado detrás de ellos.

Brooke saltó con el ruido, dándose la vuelta. Ella miró mientras dos de los hombres alistados giraron ruedas gigantes. "¿Nos están encerrando?"

Por solo un momento la sonrisa de la capitana Yurik parecía parpadear pero rápidamente se recuperó. "Su hermano explicará todo una vez que estemos dentro de la sala de guerra". Se dio la vuelta y empezó a alejarse. "Vengan", ella dijo, "él está esperando".

Entraron en un cuarto circular con una mesa grande en el centro. Se habían instalado varias sillas, y fácilmente podría acomodar a veinte personas. Solo dos sillas estaban ocupadas. El hombre a la izquierda llevaba un traje hecho a su medida, simple y sin pretensiones. Lucía una amplia sonrisa que les daba la bienvenida a los recién llegados a la vez que escondía su preocupación. Ella reconoció a Michael Esterling, y el otro era su hermano. Jake todavía llevaba su traje de vuelo, así que debía de haberse apresurado al búnker después de aterrizar.

Él se puso de pie y envolvió a su hermana en un abrazo. "¡Brooke!"

Ella sonrió también, feliz de ver a su hermano, pero entonces inmediatamente se dio cuenta de que algo no iba bien. "¿Qué pasa?"

Jake echó un vistazo a Michael pero no hizo caso de la pregunta de ella. Le estrechó la mano a David, envolviéndolo en un abrazo fraternal. Siempre habían sido amigos íntimos, estos dos. Después de que estos se abrazaron, Michael se puso de pie y abrazó a David y a Brooke. Hace veinte años estos hombres habían sido inseparables excepto cuando en clase. A pesar de las personalidades obviamente diferentes, habían sido mejores amigos. Jake era un atleta bullicioso destinado al servicio militar. Michael era un estudiante callado de derecho decidido a cambiar el mundo por medio de la política. Y David había esperado mejorar la humanidad por los estudios genéticos.

Brooke intentó de nuevo, hablando en voz alta. "¡Jake!" Todos giraron hacia ella. "¿Qué pasa? ¿Por qué estamos aquí y por qué en un refugio nuclear?"

David miró por todas partes como si estuviera saliendo de un banco de niebla, asimilándolo todo. Como si acabara de darse cuenta de su entorno, él preguntó: "¿Eran esos pulsos electromagnéticos, Jake? ¿Está bajo ataque América?"

"Lo eran". Jake les hizo un gesto para que se sentaran. "Estos pulsos, como los llamaste, eran explosiones nucleares de gran altura. Frieron casi todos los aparatos electrónicos de todos los continentes, pero tenemos suerte al estar al lado completamente opuesto del globo y no nos golpearon tan fuertemente. Algo de nuestro equipo todavía funciona, especialmente en este búnker blindado".

"¿Eso fue cómo pudiste volar y escoltar al piloto aquí?", maravilló David.

"Sí. Todavía te tenía en el radar cuando cruzaste a Alemania: así despegué en caso de que pudiera guiarte. Desafortunadamente, esa es la última misión que voy a volar".

La capitana Yurik, al haber asegurada la puerta detrás de ellos, se unió a todos en la mesa. Braston hizo un gesto para que ella explicara. Deslizándose en una silla al lado de Michael, ella dijo: "Poco después de que cruzaron al espacio aéreo alemán, una perturbación sísmica significativa ocurrió a lo largo de la falla de San Andreas".

"Sí", Brooke intervino. "En Palmdale. Pero eso era poco después del despegue. Vimos la grieta enorme que hizo".

Stephanie miró a Jake para su ayuda. Él encogió los hombros y luego habló. "Eso era más temprano, Brooke. Hubo el grande en San Francisco".

David se incorporó en la silla. "¿Uno grande? ¿De qué tamaño estamos hablando?"

"No *uno* grande, Dave. *El* Grande. Es decir, California no existe".

Brooke quedó boquiabierta, y David seguía pareciendo estar confundido. Después de un momento, los dos captaron el significado de las noticias.

"¿No existe? Es decir, ¿no existe?", David preguntó.

Jake continuó: "Un diez completo en la escala de Richter. Quizá más grande, pero no había manera de medirlo. Fue tan dañino que creó una reacción en cadena a lo largo de una línea de falla ya estresada. Unos quince terremotos en total golpearon, cada uno con una fuerza de más de nueve". Él se detuvo para que se asentara la información.

"Pero", David comentó, "eso no explica el pulso electromagnético. Ese no era algo de la naturaleza."

"No", Stephanie respondió, "ese era hecho por el hombre".

Esta vez era el turno para que hablara Michael. "La Base de la Fuerza Aérea de Vandenberg lanzó varios misiles después del terremoto, cada uno de manera accidental".

"¿Cómo?" David parecía más confundido que nunca. "¿No hay planes de respaldo y contingencias para evitar el lanzamiento accidental?"

"Sí, había", Michael continuó, "pero antes del terremoto alguien debía de haber pirateado el sistema. Se pasaron por alto todos los protocolos de seguridad, y fueron cambiadas sus verdaderas trayectorias. Lo que vieron ustedes fueron explosiones sobre las Grandes Llanuras. Todo desde las Colinas Negras hasta la Isla del Padre, Texas, está sufriendo una lluvia radioactiva debido a las explosiones en el aire".

Ahora era el turno de Brooke de estar confundida. Ella preguntó: "¿Verdaderas trayectorias?"

"El hacker armó cada misil y enmascaró el radar de control de tiros, haciendo parecer que viajaría a su destino original".

Ella se sintió revolcar el contenido de su estómago. "¿Cuáles eran esos blancos, Michael?"

Jake contestó: "Pekín, Moscú y Pyongyang".

David se puso de pie bruscamente, gesticulando. "¿Es esa la razón por qué estamos en un búnker, Jake? ¿Y por qué diablos nos estás contando esta información clasificada? No tenemos permiso para oír nada de esto".

Jake respondió. "Porque en este momento hay más de cien misiles chinos en camino a lugares claves por todo los Estados Unidos y sus aliados. Cada uno tiene una ojiva nuclear. A estas alturas, lo que quede de nuestra defensa antimisiles habrá contraatacado, y ellos se están dirigiendo hacia China y Rusia".

David se cayó en su silla. "¿Cuántos lanzaron los rusos?"

"Todo su arsenal", Michael contestó. "Yo había esperado que ellos no participaran pero..."

"¿Pero?" La pregunta vino de Brooke.

"Sus misiles están en el aire y deben empezar a llover sobre cada nación dentro de OTAN dentro de la hora".

Brooke palideció. "¡Estamos *en* una nación de OTAN, Michael!"

Jake completó el resto. "Corea del Norte lanzó por lo menos veinte hacia varios de sus vecinos. Japón, Corea del Sur y Nueva Zelanda ya han sido golpeados. Otros caerán sobre Australia en cualquier momento, y no hay nada que podemos hacer".

"¡Mi-Jung!" De repente Sam rompió su silencio. "¿Logró salir? Oh, Dios mío, toda mi familia..."

Jake asintió. "Lo siento por tu familia, hijo, pero ella está segura. Ella aterrizó una hora antes de ustedes y está explorando las instalaciones".

"¿Por qué no?" Brooke insistió. "¿Por qué no pueden hacer nada?" Su urgencia contrastaba marcadamente con el general calmado y el senador relajado que les hablaban. "¿Por qué están sentados de brazos cruzados y no intentan nada?"

"Por lo de los pulsos electromagnéticos", Jake respondió. "No tenemos manera de ayudar a nadie, por los menos todavía no".

"¿Así que los Estados Unidos está sin defensas?"

Michael asintió. "Sí. Los Estados Unidos y todos nuestros aliados están a punto de ser borrados de esta Tierra, y no hay nada que podemos hacer".

David lo miró fijamente y en silencio, pero Brooke de repente ahogó un sollozo. "¿Mamá y papá?" La idea de ellos pereciéndose en un ataque nuclear le congeló la piel y se le puso la piel de gallina en los dos brazos.

"Ya se han muerto". El rostro de Jake estaba lleno de tristeza mientras hablaba. Los misiles no eran lo único provocado por la actividad sísmica. Toda la caldera de Yellowstone estalló hace unas tres horas".

Él se detuvo para que se asentaran las noticias, pero no tenía que esperar mucho. Ella entendió.

"Lo cual nos lleva", Jake continuó, "a la razón de por qué volé a tu equipo entero a Alemania".

Las puertas del cuarto se abrieron y una coreana joven entró. Cuando ella vio a Sam, se adelantó rápidamente, envolviéndolo en un abrazo. Después de que se habían separado, ella exclamó: "¡Espera hasta que veas el laboratorio!"

David parecía aun más confundido. "¿Laboratorio?"

Brooke sintió un momento de perdición entrar, y levantó la vista de sus manos para ver a David confundido. El momento temido había llegado.

Jake puso una mano tranquilizadora sobre el hombro de su hermana. "Ya es la hora de decírselo, Brooke. ¿Te gustaría hacer los honores o debería hacerlo yo?"

"Lo haré", ella dijo con un asentimiento de la cabeza. "Es mejor que él lo oiga de mí".

CAPÍTULO TRECE

El Dr. Andalón clavaba los ojos en su esposa, sus oídos oyendo la explicación pero su mente no creyéndola. Él se aferraba a cada palabra mientras ella contaba la historia y cronología de su traición. *Esto tiene que ser un sueño*, pensó. Pero las cabezas asintiendo de su hermano y de Michael intensificaban el nudo repugnante en su garganta. Una o dos veces luchó contra la bilis mientras su estómago amenazaba con revelar su última comida.

Con manos temblorosas, por fin él preguntó: "¿Por qué?"

Brooke se movió para tomar sus manos en las suyas, pero él las apartó, repugnado por su admisión de culpabilidad. "Pensaba que podrían ayudar, David. Ellos tenían la financiación y recursos que nos podrían haber adelantado más allá de los monos y hacia tu objetivo final".

"Así que todo lo que hicimos, todo de lo que hablamos o soñamos, ¿tú se lo diste a *Jake*?"

El general contestó: "Temo que sí. Sé que es una píldora difícil de tragar, pero tú estabas adelantándose demasiado lentamente. Eras completamente demasiado cauteloso para un experimento a gran escala".

David respondió sin contener su ira. "Ustedes, cabrones, convirtieron mi sueño en arma". Señaló a Brooke. "Tú robaste el trabajo de toda mi vida y se lo entregaste a las fuerzas militares". Volvió su mirada enojada hacia Michael. "Apuesto a que encontraste maneras en que financiarlo y mantenerlo clasificado".

El político asintió.

"No los puedo creer. ¡Ninguno de ustedes! ¡Eran mis mejores amigos! ¡Mis hermanos! ¡Cómo se atreven robarme el trabajo de toda mi vida!" Se apartó de la mesa y se puso de pie, paseándose alrededor del cuarto mientras divagaba. "Ni siquiera pensaba yo que creían en mi teoría. Siempre se portaban como si fuera yo *Dave el Loco*. ¿Cuándo decidieron por primera vez hacer esto? ¡Traicionarme si me acercaba!"

"El último año de la universidad". Jake se puso de pie y se acercó a él. "Los dos nos dimos cuenta de la aplicación militar si alguna vez tuviera éxito".

"¿Qué parte exacta del fracaso total era un éxito?"

"Pues", Braston contestó, "Felicima, para empezar".

David dejó de andar de un lado a otro. "No", él argumentó. "Esa no era telepatía. Ni siquiera telequinesis. Era piroquinesis—un efecto secundario indeseable del fracaso".

"Uno útil", ofreció Michael.

Brooke se había quedado callada en gran parte, pero habló. "No te creía en cuanto a Felicima, David. Cuando me dijiste que ella había quemado el laboratorio, no podía atreverme a aceptar esa posibilidad. Lo siento. Dudé lo que dijiste, y lamento haber traicionado tu trabajo y habérselo entregado a Jake. Pero, al final, mi traición nos salvó la vida".

"Por eso nos volaste aquí, ¿no?" Andalón clavó los ojos en el general, desafiándolo a mentir. "¿Tú chocaste contra una pared en tu *propia* investigación y necesitabas mi ayuda?"

"En realidad, no". Jake se aclaró la garganta y continuó. "Hemos tenido resultados parecidos con nuestros sujetos". Él le echó un vistazo a Brooke. "Pero no con el fuego".

David captó el intercambio breve entre hermanos. "¿Pensaban ustedes que podrían hacerlo mejor con *mis* experimentos?"

Michael intervino. "No estamos diciendo eso. Él quiere decir que uno de tus grupos tenía éxito, pero era poco probable la piromancia".

"Piroquinesis", David corrigió.

"¿Cuál es la diferencia?"

"La piromancia es magia. Esta es ciencia, no el recontar de una misión de Dragones y Mazmorras". David se dejó relajarse. "Explica tu teoría".

"La ráfaga de aire que experimentaste vino del Grupo Alfa, David".

Andalón sacudió la cabeza. "Si es cierto, entonces también es un experimento fallido. Buscamos la telepatía, no la aeroquinesis".

"¿Qué pasa si te digo", Jake preguntó lentamente, "que las dos van de la mano?"

El Dr. Andalón le miró fijamente, demasiado sorprendido y confundido para responder.

"Tenemos que mostrárselo", Stephanie Yurik intervino. "Él no va a creerte hasta que lo vea para sí mismo".

Brooke nunca había visto el laboratorio. Todo que sabía ella de la operación venía de segunda mano de la capitana Yurik. Aun así ella sabía muy poco. Nunca había querido mentirle a David, ni había querido encubrir el hecho de que ella había compartido información clave con la científica principal de su hermano. Pero había un dicho en su pueblo que se extendía a la universidad y ahora a la Fuerza Aérea. Ella lo conocía como la verdad porque ella había crecido con el hombre. Nadie puede decirle *no* a Jake Braston.

MIT en realidad les había cortado la financiación hace diez años, antes de que ellos hubieran visto progreso alguno. La manipulación y la mejora genéticas eran áreas de tabú de la ciencia en aquel entonces, y la universidad buscaba distanciarse del Proyecto Mendel. Pero la llamada de Brooke a Jake había cambiado lo todo. Dentro de poco tiempo Michael, un congresista joven en aquel entonces, había creado una cláusula económica a ciertas asignaciones de defensa. Se le concedió una parte al departamento de biología de MIT, pero la mayor parte financiaba el laboratorio de Jake.

Ellos habían respetado el deseo de David de mantener la orientación civil del Proyecto Mendel. Él soñaba con un mundo sin la comunicación electrónica, uno que accediera y maximizara la verdadera potencial del cerebro humano.

Pero Brooke recordaba una conversación animada del penúltimo año de la universidad. David se había emborrachado y estaba muy parlanchín. Él dijo: "Imagina si pudiéramos viajar a un lugar común de nuestras mentes y enlazarnos con otros parecidos a nosotros. Podríamos forjar un mundo propio y modificarlo para convertirlo en lo que quisiéramos".

Jake no pudo menos que abuchear. "¿Puedo tener allí bellas mujeres desnudas para satisfacer todos mis caprichos?"

"Desafortunadamente, en este mundo de ensueños la respuesta sería 'sí'. ¿Pero por qué malgastarlo en eso? Imagínate lo que podríamos hacer con pacientes en coma o parapléjicos. Ellos podrían correr y bailar como si nunca hubieran perdido sus habilidades físicas".

"No lo sé, David". Michael era más simpático que Jake en cuanto a las mofas, pero aportó su granito de arena. "De veras suena más como un mundo de ensueños. Además, en las manos inapropiadas, ¿cómo se evitaría la invasión de la privacidad? Si dos personas pueden comunicarse en un plano diferente, entonces ¿podrían usar la misma habilidad para espiar a otros? Los gobiernos matarían por la habilidad de utilizar la visión remota".

"Nunca me venderé a las fuerzas militares", David había insistido, aun en aquella época. "Permaneceré en control total. Preferiría quemar todas mis investigaciones que entregárselas a belicistas".

Eso es cuando empezó.

Una vez que Jake y Michael financiaron en secreto la investigación de David, Brooke se hizo consorte de ellos, pasándoles los apuntes de investigación y hélices de ADN cuando enfrentaron un reto en sus propios experimentos. Ella siempre había sabido que un día ellos mismos cortarían su financiación, dejando que él culpara a la universidad pero también exigiendo que él continuara con ellos. Ese día había llegado.

La capitana Yurik abrió de un empujón la puerta del laboratorio.

Brooke extendió su mano para tomar la de David, pero él se apartó, pasando por su lado como si ella estuviera en su camino. Ella miró mientras él siguió a la científica adentro. Contó hasta cinco; respiró profundamente y los siguió.

El espacio al otro lado de la puerta contrastaba fuertemente con las paredes de cemento en las otras partes del búnker. El elegante esmalte blanco reflejaba las luces poderosas de arriba. De vez en cuando parpadeaban.

Stephanie podía intuir que ambos David y Brooke lo habían visto y explicó: "Estamos utilizando la energía de un generador ahora mismo, así que es menos estable, pero tenemos un equipo trabajando mientras hablamos para normalizar la fase".

David asintió, pasando sus manos por la suave textura que lo rodeaba. Asimilaba lo todo con ojos muy abiertos y críticos. Brooke podía intuir que él pensaba que este era un laboratorio ideal, con el mejor equipo y todo lo que él había esperado conseguir, pero eso le había sido imposible con su financiación limitada en MIT.

La Dra. Yurik pulsó un interruptor y un holograma poderoso se iluminó encima de un quiosco. David se adelantó, mirando estupefacto la aparentemente cantidad infinita de información flotando alrededor de él. Stephanie le entregó un par de guantes con cables que él se puso. Se extendió las manos, tímidamente al principio, pero rápidamente entendió el concepto de la computadora. Agarró información y la apartó, organizando y clasificándola hasta que encontró lo que buscaba. Una doble hélice gigante se paró frente a él, de dos metros de altura y codificada por colores por proteínas. Él soltó un soplido.

"Este código genético se parece a, pero no es, primate", él exclamó. De repente se le ocurrió. "¿Han avanzado a los humanos?"

Con el apretón de un botón, Stephanie movió un panel en la pared. Cientos de embriones flotaban en un líquido amniótico artificial. Cada uno parecía estar congelado en estasis. David se acercó a ellos y tocó el vidrio con su mano enguantada. "¿Están vivos?"

"Sí", Jake respondió, "pero congelados en el tiempo hasta que perfeccionemos su código".

"Encontraron una manera", David susurró, "de hacer correcciones después de la fertilización".

"Así es", Yurik asintió, "y fue *tu* teoría. Tú lo averiguaste".

"¿Dónde están los sujetos de prueba? Quiero conocerlos".

Michael, quien se había quedado callado en gran parte hasta este momento, contestó: "Por aquí". Él abrió una puerta en la pared del fondo.

Brooke preguntó: "¿De qué tamaño es el laboratorio en sí?"

La capitana Yurik sonrió ampliamente como si estuviera al punto de revelar un secreto. "Ven a ver", ella dijo. "¡Y bienvenidos al Proyecto Andalón!"

David parecía confundido. "No entiendo. ¿Por qué ponerlo mi nombre si me lo robaron?"

Jake le dio una palmada fraternal en la espalda y señaló a Brooke. "Fue una condición de ella, y todos nos pusimos de acuerdo. Además, Gregor Mendel era un idiota comparado contigo".

Un pasillo largo conducía a través de un nivel inferior, y Brooke y David siguió a los otros. Debajo de sus pies había cuatro salones, cada uno muy grande y separado de los otros por una pared inclinada. Mientras Brooke los atravesaba, se dio cuenta de que cada salón parecía un terrario con árboles y frutas comestibles que crecían bajo lámparas de calor—todo escondido dentro de un cielo artificial. Un concurso los unificaba en el centro donde había unas escaleras hacia abajo.

David se tembló ante la puerta. Jake y Michael sonrieron ampliamente, compartiendo un secreto que sin duda habían estado ansiosos por divulgar. Brooke casi creía que su esposo les perdonaría el engaño muy pronto. Pero entonces él quitó el velo.

"No", él dijo. "Esto no es correcto".

Michael preguntó: "¿Qué no es correcto?"

Pero Brooke lo sabía. Entendía mejor a su esposo que cualquiera de sus amigos. Ella había temido la reacción venidera.

"El clonar. Esto es moralmente corrupto y malo. Han estado jugando a ser Dios con vidas reales".

Jake de repente se puso serio. "¿Y el manipular de genes no es jugar a ser Dios? Eso es la base de todo tu experimento".

"Yo quería mejorar la humanidad con el tiempo, lenta y deliberadamente. Ustedes se han apurado y creado una nueva forma de vida". Él se apartó y anduvo hacia las escaleras. Cuando estuvo al punto de subirlas, se detuvo y miró a sus amigos reunidos. "¿Qué forma de vida hay para esas personas más allá de esta puerta?"

Michael, siempre el más sensato de los tres, lo urgió: "Ábrela y ve para ti mismo. Después, si estás de acuerdo de que tienen un futuro, ayúdanos. Si no estás de acuerdo, ayúdanos a corregir nuestros errores".

Todos esperaron, dándole a su amigo el tiempo necesario para que se le aclararan los pensamientos y decidiera. Cuando por fin David se dio la vuelta, Brooke pudo ver que él estaba listo.

Jake mantuvo la puerta abierta, y David entró en el laboratorio. Una vez adentro, sentía como si de veras hubiera entrado en un mundo diferente. El cielo de arriba parecía real y no revelaba ninguna indicación de observadores mirando por el vidrio. Unos árboles altos estaban a su alrededor, cada uno con fruta. Por todas partes había plantas comestibles alfombrando el suelo del bosque y proporcionándoles alimentos a los sujetos.

La capitana Yurik susurró: "Bienvenido al Jardín del Edén, Dr. Andalón".

"Bien nombrado", él respondió. "Si Adán y Eva de repente aparecieran, no me sorprendería".

"Déjame llamarlos", ella respondió. "¡Eva!" En cuestión de momentos, dos niños de diez años aproximadamente salieron de detrás de una hilera de higueras. En vez de las hojas bíblicas, la pareja vestía monos blancos.

"Hola, Stephanie", la niña dijo con una sonrisa amplia en su cara. "Oh, general Braston y senador Esterling. Es magnífico que hayan vuelto a visitarnos".

El niño llamado Adán le habló directamente a David, tomándolo por sorpresa. "Dr. Andalón, lo he estado esperando y estoy encantado de verlo por fin en persona".

El profesor preguntó: "¿Cómo me conoces?"

"Usted es exactamente cómo lo recuerdo".

"Pero nunca nos hemos conocido hasta ahora mismo".

"No, doctor. Pero he soñado con su llegada". El niño giró hacia Stephanie con los ojos de repente llenos de tristeza. "¿Significa esto que su mundo está destruido?"

Ella asintió; de repente le costaba hablar.

"Muy triste", Adán dijo, "que tanta vida pereciera en un instante".

"Y peor", añadió Eva, "que tantas más se mueran lentamente".

David se volteó rápidamente, enfrentándose a Jake y Michael: "Por eso insistieron tanto que nos reunamos con ustedes. Por eso están tomando con calma este escenario del fin del mundo. ¿Ya lo sabían? *Ellos* predijeron la destrucción?"

"Hasta el último detalle".

"¿Por eso te arriesgaste al volar el avión a pesar de la amenaza de un pulso electromagnético?" Sacudió la cabeza con asombro, maravillándose de todo lo que sucedía a su alrededor. "Sabías que tendrías éxito".

Michael asintió. "Eso lo resume en pocas palabras. Jake me llamó hace dos días, y me apresuré para llegar.

David le hizo una pregunta al niño. "¿Cuándo soñaste todo esto?"

El niño contestó con calma, como si hablara del tiempo. "Hace cinco años, Dr. Andalón. Pero solo esta semana supe la fecha y hora exactas".

David sentía que le daba vueltas la cabeza. Cerca de él, Sam, Mi-Jung y Brooke se quedaban en silencio, procesando la información y escuchando la conversación. "¿Qué otras habilidades tienen?", él preguntó.

Las hojas alrededor de él susurraron por una brisa repentina que le enfrió la piel. Sintió un dedo que le tocaba la oreja, y él se dio la vuelta, no viendo a nadie pero viendo un hilo de aire saludándole. Él extendió la mano para tocarlo y su mano lo atravesó. De repente, tomó una forma más corporal y se convirtió en una mano extendida para saludar. La tomó, encontrándola firme.

"El general Braston me enseñó que un apretón de manos firme es cómo los caballeros intercambian saludos", Adán explicó.

"Sí", David asintió. "Eso es muy cierto". Él se dio la vuelta para dirigirse a Jake y Michael, evitando a su esposa completamente. "Esto no perdona a nadie, pero cuenten conmigo".

CAPÍTULO CATORCE

Maxwell Rankin odiaba las paradas de camiones pero, dada su carrera, pasaba mucho tiempo en ellas. No estaba cansado y solo descansaba en este lugar porque los idiotas del gobierno promulgaban leyes que le prohibían conducir durante ocho horas más. El bajo retumbar de su Freightliner al ralentí mantenía caliente el diésel mientras él estaba tumbado en la cabina dormitorio, tratando sin éxito de dormir. La llamada a casa a Betty lo había irritado demasiado para descansar su mente atribulada.

Las cosas en casa iban bien, excepto que Tom de nuevo faltaba clases. Su esposa había culpado a Max, acusándolo de tomar demasiados viajes largos mientras su hijo adolescente se acercaba a la madurez.

"¡Los hijos negros *necesitan* a sus padres, Max!" Ella le había repetido estas palabras muy a menudo, como si él no lo supiera de primera mano. Su propio padre había perecido en Vietnam, dejando atrás a una viuda para criar a sus dos hijos. De los chicos, solo Max salió bien. Ryan seguía encarcelado en la prisión de Heritage Trail.

El resto de la llamada era más o menos una continuación del mismo rito nocturno, con Betty expresando su frustración y él intentando convencerle que todo iba bien. Excepto que esta vez ella había encontrado una bolsa de hierba en la mochila del chico.

Él no era un chico malo. Era un adolescente normal, y Max no vio razón alguna para preocuparse. "No es porrero", él había tratado de explicarle a Betty, "y solo es marihuana".

"La marihuana es una droga de entrada", ella argumentó. "¡Y solo lo hace para llamarte la atención! Él anda con esos *otros* chicos cuando tú no estás".

Eso *sí* le llamó la atención. Los *otros* chicos eran parte de una pandilla imitadora que se llamaba "Pandilla de Conseguir Dinero", o PCD por sus siglas. Se asociaban libremente con los Crips, quienes, por turno, tomaban como presa a los adolescentes de los suburbios para que vendieran estos sus drogas. Max no tenía paciencia alguna para el crimen y no los quería cerca de su hijo.

"Bien", él había prometido. "Déjame llevar esta carga a Fargo, y estaré en casa para el sábado. Entonces descansaré unas cuantas semanas. Tengo horas para vacaciones; así que podemos llevarlo de camping".

"No quiero ir de camping", ella se quejó. "Quiero *ir* a algún lugar. Llévanos a Disney o algo".

"Es un desperdicio de dinero", él había protestado, "un agujero en Florida en el cual se tira el dinero, y lo único que compensa es una gorra con orejas estúpidas. Además, conduzco todos los días. No quiero conducir en las vacaciones, y no tenemos para el vuelo".

"¡Eres muy egoísta, Max!" La línea cayó muerta de repente, y al principio él pensó que ella había colgado. Pero entonces se dio cuenta de que el teléfono se había muerto, haciendo que la cabina se oscureciera a pesar de que estaba enchufado en un cargador. *Excelente*, él pensó, *ella va a pensar que yo colgué y nunca me dejará olvidarme de esto. Una cosa más en mi lista.* Él arrojó el aparato inútil al otro lado de la cabina. Por el sonido del rebote, él lo encontraría más tarde, probablemente debajo del asiento del conductor.

Eso es cuando se dio cuenta de que no podía dormir. Ella lo había enloquecido, acelerando su pulso y agitando su mente. Pensar en su cuenta corriente no había ayudado tampoco, así que decidió leer un libro. Sacó su lector electrónico de debajo de su almohada y presionó el botón de encendido. Estaba tan muerto como el teléfono. Él se rindió y se cerró los ojos, dando vueltas durante la mayor parte de una hora. Pero debía de haberse dormido antes de despertarse súbitamente.

Se le rugió el estómago, y él sabía que estaba despierto para siempre.

Pensó de nuevo en Tom y los chicos con quienes andaba. No eran malos, por lo menos no todos ellos. Eran chicos, aburridos y sintiéndose separados de un mundo que no les pertenecía. Estaban enojados, provocados por un movimiento nuevo para la justicia y derechos iguales. No que él estaba de desacuerdo, solo que ellos tenían una visión diferente a la de su hijo.

La madre y los abuelos de Max habían predicado el amor y la protesta pacífica y frecuentemente habían hablado de las reuniones a que habían asistido con el reverendo Martin Luther King, Jr. Eso es lo que quería Max, vivir pacíficamente lleno de educación y oportunidad.

Pero las protestas a las cuales estos chicos intentaban arrastrar a Tom predicaban otro mensaje—uno de ira y llamadas a la acción. A fin de cuentas, Max sabía que los dueños de comercios pequeños absorbían los daños que estos movimientos causaban, especialmente después de que las compañías de seguro subían las tarifas tanto que ellos no podían competir con las corporaciones grandes.

Betty tenía razón. Cuando llegara a casa, hablaría francamente con el chico, convenciéndolo de cambiar su mente y corazón y enseñándole las lecciones que Max había aprendido de su abuelo. Quizá lo convenciera de alistarse en el ejército como el viejo le había animado a hacer.

El hambre rugió otra vez, y él decidió entrar para una comida. Mientras se daba la vuelta para alcanzar sus zapatos, una explosión sacudió el camión, haciendo que rebotara sobre sus resortes. La cabina se iluminó con un brillo, reflejándose contra la pared trasera. El destello era diferente a todo lo que él siempre había imaginado, durando unos segundos y calentándole la espalda con una intensidad ardiente de luz. El instinto le dijo que se cubriera la cara, y esperó hasta que la cabina volvió a la oscuridad. Quitándose la manta, se deslizó en la silla del capitán y bajó la sombrilla.

Una imagen directamente del infierno esperaba sus ojos cansados, y él miraba mientras la ciudad de Omaha se quemaba en la distancia. La silueta de la ciudad se había desaparecido, desintegrada del horizonte, y todo lo que había en el medio ardía con fuego. Los vientos nocturnos ya habían convertido el infierno en una vorágine de llamas, enviando un calor ardiente a través del parabrisas. Eso lo convenció. Fargo podía esperar, y él regresaría a Evansville y a casa.

Él ojeó rápidamente los indicadores oscuros en el tablero del camión, sin luz excepto el reflejo parpadeante contra la aguja naranja apuntando a tres cuartas partes de un tanque. Afortunadamente, eso era bastante para alcanzar la casa. El camión seguía a ralentí, pero todas las luces estaban apagadas. Trató de encender los faros, pero estos tampoco funcionaron.

Todo lo electrónico estaba muerto, incluso el radio. Poniendo el motor en marcha, soltó los frenos con un siseo y un gemido de aire; entonces salió del estacionamiento y subió a la vía de acceso, rechinando el metal mientras luchaba por encontrar la segunda marcha. Doblándose hacia el sur en I-29, se desvió para evitar los vehículos averiados que ensuciaban la carretera.

Mantuvo los ojos fijos en el frente, evitando mirar a las personas atrapadas o las que abandonaban sus coches averiados, pero se compadecía de su miseria. Algunas, las que tenían suerte, gritaban de dolor, lo que les recordaban que tenían vida. Otras miraban fijamente como en un trance con el choque ya endurecido, ojiabiertos, pero sin ver o cegados por el destello. Él sabía solo un arma que podía infligir tal grado de daño a la ciudad y todo lo que la rodeaba, y ya era la hora de regresar a casa.

Él aceleraba justo cuando una mujer aturdida y cubierta de sangre salió de la oscuridad, tambaleándose a la carretera. Sus ojos atormentados reflejaban el brillo que parpadeaba detrás de su camión huyente. Max se desvió y frenó fuertemente, apenas esquivando el hacerse la tijera para no chocar con ella. Ella ni siquiera se estremeció, mirando fijamente su camión como si, al fallar, él le hubiera arruinado su plan para una muerte rápida.

"Mierda", él murmuró. El camión redujo la velocidad hasta detenerse, pero continuó al ralentí, el aire entrando silbando en el carburador y alimentado el motor que rugía. Extendiéndose la mano detrás de él, agarró una manta y corrió para ayudar.

Linda Johnson viajaba en el asiento delantero del camión grande, haciendo en silencio una mueca de dolor. Su brazo y clavícula en el lado izquierdo estaban muy envueltos, heridas del accidente tratadas con destreza por el conductor. Por lo menos, ella lo recordaba como un accidente; el otro coche había aparecido desde la nada mientras ella pegaba y le gritaba a Bryan, culpándolo por la muerte de sus hijos. Ella lamentaba esta parte; era un buen esposo y padre que los amaba.

También ella recordaba apartar los ojos del camino, concentrada más en sacar su ira que en conducir. La mayoría de los golpes había sido desviada inofensivamente, así que ella se había desabrochado, moviéndose en la silla para una mejor oportunidad de golpear. Eso es cuando apareció el otro coche de la nada, llegando por encima de la colina.

Suzy y Seth no se habían muerto por las vacaciones estúpidas de Brian. Linda podía haber hecho más para prohibir que se alejaran por quitarles sus teléfonos y exigirles que se quedaran cercanos. Ella lo había culpado porque era más fácil que culparse a sí misma, y el choque de autos podía haber sido su subconsciente tratando egoístamente de terminar con el sufrimiento de una madre por haber perdido a ambos hijos. Además, sin ellos, ¿para qué valía la vida? ¿Y dónde estaba Bryan ahora? Seguramente estaba muerto también.

Ella recordaba muy poco de después de haber estado arrojada del vehículo excepto despertarse en una zanja, cubierta por una capa fina de cenizas que caían, y mirando fijamente la luna enrojecida contra un cielo de colores extraños. Los oídos le zumbaban sin parar en las horas posteriores a la colisión, y su hombro latía. Los cortes en su rostro habían dejado de sangrar pero la picadura que provenía de ellos era un recordatorio constante de la pérdida culpable. El zumbido en sus oídos nunca pararía, ella suponía.

El conductor del camión había pasado justo cuando salía a trompicones a la carretera. Por poco él la mató en el acto, y ella esperaba que así hubiera hecho. Él habló simpáticamente y la envolvió en una manta antes de subirla suavemente a la cabina dormitorio. Eso es cuando le atendió las heridas, maravillándose de cuántos fragmentos de vidrio iba sacando de su rostro. Ella probó su brazo en el cabestrillo, haciendo una mueca de dolor agudo mientras la rigidez se radicaba allí.

"Tengo que buscar a mi esposo", ella dijo en voz baja.

"Señora", el camionero dijo, "más allá de esa zanja de que saliste, no había nada vivo. Es un milagro que usted no fuera quemada en la explosión".

"¿Qué explosión?", ella exclamó, de repente recordando el incendio y cómo la obligó a salir a la carretera. Si Bryan *había* sido atrapado por esas llamas, entonces este hombre tenía razón. Nada habría sobrevivido.

"Nucleares, creo. Era exactamente como la describían en el cine mientras yo crecía—el destello, entonces la explosión seguida por ese calor horrible. La radiación vendrá luego, y por eso vamos hacia el sur para escaparnos. Tengo que ir a casa con mi familia en Evansville. ¿Y usted? Una vez que estemos libres de esto, la dejaré donde pueda, pero solo si está en camino a casa. Solo tengo una cierta cantidad de diésel y no puedo apagar el motor ni conseguir más".

"St. Louis", ella murmuró, pensando en las películas que él había mencionado. *El día después* había sido la que mejor explicaba la radiación ya que aparentemente convertía a las personas en criaturas espantosas con quemaduras y dientes faltantes.

"Puedo con St. Louis", él prometió, "pero no hay garantía de que no haya sido golpeado como Omaha. Las bases militares grandes serán los blancos principales, pero los centros de población y las ciudades más grandes quizá hayan sido destruidos también. Eso es cómo es la guerra nuclear".

"Suena usted a soldado".

"Érase una vez, sí. Me llamo Max, señora, Max Rankin".

"Linda", ella respondió, y lo dejó hablar la mayor parte del resto del camino.

Él era amable, ansioso por hablar y lo suficiente simpático como para darse cuenta de que a ella no le interesaba mantener una conversación. Él le puso al tanto de los eventos del día y la noche anterior—los terremotos, la erupción en Yellowstone y, por fin, la explosión. A decir la verdad, a ella no le molestaba que él parloteara y recibía de buena manera su voz. El silencio habría sido demasiado que aguantar. Ella escuchaba con medio interés pero se estremeció cuando mencionó Yellowstone. *Hasta nunca a ese lugar*, ella pensó.

"No estoy seguro de cómo podemos estar conduciendo todavía, pero este camión tiene un carburador y no inyectores de combustible", él explicó. "La radio no funciona y tampoco las luces, así que debemos tener cuidado al conducir por la noche". A pesar de que ella no contestaba, él continuó. "Llegamos a St. Louis dentro de pocas horas. Dios mío", él añadió, "Extraño a mi esposa. Betty es un verdadero amor, ¡la mejor cocinera de toda Indiana!"

Linda asintió. Ella se consideraba buena cocinera también. A Bryan le habían encantado sus comidas. Por supuesto, a los niños también cuando eran menores. Aun cuando crecían siempre llegaban a la hora de comer. Por supuesto, la mayor parte del tiempo llevaban sus platos a sus habitaciones para evitar la conversación de los padres que siempre acompañaba la comida. Pero ella sabía que ellos valoraban los intentos de ella.

"Tom", Max dijo.

Linda lo miró con alarma. "Lo siento. ¿Qué dijo?"

"Dije que Tom es mi hijo. Es un poco mimado y no entiende el significado de la palabra *no*. Pero me maneja a su antojo, ¡ese chico!"

Mi Suzy estaba mimada también. Debía de haberme puesto firme más a menudo; quizá no se habría alejado. Linda se estremeció ante el recuerdo aterrador del vapor y la lluvia hirviente empapando a sus hijos. *No lo debía de haber culpado*, ella pensó mientras las imágenes de Omaha, quemada y derrumbada, destellaron en su mente también. Él se ha ido, ella aceptó, *probablemente matado por el destello, y es mi culpa*. Si ella no hubiera hecho que ellos chocaran, su marido seguiría vivo. O los dos podrían haberse reunido con sus hijos en la muerte.

Cuando ellos pasaron Kansas City, tomaron un amplio rodeo, cuidadosamente evitando los vehículos abandonados y quemados que bordeaban las carreteras principales. Al viajar por las calles secundarias, dieron una vuelta alrededor de la ciudad, viendo desde lejos la destrucción y encontrando una zona de guerra de metal torcido y escombros que soplaban bajo una neblina de radiación. Condujeron en silencio, temiendo lo que encontrarían más adelante en el camino. Cuatro horas después, y exactamente cómo Max había predicho, el sol naciente reveló una vista verdaderamente aterradora de lo que una vez había sido St. Louis.

No había manera de rodear esta ciudad; las orillas del río Mississippi se habían hinchado y tragado los caminos a puentes menores. Continuaron en I-70, cambiando en I-64. La escena en la que entraron conduciendo no se parecía a nada que ninguno de los dos habría imaginado. La civilización yacía abandonada, dispersa y quemada. Los edificios derrumbados yacían como recuerdos de que millones de personas habían sido matadas en un instante. Max cuidadosamente se abrió paso entre los escombros que no pudo evitar, conduciendo más lento que a Linda le habría gustado. La ansiedad de ella los impulsaba hacia adelante.

Con una voz temblorosa ella preguntó: "¿Qué tan mala es la radiación?"

"Ni idea", contestó él honestamente. "Pero estoy seguro que estamos recibiendo una dosis asquerosa de ella. Haga lo que haga, mantenga las ventanas arriba y la puerta cerrada. Ojalá que no tengamos que salir del camión". Linda no pudo evitar notar la preocupación desenmascarada de su tono.

Ella miró fijamente los restos de los rascacielos al lado de la carretera. Cuando era niña, ella había sorprendido a sus padres mirando solemnemente las noticias en vivo de las torres gemelas caídas de Nueva York. El daño causado por dos aviones desviados palideció en comparación con la destrucción generalizada causada por los misiles nucleares, y cada uno de los rascacielos aquí parecía su propia versión de la Zona Cero. Ella notó las siluetas negras en el lado de un edificio, asemejándose inquietantemente a las personas que estaban pasando la noche cuando cayeron los misiles. Una claramente mostraba a una mujer sosteniendo una correa y paseando a un perro grande.

Seguro que no, ella pensó, ¡esos no son sus restos! Pero sus ojos sugirieron lo contrario.

"He oído de eso", Max dijo en voz baja, señalando las siluetas. "Eso ocurrió en Hiroshima y Nagasaki. El destello es tan poderoso que literalmente deja sombras fotográficas en las paredes y en otros objetos".

"Entonces esas personas..." Ella no quería terminar la pregunta.

"Sí. Ellos existían hasta ese momento cuando las bombas explotaron", él confirmó. El bombardeo debía de haber sido cerca y esta área estaba justo fuera del radio de la explosión". Abruptamente frenó, enviándola volando hacia adelante contra el cinturón de seguridad. Ondas de dolor ondearon a través de su hombro.

"¿Qué es?", ella gimió.

Él señaló la carretera más adelante. Cientos de refugiados se movían en manada sobre el puente cruzando el río enorme. La masa miserable se tambaleaba en lugar de caminar, claramente luchando mientras trataba de escaparse del aire tóxico que flotaba por la zona.

"Sigue adelante", Linda exigió.

"No puedo", Max protestó. "Hay demasiadas personas en nuestro camino. Tardaremos una hora en cruzar y la velocidad de ralentí quemará el resto de nuestro diésel. No alcanzaremos Evansville porque no puedo echar combustible. Las gasolineras necesitan electricidad para echar combustible".

"No me importa", ella insistió tercamente. "No podemos quedarnos aquí, y no podemos regresar. Pasa por ellos".

Con un suspiro, él pisó lentamente el acelerador, aumentando la velocidad para que coincida con la de los migrantes. Tiró de la bocina de aire, lanzando varias notas de precaución a la multitud. La masa se dividió y envolvió al camión mientras ellos avanzaban poco a poco.

Linda ojeaba las caras miserables de la multitud mientras pasaban lentamente. Arrastrando pertenencias personales en maletas y encima de carritos, la tristeza y la desesperación llenaban cada par de ojos. Una familia en particular llamó su atención. El padre y la madre tenían aproximadamente los mismos años que ella y Bryan, y sus dos hijos adolescentes arrastraban maletas llenas de lo que habían metido dentro de ellas en su prisa por salir de casa—doquiera que fuera. La hija sostenía un teléfono inteligente con una pantalla negra, mirando fijamente el aparato inútil pero todavía hipnotizada por su atracción.

Más adelante una mujer joven volvió la cabeza, su cara cubierta de moretones y llagas abiertas. Una franja grande de su mejilla se había desprendido, dejando una erupción tan roja como su sudadera. Un rastro de carmesí goteaba de su fosa nasal, bajando una mejilla ampollada mientras empapaba sus labios agrietados. Linda desvió su mirada, de repente consciente de que las mismas llagas y enfermedades afectaban al resto de los migrantes. *Hace solo una noche que caminan*, ella se dio cuenta, *y ya sufren los efectos de la radiación.*

Una mano golpeó la ventana, causando que Linda saltara. Ella gritó fuertemente al volver la cabeza y ver a una mujer sosteniendo en alto a su bebé sin vida. La cara del niño estaba hinchada y enrojecida con ronchas que se habían roto, supurando un pus amarillo en las manos de la madre. A través del vidrio oyó las súplicas de la mujer para que llevara a ella y al bebé dentro de la cabina. Linda negó con la cabeza y gesticuló con la boca un *no* silencioso.

"Esto fue un error", Max expresó su preocupación. "Están desesperados, y no fío en nadie que no tiene nada que perder".

Pronto empezaron a trepar encima del camión, cada uno rogando por la seguridad del interior.

"Déle", Linda susurró.

"¿Qué?" Max giró, una mirada atónita de sorpresa mortificada en sus ojos.

"Conduzca a través de ellos", ella insistió. "¿No ha visto usted películas de zombis? Nos harán como ellos".

"Eso es estúpido. Esto no es una película, y ellos no son zombis".

"Tiene que hacerlo", ella dijo en voz baja. "¡Mire sus caras! Tienen enfermedades e inundarán la cabina y nos robarán el camión. Si no le da ahora, nos matarán o nos dejarán atrás. ¡Entonces no estaremos mejor que ellos!"

"Son personas reales, vivos como nosotros, aun si están enfermos de la radiación. No los puedo matar". Él se detuvo como si estuviera considerando si lo podría hacer. Él había matado muchas veces antes, aun si no le gustaba. "No lo *haré*", él decidió. Era una palabra mejor.

El camión siguió avanzando poco a poco mientras varios hombres golpeaban el techo. Uno se acostó sobre el capó y pateó el parabrisas con sus botas, gritando que se detuvieran.

El pie de Linda se movió en un instante, bajándose sobre el pie de Max y pisando el acelerador al piso de la cabina. El camión se aceleró, tambaleándose hacia adelante y rebotando sobre los migrantes caídos mientras avanzaba. Max no tenía más opción que cambiar de marcha antes de empujarla a un lado. El Freightliner se adelantó, cruzando la parte superior del puente y patinando mientras pasaba por encima de la vanguardia de la multitud. Marcas de rodadura escarlatas los seguían mientras aceleraron a través del río Mississippi, empeñados en llegar a Evansville antes del mediodía. Ni Max ni Linda miraron hacia atrás a la muerte que añadieron a la ciudad.

CAPÍTULO QUINCE

Cathy tiritaba, yaciendo encima de Joshua. Completamente mojada, ella lo acurrucaba para calentarse. El lago había luchado contra ellos toda la noche y el siguiente día, zarandeando y empapando a madre e hijo pero no los ahogó. Atrapados en una corriente que se embravecía más como un río, ella se había preocupado toda la noche, segura de que perecerían antes de la salida del sol. De alguna manera sus oraciones fueron respondidas, y los dos vivieron para ver el amanecer más extraño nunca imaginado.

El sol, antes una bola amarilla de fuego que prometía calidez contra un cielo azul tranquilo, se filtraba detrás de una neblina naranja que atenuaba su brillo y no ofrecía ninguna esperanza. Nubes negras se aferraban al cielo siniestro, amenazando lluvia pero solo ofreciendo ceniza. El hollín que caía apestaba a carne chamuscada de animal y alquitrán de pino, residuos de los incendios que todavía arrasaban todo en el horizonte.

Aunque estaba demasiado débil para forcejear y librarse del bloque de hormigón todavía esposado a su tobillo, Cat se sentía obligada a quitarse la carga. Incorporándose a duras penas, ella inclinó el bloque por deslizarlo contra el costado del bote, raspando el aluminio mientras lo movía debajo de su talón. En la otra mano tenía la pistola de Clint. Presionando el cañón contra la cadena como había visto a los prisioneros hacer en películas innumerables, le dijo a Josh que se apartara. *Esto funcionará*, ella se prometió. *Funcionó con la cuerda cuando yo…* Un sollozo se atrapó en su garganta— algo que la memoria de Clint no merecía. *Cuando lo maté*, ella terminó en su mente. Con su tobillo fuera del camino de la bala, ella volvió la cabeza hacia su hijo. "Mira hacia otro lado", ella avisó, "y tápate los ojos". Ella esperó hasta que él estaba seguro y entonces apretó el gatillo.

La cadena aguantó, desviando la bala y solo astillando el bloque de hormigón. El dolor le atravesó la pantorrilla mientras fragmentos de concreto entraron en su pierna como metralla. Ella gritó, haciendo una mueca por el escozor mientras la herida se magullaba alrededor de un corte irregular y supurante. ¡Estúpido! Eso fue estúpido, se dijo, rodando su cuerpo para consolar a Josh, ahora aterrorizado por el sonido y sollozando por su madre.

"Está bien", ella prometió. "Tranquilo, mamá está aquí". Le urgió a que no llorara, pero no pudo menos que añadir sus propias lágrimas.

Ella deseó que se disminuyera el ritmo cardíaco y examinó cuidadosamente la herida. *He pasado por dos años de estudio de enfermería*, ella razonó. *Puedo atender esto*. Era mala, peor que parecía dada el agua inmunda en el bote. *Infección, parasitas, amebas y residuos extraños*, ella estimaba que esos eran los mayores peligros. Una preocupación nueva surgió en su mente. *La radiación*.

Ella recordó los grandes destellos de luz que había visto la noche anterior. ¿Qué eran? Los primeros habían estado muy altos en el cielo, grandes como un brote estelar o algo que se esperaría ver en una película espacial. Los otros, horas después, estaban muy bajos en el horizonte y siniestros, explotando en todas direcciones. Ella había visto muchas películas de joven, y le preocupaba que hubieran sido misiles nucleares. ¿Eran de los rusos? ¿Quizá los chinos?, ella ponderó. *¿O los coreanos del norte?*

Desafortunadamente para Cathy, lo único que sabía de la radiación venía de las películas. ¿Qué tan pronto comienza? ¿Ya estamos condenados al haber estado flotando en este lago toda la noche y todo el día? Un libro que había leído en la escuela secundaria le saltó a la mente. *Ay, Babilonia*, se llamaba, y era una crónica de la vida de varias personas después de una guerra nuclear. ¿No tenían tiempo? Dependiendo de donde vivían, ¿no tenían algunas personas días o semanas antes de la lluvia radiactiva? Ella sabía que el clima afecta la dispersión de la radiación, y ella pensó otra vez en los destellos. La mayoría de ellos habían sido en el norte y en el este.

Mirando hacia el sol, ella supuso que era la tarde, lo que significaba que el bote iba hacia el oeste. Metió su dedo en el agua y entonces lo sostuvo en lo alto, intentado sentir los vientos. Soplaban de esa dirección. *Eso está bien, ¿no? Menos ciudades que en el este.* Josh se había calmado ahora, y ella se levantó la cabeza para ver adonde iban a la deriva.

"¡Oye!", una voz gritó. Estaban cerca de la orilla, unos treinta metros más o menos, donde había un hombre de pie que los miraba. "¡Ustedes en el bote!"

Ella trató de incorporarse pero se deslizó en el agua fría. Se levantó la cabeza una vez más y miró al hombre que corría por la orilla.

"Necesitan salir del agua", él avisó. "¡No es segura!"

"No tenemos remos", ella gritó. "¡Y el motor no funciona!"

"Entonces, ¡a nadar! ¡Pero rápido! ¡Necesitan entrar en la casa antes de que la radiación llegue a nosotros!"

La radiación. Las palabras de él hicieron eco de los pensamientos anteriores de ella. *Así que era una guerra nuclear.* "¡No podemos! Mi hijo no puede nadar y yo..." Ella bajó su vista al bloque de hormigón esposado a su pierna. "¡Tampoco puedo nadar!"

"¡Por Dios! ¿Por qué diablos están en un bote?" El hombre miró por todas partes, buscando una manera en que llegar al bote pequeño. Por fin desistió; se quitó los zapatos y chapoteó apresuradamente en el lago. Con poca fuerza nadó con la corriente hacia ellos. Ella rápidamente se incorporó, buscando a tientas lo que quedaba de la línea del ancla. La cuerda era justo lo suficientemente larga para que el hombre la agarrara y los remolcara a la orilla. Mientras él se acercaba, ella la tiró hacia su mano. No perdió tiempo en nadar por donde había venido.

El viaje de regreso fue mucho más angustioso para su héroe, luchando para guiar al bote sin desviar demasiado del punto inicial. El hombre forcejeaba cuando la corriente se arremolinaba a su alrededor, arrastrándolo en la dirección opuesta y llevando el bote de metal con él. Por fin llegaron a las aguas poco profundas, y el hombre se puso de pie, chapoteando y corriendo mientras arrastraba a la madre e hijo a la seguridad. Agotado, él se cayó en la orilla, la cual estaba cubierta de hierba y una gruesa capa de ceniza gris. Más adelante había árboles y diques escarpados, colinas altas que canalizaban el lago hacia un ancho río.

Él se detuvo solo lo suficiente para recuperar el aliento; entonces se puso de pie. Todavía jadeando, él insistió: "Vamos. Tenemos que apurarnos. ¡Quizá hayamos sido contaminados ya!"

Cuando Cathy no siguió, él se acercó al bote. Ella le señaló su pierna, y él entendió. Con una fuerza suave, él le estrechó la mano y le ayudó a ponerse de pie, sosteniendo el bloque de hormigón mientras ella se metió en el agua. Con una mano él sostuvo el bloque y con la otra arrastró el bote y a Josh a la orilla.

Sus ojos se detuvieron en el ancla de concreto encadenada a su pierna y dijo: "Preguntaré acerca de eso más en adelante. Tenga", él le puso en las manos el bloque, "y tomaré las cosas suyas".

Cathy miró por todas partes. Casi se le habían olvidado *las cosas* que el hombre llamó las suyas. Él levantó a Josh y lo puso en la orilla; entonces tiró de las maletas pesadas de Clint y las colocó al lado de su hijo.

"Eso va a ser un problema", el hombre dijo, levantándolas. "Puedo con estas, pero usted va a tener que arreglárselas con esa bola y cadena por su cuenta".

Ella asintió con la cabeza. "Yo me encargo". Pudo inclinarse justo para poder sostener el extremo abierto del bloque de hormigón y dar pasos normales, andando como un pato para mantener el paso mientras el hombre los guiaba hacia sus zapatos y calcetines.

Era mayor, un cincuentón, Cat supuso. Tenía la barba muy recortada y bien peinada, con unos toques de gris en varias partes de su cabello negro azabache. Sus ojos eran amables y su voz, suave. Su acento sugería una crianza rural.

"Me llamo John", su nuevo amigo dijo. "John Klingensmith. Mi esposa oyó el disparo y vio su cabeza meciéndose en el bote. Ella gritó por mí, y me atreví a salir para intentar traerte hacia la orilla".

Él dio un paso y retrocedió de dolor; una ramita le había cortado un dedo del pie. Se dirigió a Josh. "Hijo, necesito que seas un gran hombre para tu madre y para mí. Nos enfrentamos a una escalada fuerte, y no voy por ningún lado en este bosque sin zapatos. ¿Puedes correr hacia esa orilla y recoger mis zapatos y calcetines?"

Josh miró a su madre para confirmar que eso era lo que debería hacer, y ella asintió. Él se fue corriendo.

John se aprovechó de su privacidad repentina y giró para darle a la madre joven una mirada severa. Parecía un padre castigando a una adolescente rebelde o un maestro a una niña indisciplinada. "Me arriesgué y necesito que lo entiendas. Quizá ahora todos tenemos envenenamiento por radiación".

Con los ojos bajados, ella murmuró con palabras sinceras pero todavía procesando la situación: "Lo siento. No quise hacerle daño. Pasamos una noche muy larga y..." Ella se cortó cuando le miró de nuevo la cara; lo amable había vuelto y sus rasgos se habían suavizado.

"No lamento haberle ayudado, señora. Favor de no malinterpretar. Simplemente estoy diciendo que me arriesgué y ahora los dos tenemos que limpiarnos antes de entrar en la casa".

"¿Limpiarnos? Ni siquiera entiendo lo que pasó". Ella buscó dentro de sus pensamientos para cualquier explicación razonable. "Vi las explosiones pero estoy muy confundida. ¿Fue un ataque nuclear? Esos eran..." Ella se cortó, visiones de nubes de hongos flotando en sus recuerdos.

"Así fue", él confirmó, "pero no sé nada de una guerra. Se nos apagó la electricidad antes de los destellos. Quienquiera que haya atacado podía haber detonado PEM antes del ataque".

"¿Qué son los PEM?"

"Pulsos electromagnéticos de un estallido nuclear en la atmósfera. Explosiones a gran altura podrían haber destruido la red eléctrica de todo el valle del río Ohio".

"Vi tres destellos en el cielo unos veinte minutos antes de las explosiones". Ella se detuvo. "Espere. ¿Dijo usted, *el valle del río Ohio*? ¿Dónde estamos?"

"Esa parte del lago allí antes era el río Ohio, y nuestra casa en esta colina da a Andyville. Todo bajo el agua era tierra de cultivo hasta esta mañana. Nunca he visto tanta agua". Apuntó con el dedo hacia el sureste. "Por allá estaba Fort Knox, unos cincuenta y seis kilómetros en línea directa".

"Espere", Cat se detuvo, sus pies helados de incredulidad. "¿Kentucky?"

"Sí, señora". Con una ceja levantada él le preguntó: "¿Por dónde entraron al río?"

Josh regresó con un par de zapatos, y el hombre se los puso, no preocupándose por los calcetines que metió en su bolsillo. Empezó a caminar inmediatamente.

"No lo hicimos", ella dijo, haciendo que sus pies siguieran los pasos de él. "Estuvimos en el lago Hurón. ¡No hay forma de que nos hayan llevado hasta aquí!" De repente recordó la sacudida feroz y las olas bravas de la noche anterior. La comprensión la golpeó como el puño de Clint. "¿El terremoto?"

"Supongo que sí", John se puso de acuerdo. "Antes de que se nos apagara la electricidad había varios reportes de temblores por todo el país. California sufrió El Grande, y justo antes del apagón Jenn vio un reporte de que Yellowstone había explotado".

Cathy por fin entendió lo de la ceniza cayéndose del cielo como nieve. "¡Yellowstone aniquilaría todo el noroeste!"

"Eso es. Es la única razón porque me atreví a salir. Mientras se cae la ceniza, estoy cierto que los vientos soplan desde el oeste y la radiación se queda al este. Pero eso no continuará por mucho tiempo, y necesitamos limpiarnos y entrar antes de que las cosas cambien".

Subieron la colina para encontrar una hermosa casa de campo blanca y azul con un porche clásico que rodeaba la casa. Un granero rojo brillantemente pintado se ubicaba al norte de la casa. Una bolsa negra para basura estaba en las escaleras, y él se detuvo para recogerla. Señalando el granero, dijo: "Hay agua corriente y jabón allí, y tengo herramientas para quitarle esa cosa. Todos tenemos que ducharnos antes de entrar en la casa". Levantó la bolsa. "Jenn nos dejó algo de ropa, así que después de que se quiten la que tienen puesta, métanla en la bolsa".

El granero no era lo que esperaba Cathy. En vez de pajares y animales, se abría a un taller de prensas y sierras de mesa. Se detuvo para admirar la artesanía de un hermoso caballito balancín, lijado y listo para pintar. "¿Usted hizo esto?"

"Sí, lo hice. Estoy jubilado de la enseñanza en la universidad; así que jugueteo con esto y aquello, haciendo juguetes y artesanías para vender en el mercado".

"Esto no es juguetear", Cat argumentó. "¡Esto es arte!"

John se rió. "La artista verdadera es Jenny. Espere hasta que vea la magia que ella hace con el pincel". Él le entregó un par de lentes de seguridad y rebuscó entre unas herramientas, sacando una sierra de metal.

Después de meter guata entre su piel y las esposas, las levantó para cortar el metal. "Lo siento, de antemano, si le corto. Nunca antes he hecho nada parecido".

Él las deslizó de un lado a otro, y Cathy se estremeció cuando la guata rozó sus heridas. Dolió una barbaridad, pero por fin las cortó.

"La ducha está allí", dijo, señalando un baño pequeño. "Es pequeña, pero los dos de ustedes caben".

"¿Cómo tiene usted el agua corriente?", ella preguntó.

"Nuestros pozos son manantiales naturales, y una bomba de ariete la envía hasta aquí. No se preocupe; el agua está limpia aun si hay poca presión. Enjuáguense bien y apúrense para que yo lo pueda hacer también".

"Gracias", ella dijo, ahogando un sollozo de agradecimiento.

"De nada".

Una vez adentro, enjuagó bien a Josh, diciéndole que se pusiera la ropa y que mirara la otra dirección. Solo entonces ella se desvistió y entró en la ducha. El agua estaba fría pero no tan fría como la del río de la noche anterior. Olía algo de azufre y sabía a metal, pero sirvió para lavar la radiación. Si solo pudiera lavar los recuerdos de la noche anterior.

CAPÍTULO DIECISÉIS

Brooke Andalón encontró a su marido trabajando duro en el holograma. David analizaba los hélices de ADN con tanta atención que nunca oyó la puerta abrirse. O, de otro modo, él se quedaba tan enojado que no le hizo caso por despecho.

Sam Nakala levantó su mirada de un conjunto de placas de Petri y le ofreció una sonrisa de apoyo. Era muy amable el chico.

"Necesitamos hablar", ella le dijo a su esposo.

"No estoy listo", él respondió sin vacilar. Había sido que él no le había hecho caso por despecho.

"Estamos atrapados juntos en este búnker por mucho tiempo, así que algún día *tendrás* que hablarlo conmigo".

Él se negó a mirarla a los ojos y se acercó a una sección de la hélice. "Puedo encontrar maneras de evitarte, incluso aquí. Tengo bastante trabajo para tardarme varias décadas ahora". Él se detuvo, entonces suspiró. Exasperado, dijo: "Dame una razón para que te perdone".

Ella no se detuvo, revelando un secreto que había guardado varias semanas en esperanza de un momento perfecto. "Vamos a tener un hijo, y me gustaría resolver nuestros problemas antes de que él o ella nazca".

David se detuvo en su trabajo. Ellos habían intentado durante años superar la esterilidad—tanto la de él como la de ella. Después de casi un minuto, y en voz baja, él preguntó: "¿Las inyecciones funcionaron?"

"Sí", ella señaló el laboratorio. "Así como tus teorías funcionaron aquí, funcionaron contigo mismo. Invertiste tu código genético".

El Dr. Andalón, a pesar de las burlas del profesorado de MIT, era un genio. Él entendía la secuencia genética más que quienquiera que lo había precedido en su campo, y su habilidad innata de aislar y leer rasgos codificados le permitía llevar la secuencia genética a otro nivel. Entendía que unas mutaciones simples de los genes contribuían a la esterilidad en ambos los hombres y las mujeres. Su trabajo secundario con ARNm había aislado esas mutaciones, y encontró una manera en que exigir que su propio cuerpo re-escriba su código genético. Él se puso de pie y abrazó a su esposa.

"Te quiero", él le dijo a ella.

"Traicioné tu confianza", ella respondió.

"Si no fuera por ti", contestó de mala gana, "habríamos perdido lo todo, y todas nuestras investigaciones se habrían desperdiciado. De una forma, aunque sigo enojado, este laboratorio nunca habría existido si no fuera por ti". Él puso una mano sobre su estómago. "Y este bebé cambia lo todo". Brooke le dio un beso fuerte, agradecida porque por fin él entendía sus motivos.

Cuando por fin se retiraron, David se iluminó, de repente recordando un punto que quería compartir. "Necesito mostrarte algo".

"¿Qué es?", ella preguntó, su científica interna re-asumiendo el control.

"Mira este código". Entró en el holograma, enfocándose en una hebra.

"No me significa nada", ella dijo.

"Significa lo todo para el experimento. Significa que teníamos razón. ¡Todo este tiempo teníamos razón!"

"¿Teníamos razón en qué?"

"El Grupo Alfa tenía habilidades pero también una inteligencia superior".

"No entiendo".

"Considera a Adán y Eva. Solo tienen diez años pero son intelectualmente superiores a cualquier estudiante universitario al que yo haya enseñado—incluso en MIT".

"Estoy de acuerdo con eso", ella dijo.

"Esa fue mi manipulación con el Grupo Alfa. Empujé su coeficiente intelectual al nivel más elevado que pude obtener".

Ella frunció el ceño, intentando seguirle pero sin poder hacerlo. "¿Pero cómo explica eso al Grupo Bravo? Si Felicima utilizó la piroquinesis, ¿cómo se compara eso a la aeroquinesis del Grupo Alfa?"

"La inestabilidad emocional de la inteligencia superior lo explica todo".

"¿David?"

"¿Sí?"

"Simplifícamelo".

"En 2017, unos investigadores concluyeron que el CI se asocia más con los trastornos mentales y físicos", él explicó. Ella se encogió de hombros, instándolo en silencio a continuar. "Lo cual significa que al elevar su CI, también elevamos la probabilidad de la inestabilidad emocional".

"¿Los gritos?" Nadie se había fijado en que Sam había entrado en el laboratorio. Dirigieron su atención a la voz. "Felicima y sus hermanos y hermanas eran propensos a la agresión y fácilmente estimulados".

"Correcto", David accedió.

"¿Pero qué tiene que ver eso con los Alfa?", Brooke preguntó.

"¿Cuándo crearon la ráfaga de aire que nos dejó sin sentido?" David sonreía mientras esperaba su respuesta.

Ella se detuvo, recordando el arrebato de borrachera de David. "Cuando lanzaste el vial al otro lado del laboratorio".

"¡Exactamente! Se reaccionaron de forma violenta a mi berrinche".

"¿Así que estás de acuerdo de que fue un berrinche?", ella preguntó con un toque de sarcasmo.

"No completamente, pero sí". Él caminaba de un lado a otro mientras razonaba el escenario. "Había acabado de darles a los dos grupos una inyección de epinefrina. Estaban preparados para una reacción emocional caliente".

Sam, quien parecía estar tan confundido como Brooke, preguntó: "¿Qué quieres decir?"

David señaló el laboratorio principal. "¿Qué fue lo primero que notaste de Adán y Eva? ¿Qué destacaba más que nada?"

"Son tranquilos", ella observó.

"Inquietantemente", Sam añadió.

"¿Y qué poderes revelaron?"

"La telepatía", dijo Brooke.

"La aeroquinesis", dijo Sam.

"La aeroquinesis controlada", David corrigió a su asistente. "Adán convirtió ese hilo de aire en una mano corporal que pude agarrar".

"Un apretón de manos firme", dijo Brooke, de repente entendiendo.

"Ahora", continuó David, "imagínate teniendo ese poder pero también lleno de epinefrina".

"Perderías el control", respondió Sam, "y se manifestaría crudamente".

"¿La ráfaga?", susurró Brooke.

"La ráfaga", accedió David.

Todos en el cuarto consideraron la plétora de posibilidades, pero Brooke ofreció la primera objeción. "Pero habríamos visto evidencia de ondas gama en el Grupo Alfa, y todavía nos falta ver esa".

"Cierto", dijo David. "Eso me molestaba también. Debíamos de haber visto esas también en ellos por ahora".

"Sí, las vimos", argumentó Sam. "Te mandé un correo electrónico la otra noche".

Ambos David y Brooke giraron hacia él, boquiabiertos y esperando.

El Dr. Andalón se acercó a su asistente y, en voz baja, preguntó: "¿De qué estás hablando?"

"La noche antes de que el laboratorio se quemara, observé una entrada doble a gama".

David frunció el ceño. "¿Por qué no lo notaste en el registro?"

"Lo hice, y contestaste por correo electrónico el siguiente día, no haciéndole caso, diciendo que era casualidad".

"Sam", David dijo, "nunca envié ese correo electrónico".

Ambos pares de ojos giraron hacia Brooke, en silencio cuestionando su involucramiento.

Se abrieron muy grandes los ojos de ella con comprensión. "No me metí". Después de que ellos continuaban mirándole fijamente con dudas, ella insistió. "No sabía nada de ondas gama. ¡Se lo juro! ¡No le he mandado nada a Stephanie hace mucho, chicos!"

David consideró sus palabras y calladamente las aceptó, pero Brooke tendría muchas dificultades en superar la falta de confianza que había creado entre ellos. *Solo espero que él no aprenda* todo *que he escondido*, ella pensó. *O de veras lo perderé para siempre.*

Él se dirigió a Sam. "Dime lo que ocurrió. Desde el principio", dijo, "lo todo".

Ambos David y Brooke escucharon atentamente la historia, cómo su canto había elevado gama en el Grupo Alfa. "Incluso Felicima se relajó esa tarde", él explicó.

Después de que había terminado Sam, David bajó una pantalla. "Muéstrame", dijo. "¿Dónde en el rango de gama estaban las medidas?"

"No lo recuerdo exactamente. Hace algún tiempo".

"Intenta", David dijo, mostrando un gráfico en la pantalla. "Dame un lugar donde empezar".

Sam clavó los ojos en el gráfico un momento; entonces trazó una línea con su dedo. "Estoy bastante seguro que estaba por aquí".

Brooke sintió su ritmo cardíaco acelerar. Una mirada rápida hacia su esposo confirmó que él había hecho la misma conexión. "¿Era mientras cantabas?", ella preguntó.

"Sí. Felicima se calmó y también King y Lynette".

"¿David?", Brooke exigió.

"Lo sé", él respondió. "Estoy tan confundido como tú".

Sam parecía preocupado, como si él hubiera dicho o hecho algo mal. Con los nervios arrastrándose en su voz, preguntó: "¿Qué significa eso? Podría estar equivocado, pero casi estoy seguro que las medidas estuvieron allí".

David habló en voz baja cuando contestó. "Hiciste bien, Sam. Simplemente esto es mucho más grande que pensábamos".

"Sé lo que significa", Brooke explicó. "Hace unos años se hicieron unos estudios de soldados de combate que habían sufrido lesiones cerebrales traumáticas. Las elevadas ondas gama alcanzaron su punto máximo en esa área. Esta es un área que antes se creía posible solo por la práctica profunda y consistente de la meditación".

"¿Qué significa eso?", Sam preguntó.

"Significa", David respondió con una sonrisa, "que el Grupo Alfa logró la telepatía y comprobó mi teoría". Señaló un monitor vigilando Edén. Adán y Eva estaban sentados en un banco, el uno frente al otro y en un estado meditativo profundo. "King y Lynette se comunicaban en la misma manera que estos chicos. Quiero un análisis de espectro completo de las ondas de los niños para confirmarlo, pero estoy seguro de lo que vamos a aprender".

Sam asintió pero todavía parecía confundido. "¿Qué hay de las lesiones cerebrales? ¿Qué comprueban esas?"

"No comprueban nada", Brooke dijo, "pero explican a Felicima. El daño cerebral puede resultar de un evento solitario, como golpearse la cabeza durante una explosión, o de lesiones repetidas—algo como las conmociones cerebrales en el campo de fútbol americano. O, puede ocurrir con el paso del tiempo a través de experiencias emocionales sostenidas". Ella respiró hondo y luego continuó. "Los niños que están expuestos continuamente al abuso, la negligencia, o la violencia en el hogar desarrollan los mismos patrones cerebrales que una persona que ha sido herida en la guerra. Añadir a eso la violencia sexual o el trauma y ellos también bien podrían haber sobrevivido a un bombardeo".

David añadió: "¿No dijiste que los otros le agitaron a Felicima?"

"Sí, eso dije", Sam accedió. "Estaba aterrorizada de ellos, como si algo soliera ocurrir después de que salíamos del laboratorio".

"Y el incendio, David. No te olvides del fuego y lo que la viste hacer", Brooke insistió.

Andalón asintió sin decir nada, entendiendo completamente su papel en el asunto. "Cuando estaba emborrachado esa noche del incendio", él añadió, "tiré botellas, grité y asusté a cada uno de los monos en el laboratorio. Pero eso fue *después* de que yo los había sacado de la seguridad de sus jaulas y les había inyectado con epinefrina".

Brooke frunció el ceño, de repente dándose cuenta de un detalle perdido. "*Tú* me dijiste que estabas intentando *provocar* una respuesta. ¿Cómo, exactamente, estabas intentando *realizar* eso?"

La oscuridad que acechaba detrás de los ojos de su esposo entró a hurtadillas, ya sea con remordimiento por sus acciones o con satisfacción como recompensa por sus acciones. Cuando contestó, simplemente dijo: "Yo era cruel, Brooke".

CAPÍTULO DIECISIETE

Adán y Eva estaban sentados en un banco en el jardín. Estaban tan quietos como estatuas, inmóviles y pareciéndose a dos monjes en meditación. De vez en cuando uno de ellos murmuraría algo entre dientes. Stephanie Yurik estaba frente a ellos con un bloc de notas y una pluma, transcribiendo sus palabras mientras viajaban en sus mentes.

"Norteamérica es una zona arrasada", Adán susurró.

"Háblame de eso", la Dra. Yurik instó. "¿Puedes describir la geografía?"

"Las ciudades ya no están".

"¿Qué ciudades?"

"Casi todas. Las que quedan se deteriorarán pronto o serán cubiertas de ceniza. Todo ya está cubierto de varios metros de cenizas y cualquier estructura de más de seis metros se ha destruido o comprometido excepto en algunos lugares no bombardeados directamente".

"¿Todavía cae la ceniza?", ella preguntó.

"Sí", el chico contestó. "Está mezclada con la nieve y formando nuevas capas cada día. Estas se compactarán como piedra pómez, formando nuevas capas de roca que con el tiempo ocultarán la civilización".

"¿Dónde está la mayor actividad volcánica? ¿Todavía está en el cráter anterior de Yellowstone?"

Eva intervino. "Estoy volando sobre esa región ahora. Es enorme, Stephanie. Todo el cráter se ha derrumbado sobre sí mismo y se extiende por cientos de millas".

"¿Ves alguna evidencia de reasentamiento?" Jake había insistido en que ella consiga ubicaciones exactas de cualquier población que sobrevivió la cadena de eventos.

"No cerca del cráter", Adán respondió. "Nada crecerá allí durante siglos, por no decir nunca". Entonces él boqueó y exclamó: "¡Mira esa grieta!"

La Dra. Yurik preguntó: "¿Qué grieta?"

Eva contestó: "Una falla muy grande se abrió desde el extremo sur del cráter hasta el borde sur del continente. Las cenizas están saliendo de ella como si hubiera un flujo de magma por debajo".

"¿El extremo sur?" Stephanie estaba un poco confundida. "¡Pero los dos continentes se limitan el uno al otro!"

"Ya no", Adán respondió. "Son completamente separados".

Ella quiso no delatar su alarma por las noticias e instó que los niños volaran hacia el este. "¿Y qué hay de la región de los Grandes Lagos?"

Eva respondió: "Solo hay un lago ahora. Es muy grande, casi un mar".

A Stephanie le costó mucho mantener la calma ante esta noticia, pero logró guardar la compostura.

"Espera", Adán dijo. "Hay un centro de población allí".

La Dra. Yurik asintió. Ella y los otros habían calculado que habría sobrevivientes. Las costas del este y del oeste habían recibido la mayor atención de los arsenales nucleares, y cualquier población estaría al oeste de las montañas Apalaches. "¿Están dónde pensábamos encontrarlas?"

"Donde los ríos confluyen", él dijo, "muchos se reúnen. La mayoría está enferma, pero más sobrevivieron que yo predije al principio".

"Díganme más", ella les dijo. "Explíquenme exactamente lo que ven". Ella sacó un mapa en su tableta, acercándose al valle del río Ohio. Moviéndose hacia el oeste en el serpenteante río Ohio, se enfocó en el Bosque Nacional de Shawnee. Dependiendo de los vientos, la lluvia nuclear de las ciudades de Nashville, Louisville y St. Louis evitaría gran parte del área donde el río Ohio y el río Mississippi confluyen.

"Ellos está acurrucados, confundidos sin saber qué hacer". Él se hundió en un trance más profundo. Cuando los niños entraban en tal estado, Stephanie siempre les prestaba mayor atención. Sus visiones resultarían proféticas, viendo no solo el presente sino también hablando de cosas por venir. "El liderazgo vendrá de aquí", Adán explicó. "Bandas de personas buscarán a los señores de la guerra para que los guíen, algunos despiadados, algunos anárquicos, pero unos cuantos verdaderamente preocupados por la gente. Un año de tristeza se extenderá a muchos más de violencia mientras se establezcan fronteras nuevas".

La Dra. Yurik apuntó lo que dijo y añadió su propio comentario. *La resistencia más dura a la repoblación estará aquí.* Ella hizo un boceto rápido; entonces puso un círculo alrededor de lo que una vez era el valle del río Ohio.

Cathy miraba fijamente por la ventana que daba al sur, sin poder tomar sus ojos de la nieve que caía. Ella recordaba cuando era joven. Hacía lo mismo, mirando con anticipación y anhelando correr hacia afuera y jugar. Josh había preguntado sobre esa posibilidad, ansioso por divertirse. Ella entendía su impaciencia. Todos en la casa estaban hartos del confinamiento, y varias semanas dentro de la estructura habían cobrado su precio. Pero ella sabía que la acumulación de afuera era diferente a las anteriores, y nadie disfrutaría el recreo que ofrecía. Lo que una vez había caído al suelo en capas de un blanco acogedor ahora caía torpemente como bultos de color gris oscuro, llenos de cenizas del cielo oscurecido de arriba.

Extrañamente, la escena le trajo a la mente un recuerdo de unas vacaciones de hace mucho tiempo cuando sus padres la habían llevado a visitar la isla grande de Hawái. Allí, ella descubrió por primera vez las playas de arena negra. Ella había encontrado una belleza extraña en cómo la roca volcánica se había convertido en cristales, el resultado de soportar miles de años de fricción de las mareas. En aquel momento, la imagen le había invocado sentimientos de paz y relajación mientras las embravecidas aguas azules y tropicales contrastaban marcadamente con la costa de ónix. Los matices reflejados de follaje exuberante agregaban un toque de color a la paleta que la dejó anhelando quedarse de vacaciones para siempre.

Pero tal belleza no existía en el mundo fuera de esta ventana. La línea de árboles frondosos detrás de la casa de John y el río desbordado se habían mezclado con el horizonte, ahora tan oscuro y espantoso como un bosque embrujado de un cuento de hadas. Las ramas nudosas habían perdido sus hojas temprano, sorprendidas y yermas por la brusquedad del invierno. *El invierno nuclear,* ella pensó, recordando la lección de advertencia que les había dado John a ella y a Josh. Aunque más suave que la lluvia de escombros y la radiación de la lluvia radiactiva, este era igual de peligroso.

Una voz hizo que Cathy saltara. "Ese tonto está paleando".

Ella giró a ver que Jenny había levantado la vista de su caballete, el pincel flotando en el aire mientras se esforzaba a ver más allá de su huésped de casa. Dándose la vuelta, Cat vio que John había empezado a palear un camino al granero. Las paredes altas de ceniza y nieve al lado del camino revelaban que varios metros ya se habían acumulado.

En su defensa, Cat dijo: "Él prometió que la radiación no está tan elevada ahora y solo será fuerte en los puntos críticos de la zona cero".

Jenny sonrió. Ese fue el regalo de la mujer al mundo; Cathy se había dado cuento de eso muy temprano. Jenny Klingensmith podría calentar un cuarto con sus ojos risueños y una sonrisa sonrojada. Pero detrás de esta acechaba una cautela, como si ella escondiera algo más profundo que solo una esposa sabría.

"Además", Cat añadió, "él no iría en contra de la precaución, no después de haberla enfatizado tanto a todos nosotros".

"No conviertas a John Klingensmith en un santo todavía", su esposa dijo con una risa. "Él es más terco que una mula. A veces las reglas no se aplican a él". Ella llamó con su pincel. "Ven acá, hija, y mira esto".

Cathy se levantó de la silla al lado de la ventana y se acercó a la mujer mayor, mirando el cuadro que había estado pintando. Coincidía con lo que uno habría visto al mirar por la ventana hacia el sur antes de la reciente cadena de sucesos. La representación era perfecta, hermosa en cada detalle y contrastando marcadamente con la imagen infernal del exterior actual.

"Es hermoso", la mujer joven dijo.

"Lo *era*", Jenny accedió. "Quería pintarlo antes de que se me olvidara de cómo era".

Los ojos de Cathy se movieron entre el cuadro y la vista del mundo verdadero más allá del vidrio. Mirar el paisaje antes había sido horrible, lleno de depresión y sin esperanza. Ahora, sabiendo cómo había sido la granja antes, ella se dio cuenta de lo que había perdido el mundo. Ausente de la vista era la belleza, algo que ahora solo existía en el corazón de personas como Jenny que se niegan a olvidar.

Ella tragó. "Volverá a lo normal pronto", ella prometió. "Solo dale tiempo".

Jenny se rió. "No intentes el optimismo conmigo, hija". Ella sonrió y le guiñó un ojo; entonces añadió: "Yo inventé el optimismo. No, mira más de cerca la capa de nieve".

"La veo bastante bien. Está llena de ceniza y amontonada".

"Cuando estaba en la escuela de arte, estudié en el extranjero", Jenny explicó. "Viajé a Italia y estudié en la *Academia di Belle Arti de Roma*, la Universidad de Bellas Artes de Roma. A dos horas y media, en autobús, viajamos a lo que una vez era un campo, muy parecido al nuestro. Hicimos camping por una semana entera en ese pasto, y me enseñó todo que necesito saber ahora".

"¿Qué quieres decir?"

"Un día, hace trescientos años, el pastor de ese campo notó que una de sus ovejas había desaparecido. Preocupado por si acaso eran los lobos, se aventuró cautelosamente, armado solo con un bastón".

"¿Qué encontró?"

"Un hoyo".

"¿La oveja se había caído?"

"El suelo se había derrumbado bajo sus pies, enviándolo unos tres metros más o menos hacia abajo en el hoyo. La pobre balaba y lloraba para ser rescatada, y el hombre corrió al pueblo en busca de cuerdas y hombres que ayudarían a bajarlo. Cuando regresaron y lo bajaron, entró en un mundo anciano. Se encontró dentro de una casa romana que fechaba desde los días del imperio. Sus amigos le tiraron una antorcha, y él la sostuvo elevada, reflejando cuatro paredes de hermosas pinturas al fresco".

"¿Dónde estaba?"

"La ciudad anciana de Pompeya. Se perdió en 79 d.C. durante una erupción volcánica. Monte Vesubio hizo llover fuego y ceniza, muy parecido a lo que hace Yellowstone ahora, pero en una escala mucho más pequeña. Ocurrió tan rápido que la ciudad entera y todos sus habitantes fueron enterrados vivos. Los esposos se aferraron a sus esposas. Las familias se acurrucaron para calentarse, y los animales se murieron en sus corrales".

"¿Cómo sabes que no se salvaron a tiempo?"

"Porque sus cuerpos estaban perfectamente fundidos en la ceniza, conservados como estatuas para que las generaciones futuras los encontraran".

Cat se quedó parada en silencio; sus ojos volvieron a la ventana y a la nieve amontonada varios metros a lo largo del camino que John había paleado. Cuando por fin ella habló, era un susurro: "Esto no va a parar por un tiempo, ¿verdad?"

"Espero que sí, pero lo dudo. En combinación con el invierno nuclear, John piensa que tardará una estación, quizás dos. Dijo que la nieve eventualmente se derretirá, pero las capas de ceniza mojada serán como la roca de Pompeya, sellando nuestro mundo en una tumba. ¿Quién sabe? Quizás después de doce siglos, o más, nuestro mundo será irreconocible—enterrado bajo roca negra y tierra para que una nueva civilización lo descubra".

"Por eso él está paleando", Cathy se dio cuenta. "Él quiere mantener un camino al granero para que ustedes puedan continuar trabajando cuando las cosas vuelvan a la normalidad".

"Nada vuelve a la normalidad, hija". Se desvaneció su sonrisa, y la tristeza llenó los ojos de la artista mientras unas lágrimas húmedas pintaban suavemente sus párpados. "John no te dijo que está en un descanso de la universidad".

"No", Cathy accedió. "No lo hizo".

"Tiene cáncer de próstata, y de los peores. Hace seis meses el médico le dio solo un año a vivir".

"Por eso no le preocupa la radiación". Los ojos de la mujer joven lo seguían mientras él paleaba, más lentamente ahora que antes pero ya tres cuartas partes del camino hacia la puerta del granero.

Jenny asintió. "Está tratando de asegurarse de que me cuiden cuando él se haya ido".

Cathy vio algo entre los árboles, un movimiento sutil que le llamó la atención. Tres hombres vestidos con uniformes tácticos se agachaban en una arboleda, mirando a John mientras trabajaba. Cada uno de los desconocidos llevaba un rifle sobre la espalda, pero no uno de caza. Estos eran tan negros como su ropa y espantosos.

"Jenny..." Ella señaló a los hombres. Uno de ellos se acercó a John.

Las mujeres contuvieron el aliento, concentradas en la conversación. Los hombres hablaron en voz baja, y los dos parecían tranquilos. En un momento, el recién llegado señaló la casa. John negó con la cabeza como si le dijera: "No".

El otro hombre sonrió; le dio la mano, y Klingensmith la tomó. Entonces el desconocido se dio la vuelta para irse, casualmente reuniéndose con los otros en la arboleda mientras se volvieron para irse. John esperó hasta que ellos habían desaparecido de la vista; entonces regresó tranquilamente a la casa, apoyando la pala contra el porche mientras sacudía las cenizas de sus botas. Después de lo que parecía una eternidad, él por fin entró y no dijo nada mientras cruzaba el cuarto y se derrumbó en una silla.

"John", Jenny preguntó. Él no respondió con palabras, emitiendo solo un gruñido desinteresado. "Johnny", ella continuó, "¿qué quería él?"

Él se negó a contestar y se acercó a una guardarropa en el pasillo. La abrió, ojeando el estante y buscando algo que había dejado sin usar durante mucho tiempo. Después de unos minutos, encontró lo que buscaba y sacó dos cajas. Una era un contenedor pequeño, sin adornos y de mal agüero. La otra era un estuche para armas largas.

"Cierren las puertas", él exigió. "Y pongan los muebles contra la ventana de la planta baja".

"¿Quiénes eran esos hombres?" Cathy insistió.

Él no dijo nada más mientras abría el estuche y sacaba un rifle de caza. Puso el arma encima de la mesa y devolvió el estuche a la guardarropa. Extendiendo su mano más al fondo, apartando unos abrigos de invierno, él sacó una escopeta. Cathy de inmediato se dio cuenta de que el aparato era viejo; el cañón estaba azulado y la culata profundamente desgastada por el tiempo. Solo un milagro impediría que se explotara en las manos de cualquiera de ellos que tuviera que dispararla.

La esposa de John se la arrebató de las manos. "¿Qué quería Mike el Loco?", ella insistió, sus ojos sonrientes reemplazados por fuego.

"Mike Stapleton solo vino para saber cómo estamos", él dijo en voz baja.

"¿Mike el Loco?" Cat preguntó, incrédula. "¿Quién es Mike Stapleton?", ella preguntó, "¿y por qué dices que es el Loco?"

"Él es preparacionista", respondió Jenny. "Hace años que habla del fin de los tiempos. Despotricando contra tomas de poder comunistas e incluso la guerra nuclear".

"Pues", dijo Cat, "resulta que tenía razón en parte".

"Así parece", John accedió, "pero eso no significa que era menos, o más, loco".

"Todos de por aquí anticipábamos que un fiasco a la Ruby Ridge tomaría lugar en su propiedad, sabiendo que él dispararía primero si los policías pisaran su terreno", Jenny explicó. "Él tiene el gatillo fácil y atrincheró a toda su familia en su finca. ¿Qué te dijo, John?" Sus ojos habían perdido la gran parte de su ira, pero se quedaba el miedo que amortiguaba mucho de su brillo.

"Él dijo que somos bienvenidos a reunirnos a él y a su familia, que le caíamos bien y que apreciaba nuestra amabilidad durante todos los años. Dijo que hay bastante espacio si lo queremos hacer".

"Pero le dijiste que no, ¿verdad?"

"Sí. Le dije que había prestado atención a una parte de sus advertencias a lo largo de los años y me había abastecido de suministros como él había sugerido".

Cat volvió la cabeza hacia Jenny, quien asintió y dijo: "Tenemos suficientes alimentos enlatados y no perecederos y agua en el sótano para que John y yo vivamos por lo menos un año".

"Entonces, ¿cuál es el problema?", Cathy preguntó, de repente muy preocupada. "¿Por qué dijiste que reforzáramos las ventanas?"

"Porque yo, no como Mike, nunca me abastecí de balas ni hacía planes para defender la granja".

"¿Por qué", ella preguntó, "es eso un problema?"

"Porque Mike acaba de decirme que las pandillas de Indianápolis y de St. Louis se han establecido al norte del río en Evansville".

"¿Es cierto?", Cat preguntó.

Él asintió. "Ellos sí han salido de las ciudades grandes para cocinar sus drogas en las zonas rurales y tienen presencia en Evansville, seguro".

"Pero eso está al norte del río", Jenny argumentó, señalando hacia la dirección del cuerpo de agua hinchado que había traído a Cat y Josh desde Michigan. "Seguramente no hay manera en que crucen a nuestra área".

John se calló, pensamientos oscuros arremolinándose en su mente mientras razonaba cómo responder. Después de un rato dijo: "Mike dijo que él y los chicos echaron a una docena de pandilleros de su tierra ayer. Él siguió su rastro a través del bosque y los rastreó hasta aquí".

Jenny soltó un soplido, cayéndose en una silla.

Cat frunció el ceño. "Unos muebles contra la ventana no los pararán", ella dijo.

"No", él accedió. "Pero sirven para algo, si no hay más remedio. Necesitamos reforzar la casa cuanto antes. Tengo un poco de madera contrachapada en el granero, y podemos derribar paredes si se nos acaba esa madera. Pero no lo puedo hacer solo".

"Ayudaré", ella prometió. "Empecemos ya".

CAPÍTULO DIECIOCHO

Evansville era un pueblo de mierda, por lo menos según Linda Johnson. Max Rankin, por otra parte, lo llamaba su hogar. Él amaba su belleza y, más que nada, la tranquilidad que le proporcionaba a su familia. Ellos no sufrían ninguno de los problemas de una ciudad grande—pues, si uno no tomaba en cuenta las pandillas. Pensando en ellas, se preocupaba por Betty y Tom.

Él imaginaba los disturbios y los saqueos ocurriendo mientras él conducía, acelerando lo más rápido que se atrevía considerando el poco combustible que tenía para llegar allí. Cada pocas millas revisaba el indicador y calculaba qué tan lejos llegaría. Solo para un seguro extra él ponía las marchas en punto muerto y no le daba gasolina cuando bajaba las colinas. Él y Linda llegarían eventualmente. Pensando otra vez en los saqueos y los disturbios que quizás él encontraría, buscó el arma escondida debajo del asiento. Era una herramienta ahora, una que guardaba y esperaba no usar nunca.

Linda había perdido su encanto después de lo del puente, y a él le molestaba que ella lo hubiera convertido en asesino—no, ya era eso. No la odiaba, pero él sentía una animosidad profunda por la manera egoísta en que ella le había hecho atravesar por encima de esos civiles inocentes—¿civiles? Por Dios, estaba pensando como un marine otra vez.

Por eso se había metido en camiones, para olvidarse de lo pasado. Ahora él estaba empleado por cuenta propia; elegía las rutas y tenía poca interacción con los civiles que tenían poco o ningún entendimiento de su pasado y sus experiencias. Habría sido inútil para trabajar en cualquier otro sector, pero había descubierto un pequeño nicho acogedor en este camión lleno de gas de escape.

Ninguna de esas, sin embargo, era la razón verdadera porque le molestaba la mujer sentada a su lado. Desde el puente, lo único que hacía esta mujer era quejarse como si fuera la culpa de él que el mundo, como lo conocían, había acabado. El fastidio tenía que pararse pronto. Ella molía contra cada onza de la paciencia de él y, después de solo un par de días él se enfermaba por su presencia. Pero no podía simplemente echar sola a una mujer blanca de los suburbios—no, eso habría sido un crimen sin importar quién gobernara las calles que le esperaban en Evansville. Así que él soportaba su desahogo. Afortunadamente ella por fin se calló cuando llegaron a Indiana. Eso era bueno porque seguramente él había aguantado bastante.

Llegaron a la ciudad justo cuando se les acabó el combustible. El camión viejo chisporroteó y se murió, dejándolos a varias millas de su destino deseado. Max sabía que nunca conseguiría que volviera a funcionar aun si lograra encontrar diésel. Así que abandonaron el Freightliner donde se había muerto, al norte del Parque Kleymeyer. Guardó las llaves, sin embargo, incapaz de dejar su propiedad a cualquier lobo que saqueara sus restos.

"Saca la hielera", dijo, alcanzando sus maletas. Normalmente Tom ayudaría a llevar lo todo a su casa, pero aun en esos casos solo tenían que andar aproximadamente treinta metros. Él y esta quejona blanca tenían mucho más que ir. Ante la negativa de ella, él terminó apilando la bolsa más pesada encima de la hielera y las llevaba mientras ella arrastraba su mochila en la nieve con indiferencia. "Favor de no hacer eso", él rogó, dejando que su irritación se mostrara.

"¿Hacer qué?", ella exigió, sus pensamientos en otra parte y los buenos modales perdidos.

"Arrastrar mis cosas así. Llévalas en tu espalda… *por favor*". Él intentó un comentario amable pero ella se quejó.

"Me duele el hombro; se me rompieron probablemente las costillas, y mi brazo estaba dislocado hasta que lo encajaste en su lugar. ¿Y quieres que *lleve* tu mochila?" Con un poco de drama, dejó caer la correa de sus dedos y la dejó caer sobre la nieve dura. Él notó que ella todavía sujetaba una bolsa de comida contra su pecho.

Listo para romper su cuello y dejarla en el banco de nieve, él contó hasta diez y bajó los artículos más pesados antes de poner la mochila sobre sus propios hombros. Entonces recuperó la carga y hacía de guía. En total, llevaron sus vidas cuatro millas a su casa en la Avenida Harlen. La excursión era ardua mientras pisaban varios metros de ceniza amontonada—sin duda llena de radiación. Ese pensamiento le preocupaba a Max más que nada, pensar que los dos viajarían todo este camino solo para perecer en la peor manera posible. Pero la mayor parte de la lluvia radioactiva ya había caído, algo que habían presenciado desde la seguridad del camión durante el viaje. No, la ciudad en sí parecía segura—salvada de la aniquilación y, por lo tanto, en su mayoría libre de isótopos.

"Esta bolsa de comida pesa demasiado", Linda se quejó. Se la entregó a él, y él la tomó, añadiéndola a su propia carga y convirtiéndose en la mula de carga de ella. Debía de haberlo negado, pero tomarla calló a ella.

Una vez que llegaron a la casa, Max inmediatamente sabía que algo iba mal. Por el exterior, parecía la misma de siempre. Construida en los 1950, la base de vigas y pilares sostenía un hogar sencillo con revestimiento de madera pintado de un azul brillante. Betty había seleccionado el color el otoño anterior, diciendo que quería que se destacara de los verdes y amarillos a lo largo de la calle. Las ventanas estaban intactas, y la puerta principal permanecía firmemente cerrada. Probar el pomo demostró que la cerradura estaba abierta, lo cual provocó que le pusieran los pelos de punta. En el interior, encontraron el lugar abandonado, saqueado y limpiado de alimentos enlatados, agua y casi cualquier cosa útil de la dispensa. Él recogió el basurero volcado y lo llenó para mantener ocupadas sus manos ociosas. Por el exterior, él estaba tranquilo a pesar de la tormenta ansiosa que se formaba en su interior.

¿Dónde está mi familia?, pensó. ¿Adónde podrían haber ido?

En la sala de estar, Linda recogió un marco de fotos destrozado que yacía desechado en el piso. En la foto había una mujer bonita, de tez oscura con pómulos asombrosamente altos, los cuales le daban el aspecto de la realeza egipcia. "¿Esta es Betty?", ella preguntó, levantándola.

"Sí, es ella".

"Es muy bonita".

Él asintió. "Es poco decir". Pensando en toda la negatividad que Linda le había descargado en el viaje, él añadió: "Su belleza es mucho *más profunda* que su piel, te lo aseguro. Nunca he conocido a otra mujer tan piadosa—muy devota pero empeñada en salvar a un pecador como yo. Nunca la he merecido; eso es seguro".

Ella asintió y cuidadosamente puso la foto encima de la mesa. Casi con reverencia, lo cual le sorprendió a Max. Él notó que los ojos de ella delataban una tristeza más profunda, sin duda para su familia que había perdido durante la travesía por el país, y lamentó la animosidad que había sentido antes.

Él abrió la puerta del patio trasero y dijo: "Tenía agua escondida en el taller. Ojalá que los saqueadores se la hayan perdido". Se detuvo para pensar, entonces añadió: "Debo también tener jarras que podemos llenar en el río. Tengo unas tabletas de purificación que guardaba en el camión. Si se nos acaban, podemos hervirla con la misma facilidad".

Ella asintió, y él la dejó en la casa, saliendo al exterior y agradecido de que finalmente estaba solo y que ella había dejado de fastidiar. A decir verdad, la tranquilidad extraña de ella le molestaba más que la irritación que ella había soltado a lo largo del último par de días, y él lamentaba aún más su propia actitud.

Al salir al exterior él se quedó helado. La puerta del taller había sido forzada y colgaba de sus bisagras con el marco astillado. Una alerta ansiosa le entró, devolviéndolo a ese lugar oscuro que acechaba dentro de él. Su entrenamiento militar se hizo cargo, y el marine endurecido tomó control de su propio cuerpo. Instintivamente se palpó la cadera buscando su arma de fuego, dándose cuenta de repente de que la había dejado en el camión.

¿Cómo pude olvidarla? Entonces se dio cuenta—sus pensamientos habían estado demasiado centrados en Linda para tomar lo que realmente necesitaba al recoger sus cosas. Él tendría que volver al camión más tarde para buscarla.

Él caminó a hurtadillas y de manera callada hacia el taller. Era probable que quienquiera que había entrado ya hubiera salido, pero Max no dejó nada al azar. Se acercó con cautela, escuchando atentamente los sonidos del interior. Sus ojos oscuros ojearon el vacío más allá de la puerta, buscando cualquier movimiento, su mundo desacelerándose a su alrededor mientras el pulso se latía en los oídos.

El sargento Rankin decidía en el presente qué acciones tomar mientras que su mente lo teletransportaba a su tiempo en el desierto.

Igual que en Faluya, estaba listo para lo todo. Sin arma, él mantuvo las manos firmes en frente de su cuerpo. Su entrenamiento recordaba; sus músculos temblaban con anticipación. La forma simple de combate era lo único que tenía para enfrentar a cualquier enemigo en el interior, y él entraría con cautela como requería la situación.

Las palabras de su sargento instructor hicieron eco de un recuerdo distante mientras él se movía. "Estas técnicas dañan permanentemente a tu oponente, y cada ataque debe pararse solo después de la muerte del oponente".

La muerte. Max había estado tan apartado del peligro que él se había olvidado de su antiguo adversario. ¿Adversario? ¿Amigo? La muerte, la que había permanecido en su sombra durante tanto tiempo, ahora se escondía en la oscuridad de su mente. *Tomar una vida es fácil*, Max pensó, *aún más fácil cuando has decidido seguir viviendo*. Él había tomado su cuota, pero esos días (así pensaba hasta que Linda había hecho de su camión un arado) se quedaban en el pasado.

En la puerta él se detuvo y no vio movimiento alguno en el interior. Respiró; lo contuvo y entró en el interior. Ningún ataque surgió. Respiró el aire polvoriento e instó a su corazón que se desacelerara. La adrenalina ya se había abierto camino por sus venas, y su cuerpo sentiría los efectos después de que disminuyera más tarde. Satisfecho de que el taller era seguro, él se puso a trabajar.

Sus herramientas habían sido robadas y cualquier cosa útil había desaparecido. Sus sierras de mano, hachas e incluso su juego de carracas habían desaparecido. Aún peor, los saqueadores habían sacado todos los cajones de su baúl de almacenamiento, tirando al suelo lo que no necesitaban. Tardaría horas en examinar sus restos. Ellos habían encontrado los contenedores de agua, dejando solo un espacio libre de polvo en el suelo donde habían estado antes. Afortunadamente las jarras estaban donde él había esperado— escondidas detrás de unas viejas llantas para la nieve que él había quitado de la camioneta la primavera anterior. También encontró una madera de dos por cuatro pulgadas y un carrete de cordel. Los agarró también.

Levantando los contenedores, atravesó el jardín trasero y volvió a la casa. Linda había salido de la sala de estar, y Max la encontró de pie en la habitación mirando fijamente todo el desorden. Los saqueadores habían tomado todo de valor, incluso los abrigos de invierno y la franela. Dejaron todo el resto en desorden. Un joyero vacío estaba desechado encima de la cama. Su esquina estaba manchada de carmesí—sin duda, sangre. Max esperaba que fuera de un saqueador y no de Betty.

"Quienquiera que haya hecho esto se ha ido", dijo. "Encontraron el agua pero dejaron las jarras. Voy al río esta tarde e intentaré traer más. Encontré algo de madera y cordel en el taller, con los cuales puedo construir un yugo. Eso facilitará el transporte de las jarras cuando estén llenas".

Linda asintió, indicando que entendía, pero su silencio gritaba desinterés. Él siguió sus ojos. Descansaron sobre un baúl vacío a un extremo de la cama. Ella lo miró fijamente.

"Tenía uno de esos", por fin dijo. "Ese mismo baúl. Mi madre me lo regaló cuando nació nuestro hijo mayor".

"Ese era de Betty", Max dijo. Se arrodilló e inspeccionó sus goznes. Permanecían intactos, igual que la cerradura. Los saqueadores lo habían vaciado pero debían de haberse dado cuenta de que pesaba demasiado para llevar. Dejaron la llave en su lugar. Inmediatamente él abrió su mochila y sacó lo que quedaba de la comida, metiendo todo de valor dentro del baúl. Giró la llave antes de sacarla y meterla en su bolsillo.

Linda, dándose cuenta del desaire, le dio la espalda, enfadada, y salió de la habitación.

Él no pudo menos que sonreír ante su respuesta. El alijo de comida que tenía en el camión había disminuido rápidamente durante el viaje, con esa maldita mujer comiendo más de lo que le correspondía. Dos veces la pilló comiendo una lata entera de salchichas de Viena, algo que podría haber alimentado a los dos durante los tiempos de racionamiento. Encerrar su comida era la mejor garantía de supervivencia. Palpó la llave en su bolsillo. La sacaría solo a la hora de comer.

Se aventuró a salir otra vez esa tarde, cruzando el cementerio de Oak Hill justo antes del anochecer. Necesitaba agua para sobrevivir; eso tenía prioridad sobre recoger el arma de fuego. Buscaría esta por la mañana.

Además, el río no estaba lejos, solo a tres millas en cada sentido en vez de cuatro; así que era el viaje más fácil de los dos.

Pero el destino le favoreció esa tarde y estaba gratamente sorprendido. Mientras cruzaba por debajo de la Ruta 66, vislumbró el sol poniente parpadeando sobre el agua donde no debería estar. Desconcertado, giró hacia el sur y se encontró con agua de las inundaciones que llegaban al norte hasta la Avenida Lincoln. El río Ohio se había desbordado de alguna manera y le redujo el viaje a menos de la mitad. Contento de haber encontrado una fuente de agua potable, se arrodilló para llenar las jarras.

Todo el proceso tardó solo unos cuantos minutos, y él levantó el yugo sobre su espalda. No era pesado, simplemente incómodo. Si se apurara, le quedaría tiempo para correr al camión, ya que no estaría cargado por una necesidad extrema de la supervivencia básica. Pero caminó lentamente durante el regreso, contemplando el paisaje y prestando mucha atención a las casas por las que pasaba. Cada una era abandonada—no simplemente *algunas* de ellas como había pensado al principio. Todo estaba desprovisto de vida.

¿Adónde fue la gente, se preguntó, *para que todos hayan desaparecido completamente?*

Quizá se refugiaran cerca, pensó, ¿en la universidad quizá? ¿O *en la escuela secundaria?* Él se acercó a las dos, con los imponentes postes de luz del Estadio Tiger asomándose justo un poco más allá de la Carretera Willow. Empezó a girar hacia el este por Walnut cuando un movimiento le llamó la atención. Dos sombras oscuras salieron de detrás de la pared de ladrillo rojo que rodeaba el campo a su izquierda, y Max se encontró cara a cara con problemas.

"¿Qué tienes en las jarras, viejo? ¿Combustible o agua?" La voz sonaba joven, de la misma edad que su hijo Tom.

Rápidamente Max evaluó a los recién llegados. Cada uno llevaba puesta una sudadera con capucha negra sobre unos jeans caídos con calzoncillos que se veían entre la ropa. Ambos llevaban una mascarilla, parecida al pasamontañas que él había utilizado en las tormentas de arena en el extranjero. Pero estos adolescentes seguramente no eran militares. No, parecían más granujas de la calle que una amenaza verdadera.

"Es agua del río", les dijo. "No purificada y peligrosa para beber, tal como está".

"Entonces, ¿por qué la tienes *tú*?", uno de los chicos insistió. Y tenía razón.

Max consideró sus opciones. En realidad no había buena explicación, a menos que quería revelar que tenía un alijo de tabletas de purificación. Por fin contestó con una verdad a medias. "Es lo único a que tengo acceso, así que me arriesgaré. ¡Diablos! Probablemente me va a matar con la radiación al final, pero eso es mejor que morir de hambre".

Los dos adolescentes se rieron de eso. El chico más alto se relajó, y su tono se suavizó cuando dijo: "¿Por qué no vienes con nosotros? Tenemos abastecimientos, y tienes el color correcto, hermano".

"¡Mike!" El adolescente más bajo regañó a su amigo. "No tenemos permiso de dejar entrar a nadie más", dijo.

Mike, ponderó Max. Entonces se dio cuenta de que la voz le había parecido conocida. "¿Mike Salwall? Eres amigo de Tom", dijo con esperanza. "¿Lo has visto?"

Ambos chicos intercambiaron una mirada, y el más alto encogió los hombros, repentinamente reconociendo al hombre frente a él. "Usted es el señor Rankin, ¿verdad? ¿El padre de Tom?"

"Soy yo", respondió, deseoso de aprender de su familia.

"No hemos visto a Tom desde que se metió en problemas con su mamá la semana pasada. A ella no le caemos bien".

Max no pudo menos que reírse. "¿No son ustedes socios de la *Pandilla de Conseguir Dinero*, o algo así? A las mamás y los papás no les gusta que los pandilleros anden con sus hijos", dijo.

"No somos afiliados", el menor bromeó, la voz temblándose un poquitín y divulgando su mentira.

"En cualquier caso", Max insistió, "por eso no quiere ella que él ande con ustedes. Ella piensa que *son* afiliados, no importa su relación con pandilleros *verdaderos* o no". Cambiando de tema, él preguntó: "¿Dónde está todo el mundo? Seguramente ciento veinte mil habitantes no simplemente se levantaron y desaparecieron".

Los observó de cerca para ver si reaccionarían. Los ojos de Mike se movieron brevemente hacia el este, indicando los lugares que Max había sospechado. El otro chico agitó una mano con disgusto. "¡Hay una maldita guerra en pleno apogeo, viejo! No hay ciudadanos, solo ovejas y leones. Necesitas decidir en qué equipo estás". Se dio la vuelta para salir, empujando a Mike en el hombro antes de trepar la pared y tirarse por encima de ella. Desde el otro lado, gritó de nuevo: "Decide en qué equipo estás".

El amigo de Tom se quedó un momento, los ojos llenándose con una preocupación verdadera. "Él tiene razón, señor Rankin. Ahora es una zona de guerra". Sacó la mano del bolsillo de la sudadera para mostrar una empuñadura de pistola. "Y él tiene razón; usted debe tener cuidado y encontrar su rebaño si usted es oveja. Elija un bando antes de que los leones como *nosotros* lo atrapemos".

"¿Dónde está Tom?", preguntó de nuevo, indiferente a la amenaza.

"No lo sé", el chico dijo antes de seguir a su amigo por encima de la pared. Antes de saltar al otro lado añadió: "Pero él no era una oveja como usted y su madre".

Las palabras cortaron profundamente a Max, y él caminó con más velocidad el resto del camino a casa. Regresaría al camión por la mañana cuando era más seguro.

CAPÍTULO DIECINUEVE

El sol y cielo artificiales se sentían reales, y los sonidos del jardín hacían que el Dr. Andalón imaginara que estaba sobre la superficie del paraíso en vez de en las profundidades de la Tierra en un laboratorio médico. Edén era hermoso. El aroma de flores en ciernes y el ligero zumbido de abejas completaban la sensación de la realidad. Estaba sentado en un banco de piedra muy cerca de, y frente a, los niños.

"¿Cómo funciona?", David preguntó. "¿Es tan fácil como el respirar?"

"¿Quieres preguntar", Adán respondió con una sonrisa, "si es una habilidad innata que aprendimos naturalmente y dominábamos a medida que madurábamos?"

"Se me olvida", el doctor dijo, "que a pesar de su apariencia exterior de diez años, ustedes tienen la capacidad y el vocabulario para entender la ciencia de su..." Se le fue apagando la voz. Esta experiencia entera le era algo nuevo—la habilidad de hacerles preguntas y analizar las respuestas de los sujetos. Sus experiencias con los primates en MIT le habían dejado con la costumbre de simplificar su vocabulario.

"¿Nuestro qué, David?", Eva preguntó. Su pregunta fue cortés y sus rasgos amables cuando preguntó, pero David podía captar una desconfianza subyacente debajo de la superficie. ¿O fue una preocupación implícita, o el desdén?

"Pasé toda mi carrera trabajando para este día, incluso construí el lenguaje descriptivo acerca de la ciencia, pero me quedo sin palabras. ¿Lo llamo una habilidad? ¿Una especialidad? ¿Un poder?"

Los niños intercambiaron una mirada y una sonrisa antes de que respondiera Adán: "Nos referimos a ello como nuestro oficio".

"Esa es una descripción muy rara", el doctor notó. "¿Es porque ustedes trabajan y entretejen el aire como artesanos?"

"Eso", el chico respondió con una sonrisa de asentimiento, "y más".

"No manifestamos el aire que nos rodea. Es como la arcilla en la tierra antes de ser recogida por la alfarera y colocada en su rueda", Eva añadió. "Moldeamos lo que sentimos a nuestro alrededor. Mira". Sus manos se movieron lentamente en el aire entre ellos, arremolinando un patrón que parecía construirse sobre sí mismo. Lentamente un barco pirata flotante se fusionaba y se mantenía en el aire con las velas aleteando y llenándose de la brisa. Encima del puesto del vigía ondeaba una bandera pirata.

"Es hermoso", David comentó mientras tocaba instintivamente su propia mano, la que había estrechado con la mano manipulada de Adán cuando este se presentó por primera vez. "¿Por qué optaste por un barco pirata?"

Eva sonrió. "Es de un libro que leímos hace unos meses. Era de un lugar mágico encontrado por piratas. Durante su desventura se encontraron naufragados en un mundo nuevo y fascinante de oportunidades".

"A los dos nos encantó", Adán explicó, "con todos los personajes interesantes y el mundo imaginativo. Los dos nos perdimos dentro de la historia del autor. Fue un escape cuando lo único que hemos conocido es este laboratorio".

"¿Cómo se llama?", David preguntó. "El barco en que navegaron".

"Estowen", contestó Eva.

"¿Qué significa eso?"

"¿Para nosotros?", Adán preguntó. "La oportunidad".

David extendió un dedo y tocó una vela, encontrando que se parecía a la lona tanto en textura como en apariencia. Recordó de nuevo la sensación titilante del apretón de manos de Adán con la palma etérea, y se estremeció. "Cuando la toco, la sensación es extraña, extrañamente extraña. ¿Sienten lo mismo cuando tejen?"

"No", Eva respondió tranquilamente, como una maestra explicándole un concepto a un novato. "¿Cómo conoces el miedo, Dr. Andalón?"

"El miedo es innato. Vemos; oímos o sentimos cosas que están fuera de lugar o inesperadas, y esos estímulos disparan alarmas sensoriales dentro de nuestro cuerpo". Él la miró a los ojos. "¿Es lo que es? Sus poderes... su oficio... ¿así que *es* innato?"

Ella dejó que Adán respondiera. "En absoluto, David. Describe las sensaciones estimuladas en ese estado de miedo, después de que se han disparado las alarmas sensoriales".

"El pulso se acelera junto con la presión arterial, y hay una descarga de adrenalina y cortisol. Aumenta la frecuencia respiratoria, y se dilatan los vasos sanguíneos de los pulmones y los músculos".

"¿Y qué hace el cerebro mientras todo esto está ocurriendo internamente?"

David contestó de inmediato. "El cuerpo se prepara para el peligro por luchar, por correr hacia otro lugar o por quedarse helado".

Eva asintió. "Sí, esa es la respuesta física y mental pero solo instintivamente. Imagina si ocurriera otra respuesta química, otra desencadenada por los niveles elevados de cortisol y adrenalina. Una que activaría tu habilidad congénita para manipular los elementos".

"Ese fue el objetivo del Proyecto Mendel", David dijo, su mente volviendo a su laboratorio en MIT. Con una comprensión repentina, recordó las inyecciones de epinefrina y la respuesta de los dos grupos. "Así que la epinefrina activó la habilidad de Felicima de confeccionar una llama a su alrededor, de usarla contra mí".

"Tenía algo que ver, sí", Adán accedió, "pero su agresión sugiere que era propensa a la ira o la hostilidad. Lo más probable es que la emoción caliente de la ira fue provocada por el miedo cuando rompiste el vial".

"Emoción caliente..." Los ojos de David se abrieron de par en par. "¿Pueden *ustedes* manipular el fuego cuando están enojados?"

"Seguramente no nosotros", Eva prometió. "Pero todas las emociones pueden ser o calientes o frías".

"O tibias", Adán añadió.

"O tibias", ella accedió.

"No entiendo", el genetista admitió.

Los niños de nueve años intercambiaron una mirada, y Eva se rió antes de explicar. Con una voz llena de madurez y hablando con autoridad, ella dijo: "Las emociones varían no solo de persona a persona sino también de situación a situación. Cuando estabas enojado en el laboratorio, estabas caliente".

"Así que la ira es caliente, ¿y el amor es frío? ¿Es lo que estás diciendo?"

"Sería mejor que no me interrumpieras, doctor, o vamos a estar aquí toda la tarde. Favor de no hacerlo otra vez", ella exigió con un aire duro de superioridad.

David se calló la boca instantáneamente. Algo más que sus palabras, la manera en que ella había hablado, había enviado escalofríos por su columna vertebral. Desde ese momento él escuchó atentamente.

"La ira sola no es ni caliente ni fría. La furia que manifestaste era caliente. Era agresiva y hostil—incluso abusiva considerando a los pobres animales encerrados en jaulas. Hace un momento, mostré una versión más tibia de la misma emoción, una que pasivamente te dejó en silencio. En vez de furia, manifesté la irritación".

David esperó un momento mientras ella se detenía hasta que por fin se dio cuenta de que ella le estaba dejando hacer preguntas; así que las hizo. "Creo que entiendo. Cuando Felicima estaba tranquila y tibia, podía manipular la llama en maneras más pequeñas, más refinadas—como encender delicadamente un cigarrillo o astillas para una fogata. Pero cuando me puse furioso, ella entró en pánico y se defendió con bolas de fuego".

"Exactamente", la chica sonrió orgullosamente. Entonces continuó: "Su preocupación tibia cambió al terror debido a los niveles elevados de adrenalina, agravados por tus inyecciones. La criatura lamentable estaba sobrecargada y no pudo evitar tratar de neutralizar la amenaza que percibía".

"¿Es así solo con el miedo? ¿Cuándo surge la adrenalina?"

"No. Hay muchas razones por qué el cortisol y la adrenalina pueden elevarse en un cuerpo, haciendo que una persona completamente racional reaccione de manera exagerada. Toma, por ejemplo, el trauma. ¿Cuáles son los efectos duraderos del dolor emocional dentro de una persona, especialmente cuando lo sufre a una edad temprana?"

"Eso... Supongo que depende de la persona. Un niño abusado o abandonado se vuelve pensativo, preocupado por construir relaciones tóxicas o esperando la pérdida en cada rincón. Tendrá problemas de confianza o, peor, él mismo se volverá explosivo".

"Sí", accedió Eva, "así es. Peor, tendrá menos control sobre lo todo ya que su cociente emocional es más bajo que la norma social".

David la miró anonadado. Sus ojos le recordaban que hablaba con niños, pero sus oídos sugerían algo diferente.

Ella continuó. "Lo mismo puede ocurrir con las emociones de felicidad. Cuando conociste a Adán, él controló el aire de tal forma que él no pudo contener su satisfacción al conocerte. Lo que debería haber sido un cosquilleo en la palma de tu mano se convirtió en un agarre poderoso que se volvió tan real como el suyo propio".

El niño asintió, sonriendo tímidamente ante la revelación de su emoción desenmascarada. "Tenía tantas ganas de conocerte que ya no podía esperar. Has sido nuestra esperanza por mucho tiempo, la clave tanto de nuestra libertad como de nuestro futuro, doctor Andalón".

David miró alrededor del jardín, de repente viéndolo como más que un laboratorio, más como una prisión de por vida para los niños. "¿Ustedes están tristes aquí?"

"No infelices porque nos cuidan muy bien. La Dra. Yurik nos trata muy bien, y el general Braston viene de vez en cuando para asegurarse de que no nos falta nada en cuanto a necesidades".

"¿Y el senador Esterling?"

Los niños intercambiaron una mirada, y David reconoció un disgusto mutuo hacia su amigo.

"Tiene buenas intenciones", Eva respondió, y su hermano asintió. "Pero hemos visto su futuro y tenemos miedo del monstruo que llegará a ser. Su visión resultará en muchos más problemas para el mundo y la sociedad que él ha querido cambiar".

"¿Se lo han dicho? Podrían guiarlo. Conozco a Michael, y él los escuchará".

"Te aseguro que no lo hará", Adán dijo con un ceño fruncido. "Doctor, estamos tratados bien y *estamos* felices con nuestro entorno, pero anhelamos más. Yo describiría mi situación como la de curiosa de la vida, como todos los niños".

Eva añadió: "Pero tan enjaulados como los animales que perecieron en el incendio en tu laboratorio anterior; deseamos la libertad".

"¿Así que están infelices?" David se detuvo, contemplando una vida pasada totalmente en Edén... en el laboratorio. Miró hacia arriba, hacia el cielo artificial y de repente lo encontró restrictivo. Como el Jardín del Edén bíblico, de repente él entendió la caída del hombre original como contada en la historia. "¿Quieren salir del laboratorio y disfrutar del libre albedrío para hacer su propia vida?"

Eva habló con tal grado de confianza tranquila que él se estremeció cuando ella dijo: "Eso no es posible para nosotros ahora, doctor".

"¿No ahora? ¿Qué cambió?"

"Tú estás aquí ahora, Padre".

"¿Padre? ¿Deseas una familia y padres? ¿Entonces qué? ¿La normalidad?"

Ella asintió. "Es lo que todos los niños desean y requieren de sus padres, ¿no?"

"Brooke y yo vamos a tener un bebé. Quizá podemos presentarles a nuestro hijo como compañero de juegos mientras él o ella crezca".

Eva frunció el ceño y miró a su hermano. Una brisa fresca pasó entre ellos, y Adán asintió. Él giró hacia David y dijo. "Eso sería desaconsejable, dado lo que sospechas y lo que sabemos ser cierto".

"Lo que yo… ¿Cómo pueden saber lo que sospecho? Mis experimentos salieron bien y estamos embarazados".

"Ella está embarazada, pero *seguramente* no es el tuyo". Eva puso una mano tranquilizadora en el antebrazo del doctor y dijo: "Re-escribiste el código *de ella* pero el tuyo no estaba completamente reparado cuando ella concibió".

"¿Están seguros?"

"Has dudado del origen de este niño pero no has desafiado a Brooke ni buscado la evidencia que se encuentra muy fácilmente. ¿Por qué no?", ella preguntó. "¿Por qué un científico no cuestionaría lo todo? ¿Por qué no puedes preguntar si ella tomó un atajo?"

"¿Por qué yo haría eso? La quiero. Ella ha aguantado a un hombre incompleto durante mucho tiempo, y supongo que yo no diría que su *atajo* es un engaño o infidelidad. De hecho, estoy aliviado de que la presión para hacerla concebir finalmente no está bajo mi responsabilidad. Yo fracasé en mi experimento y doy la bienvenida al resultado final. He llegado a aceptar que no importa *de quién sea* el niño que vive dentro de su útero, será mío".

"Está seguro", Adán dijo, "que ella te quiere muchísimo. Pero ese niño fue concebido por una desconfianza desenfrenada hacia tu conocimiento científico. Estás cerca de un gran avance y tienes que continuar tu trabajo. Necesitas tener éxito en tu deseo de engendrar tu propia línea ancestral—esa es nuestra esperanza para la libertad verdadera".

David rogó: "¿Cómo saben tanto de mí?"

Los niños se tomaron de las manos y alcanzaron las de él. Las aceptó sin preguntar, completando el círculo.

"Cierra tus ojos", Adán exigió en voz baja, "y medita con nosotros. Disminuye tu ritmo cardíaco por enfocarte en tu respiración. En un momento vas a sentir tu mente dentro del éter, la puerta de entrada del Mundo de los Sueños que hemos creado".

Tardó un momento para que la mente de David se asentara, tenía tantas preguntas quemándole por adentro. Pero la voz del niño era tranquilizadora y melódica, induciéndolo a relajarse. Con los ojos cerrados, se centró en la oscuridad ante él.

"Bien", el niño dijo. "Mira la oscuridad pero concéntrate en las muchas luces parpadeantes. Busca su patrón como lo harías con una constelación en el cielo nocturno".

Él no entendió las instrucciones al principio. La oscuridad era igual a la que siempre veía cuando se cerraba los ojos. Pero lentamente el patrón se enfocó. Las estrellas en el ojo de su mente eran hermosas una vez que las notó. Seductoras y atrayéndolo hacia adelante. La sensación fue como algo de una película de ciencia-ficción, como si estuviera navegando en el espacio en una embarcación de movimiento lento.

"Busca el agujero de gusano", el niño susurró. "Lo verás a tu derecha cuando lleguemos a la curva".

Escéptico, David obedeció sin esperanza de un resultado, pero continuó jugando. Cuando lo vio, el agujero de gusano estaba exactamente donde el niño había dicho. Después de una sensación generalizada de estar girando, experimentó el vértigo mientras su perspectiva cambiaba. Las estrellas completaron su giro por sí solas, orientándose contra una oscuridad densa que apareció dentro de un cerrado círculo de brillo. Los niños parecieron precipitarse en el vacío, haciéndole señas e invitándolo a pasar.

"Lo veo", dijo con entusiasmo, con cuidado de no abrirse los ojos y perder el momento.

"Entonces dejemos este mundo y entremos en el nuestro, Padre", Adán insistió.

¿Padre? El uso continuo del término por parte de ellos lo hizo sentir inestable e incompleto. ¿Eran ellos una recompensa por su trabajo arduo a lo largo de los años? ¿Productos de lo que nunca podría otorgarle a una mujer?

David sintió un tirón en el pecho y de repente se tambaleó hacia adelante en su mente. La gravedad del vórtice era cegadora mientras las estrellas pasaban. Su primer pensamiento fue de saltar dentro del hiperespacio en el *Halcón Milenario*, un vestigio de su juventud que pasó mirando sus películas favoritas y jugando con sus amigos. Esta sensación era exactamente cómo había imaginado que se sentiría esta experiencia en la vida real.

De repente se puso de pie sobre una negrura firme, ya no enfocado en la parte posterior de sus párpados. Parpadeó, mirando a su alrededor mientras los dos niños le sonreían a su lado, cada uno sosteniendo su mano y listo para guiarlo hacia adelante.

"Esta es nuestra arcilla de alfarero, como la llamamos", Eva explicó.

Mientras ella hablaba, el suelo se deformó un poco, brillando y temblando, pero no de tal manera que él se sintiera mareado o enfermo. Ella agitó su propia mano, profundizando la onda pequeña lo suficiente como para que una estructura se formara más adelante. El edificio era el laboratorio de MIT. Por todas partes, edificios aparecieron tal como habían sido en la vida real. Incluso los arbustos y árboles eran como él recordaba.

"¿Por qué estamos aquí?", él preguntó.

"Muy fácil", Adán dijo mientras mantenía la puerta abierta. "Tú tienes preguntas, y nosotros tenemos las respuestas. Ven a ser testigo de nuestra salvación".

Cada detalle del pasillo estaba intacto, tal como era antes del incendio. Cuando llegaron a la puerta del laboratorio, David leyó las palabras: *Proyecto Mendel.* Tal como estaba en la noche del accidente, alguien había garabateado con una pluma negra y añadido las palabras: *pero no por mucho tiempo.* Él tocó el pomo y lo giró, entrando. Cada detalle era igual a la noche en que el decano desfinanció la investigación, incluso la botella de vodka, las jaulas y los sonidos de angustia del Grupo Bravo.

"¿Cómo reconstruyeron este momento?"

"Porque estuvimos aquí, doctor, en el laboratorio contigo la noche cuando ocurrió", Eva dijo.

"Muy a menudo te miramos, aprendiendo de nosotros mismos y pensando en qué tipo de padre serías", Adán explicó.

"¿Padre?" Él se preguntó si él era digno, de repente recordando su berrinche en este mismo laboratorio. No estaba listo para la paternidad. A pesar de la condición de Brooke, él no merecía ese título. "No soy padre. No estoy en condiciones. Estoy demasiado concentrado en mi trabajo. Soy propenso al egoísmo y la perturbación". Tocó la botella de vodka, encontrándola corpórea y se sorprendió al descubrir que en realidad podía tocarla—beberlo si quisiera. "Pierdo los estribos con demasiada facilidad". Ahora lo quería.

"Pero eres el padre de Andalón, David". Las palabras de Eva le hicieron girar. "El trabajo que hiciste en este laboratorio ha estado dentro de ti desde que entendiste por primera vez la genética. El trabajo de tu vida ha sido tanto para la creación de la vida como para el mejoramiento de la mente".

Adán añadió: "Tu semilla no contribuyó a la creación de nosotros dentro del útero artificial, pero tu sueño concibió la idea, y otros nos han hecho realidad".

"¿Qué va a ocurrirnos", Eva preguntó, "cuando el senador Esterling y otros líderes militares se den cuenta de que somos más poderosos que cualquier otra arma que tengan? ¿Qué los dos de nosotros podríamos vencer, sin ayuda, a un ejército si nos desafiara?"

De repente la alarma consumió la cavilación de David. Sabía que Jake y Michael destruirían los experimentos de él en el momento en que sospecharan que los niños eran una amenaza, especialmente si no hubiera controles. Él se apretó la mandíbula, intentando esconder dentro de sí la comprensión de que algún día tendría que liberar a los niños.

"Sí", Adán leyó sus pensamientos. "Eso es correcto. Algún día nos liberarás a todos nosotros".

"¿Todos?" David no entendía. "No se han desarrollado los otros embriones. Esa etapa no está preparada para los ensayos científicos".

"Entonces debes fomentar que esa *etapa* se desarrolle más rápido por prometerle al senador Esterling una manera de controlarnos", Eva exigió. "Dale una *necesidad* para otros como nosotros y una manera en que utilizar ese poder".

"Pero primero", Adán añadió, "debes aumentar las mejoras que has realizado en tu mismo y en los demás. Todos nosotros necesitamos despertar todos los poderes si vas a engendrar una nación".

David sintió subir la bilis. La ansiedad le torció el estómago y quería vomitar. Rogó: "¿Cómo saben lo que he estado haciendo en secreto?"

"Te lo dijimos, Padre", Eva dijo. "Hace mucho tiempo que te miramos".

El laboratorio centelleó cuando rompieron la conexión. David Andalón de repente se encontró sentado en un banco de piedra, solo, en el Laboratorio del Edén. Mirando a su alrededor, se dio cuenta de que los niños se habían puesto de pie y se habían ido, dejándolo solo para reflexionar sobre el destino de ellos.

CAPÍTULO VEINTE

Max volvió a su camión en Parque Kleymeyer, pero ya lo habían saqueado—aunque era la siguiente mañana. Le habían robado el arma y sus anteojos de sol favoritos, otro objeto que se le había olvidado llevar debido a haberse concentrado en la mala actitud de Linda. Dentro de veinticuatro horas, le habían robado todo que él consideraba de valor. Incluso el colchón de la cabina dormitorio había desaparecido.

Después de ese golpe de realidad, se desarrolló en él un sentido de urgencia en cuanto a los recursos. Se había quedado atrás de los saqueadores y ahora él mismo era oportunista—sin armas y a penas con suficiente comida y agua.

A lo largo de los siguientes días, salía cada mañana en una dirección diferente, buscando a alguien que los pudiera ayudar por dirigirles a una casa de acogida u otro lugar al cual Betty podría haber llevado a su familia. Él no había aprendido nada en su visita a la Escuela Secundaria Memorial, y la universidad también había resultado ser un callejón sin salida. No había indicaciones de vida en ninguno de esos lugares, aunque sospechaba que alguien—un *gran número* de personas—recientemente había acampado en la escuela secundaria antes de irse a otro lugar. Tendría que aventurarse más allá de casa si esperara llegar a la manada migratoria de refugiados.

Recientemente la nieve había estado cayendo más fuerte que antes, y él arrugó la nariz al ver cómo las cenizas sucias se aferraban a los copos de hielo. La ciudad era un desastre, y las calles desiertas eran cada vez más difíciles de distinguir bajo los montones de nieve. Se elevaban a varios metros de altura en muchos lugares, haciéndolo aún más difícil poder entrar por las puertas de las tiendas que registraba en sus caminatas.

Un día se aventuró hacia el oeste, pasando la estación de policía. En el estacionamiento, notó varias patrullas abandonadas, cada una saqueada y quemada. Alguien había atacado el edificio, golpeando las puertas y quemando el edificio desde adentro, dejando solo restos vaciados de la fuerza de respuesta de la ciudad. Grafiti en una pared todavía de pie revelaba a los culpables, con las letras PCD escritas al lado de CRIP. Un área de varias cuadras al sur de la estación se había quemado en el incendio, extendiéndose como un abanico en la dirección en que había soplado el viento. *Las protestas pacíficas de mis padres y abuelos, Dr. King, ya no existen; son reemplazadas por la destrucción y el terror*, él pensó, adivinando que el incendio se había ardido hasta llegar al río hinchado donde lentamente se apagó.

Unas cuadras más adelante, pasó el Hospital Deaconess y se maravilló de las estructuras abandonadas del complejo. Estaba un poco sorprendido de que ese edificio no se hubiera utilizado para albergar a miles de los ciudadanos desaparecidos. *Es como si los líderes de la ciudad ni siquiera hubieran intentado mantener la unidad después de que se cayó la estación de policía*, pensó.

Cada día que se aventuraba a salir, Max buscaba la supervivencia. De vez en cuando encontró una lata de frijoles o verduras que, por lo general, había rodado debajo o detrás de los estantes en una tienda de conveniencias o un supermercado. Otros días, regresaba a casa sin nada excepto el agotamiento por el esfuerzo. Un día en particular se quedó con más de lo que esperaba y menos de lo que quería.

Él había estado hurgando en los rincones del Supermercado Wesselman, arrastrándose por el suelo y palpando por debajo de las filas que alguna vez habían contenido productos enlatados. Hasta el momento había encontrado salsa de frijoles, tres latas abolladas pero no abiertas de atún—del tipo de albacora, para su deleite—y dos paquetes de galletas Graham, del estilo de oso de peluche, sin abrir pero fuera de su caja original. Probablemente habían sido desechados por una madre impaciente que alguna vez intentaba pacificar a su hijo que gritaba. Sin duda el pequeño diablo los había arrojado por el costado del carrito en un berrinche. Max no era tan selectivo como el niño, y estas combinarían bien con agua hervida cuando regresara a casa con Linda.

Dobló la esquina para buscar polvos de sopa para el caldo cuando casi se chocó con un adolescente que vestía uniforme táctico. El chico levantó el cañón de su rifle, un AR-15 con todos los dispositivos imaginables adornando sus rieles Picatinny. Max se levantó las manos tranquilamente, mirando fijamente el arma.

Este idiota, pensó, *probablemente ni siquiera ha disparado de prueba esa arma*. El chico apuntó el arma a su pecho, haciéndole retroceder lentamente.

"¡Dame tu mochila, tío!"

Max la sostuvo en alto, agitándola ligeramente para sacudir los pocos contenidos. "No es mucho, amigo, pero es la tuya. Ten". Él la extendió, y el chico la alcanzó. Tuvo que girarse un poco a la derecha para poder tomar la mochila con su mano izquierda, y cuando lo hizo Max vislumbró el cierre de seguridad. Estaba en línea con el cañón e indicaba que estaba puesta.

Se movió en un instante, el Marine ya no acechando en las sombras profundas de su mente. El sargento Rankin volvió en una oleada, tomando control de las manos y los pies de Max mientras atacaba por instinto. La mochila se cayó al suelo y el adolescente, sorprendido por el movimiento repentino, se estrelló contra los estantes. El arma fue derribada, y Max hizo la decisión de patearlo, haciendo que el chico se estrellara con fuerza contra los estantes por segunda vez. Con un chasquido, la cabeza del chico golpeó el borde de un estante y cayó inerte a un lado, su cuello roto limpiamente con unas cuantas vértebras sobresaliendo de su piel.

Mierda, pensó mientras la claridad regresaba. Había querido vencer al chico, no matarlo. Oyó un ruido al otro lado de la tienda, gritos y fuertes pasos acercándose. Sin tiempo para pensarlo, agarró el rifle y otro estante. Tiró para abajo el estante.

"Pasillo nueve", una voz llamó. "¡Ven rápido!"

Max yacía boca abajo junto a la rejilla de metal y apuntando el cañón hacia los atacantes que se acercaban. Con un movimiento de su dedo pulgar, desactivó el cierre de seguridad y estaba listo para disparar balas al campo. Un tirón ligero del mango de la recámara, no tan fuerte para sacar el cartucho, confirmó que había uno dentro. *Gracias a Dios por eso*, pensó y soltó el aliento contenido.

Dos figuras emergieron de otro pasillo con armas levantadas y cañones apuntados. Estos adolescentes se vestían igual que su amigo, llevando puestos negros pantalones y camisas tácticos. Uno llevaba torpemente una mochila llena, lo cual resultó en que perdiera el equilibrio cuando disparó. Su tiro falló por completo, pero se acercó lo suficiente para que Max oyera el ruido cuando pasó. El sargento Rankin apretó el gatillo y ajustó su puntería, apretando una segunda vez. Los dos hombres jóvenes se cayeron, muertos en el acto.

Tan pronto como disparó, se giró hacia el otro lado de la estantería, esperando al dueño de la voz que había gritado antes. El hombre se inclinó con cautela por el pasillo, más experto que los chicos y probablemente entrenado en su arma.

Gritó mientras echó una mirada furtiva: "¡Spike, Mole! ¿Me pueden oír?"

Uno de los chicos gimió detrás de Max, y el Marine giró, justo a tiempo para ver el arma del chico levantarse de forma temblorosa hacia él. Un tercer apretón del gatillo perforó un agujero en la frente del chico. Girándose de nuevo para afrentarse al recién llegado, él se agachó, justo cuando tres balas fallaron por poco. Una perforó la estantería, dejándolo saber lo poco que proporcionaba protección.

"No quería matarlos", Max llamó al hombre. "Pero el chico intentó robarme. ¡Déjame ir en paz y nunca me verás de nuevo!"

"Hiciste un error y acabas de iniciar una guerra. Solo uno de nosotros sale, y no serás tú".

El hombre se inclinó y disparó, pero Max estaba listo, apretando su propio gatillo y dándole en el pecho. Afortunadamente para el atacante, vestía chaleco antibalas, y la bala solo lo golpeó hacia atrás—haciéndole tambalear sin aliento. Otro movimiento del dedo índice envió otra bala hacia la cabeza del hombre, golpeándole en el costado de la cara. Se cayó de bruces, y el arma se deslizó fuera de alcance.

Max se puso de pie de un salto, corriendo por el pasillo para alcanzar el arma. Llegó justo a tiempo antes de que la mano sangrienta del hombre agarrara la culata. Poniendo un pie encima del rifle, le advirtió al herido: "No lo hagas. Maté a suficientes en Faluya y me canso de ello. Déjame ir".

El hombre se rió histéricamente de eso. "¿Qué unidad?", preguntó, gimiendo mientras sostenía su mano contra su frente. Afortunadamente para él la bala solo lo había rozado.

"Inchon", Max respondió. "Primeros Marines".

El hombre logró reírse ligeramente. "La Tercera de Trueno por mi parte. Sargento Shayde Walters. No te olvides de ese nombre. Si me dejas aquí, vengo a por ti".

"Gracias por los morteros, Perro Diablo, pero esas *gracias* no te dan el derecho de quitarme la vida en nuestro propio suelo. Salgo a pie".

"¿Nuestro propio suelo?" El hombre miró hacia arriba con los ojos enojados. "Los Estados Unidos está muerto, compañero. Desaparecido en un abrir y cerrar de ojos. Todo lo que importa ahora es el Regimiento".

"¿Qué regimiento?"

"Regimiento Uno del Río Ohio. Milicia".

Max se sacudió la cabeza. Las milicias eran ilegales en todos los estados, pero especialmente en Indiana. "Déjame en paz, Perro Diablo, y no le daré más problemas al Regimiento. Solo quiero sobrevivir, igual que tú".

El hombre se rió otra vez, apartándose la mano de su cabeza sangrienta y poniéndola sobre un cuchillo Ka-bar en su cinturón.

"Suelta el cuchillo", Max le advirtió. "*Seguro* que te disparararé, marine o no".

El hombre soltó su agarre.

"Bien, ahora quítate ese cinturón y el chaleco antibalas". Con un gruñido, el hombre obedeció, deslizándolos hacia Max. Un par de esposas flexibles colgaba de un anillo en D. "Acuéstate boca abajo y pon tus manos detrás de tu espalda". El hombre lo hizo, y Max le puso las esposas, apretándolas con fuerza y asegurándose de que este hombre no lo seguiría.

Con el hombre bien asegurado, Max se puso el chaleco antibalas; también se abrochó el cinturón, con el cuchillo, alrededor de su cintura. Recogió el segundo rifle y corrió hacia los otros cuerpos, llevando cualquier cosa de valor que pudiera encontrar. Metió el bolso de comida en la mochila, deteniéndose solo un momento para maravillarse del alijo de comida, agua y municiones dentro. *Me tocó la lotería*, pensó.

Ató los otros dos rifles a su paquete y salió corriendo de la tienda, mirando a ambos lados en busca de observadores en la calle. No viendo a nadie, se aventuró con cautela, mirando los tejados en busca de francotiradores. Consciente de las huellas que dejaba en la nieve, se dio prisa para llegar a casa.

Linda miraba el baúl, desesperada por la comida que contenía pero impedida por la cerradura. Sabía que Max quería racionar, pero tenía tanta hambre que no podía pensar con claridad. Además, ella tenía una razón para comer. Ella puso dos manos en su vientre, sabiendo que sería demasiado pronto para sentir al niño ya que solo había cuatro semanas de retraso en la regla.

Ella y Bryan no habían planeado tener otro hijo tan tarde en la vida, así que esto había sido una sorpresa. Ya que no habían hecho el amor desde la semana antes de viajar a Yellowstone, ella calculó en estar a las seis o siete semanas en el mejor de los casos. O su ciclo simplemente podría haberse detenido por el estrés reciente—pero como madre, sabía la verdad en el fondo. Ella traería a un niño al infierno dentro del cual nadie debería nacer.

Tenía miedo de decírselo a Max, preocupada por si él se molestara con ella por traer una vida a un mundo moribundo. Era un hombre simpático; su atención se centró en encontrar a su familia y en satisfacer las necesidades inmediatas de él y de ella. Aprender que había más para alimentar podría hacer que él la abandonara para que ella se las arreglara para ella misma y para su hijo aún por nacer. No, ella no revelaría el secreto hasta que no lo pudiera esconder más.

Ella sacudió la jarra grande en la cual almacenaban su agua, dándose cuenta de que necesitarían más. Una mirada rápida por la ventana la dejó saber que el anochecer se acercaba—era difícil saber con el cielo anaranjado y las nubes, pero ella ya se había acostumbrado a los diferentes colores. *Pues,* ella pensó, *ni aunque estuviese en el infierno iría a recogerla tan tarde hoy. Él lo tendrá que hacer al regresar. Además, el río se queda solo* a un kilómetro y medio, *más o menos, al sur y* él *no está embarazado.*

La puerta de entrada de repente se abrió de par en par, y Max entró corriendo, cerrándola de golpe y sin aliento, incapaz de hablar. Debía de haber corrido todo el camino de regreso a casa. Entonces ella vio su equipo. Cuando salió, llevaba puesto lo normal—jeans, botas y franela.

Ahora, encima de su camisa llevaba un chaleco táctico y una mochila en los hombros. En sus manos había un paquete abultado con varios rifles de estilo militar.

"Tenemos un problema", él dijo.

"No jodas", Linda accedió, de repente agradecida por el hombre que bloqueaba la puerta y simultáneamente esperando que no fuera tan estúpido de haber permitido que alguien lo siguiera a casa.

CAPÍTULO VEINTIUNO

Cathy miró nerviosamente el ventanal, ahora bloqueado por muebles apilados lo suficientemente alto como para que los intrusos tuvieran que trabajar muy duro para entrar en la sala de estar. Jenny captó su mirada, sus propios ojos mirando hacia la escopeta antigua apoyada contra la pared cercana. Ninguna de las mujeres notó que Josh picoteaba su comida, rebeldemente revolviendo la mezcla de salchichas y frijoles con una cuchara desinteresada. Solo John parecía relajado, a pesar de consumir su comida con un rifle de caza casualmente colocado sobre sus rodillas. Cathy sabía que a él se le había abierto el apetito acarreando madera contrachapada del granero y ella se preguntaba cómo él había encontrado la fuerza para subirla.

Hasta el momento solo había podido bloquear la puerta trasera y la mayoría de las ventanas de la planta baja. Bloquear el ventanal de la sala de estar había resultado complicado, con tanto vidrio que John tendría que diseñar un marco sobre el cual poder sujetar la madera contrachapada. Sin herramientas eléctricas. Un esfuerzo cutre fue todo lo que habían logrado, incluso con la ayuda de Cat. Ahora que ella sabía del cáncer de John, ofrecía ayudar siempre que pudiera, dejando a Jenny a cuidar a Josh. Pero lamentaba el tiempo lejos de su hijo, y la actitud de él reflejaba la falta de atención por parte de ella.

“Cómete la cena, Joshie”, ella dijo.

“No quiero salchichas y frijoles”, respondió, empujando el tazón y enfurruñándose en su silla. “Quiero SpaghettiOs”.

“Se nos acabaron los SpaghettiOs”, ella dijo. “Ahora tenemos salchichas y frijoles”.

“No los voy a comer”, el chico argumentó. “Los *odio*”. Él miró a su madre con los ojos entrecerrados y llenos de una rabia similar a la de Clint. Ante esto ella se estremeció. “Quiero salir a jugar”.

"No puedes", ella explicó; "la nieve aún no es segura para jugar. Ahora, come tus frijoles, y te leo otra historia antes de acostarnos".

En un instante su mano desafiante golpeó el tazón, enviándolo volando por el comedor y estrellándose contra la pared. Se apartó de la mesa y salió corriendo escaleras arriba, cerrando de golpe una puerta detrás de sí. Cat se levantó para limpiar el desorden pero se detuvo, mirando los frijoles en el suelo y la mancha en la pared, maravillándose de lo rápido que sus vidas habían cambiado.

"Lo tengo", Jenny dijo, ahuyentando a la madre joven para que cuidara a su hijo. "Él necesita a su madre".

Cat asintió y giró para seguirlo, pero en vez de eso solo pudo derrumbarse, vencida, en la silla.

"Está bien, hija", John prometió. "Él es joven y no entiende las restricciones en las que nos encontramos. Se acostumbrará y pronto encontrará una nueva alegría mientras la civilización resurja".

Pero ella sabía mejor y negó con la cabeza. "No", ella dijo, "esto ha sido demasiado para él. Lo único que ha experimentado son el miedo y la violencia desde la noche de los misiles".

"Ha sido difícil para todos nosotros", Jenny asintió con una sonrisa amable, "pero nos acostumbraremos. Tenemos bastante comida enlatada para varios meses, y John y yo terminaremos de bloquear las ventanas por la mañana mientras pases tiempo con Josh". Una mirada rápida hacia la escopeta delató sus preocupaciones de que mañana fuera demasiado tarde.

"Algo más ocurrió la noche del ataque", Cat admitió, haciendo que la pareja vieja la mirara. Ella no había pensado revelar este detalle a los Klingensmith, pero la verdad se derramó. "Esa noche", ella dijo, "mientras estuvimos en el lago, maté a su padre". Jenny se detuvo solo un rato, entonces continuó limpiando el desorden. John no parecía estar sorprendido y sonrió con la dulzura de un padre paciente que espera que ella termine la historia.

"Clint era un sicópata", ella explicó en voz baja, "criado por su padre con un deseo insaciable de matar cosas vivas. Ahora, no me malinterpreten; no tengo nada en contra de la caza, pero él era diferente. Mataba todo lo posible, desde esperar horas para dispararle a una ardilla hasta cargarse a pájaros cantores solo porque eran blancos difíciles. A veces apuntaba para solo herir las criaturas y entonces los llevaba a la leñera. Un día lo seguí y vi cosas que nunca quiero contar".

"¿Crees que pasó a los humanos?", John preguntó.

"Sé que lo hizo. Mientras que la mayoría de los hombres se alista en las fuerzas armadas en busca de una ventaja para la vida o debido a su deber patriótico, Clint solo quería pasar a otro tipo de presa. Pero en vez de aburrirse, o incluso satisfacer, su curiosidad, volvió a casa hecho un hombre más oscuro y violento. *Sé* que pasó en aquel entonces a ser el matón que era. Después de que casi *me* mató a mí, por fin me escapé y me escondí con Josh. Debía de haber huido más lejos", ella lamentó.

"Me pregunto qué despertó su fascinación por la violencia", Jenny comentó.

"Fue su padre. La noche de los... los misiles... él admitió haber visto a su padre matar a su madre. El viejo la encadenó a bloques de hormigón y la mató como Clint quiso hacer conmigo, con el padre arrojando a la madre por la borda mientras el hijo miraba".

John recordó el bloque alrededor de sus pies el día en que se conocieron e hizo un gesto de dolor. "Quería hacer lo mismo frente a Josh. Si es así, entonces fuiste justificada en matar a un monstruo".

"Quizá", ella accedió, "pero al fin y al cabo, temo que él haya ganado. Josh fue testigo de la matanza de uno de sus padres esa noche y nunca será igual. Siempre me echará la culpa porque solo se contará un lado de la historia".

"No", John accedió, "*no* será contada, y él nunca entenderá". El profesor moribundo se levantó y fue a ayudar a su esposa con los quehaceres. "Así que debes hacer todo lo posible para protegerlo de más daño".

Los ojos de ella volvieron de nuevo a la escopeta mientras distraídamente trazaba el contorno de la pistola de Clint en su bolsillo. Ella tenía cuatro cartuchos, no suficientes para protegerse de los intrusos. *Más daño* ya no era opción, no con hombres malos en camino. Ella admitió: "Lo disfruté, John. De veras, disfruté matando a ese hijo de perra".

"Aunque piensas que es problema, hija, no es algo de que debes avergonzarte", Jenny la consoló. "A veces confundimos la descarga de adrenalina con la satisfacción. El hecho de que te preocupa esa sensación es prueba de que tienes una consciencia—y *eso* te hace diferente a él".

"No creo que entiendas", ella admitió. Pensando en el cuerpo de su hermana yaciendo en la bañera de su apartamento, ella añadió: "Ojalá que él volviera a la vida para que yo pudiera matarlo otra vez—una vez para cada vida o recuerdo feliz que nos ha robado a Josh y a mí".

Ruidos fuertes y el sonido de cristales rompiéndose sonaron desde el granero. Josh lloraba, negándose a meterse debajo de la cama. No importaba lo que Cat prometiera, el chico no se movería; así que ella rogó.

"Tienes que hacerlo", ella rogó. "Vienen los hombres malos, y tienes que agacharte. ¡No salgas hasta que te lo diga!"

Él se apretó la mandíbula de la forma en que ella había visto a su padre hacerlo tantas veces antes. Fue la segunda vez que ella realmente vio una sombra de Clint en su hijo. La mirada asustó a Cat, enviando escalofríos por su espina dorsal.

"Quiero ayudar a luchar. ¡No pueden ser peores que papá!"

Ella se sentó en la cama agarrando sus brazos y lo atrajo hacia sí. "Oh, cariño", ella lo consoló, "estos hombres son mucho peores".

El sonido de disparos hizo que los dos saltaran. Esta vez ella no tenía que convencerle de que se escondiera, y él se deslizó por debajo de la cama por su propia cuenta. Mientras sonaban los disparos, Cat oyó la rotura de más cristales en la ventana del primer piso. Josh empezó a gemir, un sonido bajo, casi en silencio si no hubiera sido tan alto en tono. Su madre salió corriendo de la habitación aferrando la pistola de Clint en las dos manos. La utilizaría si fuera necesario. Ella había matado antes.

Sonaron más disparos, tres seguidas rápidamente, y las balas perforaron la puerta frente a ella mientras corría. Al llegar a la sala de estar, Jenny ya estaba allí, pero John, no. La artista, cuyos ojos anteriormente eran sonrientes, sostenía la escopeta antigua con fiereza y determinación, de cara a la puerta y agazapada detrás del sofá volcado. Ella se puso detrás de él como si fuera a usarlo para cubrirse.

"¿Dónde está John?", Cat preguntó.

"Está arriba en la otra habitación de huéspedes. Oyó la rotura de cristales y subió para investigar".

La sangre de Cathy se heló. "¡Ellos estaban disparando esa habitación!"

Jenny asintió, el horror llenándole los ojos tan rápido como las lágrimas, y Cat la dejó, corriendo escaleras arriba para buscarlo.

Ella abrió la puerta lentamente, temerosa de lo que encontraría. John estaba allí, apoyado contra la pared y sosteniendo el rifle, pero su cuello estaba ensangrentado. Goteaba mientras sostenía su hombro izquierdo con una mano derecha de color escarlata. La bala lo había alcanzado mientras yacía encima de la cama, mirando a través de la ventana como un francotirador.

"John", ella rogó, "¿qué hiciste?"

"Era demasiado oscuro para que yo viera", explicó entre toses, "y me tenían en su mira, seguro".

"¿Qué hacemos?"

"Rendirnos, entregarles lo que exijan".

"¿Cómo sabemos que no nos matarán?"

"Porque no hemos dañado a ninguno de ellos. No tienen razón para vengarse". John parecía muy débil, luchando para mantenerse los ojos abiertos. El choque se presentaba. Cat sabía que incluso las heridas superficiales pueden ser graves una vez que se toma raíz. Le ofreció un brazo, y él trató de aferrarse a ella pero fracasó, así que ella lo agarró con las dos manos y lo levantó a sus pies. Una vez que él estuvo firme, ella recuperó el rifle.

"Vamos a llevarte abajo", ella dijo, guiándole lentamente hacia la puerta.

Otro disparó sonó, y John se cayó al suelo, un peso muerto deslizándose entre sus dedos mientras él se caía.

"¡No!", Cat rogó. "¡Despiértate, John!", ella rogó. Dos disparos más pasaron, causando que el sonido hiciera ecos en sus oídos y por encima de su cabeza. Ella dejó el cuerpo allí, huyendo como un cobarde al pasillo.

Unos golpes fuertes seguidos de un grito le hicieron apresurarse aún más. Una vez que entró en el pasillo, rodeó el rellano y corrió escaleras abajo.

Jenny apuntaba su arma a la puerta principal. Sus manos temblaban mientras que la fuerza de los intrusos abriendo paso al interior hacía reverberar la entrada.

Con una mano suave Cat tomó el arma de la artista—mejor que *sus* manos siguieran pintando con otros medios que la sangre y que dejara la matanza a los matones. ¿Pero serán más fáciles que Clint?

Ella apoyó el rifle contra el sofá, decidiendo que sí, serían más fáciles.

"No queremos luchar", Cat gritó. "Y no tenemos nada que llevar. John dijo que si les entregamos lo que tenemos que lo llevarán y nos dejarán".

Los golpes se detuvieron por un momento, y ella imaginaba una conversación callada al otro lado del marco. ¿Qué están esperando?, ella pensó. ¿Por qué están jugueteando con nosotros?

En ese momento, un cristal se rompió detrás de ella. Dos hombres que vestían uniformes tácticos irrumpieron por el ventanal, apartando el aparador que bloqueaba su camino. Cat se giró, y el instinto tomó control. Su dedo se movió, y la escopeta se disparó con ambos cañones, enviando a los dos hombres volando hacia atrás. Ella titubeó con el pestillo, balanceando el cañón hacia adelante para quitar los cartuchos. Jenny le tiró dos más, y ella los empujó adentro, cerrando el arma justo a tiempo mientras otro hombre entraba.

Ella vaciló.

¿Qué estoy haciendo? Cathy se preguntó, dándose cuenta de que había tirado a dos hombres.

"Baja el arma, cariño", el recién llegado dijo, sonriendo con ese frunce de labios que ella odiaba tanto. Lo percibió más que lo vio, justo como cuando bailaba en *Chochas en Abundancia*. Ella odió al intruso al instante, y su rostro se transformó en el de Clint ante sus ojos. Ella voló la sonrisa repugnante de su rostro.

Uno de los caídos, con la cabeza completamente cubierta a excepción de sus ojos, se había puesto de pie y sostenía su arma en el aire. El disparo le dio de lleno en el pecho. La puerta principal se abrió de par en par, y ella se giró, dejando caer la escopeta y sacando la pistola de Clint de su cintura. Ella apretó el gatillo salvajemente, rociando la entrada y orando en silencio por contacto. Dos intrusos más se cayeron, pero el clic escalofriante del martillo le indicó que se le habían acabado las balas.

Jenny había recuperado la escopeta para entonces, recargándola y agitándola a la espera hacia la puerta abierta. Cat empuñó la pistola vacía, y las dos mujeres esperaron. Un respiro. Dos, Pero nadie vino. Entonces Josh gritó desde arriba, y el instinto de Cat le instó a correr para atender a su hijo, pero de alguna manera sus pies se congelaron. El sonido del raspar de madera en el primer piso le informó que había otras entradas a la casa de campo. Se quedó sin aliento por el miedo.

"Bajen las armas", una voz exigió desde arriba. "Bajamos las escaleras, y no tengo problemas en matar al chico".

Equipos de dos, la voz de Clint le hizo eco en la mente. *Un par desde el frente, un equipo en el flanco e infiltración desde arriba.* Clint muy a menudo había hablado de su tiempo en la guerra, jactándose de cómo su pelotón entraba a las casas en la misma manera en Irak. Por supuesto, en sus historias él siempre era el héroe y los defensores no tenían oportunidad de resistir.

Eso cambia hoy, ella se prometió. ¡Nos resistiremos a ellos!

"¡Bajen", ella gritó hacia arriba, "y nos rendiremos!"

Más arrastres y Josh apareció, los ojos abiertos de par en par con tanto terror que se derritió el corazón de la madre. El hombre detrás de su hombro lo abrazaba con fuerza, agachándose detrás del niño como si fuera un escudo mientras avanzaban poco a poco. No había ni rastro de su compañero. Cat apartó la atención de él de Jenny.

"Déjale ir", ella rogó, sosteniendo ligeramente la pistola, lista para colocarla en el piso, sin revelar que estaba vacía. Tenía éxito.

Los ojos de él se enfocaron, saboreándola con una venganza lujuriosa por sus camaradas caídos. Se movió solo un poco, todavía detrás de Josh pero inclinado lo suficiente para cubrir a cualquiera de las mujeres. Cathy trató de no mirar el rifle de caza que estaba a solo unos centímetros de su alcance.

"No seas tonta", él le dijo a Jenny sin apartar la vista. Aunque sus ojos estaban fijos en Cat, él había visto a la mujer mayor en su flanco. "Si aprietas ese gatillo, te mueres esta noche".

Entonces un disparo sonó desde la ventana, haciendo que Jenny se girara. Cat se negó a apartar sus ojos del hombre detrás de Josh, agarrando el rifle de caza y apuntándolo a la cabeza del hombre mientras él se giró para buscar al francotirador fuera de la casa. El primer disparo de ella le dio en la sien, enviándolo volando hacia atrás mientras el niño se caía por los últimos escalones.

"¡Quédate abajo, Josh!", ella gritó.

Él se acostó inmóvil, temeroso de moverse.

Otra bala resonó desde la puerta, seguida por la escopeta de Jenny. Cat se giró. El último atacante se desplomó, golpeado en el pecho. Sus ojos miraron a Jenny sin expresión mientras el pecho de ella sangraba por lo que había hecho él.

"¡No!", Cathy gritó, arrodillándose al lado de su hijo pero mirando a la artista. Ella se parpadeó los ojos tristes que ya no sonreían. Miraron fijamente hacia las escaleras, buscando a su esposo.

"John se ha ido, Jenny", Cat explicó. "Lo mataron".

Con un asentimiento de comprensión, Jenny se unió a su esposo en la muerte.

"¿Quién queda dentro?", una voz llamó desde la puerta.

Cathy se negó a contestar, acunando a su hijo en el último escalón.

"¿Señora?", una voz amable preguntó. "Mis hijos y yo vamos a sacarlos de aquí", el hombre dijo. "Me llamo Mike".

"Mike el Loco", Cat susurró desde su trance.

"Así me llaman algunos, pero solo es Mike. ¿Tienes alguna maleta?"

"Arriba", ella respondió, "segunda puerta a la izquierda".

"¡Papá!", la voz de un adolescente instó. "¡Hay otros que están subiendo por la cresta!"

"Sus maletas están arriba", Mike dijo. "¡Recoja esas, y llevaré a ella y al niño! ¡Nos vemos en la finca!" Le tendió una mano amable, y Cathy la tomó, nunca dejando de mirar a la artista simpática y sus ojos tristes.

Mucha belleza y simpatía se habían muerto con Jenny Klingensmith; ambos ella y John les habían sido arrebatados a Cat y a su hijo en un abrir y cerrar de los ojos. Dos personas maravillosas—tan amables, tan simpáticas, tan generosas... tan *muertas* después de un intercambio breve de violencia sin sentido. Ahora, al cuidado de un hombre a quien solo conocía como un preparacionista loco, Cathy y su hijo no tenían más opción que arriesgarse la vida con unos desconocidos.

Lo siguieron corriendo a toda velocidad a través de un país de las maravillas del invierno nuclear hacia una finca que sus amigos difuntos habían comparado con el complejo de Ruby Ridge. Sus oídos latían con cada paso mientras corría al bosque, medio arrastrando a Josh.

"Apúrate", ella susurró cuando él se paró en seco, mirando fijamente hacia la línea de árboles.

"Mantenlo en movimiento", Mike instó.

"¡Él es un niño y tiene *miedo*!", ella regañó. A pesar de haberle salvado la vida antes, este hombre no merecía nada de su aprecio. ¿Qué hacía, para empezar, acechando fuera de la ventana de la sala de estar?, ella se preguntó. "¿Qué es, Joshie?", ella le preguntó al niño.

Él señaló con un dedo pequeño hacia los troncos y ramas desnudos justo cuando cinco figuras emergieron.

"¡Bájense!", Mike gritó.

Sus hijos venían trotando desde atrás y dejaron caer las maletas en la nieve antes de zambullirse para cubrirse. Levantaron de inmediato sus armas, cubriendo a las figuras que se acercaban. Uno de los recién llegados levantó su rifle por encima de su cabeza con las dos manos, indicando que no había amenaza.

"¡Solo es Fred!", el mayor de los hijos de Mike dijo. Los otros saltaron a sus pies y recuperaron los paquetes descartados.

"¿Qué han encontrado?", Mike preguntó.

"Disparamos a dos pandilleros que se escabullían alrededor de la línea de la propiedad", el recién llegado dijo. "Estoy bastante seguro de que son todos, pero vamos a esperar hasta que sean seguros ustedes antes de seguir a la finca".

"¿Bloods o Crips?"

"Estos ni eran de los unos ni de los otros. Parecían a los laosianos de la granja de al lado. Probablemente hurgando en lo que hayan dejado los Nature Boys".

"¿Nature Boys?" La mente de Cat se mareaba con toda la información. Había ocurrido demasiado en muy poco tiempo, y ella encontró todas estas facciones confusas. "¿Quiénes son los Nature Boys?"

"Te lo explicaré en la granja", Mike prometió.

"No", ella insistió. "¡Dímelo ahora! ¡Maté a hombres allá y quiero saber quiénes eran!"

"Los Nature Boys son supremacistas blancos. Una milicia con la mente de hacer retroceder las cosas unos cientos de años si tienen la oportunidad", él dijo. Entonces, dirigiéndose a Fred, preguntó: "Los almacenes de John y Jenny están llenos, y estoy seguro que ellos querrían que lo lleváramos nosotros antes que nadie más. ¿Pueden tú y tus hijos con todo sin trineo?"

El hombre asintió. "Podemos".

"Bien. Mis hijos ayudarán. Tomen el camino terrestre, y nos vemos allí". Él se dirigió a Cat con ojos menos locos que los que ella había esperado. "Señora, sé que acabamos de conocernos pero necesito que te confíes en mí esta noche. No tenemos mucho que caminar pero contigo y con tu hijo va a ser lo suficientemente difícil. ¿Me prometen que se quedarán callados en el camino?"

Ella asintió.

"Entonces, síganme de cerca y no se desvíen". Señaló sus maletas en la mano de su hijo. "Y necesito que lleven sus propias cosas ya que mis hijos se quedan con Sam".

Ella asintió otra vez. "Gracias", ella dijo, "por salvarle la vida a mi hijo".

"No era nada", Mike le aseguró. "Y, por lo que valga, lamento lo de John y Jenny. Los dos me caían bien".

Cat no tenía nada que decir en respuesta y siguió a Mike de buena gana.

PARTE III
SEÑORES DE LA GUERRA Y OPORTUNISTAS

CAPÍTULO VEINTIDÓS

Mi-Jung lentamente le puso una inyección en el brazo del soldado mientras David se quedó con los ojos fijos en el escáner. Hasta el momento, los ensayos habían parecido prometedores y solo el grupo de control había mostrado signos de enfermedad por radiación. Eso significaba que el suero que Stephanie Yurik había elaborado era viable, una vacuna contra la radiación. Aunque los soldados no tenían conocimiento de lo que les habían sido asignado, el Dr. Andalón y su equipo lo sabían. El sargento Roark formó parte del pelotón que recibía la resecuenciación genética.

"Eso será todo, sargento", él dijo. El soldado se puso de pie y se puso la chaqueta. "Recuerde regresar a la enfermería si experimenta debilidad, fatiga, desmayo, confusión, pérdida de sangre por la nariz, la boca o el recto. Cualquier hematoma, llagas abiertas, diarrea, fiebre, pérdida de pelo o manchas rojas en la piel también son una preocupación".

"Caramba, doctor, suena usted a uno de esos anuncios farmacéuticos".

"Hay una razón para eso, soldado. Déjeme saber si experimenta *cualquier* efecto secundario. Dígamelo de inmediato, antes de que se establezcan los riesgos que *no* mencioné".

"Lo haré, doctor".

El soldado salió, y Jake Braston entró sigilosamente. No dijo nada, simplemente miró y esperó hasta que Andalón notó su llegada.

Con un gruñido, David dijo: "Parece prometedor".

"No necesito prometedor; necesito la seguridad. ¿Cuándo sabremos qué tan bien funciona el suero de Stephanie?"

"Hace semanas, Jake. La lluvia radioactiva casi se ha desaparecido ahora, excepto en áreas de la zona cero". Señaló la fila de soldados que esperaban en el pasillo. Desde la disipación, ellos habían estado enviando equipos de reconocimiento para explorar la situación geopolítica, y el trabajo de David era mantenerlos en forma para el deber.

"Lo único que puedo decir con seguridad es que los equipos resecuenciados no han experimentado signos visibles o invisibles de enfermedad. Ella desarrolló el suero muy bien".

Braston sonrió ampliamente. "¿Así que tenemos una vacuna?"

"No lo llamaría así. Ha cambiado el código genético de los soldados; no los hemos inoculado con un virus debilitado o muerto. Pero, sí, podemos ponerle inyecciones al resto de tus equipos, y creo que funcionará".

"¡Excelente!" El general envolvió a David en un abrazo fuerte. Cuando se retiró, le dio una palmada en el hombro. "Sabía que los dos de ustedes podrían hacerlo". Se iba callando con los ojos en otro lugar, como si estuviera reflexionando sobre desafíos nuevos. "¿Qué tal el *otro* proyecto?"

"Ella está como una rosa".

"Que bien", Jake dijo. "Ella nunca pensó que sería capaz de llevar a término completo". Él añadió: "Piénsalo; reconfiguraste el ADN de ella para superar la esterilidad de los dos de ustedes. ¿Cómo esta la bebé?"

"Ella está bien, también". David sonrió. El entusiasmo de Braston era contagioso. "El latido del corazón es fuerte, y ella y mamá están sanas".

"Bien", Jake dijo. Se dirigió a la asistente de David. "¡Y felicitaciones a ti, Mi-Jung!" Sus ojos brillaban de emoción mientras hablaba. Viendo la mirada de confusión en el rostro de David, él explicó: "Ellos tienen sus noticias también".

Mi-Jung sonrió con orgullo. "Sam y yo también vamos a tener un bebé, Dr. Andalón".

"¡Magnífico!" David reflexionó un momento, *dos bebés, nacidos de forma natural durante un apocalipsis.* "Necesito ponerte en el mismo régimen que le di a Brooke. No podemos correr riesgos con los defectos de nacimiento".

"Lo científico es asunto tuyo", Jake dijo mientras se giraba para salir. "Y tengo que irme. Tengo las manos ocupadas arriba".

Andalón preguntó: "¿Qué tan malo es?"

"Básicamente lo que anticipábamos. Los sobrevivientes se han reunido en clanes. Tenemos mucho que aprender de cada uno, pero Europa ha vuelto a ser una sociedad de señores de la guerra. Caramba, ni siquiera la llamaría Europa ahora. El mundo es diferente allí afuera, y Michael dice que vamos a tener que empezar de cero".

"¿Y él tiene un plan para eso?"

"Sí, lo tiene".

David se rió: "Sin duda algún proceso parlamentario para restaurar la democracia. De todos los políticos que he conocido, él es el más ideológico".

Braston de repente se quedó callado y parecía inseguro de cómo responder.

"¿Qué?", Andalón insistió. "¿Cuál es su plan?"

"Digamos que esta vez no es la democracia. Él dijo que ese método no es viable dada la situación económica".

"¿La situación económica?"

"El sistema de libre empresa se murió con los Estados Unidos. Lo que queda utilizará un sistema de trueque. Los metales preciosos y las joyas no significan nada. La comida, el agua potable y las municiones ahora reinan supremas. Quien tenga más poder de fuego para proteger sus recursos gobernará. Anticipamos que van a surgir oportunistas de los clanes".

"¿Jake?" De repente David lo entendió. "Si no van a restaurar el sistema anterior, van a tener que competir. ¿Tienes planes de unificar los varios clanes bajo ti?"

El general negó con la cabeza. "No yo, tiene que ser Michael. Él es el miembro sobreviviente más alto de cualquier gobierno occidental".

Andalón soltó una pequeña risita. "Y tú serás su músculo para ayudar a marcar el comienzo de un nuevo orden mundial".

Jake asintió solemnemente. "Los primeros informes eran muy terribles, de personas viviendo en la miseria y la mayoría plagada de envenenamiento por radiación".

"Tendremos que inocularlos también", David murmuró.

"Por eso estoy aquí. ¿Qué tan pronto puedes producir lo suficiente para tratar nuestro primer pueblo? Conquistar es más fácil cuando se ve al invasor como benevolente, *regalando* en vez de siempre quitando".

"No puedo producir lo suficiente, por lo menos no todavía. Necesito suministros". Hizo un gesto con la mano hacia lo poco que había en sus botiquines. "Te puedo dar una lista si me puedes buscar ciertas cosas que voy a necesitar".

"Dámela de inmediato. La economía de Alemania era un semillero de productos farmacéuticos con más de cien fábricas. Pero necesitamos apurarnos. Otras personas van a empezar a saquearlas para otras drogas más *embriagantes*".

"¿Cuándo puedes empezar a buscar?"

"Ahora mismo. Michael quiere un punto de apoyo en el área más cercana".

David solo pudo asentir. Todo se sentía surrealista.

"Hablo contigo más tarde", su amigo prometió.

Después de que Jake se fue, David se congeló, recordando la advertencia de Eva. *Tiene buenas intenciones, pero hemos visto su futuro y tenemos miedo del monstruo que llegará a ser. Su visión resultará en muchos* más problemas para el mundo y la sociedad que él ha querido cambiar.

David se dirigió a Mi-Jung. Con una sonrisa, preguntó: "¿Qué tan avanzada estás en tu embarazo?"

"No mucho, solo unas seis semanas, creo".

"Entonces necesito empezar con las inyecciones inmediatamente".

"Te he visto ponérselas a Brooke", ella dijo con ambas la curiosidad y la preocupación en el rostro. "¿Qué le estás poniendo?"

"Oh", él dijo, "nada alarmante y todo seguro. Es una mezcla de hierro y vitaminas prenatales en combinación con un refuerzo para el sistema inmunológico de su hijo". La tomó por la mano y la llevó fuera de la enfermería y hacia el laboratorio.

"Eso *suena* seguro", ella reflexionó mientras caminaban.

"Perfectamente", él contestó. Llegaron a la puerta, y él la abrió, manteniéndola abierta mientras ella entraba. "Tardará solo un momento en prepararla", le dijo. Metió la mano en el refrigerador y sacó un vial que contenía un líquido rojo. Cuidadosamente metió este en una jeringa mientras hablaba. "Brooke sufrió tres abortos espontáneos", él explicó, "hasta que averiguamos que le faltaban las proteínas necesarias para los óvulos maduros".

"¿Así, eso es lo que cambiaste?"

"Exactamente. Durante dos años le puse una inyección mensual con un código de resecuenciación que hizo que su cuerpo se curara. Una vez que me dijo que habíamos fertilizado un óvulo, empecé a ponerle estas inyecciones para compensar nuestra dieta restringida".

"Pues, eso tiene sentido". Ella se subió una manga. "¿Qué le pusiste a ti? ¿Cómo superaste tu propio problema?"

"No mucho. Mis nadadores no tenían cola, así que les di algo que las crecieran de nuevo—que les hiciera más eficientes en su viaje río arriba". La aguja se clavó a ella en la parte superior del brazo, y él presionó lentamente el émbolo de la jeringa antes de sacarla y frotarle el músculo. "Bien", él dijo, "trata de frotarlo para que no te haga moretones. Tardará una semana entera para absorberse después de que estarás lista para otra inyección".

Mi-Jung estaba encantada. "¡Gracias, Dr. Andalón!" Se puso de pie y lo abrazó antes de salir para la enfermería.

David la miró salir. Tan pronto como había salido, él regresó al refrigerador y devolvió el vial al estante marcado *Grupo Bravo*.

Se extendió la mano hasta el fondo y sacó otra jeringa llena de un líquido azul. Extrajo esto en otra jeringa. Subiéndose la camisa, se descubrió el ombligo y pellizcó un poco de grasa con una mano mientras presionando el émbolo con la otra. Tembló cuando el líquido frío entró en su cuerpo. Tiró las dos jeringas a la basura y devolvió su vial al estante marcado *Grupo Charlie*.

Justo cuando terminó, se abrió la puerta del laboratorio y Brooke entró, derrumbándose en una silla. "Estoy agotada", ella le dijo. "Necesito mi inyección".

"Solo han sido cinco días, cariño".

"Solo son vitaminas", ella dijo. "¿Qué más da?"

Él se encogió de hombros y dijo: "Nada". Abrió el refrigerador una vez más y sacó un vial de fluido blanco lechoso. Extrajo de esto en una jeringa y se acercó a su esposa con una sonrisa acogedora. "Pero dime si tienes cualquier efecto secundario", le rogó.

"Lo haré".

Él metió la aguja en el brazo de ella y presionó lentamente el émbolo.

Después de que él la había sacado, ella se puso de pie y le besó en los labios. "Te quiero, Dr. Andalón", le dijo.

"Te quiero a ti también", él respondió, poniendo el vial en el estante marcado *Grupo Alfa.*

Entonces él esperó hasta que ella salió, observando cómo la mujer que había traicionado a él y a sus votos matrimoniales continuaba con su farsa. Era despreciable, de veras, cómo ella había continuado estas mentiras. Una vez que los pasos de ella se habían retirado, él cerró la puerta y giró la cerradura, moviéndose hacia el holograma en la esquina del cuarto. Se puso unos guantes y anteojos, activando el programa.

Sam había entregado las muestras de sangre extraídas de Adán y Eva, y el chico ya había actualizado la información en la computadora. Antes de hablar con ellos otra vez, David quería una oportunidad para examinar cuidadosamente las reacciones químicas que acompañaban sus manifestaciones, esperando aprender exactamente cómo ellos manipulaban el aire a su alrededor.

Los niños en el laboratorio le fascinaban, y él los visitaba cada día, detallando sus poderes en sus propias palabras. A veces hablaban de habilidades; otras veces charlaban de cómo se sentían emocional y físicamente cuando los poderes se manifestaban. Su determinación lo llevaba hacia un entendimiento completo de su telepatía pero, hasta el momento, los escaneos cerebrales no habían resultado en información útil. Se movió la mano a través del holograma, seleccionando los resultados de los análisis del laboratorio. La composición química de la sangre de Adán y Eva se expandió ante sus ojos, llenando la pantalla virtual. Solo un marcador se destacaba como notable—los niveles de catecolaminas estaban altos en cada uno de ellos.

El hallazgo confundió a David pero no le fue completamente inesperado. *He tenido razón en cuanto al papel de la adrenalina,* él se dio cuenta, *pero la adrenalina no funciona sola.* La prueba también mostró niveles altos de dopamina y niveles bajos de norepinefrina y epinefrina. Él se detuvo, considerando su hipótesis.

Los monos en su laboratorio también mostraban niveles similares. Agitó una mano, limpiando la pantalla y rápidamente sacó datos archivados.

Hizo un gesto de dolor, recordando cómo Brooke le había entregado estos apuntes a la capitana Yurik. *Ella tiene mucha práctica en la traición*, él pensó. Se borró de la mente estos pensamientos, concentrándose en la información dentro del holograma.

Sam una vez había mencionado el nivel bajo de epinefrina de Felicima, el mono a la que le gustaba su voz. *Era deprimida, igual que los niños.*

Andalón por fin entendió. Limpió la pantalla con un movimiento repentino y triunfal de su mano y salió rápidamente por la puerta asegurada a la pasarela con vista a Edén. Sonriendo, se precipitó a través del cielo falso y se apresuró a bajar la escalera que conducía al jardín. Una vez adentro, se sorprendió al verlos esperándole en el círculo de bancos—cada uno señaló el mismo asiento vacío.

"¿Estás listo para ayudarnos?", Adán preguntó suavemente. David asintió con un deseo ansioso.

CAPÍTULO VEINTITRÉS

Benjamin Roark guiaba su pelotón hacia el sur por lo que los lugareños alguna vez llamaban *Camino de la Rana*. Antes de la lluvia radioactiva, las señales de tráfico les advertían a los conductores de los anfibios migratorios que cruzaban en masa, pero ahora casi no se podía reconocer el camino. El sargento lo encontró sin usar y vacío con la excepción de restos fantasmales de la civilización. Los vehículos abandonados no enterrados completamente por las cenizas estaban ocultados bajo acumulaciones profundas de nieve. Hacía semanas que ni siquiera las ranas usaban este camino.

Mientras se acercaban a Stuttgart, piloto recluta Eubanks hizo un gesto, y todo el pelotón se movió a la línea de árboles. Ben se adelantó para agacharse junto al líder. "¿Qué ves, Brad?"

"Sargento", el centinela dijo rápidamente, "la entrada está bloqueada. Aunque no veo movimiento, sé que hay supervivientes. Han limpiado gran parte de las cenizas a lo largo de las carreteras. La base está activa".

"Esperamos que sean los nuestros", Ben respondió. Lidiar con el ejército, incluso si fuera su propio ejército, no sería fácil. Las varias ramas disfrutaban bromear entre sí, pero la competencia entre los militares sería intensificada por el ataque. Podrían menospreciar la Fuerza Aérea como inferior, o peor, negarse a aceptar la autoridad de Braston como su comandante. "Vámonos", exigió.

La puerta principal estaba bloqueada desde adentro pero no había centinelas. Él pidió el cortapernos y el controlador de intercepción aérea Ramsey llegó corriendo para hacer el corte. La cadena se cayó al suelo, y Roark instó que su equipo se adelantara. Se preguntó a sí mismo: *¿Dónde te esconderías, Ben? Si se armara la gorda y no tuvieras un búnker, ¿dónde reunirías a todos las personas de la base?* Señaló el comedor.

Las puertas estaban cerradas, pero Ben no dio la orden de abrirlas a fuerza. En vez de eso llamó fuerte a la puerta. Nadie se movía adentro.

Con un suspiro, le indicó a Eubanks que colocara una carga. Antes de que pudiera hacerlo, sonó un solo disparo desde el otro lado de la calle. El fuerte estallido de la bala que pasaba hizo que Roark girara y que el pelotón se escondiera. "Armas ligeras", les dijo a sus hombres. Quien le había disparado utilizó una pistola desde una gran distancia.

Ben gritó: "¡Americanos!" Nadie se movió. "Somos americanos; ¡bajen sus armas!"

Después de unos segundos, que parecían una eternidad, una voz temblorosa gritó: "¡Los Estados Unidos está muerto!"

"¡Vive, hermano!" Roark hizo un gesto para que Eubanks y Ramsey flanquearan la capilla al otro lado de la calle. Manteniéndose a cubierto, se alejaron, con cuidado de no ser vistos. "Quizá sea destruido nuestro hogar", gritó, "¡pero la libertad prospera dentro de nosotros!"

"¡Todos están muertos!", la voz dijo. "¡Nuestras familias, nuestro presidente, todos a quienes juramos defender!"

Ben se puso de pie, sosteniendo su rifle a un lado e hizo una demostración de ponerlo en el suelo. Con las manos a la vista, caminó hacia la calle. "¡Ven a hablarme, hermano! ¡Te mostraré pruebas de que América continúa viviendo!" Señaló la bandera en su manga. "Esta bandera de los Estados Unidos es más que simplemente una bandera de un lugar donde vivíamos alguna vez", gritó, "es una ideología. Una manera de vida. Nuestros antepasados luchaban y se morían para que esta bandera fuera el símbolo de la oportunidad".

Otro disparo resonó, peligrosamente cerca de Ben. "Quédate allí", la voz exigió.

El piloto recluta Parker susurró de detrás de su posición elevada de concreto. "Puedo acabar con él".

Ben se giró rápidamente: "¡Tranquilo, Tom! Quiero razonar con él". Dirigiéndose de nuevo al francotirador con puntería malísima, dijo: "¿De dónde eres?"

Después de un rato la voz respondió: "Oklahoma".

"¡No me digas!" Roark sonrió ampliamente, dejando que el hombre supiera que no tenía miedo. "¿Qué parte?"

"Lawton. Pues, crecí en Fort Sill".

"¡Soy de Cache!" Dio un par de pasos adelante; entonces se detuvo. No vinieron más tiros. "¿Recuerdas esas hamburguesas grandísimas de búfalo de Meers? Sabes, ¿el lugar a donde iban todos los turistas?"

"Carísimas", vino la respuesta.

"Sí, estoy de acuerdo. Ann's tenía las mejores hamburguesas. Allí comíamos todos nosotros los lugareños".

"Tú... ¿de veras eres de Cache?"

"Me llamo Ben Roark, hermano".

"Steve. Steve Thorne".

"Sal, Steve. Hablamos". Esperó. Después de un minuto entero de estar parado en la calle con las manos en el aire, Ben vio un movimiento en la ventana de la capilla. Entonces la puerta se abrió, y un joven de unos dieciocho o diecinueve años salió. Tenía un solo galón de soldado raso en el cuello de la camisa.

"Mucho gusto conocerte, Steve". Ben le tendió la mano, pero el soldado no se la estrechó. En vez de eso, abrazó a Ben por la cintura y lloró en su pecho. Cuando había terminado, Roark le pidió suavemente: "Favor de llevarnos a tu oficial de mando". El soldado asintió y los condujo por una calle abandonada.

El soldado raso Thorne condujo al sargento Roark y a su equipo al resto de los soldados de Stuttgart. Su escondite no era el comedor, como Ben suponía, ni era la capilla. Ellos habían construido un pueblo improvisado dentro del teatro de la base. Los asientos habían sido sistemáticamente sacados, reemplazados por filas ordenadas de tiendas de campaña del ejército. Incluso las galerías y las salas de los proyectores en el piso superior servían como viviendas para oficiales de alto rango. Familias enteras ahora vivían en esta ciudad interior, lejos de las ventanas y protegidas por paredes insonorizadas lo suficientemente gruesas como para amortiguar la radiación.

Su búnker improvisado era una ubicación genial, anidado contra un café con una cocina completa que servía de instalación donde comer. El almacenamiento en seco tampoco era problema ya que el Comisario Kelley estaba solamente a unos pocos metros de distancia, al final del edificio conectado. Entre los dos estaban ubicados el centro de recreo exterior y el taller de carpintería, proporcionándole a la comunidad cualquier cosa necesaria para hacer del edificio una vivienda. Las personas de adentro podrían resistir durante años en su búnker y nunca salir.

Steve condujo a Ben y a su equipo adentro pero él mismo negó entrar. "Solo hasta aquí voy yo", les dijo en la entrada.

"Tonterías", respondió Ben. "Necesitamos que hagas las presentaciones".

"Van a necesitar un patrocinador mejor que yo si van a conocer al coronel".

Ben se congeló. "¿Qué no nos estás diciendo?"

Una voz desde el interior del teatro contestó: "Que está exiliado de la comunidad, sargento. Expulsado para buscarse la vida". Al soldado raso, la voz le dijo: "Dile lo que hiciste, Thorne".

Los ojos de Steve se concentraron en un lugar en el suelo, sin ganas, o sin poder, de mirarle al recién llegado a los ojos. Cuando por fin se los levantó, una mano temblorosa levantó la Beretta a la sien y disparó un solo tiro.

Ben no podía creer lo que veía. Todo ocurrió rapidísimo y no pudo moverse lo bastante rápido para detener la mano del hombre. Miró mientras se caía el soldado en el patio. Se volvió lentamente para ver acercarse un coronel con tres alistados armados. El oficial de rango caminó casualmente hacia el cuerpo y tomó la Beretta, dándole la vuelta en sus manos como si la estuviera examinando en busca de daños. Entonces metió el arma en una funda vacía a su lado.

"Esperaba que él hiciera eso hace semanas pero lo ha estado pensando, acumulando coraje. De todas formas, qué bien tener mi arma de mano otra vez". El oficial se dirigió a Ben. "Lo pillamos con la hija menor de edad de uno de nuestros suboficiales". Se inclinó la cabeza hacia el pueblo. "La chica está embarazada ahora, y eso es su propia pena de muerte en estos días". Le tendió una mano de saludo: "Es bueno ver amigos por aquí. Soy el coronel Frank Titus. Bienvenidos a Stuttgart".

Frank no podía creer lo que escuchaba. Había invitado al sargento al comedor de oficiales y había escuchado atentamente la información. Después de que Roark había terminado, Titus se recostó en su silla. Parecía que seguía teniendo un trabajo.

"¿Me estás diciendo que un solo senador sobrevivió los ataques? ¿Y que D.C. ya no existe? ¿Y qué hay de los búnkeres de la Casa Blanca? ¿La Montaña Cheyenne?"

"Air Force One estaba en el aire sobre la costa oriental; no hay manera en que sobreviviera los pulsos electromagnéticos", Roark explicó.

"No, no dudo eso. ¿Y el Vicepresidente? ¿La Señora Presidente de la Cámara de Representantes?"

"Estaban todos en una gala exterior en Cheyenne, Wyoming—¿quién lo habría dicho?—el punto cero de Yellowstone. No están, todos ellos. El senador Esterling es el único miembro sobreviviente de nuestro gobierno".

"Y juramos obedecer los mandatos de los que estaban designados sobre nosotros, ¿no es así, sargento?" Ponderó cuidadosamente el obvio juego de poder. Por la sucesión constitucional, este Michael Esterling era el líder legítimo de los Estados Unidos. Se rió. "Un senador subalterno, todavía un novato, es el presidente de un país fracturado".

"Eso es correcto, coronel. Pero no subestime al hombre. Él ejerció el poder en Washington antes de los ataques y tiene un plan para recrear los Estados Unidos aquí".

Frank sintió que se le erizaba el vello de la nuca ante esas palabras. "Pero esto es Alemania. Él debe de estar trabajando con las autoridades para reconstruir *nuestro* hogar, entonces llevarnos allí para poner juntas las piezas, no hacerse un lugar aquí".

"Son sus intenciones, cómo las entiendo—pero debe oír los detalles de él mismo. Me ordenó que explorara, que localizara a nuestras fuerzas supervivientes y que les diera este mensaje. No estoy para convencerle a usted de *nada*. Él quiere que usted se prepare y que vuelva con nosotros".

"¿Y dejar que la radiación nos mate? Roark, viniste aquí a pie, ¿no?"

El sargento asintió: "Así vinimos".

"¿Y no sufres efecto secundario alguno?"

"Y tampoco usted, cuando regrese aquí con la vacuna para el resto de sus tropas, coronel".

"¿Una vacuna?" Frank se sacudió la cabeza. "¿Contra el envenenamiento por radiación? Esa ni siquiera es posible".

"Es un nuevo mundo, señor, y todo el campo de juego se ha cambiado. Venga conmigo; conozca al nuevo presidente y escuche sus planes para el futuro. Creo que encontrará su plan bastante convincente".

Frank extendió una mano detrás de él hacia una fila de contenedores en un aparador. Seleccionó una botella de güisqui irlandés añejo y se sirvió un vaso y otro al sargento. Tomó un sorbo para saborearlo y entonces bebió el resto de un solo trago. "Si él tiene la solución del problema de la radiación, me parece que no tengo muchas opciones más que encontrarlo *muy* convincente". Se sirvió otro vaso.

CAPÍTULO VEINTICUATRO

Michael Esterling miró fijamente al otro lado de la sala de guerra, los ojos fijos, pero no en los mapas en las paredes o los planes de batalla esparcidos sobre la mesa. Después de años de preparaciones, los conocía de memoria. Adán y Eva habían sido específicos sobre la caída de Europa y se demostraron ser fundamentales para ayudar a Jake y a él a formular su plan. Todo había ocurrido como ellos habían predicho, y el senador se encontró liderando la región más grande de sobrevivientes bajo una sola bandera.

Ellos prometieron que ganaría la guerra también, cuando ocurra. Mientras tome control yo.

Pegada a la pared opuesta del búnker colgaba lo que una vez era símbolo de la libertad. Anteriormente volaba por encima de la tierra de los valientes; la bandera se había jactado de que nunca se rendiría. Ahora, más que nunca, la bandera americana debe permanecer como un faro de luz que atrae a otros hacia la democracia. Pero los Estados Unidos había caído. El senador joven ya había aceptado ese hecho. Un nuevo sistema era necesario para hacerse cargo de tantos señores de la guerra.

Impotente para ayudar a lo que quedaba del pueblo que una vez gobernaba, leyó una vez más las palabras recitadas por Adán y Eva. *América del Norte es un yermo.* El informe que tenía en la mano pintaba un cuadro de un caos generalizado al otro lado de un océano sin fin.

Ya no soy senador, se dio cuenta. *El ejército de Jake me ve como mucho más. Ellos me reconocen como su presidente.* Se rió de la idea. Había soñado con la Oficina Oval desde la niñez.

La realidad, lo sabía, era que él no era diferente a las facciones que iban surgiendo por todo el mundo. Al igual que en los años posteriores al colapso del Imperio Romano, la civilización había entrado en una edad oscura. Un capítulo largo de la historia había terminado, pero la página aun no había pasado a la siguiente.

La inestabilidad agarraba al globo, y los ciudadanos a quienes él había jurado proteger estaban demasiado lejos de su alcance—o muertos.

Esta nueva sociedad tiene que ser una utopía de libertad, pero una que controlamos. La democracia no tiene ninguna oportunidad si el mundo a su alrededor está en ruinas.

La puerta se abrió, y varios oficiales jóvenes entraron. Una mujer traía mensajes escritos a mano en un paquete. Se los entregó con una sonrisa cálida a su comandante general. "Todos los seis equipos de reconocimiento reportan encuentros exitosos con amistosos".

"¿Braston ha visto estos?"

"Fue informado por separado, y su resumen está en la primera hoja".

"Gracias, capitana". Él intentó devolverle la sonrisa pero el agotamiento impidió el gesto. Apartó a un lado los otros informes que había leído y puso los nuevos en su lugar. "Eso es todo", le dijo a ella; entonces rompió el sello del sobre. Ella y los otros salieron sin otra palabra. Afortunadamente, alguien había reemplazado la cafetera en la esquina por una nueva con café recién hecho. Su personal se había acostumbrado a su fatiga y había empezado a anticipar sus necesidades sin preguntar.

La carta de Jake describió el estado de las fuerzas alemanas en su país anfitrión. Como se había predicho, lo que quedaba de la Bundeswehr se había dispersado; estaba perdida y esperando instrucciones de su gobierno en Berlina. Sin noticias, un tal señor general Richter se había acercado a su alianza de la OTAN pidiendo ayuda para proteger su nación mientras buscaba sobrevivientes por debajo de la superficie de Berlín.

Él se detuvo. Una frase del informe causó que se acelerara su pulso, el resultado de una decisión que su amigo le haría sacar. La leyó de nuevo. *El control marcial sobre el estado dividido de Alemania recaerá sobre nuestras fuerzas, lo que dará lugar a la necesidad de reunificar y asumir la responsabilidad por la distribución de recursos.* Levantó el resumen escrito por Yurik de su entrevista con Adán y Eva y comparó las páginas.

La niña, a pesar de su poca estatura y comportamiento agradable, había recomendado un procedimiento parecido. *Las naciones europeas, ahora fracturadas y sin orientación, se pelearán por recursos hasta que el nuevo* régimen se *centralice y proporcione la astia para la normalidad.* Stephanie había garabateado la etimología en el margen, aclarando el uso de una palabra finlandesa. "Astia" significaba vasija, receptáculo o contenedor.

Para aclarar, ella había añadido: *Cuando presioné a Eva en cuanto a la palabra "astia", sugiriendo que podría haber usado una palabra más apropiada, Adán interrumpió. "Tiene que ser astia", él argumentó, "porque nuestros cuerpos son la astia de su futuro". Seguiré esta línea de verborrea en una fecha posterior. Resaltada aquí como "de interés".*

Michael frunció el ceño y consideraba el significado. ¿Nuestros cuerpos son la vasija de su futuro? ¿Es lo que quería decir? ¿Por qué?, se preguntó. Mientras lo ponderaba, tomó su pluma y garabateó la palabra encima del informe de Jake, haciendo aún más negra la línea horizontal de la "a" mayúscula de Astia. Entonces escribió tres pares de signos de interrogación a su lado con una flecha. Entonces escribió: *finlandesa, Finlandia, Escandinavia, nórdica.* Encogiéndose de hombros, dejó a un lado la primera hoja y leyó los demás documentos.

Roark había asegurado Stuttgart, y los otros equipos habían conseguido apoyo de Hohenfels, Ansbach, Germersheim, Spangdahlem y Wiesbaden. Algunas estaban tardando más, pero él anticipaba noticias pronto. Incluso habían enviado exploradores a Berlina para verificar la destrucción de la capital. Esta presencia expandida les daba a él y a Jake una ventaja en Baviera, Baden-Würtemberg, Hesse y la importante Renania. Frunció el ceño con preocupación. *Pero, ¿entonces qué? ¿Qué hay después de que las regiones estén aseguradas?* Pero sabía la respuesta. Él ya había convocado a los líderes interinos de cada provincia superviviente. Llegarían dentro de unas semanas.

El plan para asegurar a Alemania iba como estaba previsto, tal como Adán y Eva habían dicho. Pero permanecía su ansiedad. Incluso con la seguridad de ellos de que él ganaría la batalla, el pronóstico advertía que los invasores desafiarían su poder muy pronto. La puerta se abrió, y él se levantó los ojos, sus pensamientos interrumpidos, pero no del todo desaparecidos. Brooke entró, deslizándose en el asiento a su lado. Recogió el informe de su hermano y lo leyó detenidamente.

Michael se levantó una ceja. "Sabes que ese es clasificado, ¿verdad?"

"No creo que haya nadie dentro de nuestro búnker que sea una amenaza o ¿no te fías en mí?"

"Por supuesto que me fío en ti".

"Solo quiero saber qué está tramando mi hermano. ¿Hay una posibilidad de restaurar la normalidad pronto?"

La normalidad. La palabra hizo eco en su mente, y él pensó otra vez en la profecía de los niños, tan tercamente empeñados en usar la palabra finlandesa *astia*. De nuevo pasó por su mente... *hasta que el nuevo régimen se centralice y proporcione la astia para la normalidad.* Él sonrió de manera desarmadamente y dijo: "Haremos nuestra parte para ayudar a la nación anfitriona fragmentada; entonces nos reconectaremos con nuestras fuerzas fuera de Alemania. Vamos a tardar algún tiempo, quizá años, ya que no tenemos sistemas de comunicación".

"¿Nada funciona?" Ella se mordía el labio de la misma manera que lo hacía en la universidad, una costumbre pequeña que revelaba que sus pensamientos no estaban en la conversación.

"Nada", él accedió. "Nuestras radios no funcionan, y todas las formas de modulación son inútiles dada la radiación persistente y la ionización volcánica. Pueden pasar generaciones antes de que podamos transmitir un solo mensaje a larga distancia e incluso entonces será por medio del código Morse".

"El trabajo de David en la telepatía ayudará con eso. ¿Es uno de tus objetivos? ¿Entrenar a los emotantes para que llenen el vacío de información?"

"Exactamente. Ese fue nuestro segundo mandato del Proyecto Andalón".

Ella frunció el ceño. "¿Cuál fue el primero, Michael?"

"La vista remota. ¿No has oído alguna vez de un guerrero psíquico?"

"¿No lo intentó el gobierno durante la Guerra Fría? Creo que vi a David leyendo un libro sobre eso".

"Es el programa. La CIA y el Pentágono usaron psíquicos para ver remotamente al enemigo mientras intentaban adquirir HUMINT—información de origen humano—todo sin poner en peligro a un solo agente. Supuestamente funcionaba en un nivel primitivo pero la inteligencia reunida no era fiable y no podía ser corroborada. Pero esto...", se fue callándose, viendo que Brooke todavía se mordía el labio. Él preguntó, "¿Qué es? ¿Qué te pasa?"

"Creo que David lo sabe".

"¿Crees que él sabe qué?" La miró detenidamente, viendo la manera en que ella se movía en la silla mientras contestaba.

"Creo que él sabe que el bebé no es suyo", ella admitió.

"Ya hemos hablado de esto, Brooke. Confía en el proceso. Es importante que él acepte que es el suyo, no que de veras lo sea".

"Pero sí afectará sus investigaciones si aprende que fracasó. Estaba seguro de que podía cambiarnos a los dos, que había eliminado el obstáculo para que pudiéramos concebir".

"Lo hizo, en cuanto a ti".

"Sí, pero quitar un obstáculo es una cosa. Es más fácil reparar el ADN dañado que reconstruirlo por completo. Sus células no tienen flagelo. No pueden nadar. También contenían núcleos defectuosos que impiden la fertilización. Nunca superó esa parte; así que su experimento fracasó".

"No lo sabe y nunca lo sabrá. Stephanie alteró los datos en la computadora, y cada prueba que él realice en su hijo por nacer mostrará una coincidencia genética para usted y para él, siempre que use *este* laboratorio, y es el único que existe en el mundo. ¿Entiendes? Da igual *lo que hicimos*".

Brooke soltó una risita molesta. "*Nosotros* no *hicimos* nada".

Michael sonrió. "No, nada físico. Pero yo *sí* era el donante".

"La única opción razonable", ella accedió. "La misma estatura, el mismo pelo y los mismos ojos. Ojalá que él vea suficientes rasgos propios para creer que nuestro hijo *es* suyo".

"En cualquier caso, Stephanie es competente, y confío en ella completamente".

"¿Oh, sí?", ella preguntó con una aprensión verdadera en su voz. "¿Cómo puedes estar tan seguro?"

"Porque ella y yo somos una pareja. Hace varios años que somos amigos pero hace seis meses por fin decidimos que queremos más. Confío en ella. Cuando termine todo esto, pensamos casarnos".

Brooke calculó: "¿Seis meses?" Se puso las manos en el vientre, "¡Dios mío, Michael! ¿Y ella no tiene problemas con lo que hicimos?"

Él asintió con la cabeza. "No. Se lo pregunté al principio, antes de que empezáramos a salir. Una vez que nos hicimos íntimos, le pregunté otra vez si eso le molestaba. En realidad, ella lo alentaba. Ella sabía que necesitaríamos a él a bordo, y él tiene que seguir sintiéndose exitoso. Incluso Adán y Eva hablan del hijo de David. Están firmes en que su línea sería profetizada durante más de mil años por venir".

Brooke se relajó y dejó de morderse el labio. "Bien", ella dijo. Vio el informe de Jake que estaba sobre la mesa. Levantándolo, ella pidió: "Háblame de esto. ¿Cómo vas a reestablecer los Estados Unidos?"

"No lo haré". Él vio la mirada repentina de ella y explicó: "En realidad, no lo puedo hacer. La unión está disuelta con la desintegración de los gobiernos estatales. La constitución que estaba en vigor durante doscientos cuarenta años está muerta, y no tenemos la logística para cruzar el Atlántico. No hay manera de restaurar las fronteras políticas antes de que los señores de la guerra establezcan unas nuevas. Algún día quizá lo hacemos, pero no pronto. La radiación es aún peor allí y, según Adán y Eva, las pandillas y las milicias se están destruyendo las unas a las otras mientras hablamos".

Señaló la línea en los apuntes de Jake acerca del *control marcial*. "¿Van a tomar Alemania como la suya? ¿Reestablecer una sociedad centralizada aquí?"

Él asintió, sabiendo que podía confiar en ella con los planes de él mismo y de su hermano. "Sí. Mientras que haya equipos que se reúnan a nuestras fuerzas armadas fracturadas; Jake también tiene un cuerpo élite recogiendo y almacenando recursos: medicina, comida, agua potable, municiones".

"Municiones...", ella se sacudió la cabeza con un leve disgusto. "Confiscarán lo que pertenece al pueblo, quitándoles la habilidad de defenderse y cazar; entonces pondrán en vigor un contrato social que les proporcionará la comida y la protección".

"Dicho de manera más grosera que lo vamos a hacer, pero básicamente, sí".

"Entonces, ¿cuál de ustedes se convierte en déspota? ¿Tú o mi hermano?"

"Tomaremos turnos", Michael dijo, "pero primero debemos establecer la ley marcial bajo una fuerza combinada de OTAN. Jake será co-líder hasta que sea obvio que se necesita un nuevo gobierno. Para entonces tendremos la estructura establecida *para* gobernar. Después de un tiempo, si el auto-gobierno es posible, le entregaremos el poder al pueblo y restauraremos la democracia".

Brooke clavó los ojos en él sin pestañar, minándole el alma en busca de un significado más profundo o rasgos de unas promesas rotas.

Después de que ella se había quedado incómodamente callada durante demasiado tiempo, Michael se aclaró la garganta. "¿No me crees?"

"Te creo, Michael. Pero lo que quiero saber es, ¿de quién surgió *esta* idea?" Ella señaló la palabra escrita a mano en la parte superior de la página. "¿Es así cómo nombrarán su reino? Este sueño de un lugar llamado Astia, ¿fue de ti o de mi hermano?"

"De ninguno de los dos", él admitió. "Astia no es un nombre". Señaló el informe de Stephanie. "Lee esto", instó, y ella lo leyó. Él la miraba mientras los ojos de ella recorrieron la página. Se abrían de par en par mientras iba leyendo.

"¿Así que de veras se ha desaparecido? ¿Toda América?"

"Hay lugares pequeños de civilización, pero la gran mayoría se está muriendo rápidamente por la radiación. Hay dos sociedades que creo que van a sobrevivir, según este informe. La gente del valle del río Ohio está razonablemente sana, igual que otro grupo al sur a lo largo del río Mississippi. Aparte de esos, sí. Se han desaparecido, Brooke".

"Me pregunto qué quería decir Adán con *astia para la normalidad*. Parece una selección extraña de palabras".

"Estoy de acuerdo", Michael dijo. Cambiando de tema, añadió: "No te preocupes de que David se entere. Stephanie Yurik es meticulosa y se ha encargado de todo". El silencio de ella divulgaba la duda, así que él añadió: "Brooke, él nunca aprenderá la verdad".

"Vamos a ver", ella respondió.

CAPÍTULO VEINTICINCO

Max se rascó la barba desaliñada, prefiriendo la cara limpia. Las barbas eran un recuerdo indeseable de su tiempo en Irak, y anhelaba una navaja con que afeitarse. Pero eso solo era una parte de su frustración. Linda se había vuelto más irritable que de costumbre durante las últimas semanas, pidiendo más y más comida y haciendo cada vez menos quehaceres. Ella se negaba rotundamente a recoger agua, pero no le importaba. Él sabía que las pandillas miraban el camino al río y se sentía más seguro recogiéndola él mismo. Además, temía que si lo vieran viviendo con una blanca que habría aún más problemas que no necesitaba.

A pesar de sus preocupaciones, solo los había visto un par de veces desde el primer encuentro cuando les preguntó de Tom y Betty, y cada vez los chicos salieron corriendo.

"Decide en qué equipo estás", siempre le decían, instándole a escoger el color de la piel sobre... ¿sobre qué?

¿Cuál es la otra opción además de la milicia?, se preguntó. Había estudiado el contraterrorismo mientras estaba en servicio activo, y una de las amenazas a la democracia eran los extremistas nacidos en el país—ambos los derechistas y los izquierdistas que esperaban, o temían, que el gobierno de los Estados Unidos se derrumbara. Él ya había conocido a algunos del Regimiento, y el hombre que había dejado vivo seguramente buscaría venganza—especialmente si ellos ya habían estado luchando contra las pandillas.

Marine o no, lo único que verá ese hombre es el color de mi piel y la cantidad de rojo que sangraban sus chicos por mi mano.

Él tenía que desplazarla, y pronto.

¿Pero adónde? Todavía no he encontrado a Betty y Tom.

Había buscado en los hospitales, en las escuelas, en los parques—en cualquier lugar donde se podría alojar un gran número de personas. Sentía ganas de rendirse. Con la excepción de la Universidad de Evansville, los mejores lugares donde buscar habían parecido ser los hospitales y las escuelas.

Él se sentó erguido en la cama. *Southern Illinois es más grande.* Se sentía estúpido por no haberla considerada antes. Había estadios, cafeterías, residencias estudiantiles y centros estudiantiles en la universidad más grande—todo lo necesario para acoger a una comunidad de refugiados. Lo único fue que él tardaría casi tres horas en caminar allí en la nieve.

Saltándose de la cama, corrió al baúl y metió la llave. Debajo de su comida encontró lo que buscaba. Sacó un álbum de las fotos de Betty en su graduación. Aunque habían pasado veinte años desde que ella asistió a la escuela, ella habría huido a lo conocido.

Su ventana explotó con fragmentos voladores de vidrio.

Sobre el piso yacía un ladrillo, arrojado por alguien que se reía con otros en el césped. En la otra habitación, Linda gritaba mientras otros cristales se rompían, y ella entró corriendo a la habitación, exigiéndole que hiciera algo. Cerrando el baúl, él agarró su mochila y la tiró a los brazos de ella.

"¡No quiero esta!", ella gritó.

"Llévatela porque voy a tener mis manos llenas con esto." De debajo de la cama sacó su chaleco antibalas y su rifle, tirando de la manija lo suficiente como para asegurarse de que el cargador tenía un cartucho. Poniéndose el equipo, exigió, "Tenemos que irnos y tenemos un largo camino por recorrer".

"Pero..."

Inclinándose hacia ella, él habló con firmeza y autoridad. "A esos tipos allí afuera les encantaría ser dueños de una blanca como tú. Son pandilleros y de los más malos", él mintió. Eran adolescentes, nada más que unos chicos tratando de hacerse pasar por hombres. "Si no nos vamos, ellos harán cosas que te harán desear estar muerta".

Ella asintió con los ojos abiertos de par en par y con la boca bien apretada.

Gracias a Dios, él pensó. ¡Ojalá le *hubiera hablado así antes!*

"¡Sal, camionero!", una voz llamó desde afuera. Aunque era joven, la persona llamando seguramente no era un niño.

Max se acercó a la ventana y miró hacia afuera. Aunque se había anochecido, podía distinguir unas veinte o treinta figuras en la luz de la luna. Cada una se vestía en azul o tenía puesto un pañuelo de tal color en su brazo o alrededor de su cabeza.

"¡Es la hora de decidir en qué equipo estás!" Max reconoció la segunda voz como la de Mike Salwell.

"¡Pensaba que no eras afiliado, Mike!", el ex marine llamó al chico.

"Elegí mi equipo", Mike respondió.

"Danos la mujer, tu comida y cualquier munición que tengas", la voz mayor gritó.

"¿No me querían en su equipo?", Max preguntó, poniéndose en una mejor posición para vigilar para francotiradores. Vio a uno al lado del garaje, arrodillándose y con un rifle apuntado hacia la ventana.

"Hablamos de esto después de que te des cuenta de que estamos en control", el pandillero respondió.

"No sé si me gustan esas condiciones". Max hizo un gesto para que Linda lo siguiera, llevándose el dedo a los labios y pegándose al suelo. Fueron a la sala de estar y se pusieron detrás del sofá.

En voz baja él dijo: "Ellos estarán vigilando las salidas, así que no podemos salir corriendo. Lo mejor es abrirnos camino entre ellos por pelear directamente con ellos".

"¿Pero cómo?", ella casi chilló en un susurro agudo.

"Vi solo un rifle vigilando esta puerta, aunque la mayoría de esos gamberros llevan armas ligeras—pistolas. Cuando empiece yo a disparar, va a haber un poco de caos; así, escucha mi señal. Pero hagas lo que hagas", insistió, "pase lo que pase... ¡*no* deja caer esa mochila!"

Ella asintió vigorosamente.

"Hablo en serio", él dijo. "Da igual lo que ocurra".

Ella la abrazó aún más cerca a su pecho.

Max cambió de postura, moviendo hacia el lado del sofá. Esto proporcionó el mejor ángulo para mirar por la puerta corrediza de vidrio. Él también tenía una vista mejor del fusilero. Se cerró el ojo derecho. La luz de afuera era tenue, y él necesitaba una ventaja, así que contó hasta treinta. Con el ojo izquierdo, observó atentamente la asamblea en el césped. Los pandilleros y el fusilero seguían mirando la ventana del dormitorio.

"¡Tienes un minuto, camionero!", el hombre mayor dijo.

Pero Max estaba listo. Con un parpadeo él se cerró el ojo izquierdo y se abrió el derecho. Su pupila se había dilatado lo suficiente como para que su visión nocturna hubiera mejorado, pero el efecto no duraría mucho. El primer disparo, lo sabía, sería refractado por el cristal, y se preparó para el siguiente. Respiró hondo y exhaló, lentamente apretando el gatillo con la yema del dedo índice. De cerca, el disparo fue ensordecedor, seguido por el estallido de vidrio.

Rápidamente él volvió a apuntar justo cuando el fusilero giró hacia la sala de estar. El disparo dio en el blanco, volteando la cabeza del tirador hacia atrás y enviando su rifle a la hierba.

"¡Achátate!", Max le dijo a Linda.

Ella obedeció sin preguntar, aterrorizada y abrazando el piso como si la absorbiera dentro de la seguridad de su seno.

Los disparos de pistolas estallaron inmediatamente mientras las balas llenaban el cuarto. Max, igual que Linda, abrazó el piso y esperó hasta que los novatos vaciaron sus cargadores. Uno por uno los disparos se apagaron, y Max de nuevo se levantó la cabeza, disparando contra el grupo que todavía estaba de pie al aire libre. El primero en caer fue el portavoz.

Max se puso de pie. "¡Ahora!", dijo. "¡Sígueme y no deja caer esa bolsa!" Linda se negó a moverse. Max la agarró del brazo y la tiró hasta que se puso de pie, dejando que varios de los chicos encontraran mientras tanto un lugar donde esconderse. "Quédate cerca de mí", exigió y esperó hasta que sintió la cara de ella en su zona lumbar. "Adelante".

Max se acercó al agujero enorme en la puerta de cristal, pasándolo con cuidado para no enganchar su cuerpo contra los fragmentos de cristal. Un movimiento cerca del garaje le hizo girar la boca de su arma, y disparó una vez. Esto causó que hubiera más disparos de la izquierda, y él se inclinó hacia atrás, haciendo que Linda se tambaleara. El tiro falló, y él dobló la esquina. Dos chicos, poco mayores que Tom, le apuntaron con sus pistolas al pecho. Su dedo se movió dos veces, y ellos se cayeron. Viviría con esas muertas por un tiempo.

Más adelante, tres cabezas más se levantaron de la línea de setos. Podrían haber escogido mejor escondite, y él disparó a través de la fauna. "Corre cuando te lo diga", le dijo a Linda. "Todo derecho a la siguiente calle y allí dobla a la derecha. Espérame cerca de esa casa". Él sintió la cabeza de ella asentir contra su espalda. "¡Ve!"

Ella se fue corriendo, agarrando la mochila contra su pecho. Él nunca miró para ver si ella miró hacia atrás. Tan pronto como ella pasó el patio, dos disparos sonaron desde los cubos de basura. Max se giró y los hizo caer también.

Sin detenerse más, siguió a Linda corriendo. Varios disparos sonaron detrás de él pero ninguno estuvo cerca de alcanzar su objetivo. Se agachó la cabeza y corrió a la siguiente calle, doblando la esquina y derrapando hasta detenerse.

Linda se arrodillaba en el suelo delante de él, con lágrimas en los ojos y la mochila en el suelo a su lado. Unos hombres de la milicia estaban de pie al otro lado de ella con los rifles apuntados; todos, menos uno, le apuntaban al pecho de Max. La boca de uno fue empujada en el cuello de Linda, y el hombre que lo sostenía sonreía ampliamente.

"Hola, Perro Diablo", una voz conocida dijo. "¿Te molestaría acostarte para que podamos ponerte estas esposas flexibles en tus muñecas? Tú y yo tenemos mucho de que hablar".

Max obedeció, poniendo el rifle en el suelo y mirando mientras cinco miembros del Regimiento corrieron al otro lado de la casa y dispararon contra los pandilleros que lo perseguían. El golpe de culata en su sien no era necesario, pero no le sorprendió cuando ocurrió—probablemente la venganza por el incidente en la tienda de comestibles. Se desmayó de inmediato.

CAPÍTULO VEINTISÉIS

Por segunda vez en un mes Cathy estaba sentada frente a un hombre que había salvado a ella y a su hijo de la incertidumbre. Aunque la cara del hombre era diferente, el apuro de la madre e hijo no había cambiado— habían presenciado la muerte y estaban a cientos de kilómetros de casa. Ella quería que esta pesadilla apocalíptica se terminara, y varios pensamientos corrían por su mente ocupada. El más imponente era ¿por qué habían sobrevivido el evento nuclear? No había nada especial de ella, y todo lo que Josh había presenciado seguramente le robaría la inocencia tan ciertamente como endurecería al hombre en el que con suerte llegaría a ser.

Jenny y John no se habían equivocado. La granja de Mike el Loco sí parecía un complejo, con cuarteles y torres de vigilancia construidos antes o después del evento nuclear. Hileras de invernaderos cubrían todo lo que cultivaba, y los animales de pastoreo disfrutaban de un largo granero de metal protegidos, sin duda, de alguna manera de la radiación. Todas las cosas de la propiedad gritaban la autosuficiencia.

Ella miró por encima del hombro del hombre y por la ventana, observando a los hombres desde los torres de vigilancia.

"¿Planeaste todo esto?", ella preguntó.

"No exactamente. Pues, suponía que algo ocurriría después de darme cuenta de lo rápido que decayeron los valores estadounidenses bajo la última administración. Aunque había planeado para cualquier cosa, había esperado que esto no ocurriera".

"¿Qué habrías preferido?"

"Solo la guerra civil sin la lluvia radioactiva", respondió honestamente.

Cat se estremeció ante sus palabras. "¿Es esa lo que nos espera?"

Mike frunció el ceño como si estuviera contemplando la pregunta. Con un encogimiento de hombros dijo: "Peor, creo. Todavía no hemos entrado en la etapa de los señores de la guerra".

"No entiendo".

"Después de que Roma se cayó, Europa descendió en una Edad Media. ¿Nunca te has preguntado por qué también se llamaba el Oscurantismo? No tenía nada que ver con el brillo del sol, por cierto".

"No soy idiota", Cat respondió furiosamente. "Estoy en… estaba en… la universidad. La escuela de enfermería, en realidad, pero he cursado bastantes clases de Historia Mundial".

"¿Entonces sabes por qué se llama el Oscurantismo?"

"Sí, porque no había registros históricos".

Mike se rió. "En parte, pero no exactamente. Se escribía la historia en algunos lugares, pero la literatura y los estudios superiores se quedaban atrás en las regiones antes dominadas por el imperio anterior. Todo lo de occidente se atacaba y se devoraba a sí mismo, y los señores de la guerra—reyes, si prefieres—emergieron por todos lados. Inglaterra, Francia y España, todas eran sueños lejanos, y los hombres que gobernaban tenían que ser más duros que la tierra en sí. No había tiempo para poemas o conversaciones educadas sobre la igualdad de género. Cualquier hombre que dominara los recursos mantenía el poder".

"Siempre un hombre", ella rió amargamente, pensando en Clint. Él habría prosperado en un mundo lleno de matanzas donde pudiera tomar lo que quisiera. Librándose de esa imagen horrorosa, ella preguntó: "¿Así que tenía que ver con los recursos? ¿Igual al colonialismo? Mi profesor hablaba de la desigualdad y la supremacía blanca".

"¿De veras? ¿Creías esa basura? Caray, no es de extrañar que estos universitarios jóvenes estén tan confundidos. La desigualdad existía, sí, seguro, pero no en la manera en que los revisionistas la enseñan. Era una cuestión de *solo* los ricos y los pobres; tenía más que ver con las clases y la sociedad en general—la sociedad principal y no la colonia. *Siempre* se trataba del progreso, incluso si los progresistas dejan eso fuera de sus diatribas en Twitter. Mi granja, por ejemplo. Los progresistas decían que mis vacas eran malas para el ambiente; entonces cobraban impuestos tan altos para mi carne que tenían una razón para culparme por subir los precios. Eso sonaba bien para el clima precioso de la sociedad, pero en realidad solo aportaba dinero a los fondos gubernamentales para sobornos y alimentaba sus siguientes campañas".

"Izquierda o derecha, *todos* son corruptos. Bastardos egoístas".

Max se rió. "Por lo menos estamos de acuerdo en eso".

"¿Qué sigue para nosotros entonces? ¿Para América?"

"Ya no está, cariño, a menos que el señor de la guerra que surja le da poder al pueblo, pero creo que vienen los reyes. Y los reyes no fácilmente renuncian a sus propiedades. Pasará mucho tiempo antes de que vuelva la democracia, y *ninguno* de nosotros será dueño de *ninguna* propiedad hasta que vuelva".

"¿Es lo que querías cuando construiste esto? ¿Quieres ser el Rey Mike el Loco?"

"Donelson. Soy Mike Donelson, y no, no tengo sueños de ser rey. Lo que empecé como un plan para mantener viva a mi familia durante el peor de los casos se convirtió en este refugio. Llegó a ser aún más cuando me conecté con otras personas de ideas afines. Apoyaré al señor de la guerra que parece tener la mejor ventaja y esperaré servir a ese rey como vasallo de la tierra".

"¿El Señor Mike entonces?"

"Más o menos". Su sonrisa era honesta. "Por eso les invité a mis hijos y sus familias que vivieran aquí en la granja. La fuerza está en los números".

"Invitaste a John y Jenny. Incluso les advertiste de las pandillas en el área. ¿Por qué?"

"Porque me caen bien. También sabía que él sufría de cáncer, y quería asegurarme de que Jenny estuviera bien después de que él se muriera".

"¿Y no eres casado?"

Otra sonrisa honesta, esta vez con un rubor ligero. "No, no lo soy. Perdí a Maggie con lo del maldito Covid".

"Lo siento mucho", ella dijo honestamente. Loco o no, Mike parecía ser buen hombre.

"¿Cuántos viven aquí en total?"

"Yo y mis hijos y sus esposas e hijos, somos diez. Poco después del ataque, Fred llegó con sus hijos; así que sumamos trece. Espero que otros vecinos busquen refugio aquí, uniendo su tierra a la nuestra una vez que se pueda volver a cultivarla. Pero eso está muy lejos y necesitamos tener cuidado de no expandirnos más allá de nuestros recursos. Ahora mismo es un asunto de proteger lo que hemos almacenado".

"¿Entonces por qué traernos a Josh y a mí?"

"Eran un regalo especial. No sabía de ti cuando hablé con John; por alguna razón mantuvo a ustedes como secreto incluso para mí. De todas formas, me alegro de que estén aquí".

"¿Por qué? ¿Para que puedas tener una mujer por aquí?" Ella sabía controlar a hombres como él; el desnudarse le enseña eso a una mujer. Con un tono sarcástico añadió: "¿Te sientes así de solitario, Mike Donelson el Loco? Tengo la mitad de tus años".

Mike se rió. "De ninguna manera. Pero la presencia de una chica bonita sí hacía que todos los hombres jóvenes caminaran más ligeros. Los hijos de Fred se lavan la cara y se peinan el pelo desde tu llegada".

La conversación se hacía incómoda para Cat, quien se daba cuenta de que quizá le obligarían a tener algún día una relación que no querría. Debido al temor de que él empezara a presentarla de inmediato, ella cambió de tema. "¿Me puedes contar más de los Nature Boys? Los mencionaste cuando estuvimos en el bosque".

"Chiflados supremacistas blancos de la extrema derecha".

"¿No es todo eso una repetición de palabras?"

"De ninguna manera. Ni la derecha ni la izquierda tiene importancia excepto en una economía, y ya he dicho que el capitalismo y el comunismo se han esfumado. En cuanto a ser supremacista, no todos los chiflados lo son".

Cat intentó bromear. "¿Hablas de la experiencia?"

Él se rió. "Cierto, a mis vecinos les *parecía* yo un chiflado, pero ahora parece que soy tan cuerdo como Noé cuando construyó el arca. No, los Nature Boys son una raza especial de pijos mojigatos. Odian a quienquiera que no sea blanco marfil desde Adán y Eva, si tal cosa sea posible—y ellos enseñan que sí lo es. Escuché que estaban en el área e intenté advertirle a John, pero él quería arriesgarse por su cuenta".

"Él dijo que le habías advertido de las pandillas, no de los supremacistas blancos militantes".

"Eso era más tarde, la última vez que hablamos cuando paleaba la nieve, y él dijo lo mismo de ellos que había dicho acerca de los Nature Boys. Él debía de haber tenido más miedo de las pandillas ya que sacó la pólvora de sus armas".

"¿Cuándo los viste por primera vez?"

"El día antes de advertirle había visto unos pandilleros callejeros de Evansville hurgando a lo largo del río".

"Me pregunto por qué tenía él más miedo de las pandillas".

"Las pandillas se organizan con la mente de comportamiento criminal y suelen destruir para fomentar el miedo. Solo les preocupa el transporte de drogas y mercancía robada para ganar más dinero".

"¿Qué dijo John acerca de que los Nature Boys estaban en el área?"

"Que él y Jenny no estaban dañándole a nadie y que le ofrecerían comida a quienquiera que pasara. Lo único es que él nunca se dio cuenta de lo deseados que llegarían a ser sus almacenes en tiempos como estos. Solo hay una cosa más preciosa que la comida y agua en un período de guerra".

"¿Cuál sería eso?"

"Preferiría no nombrarlo".

Se quedaban sentados incómodamente por un rato, y Cathy consideraba las posibilidades. Después de algunos pensamientos desagradables ella preguntó: "¿Cuántas pandillas o cuántos grupos más hay?"

"Hay más facciones de las que me importa contar ahora mismo, y cada una quiere el poder. Por ejemplo, esos cocineros laosianos de drogas que Fred mató hoy. Hace años que luchan contra los carteles mexicanos, y su guerra no se habría quedado entre ellos por mucho tiempo. Y hay los más obvios, los Bloods y Crips en las ciudades, y eso es solo la punta del iceberg. Pisándoles los talones serían los anarquistas que se deleitan destruyendo el mundo. En ambos Kentucky e Indiana hay milicias que son mejor fortificadas y abastecidas que todos esos—incluso más que yo. El Regimiento, por ejemplo, se basa en Evansville y vendrá pronto pidiendo un diezmo".

"¿Un diezmo?"

"Llámalo una contribución, entonces, si esa palabra suena menos bíblica".

"Pero no puedes pagar a todos los grupos que se acercan", ella se dio cuenta. "¿Qué vas a hacer?"

"He dejado una parte de mi suministro a un lado para apaciguar a los que surgen como el nuevo gobierno. Si vamos a ser relegados a un feudo, sí me gustaría ser el Señor Mike de mi propia tierra y pasársela a mis hijos. Quiero quedar bien con el ganador de la primera ronda de la batalla campal".

La cabeza de Cat le daba vueltas con cada palabra que decía. Feudo. Milicia. Carteles. Batalla campal. Cada una le hizo estremecerse. "John nunca mencionó los peligros".

"John era un idealista con estudios universitarios que esperaba que el sentido común triunfara sobre la naturaleza humana. También creía que los Estados Unidos triunfaría sobre todos por apaciguar a todos. Así es con los diplomáticos. Está bien regalar la abundancia, y no tienen idea alguna de qué hacer cuando la tierra se vuelve pobre por su exceso de regulación".

"Pensaba yo que no eras un derechista chiflado", Cat lo acusó.

"No lo soy. Estoy justo en el medio. Habría sido libertario si alguno de ellos hubiera tenido una posibilidad de ganar, y he pasado toda mi vida votando basado en las cuestiones—para quienquiera que protegiera mi libertad".

"No suenas tan loco ahora que..."

"¿Ahora que ha desaparecido el mundo que conocíamos?"

"Sí, suenas *preparado*, en realidad".

"Eso es lo que siempre le decía a mi señora antes de que ella su muriera. Ella siempre pensaba que me matarían los de la FBI o la AFT como hicieron con David Koresh y los Branch Davidians en Waco. Cada vez que ella discutía, insistía yo que quería estar preparado y aquí estoy, con un almacén de armas, municiones, comida y la habilidad de producir todo lo antemencionado".

Unos gritos en la puerta hicieron que los dos giraran, justo a tiempo para ver a Sam abriéndola para unos recién llegados. Poniéndose de pie para ver mejor, Cathy se inclinó hacia la ventana. El miedo se apoderó de su estómago mientras entraba en el complejo una docena de hombres armados con uniforme militar.

"¿Quiénes son?", ella preguntó.

"El Regimiento, aquí por su contribución". La presión repentina de la boca de una pistola contra las costillas de Cat dijo el resto. "¿Recuerdas cuando te dije que hay una mercancía que vale más que comida y agua?"

Ella asintió en silencio, asustada de moverse y con más miedo de su respuesta. Ella sintió la mano de él bajar a su cintura, quitándole cuidadosamente la pistola de Clint.

"Es la hora de que sepas qué es eso", él dijo. "El Regimiento es la milicia más grande y más organizada de Indiana, y ya les he vendido mi alma y tu cuerpo".

Ella sintió la pistola hundirse más en sus costillas mientras la empujaba.

Los hijos de Mike le ataron las manos con una brida de plástico, sin molestarse en sujetar a Josh. Sabían que él iría con su madre. A nadie le importaría el niño si no lo hiciera. ¿Qué importa otro niño muerto en el fin de los tiempos? Cat se sentaba de rodillas frente a un hombre diferente. El coronel, como lo llamaba Mike Donelson el Loco, vigilaba con ojos despiadados que ciertamente habían visto la guerra. Ella no podía evitar notar lo hundidos que estaban, mirando a través de su alma y saboreando el miedo tal como Clint lo había hecho tantas veces antes.

Una bolsa de lona aterrizó en el suelo junto a ella, golpeando audiblemente la nieve sucia. Su bolsa y la de Josh aterrizaron después, pero sus ojos se quedaron fijos en la primera. Estos hombres pueden ser comprados; Mike se lo había dicho.

"Coronel", ella rogó pero sin pánico, "quizá podemos hacer un trato".

La calma con la que ella hablaba lo divertía, sin duda porque ella pensaba que le podía ofrecer algo.

"¿Un trato? Creo que esto es bastante simple. El Sr. Donelson te ha entregado al Regimiento, y no veo manera en que podrías comprar tu libertad".

"Si pudiera probar su incompetencia. No es leal al Regimiento o habría tardado lo bastante para inspeccionar lo que tenía bajo su custodia y qué más tenía para ofrecer".

"Seguro que no hay nada más que los deberes que cumplirás como esposa de un oficial", el coronel respondió. "Vámonos", les mandó a sus hombres.

Cathy continuó como si no lo oyera. "En esta bolsa hay algo de mucho más valor en este nuevo mundo, algo que no me habría dejado llevar y de que nunca habría sabido usted. Para usted, todos ustedes, la comida, el agua y las municiones son una moneda…"

"Y carne", Donelson añadió con una sonrisita. Todos los hombres se rieron de su chiste.

"Ábrala", ella instó, "y llévelo como recompensa por mi libertad".

El coronel se detuvo; lo consideró y después se arrodilló al lado de la bolsa.

Clint la había transportado en su camión la noche cuando secuestró a ella y a Josh. Era importante; la llevó al bote cuando quiso ahogarla en el lago. Ella sabía lo que había adentro; la había inspeccionado cuidadosamente, pero con un desprecio por el hombre con quien se había casado en vez de desear las riquezas que ofrecía.

El coronel abrió la cremallera lentamente, mirando con curiosidad el contenido. "Pues, Donelson", por fin dijo con un suspiro, "parece que *sí* has sido negligente en tu prisa por pasármela. Parece que has pasado por alto un gran tesoro".

Cathy sonrió de forma engreída, pensando en las joyas robadas y el oro. Por supuesto, él podría simplemente llevar a ella y la bolsa con sus contenidos pero por lo menos ella vería la mirada en el rostro de Mike el Loco cuando él se diera cuenta de lo que había perdido.

"De hecho", el coronel dijo, "un hombre nunca puede tener suficiente ropa interior femenina". Con un ademán ostentoso arrojó varios puñados de tal, arrojándola como confeti para el deleite de sus hombres. "Aplaudo tus esfuerzos para retrasar el proceso, jovencita, pero lo único que has hecho es enojarme".

Ella corrió de rodillas para ver mejor. El oro y las joyas habían desaparecido, sustituidos por prendas de vestir femeninas, con más probabilidad pertenecientes a la esposa muerta de Mike.

La bota de Donelson le pegó directamente en la espalda, no tanto para dañarla o ralentizar su capacidad para viajar, pero lo bastante para hacerle saber que él había ganado. Mike el Loco le había vendido después de robarle a ciegas. Arrastrada a sus pies, los soldados llevaron a ella y a Josh al río crecido y los botes que esperaban. Cathy se dobló para una última mirada hacia su traidor.

Él simplemente sonrió y le saludó.

CAPÍTULO VEINTISIETE

Eva tocaba el aire que fluía a su alrededor, sintiendo las vibraciones de las conversaciones en otras partes del laboratorio. Con una respiración profunda, se calmó el corazón que ya latía lentamente hasta que el órgano apenas se movía. La tranquilidad es lo que buscaba, un estado de meditación hipnagógica sin distracciones que le dejaba todavía capaz de conversar con su hermano en el otro banco. Los dos llamaban este ejercicio *Soñar* aunque nunca dormían en este estado.

La niña escudriñó las varias charlas, deslizándose a través de las ondas de voces circundantes. Esto era un secreto que guardaban de los científicos, su habilidad de moverse por el espacio mientras compartía un río de moléculas que ella y su hermano controlaban. Por aquí y allá ella reconoció palabras y se detuvo para considerar intercambios secretos y gruñidos ahogados dirigidos a otras personas, o a nadie, pero seguramente no dirigidos a ella. De haber sabido estos soldados que los escuchaban, habrían dejado de hablar. Adán y Eva eran bichos raros a estos no-emotantes, nada más que experimentos de laboratorio que sin duda serían sacrificados cuando concluyera el estudio. Se podría fiar en solo unas cuantas de estas personas.

Afortunadamente, sabían quienes eran esas "unas cuantas" debido al don de previsión de Adán. Él era más fuerte en cuanto a esa habilidad que ella; así que se creían de inmediato las palabras de él cuando predijo por primera vez la muerte que esperaba a los hermanos. No tenían mucho tiempo ya que solo faltaba un año; así que formularon su plan.

"Somos peligrosos para ellos", él había explicado en aquel entonces, "aún más que sus armas".

"Pero si nos convertimos en sus armas, nuestra importancia aumenta", ella había ofrecido, optimista e ingenua con respecto a las acciones de los humanos no modificados.

"Él es codicioso", Adán insistió, "y reconocerá la amenaza que podemos ser tan pronto como revelemos nuestro poder verdadero".

"Entonces tenemos que manipular a él antes de que nos puedan utilizar", ella había respondido. "Configurar las cosas para que tengamos el control hasta que podamos huir".

Cada día la profecía de su hermano se hacía más certera, y cada día los dos tenían más miedo de sus captores. Eso es lo que hacía ella ahora, miraba a ver si las semillas que habían sembrado se habían echado raíces o si necesitaban más atención.

Ella encontró el patrón de vibraciones que reconoció como la voz del senador. Hablaba en una sala llena de murmullos que Eva nunca había oído antes. Hablaban en inglés pero sus acentos eran alemanes. Con un enfoque suavemente amplificado, la sala apareció a la vista.

"Caballeros", Esterling rogaba, "y damas, ¡por favor! Tenemos la ayuda que buscan, pero viene solo con las condiciones que ponemos".

"¡No queremos su comida y medicamentos si significa la disolución de nuestra nación!" una mujer explicó. "Los Estados Unidos es aliado, pero lo que ofrecen ustedes rompe esa igualdad".

"Nadie está disolviendo la soberanía de Alemania", Esterling insistió. "La ley marcial temporal durará solo hasta que podamos determinar si sus líderes sobrevivieron y pueden ser reincorporados". Por supuesto, sabía que no habían sobrevivido.

"¿Y si no pueden?", un hombre exigió. "¿Serás nuestro líder de forma permanente?"

"¡No! En absoluto y definitivamente no. En el caso de que no sobrevivió su gobierno, entonces el general Braston cumplirá la transición pacífica de poder al poder central que *ustedes* elijan".

"Un general... No necesitamos a sus soldados", el hombre argumentó. "Tenemos nuestras propias tropas".

"¡Sí, necesitan a nuestros soldados porque la mayoría de los suyos pereció en el ataque de los misiles! Pero nosotros *y* sus tropas que quedan se han puesto de acuerdo de trabajar juntos en solidaridad contra la anarquía y las amenazas externas".

"¿Amenazas? ¡La única *amenaza* es la riqueza obvia que parecen ustedes haber acumulado!" La ira en la voz de la primera mujer se entremezclaba con sus palabras mientras añadía: "La desigualdad es el asesino de la solidaridad. Entréguenos lo que nos darían, y se lo entregaremos al pueblo. ¡Eso incluye la vacuna contra la radiación!"

"No voy a hacer eso", Esterling dijo con firmeza. "Solo creamos lo suficiente para nuestros propios soldados, pero con su ayuda podemos producir más—bastante para todos sus soldados y civiles. Incluso ahora, el señor general Richter se ha puesto de acuerdo de trabajar al lado del general Braston y el acuerdo entre ellos…" Fue cortado por un silencio repentino como si le hubieran interrumpido.

"¿Qué es? ¿Qué ves?", Adán le exigió a su hermana.

"Shh", ella instó. "Otra persona entró". Ella se concentró intensamente, esforzándose por no perder ni la conexión ni una sola palabra hablada.

"Senador…" Jake Braston por fin dijo. "El sargento Roark nos trae un informe importante, aunque inquietante. Temo que acelere el proceso y, si el señor general Richter está de acuerdo, anule este voto".

La voz profunda de su contraparte alemán resonó. "¿Qué hay, general Braston, que reemplazaría la ratificación *legal* de la ley marcial?"

"El sargento Roark acaba de regresar de una misión de reconocimiento y él informa de haber visto un ejército que se acercaba desde el este".

"¿Qué ejército?"

Eva reconoció a Benjamin Roark cuando habló. Él había sido clave para el plan de Esterling y Braston, pero era uno de los pocos en los que ella creía que podían confiar. Era amigo leal de la Dra. Yurik a pesar de las distinciones entre los alistados y los oficiales. Hablaban muy a menudo; jugaban juegos como Scrabble y el ajedrez en los comedores cada vez que encontraban el tiempo. Ella lo respetaba y trataba al hombre como amigo; así que Eva lo hacía también.

"El ejército *ruso*". Roark les informó a las personas en la sala. "Tres columnas con cincuenta mil soldados en cada una, por lo menos, pero podría haber más de lo que nuestros exploradores podrían contar correctamente".

Richter procesó la información, intercambiando una mirada de complicidad con Braston antes de decir lo obvio. "¡Un ataque de infantería de ese tamaño, bajo estas condiciones, es imposible! Solo las preparaciones resultarían ser insuperables. ¡Cómo podrían equipar y sostener una marcha de esa distancia en solo unos meses! ¡Incluso a caballo! ¡Necesitarían años!"

"Es francamente napoleónico", Jake accedió. "Debían de haberlo planeado durante décadas, en el caso de que se utilizaran las armas nucleares. No, estoy seguro de que hace décadas que están listos para aprovechar esta oportunidad".

"Sí, tenían caballos", el sargento Roark añadió, "pero también camiones que funcionan. La vanguardia ya ha tomado Berlina, capturando las posesiones rotas de la Bundeswehr. Parece que las columnas se están reuniendo para establecer un punto de apoyo".

"Entonces tiene sentido que estarán pronto en Fráncfort y Núremberg", Braston les informó a los políticos en la sala. "Creo que solo tenemos días o semanas antes de que lleguen aquí".

Se provocó un grito ahogado colectivo en la sala, y estallaron las protestas. La mujer que había hablado antes preguntó: "¿Cómo es que no son afectados por los pulsos electromagnéticos como nosotros?"

"Los Ural-4320 y los Zil-131 funcionan con motores más simples que los utilizados por las fuerzas de OTAN. Aunque sus motores de diésel son similares, su gobierno optó por minimizar su dependencia de lo electrónico".

"¿Por qué?", la mujer preguntó, confundida.

El general Richter respondió, de repente entendiendo: "Porque, como mencionó el general Braston, siempre han estado preparados para usar pulsos electromagnéticos contra la OTAN, sabiendo que eso nos doblegaría. Estamos debilitados en sus ojos, atrapados y menos preparados que ellos".

"Tengo que decir que quizá aparecemos lisiados y al punto de ser saqueados", Braston dijo, "pero cómo llegaron es menos importante que su llegada inminente. El general Richter y yo tomaremos control inmediato de todas las tropas de la OTAN y su equipo que está funcionando... eso es, si está usted de acuerdo, señor general".

"Sí, estoy de acuerdo".

Los murmullos colectivos continuaban, pero ahora era obvio que Esterling había asegurado su apoyo.

"Entonces, así es", anunció. "La alianza de OTAN declara la ley marcial en esta región, y yo serviré como embajador de la buena voluntad americana. Mi trabajo será supervisar el racionamiento y distribución de recursos a cada una de sus provincias".

"Él tiene miedo", la niña le dijo de repente a su hermano, apenas hablando más alto que en un susurro a pesar de que las personas en la habitación no podían oírla.

"¿Quién?", Adán preguntó.

"Michael Esterling".

"No, no él. Él sabía que venían los invasores porque se lo dijimos".

"Quizás, pero algo de su voz divulgaba la duda".

"Entonces debemos esperar otra visita de él pronto. Por fin lo controlamos".

Eva se estremeció. Nunca deseaba las visitas de ese hombre debido a las visiones de Adán, pero ella aguantaría su presencia hasta que llegara el último día. Tenía que hacerlo porque ellos y el Dr. Andalón necesitarían su ayuda algún día.

"Espero que no los interrumpa", vino una voz de la puerta del laboratorio, asustando a los dos niños.

Eva saltó pero no gritó aunque su omnisciencia golpeó de repente contra su cuerpo físico. Se puso de pie rápidamente y giró para encontrar a David de pie dentro del jardín.

"De ninguna manera", Adán mintió, "simplemente practicábamos una nueva forma de *Soñar*.

"¿En qué te podemos servir, doctor?", Eva preguntó rápidamente, enmascarando su irritación por la llegada inesperada de él.

"Estoy listo para ayudar", dijo, temblando y asustado de su decisión.

"¿Así que la encontraste?", ella preguntó. "¿La prueba que ella lleva el heredero de Esterling y no el tuyo?"

"Sí, estaba enterrada en los datos, ocultada deliberadamente, pero persistí. Ella se dio por vencida conmigo antes de que yo tuviera éxito, aceptando su donación porque sus rasgos se parecen mucho a los míos".

"Pero sí tuviste éxito", Eva dijo inteligentemente, "y ahora puedes producir tu propio heredero".

"Sí, si tan solo ella hubiera esperado".

"¿Entiendes lo que te pedimos? ¿Lo que vamos a necesitar cuando llegue la hora?", Adán preguntó lentamente, como un adulto se lo preguntaría a un niño en vez de viceversa.

El científico asintió. "Sí. Estoy listo para hacer cualquier cosa necesaria para asegurarme de que mi experimento tenga éxito".

"Tu descendencia", corrigió Eva. "Ya no somos experimentos, aun si estamos atrapados dentro de este laboratorio como unos monos. Somos tus sueños, tus hijos, tu legado".

"Lo siento", Andalón dijo. "Se me olvida que ustedes se perciben como cautivos".

"Pero no por mucho tiempo", ella respondió. "Las cosas están cambiando arriba, y el senador Esterling por fin ha tomado control de la región. Pero se enfrenta a un rival—uno más grande y más organizado".

"¿Cómo tendrá éxito él?", David preguntó.

"No lo tendrá", Adán dijo solemnemente, "aunque le hemos prometido de otro modo. Ahí es donde debes ayudarnos, para asegurar su éxito".

"Lo haré. Estoy comprometido a ayudarlos en cualquier cosa que necesiten".

Los niños intercambiaron una mirada, y Adán asintió. Con una sonrisa Eva hizo un gesto para que el doctor se sentara. "Estas son las cosas que necesitas hacer", ella dijo; entonces empezó a detallar el camino hacia la libertad para ellos.

CAPÍTULO VEINTIOCHO

El sargento del marine Maxwell Rankin se arrastraba boca abajo por el bosque. Había sobrevivido trece días en aquel momento, mucho más que cualquier otro estudiante en la simulación. Los últimos, él vio desde lejos, habían sido capturados por los maestros hace tres días. Su estómago rugía de hambre, un ruido bastante alto para hacerle temer que ellos lo oyeran y lo capturaran. Entonces vendría lo peor, la tortura y la interrogación. No serían reales, por supuesto, aunque le habían advertido que se sentirían así.

La escuela militar fue nombrada acertadamente, insinuando la naturaleza misma de su situación. Primero, él debe sobrevivir; entonces, evadir. Si lo capturaran, él experimentaría a regañadientes la necesidad de resistir sus intentos de persuasión, y le preocupaba hasta dónde llegarían para poner a prueba su temple. Habría dolor, ambos el físico y el psicológico, pero su sargento de artillería le había avisado con antelación. Necesitaría aguantar la tortura lo mejor que pudiera mientras buscaba constantemente una oportunidad para escaparse. Todo eso se encontraba en el nombre de la escuela—S.A.R.E. Sobrevivir, Aguantar, Resistir y Escapar.

Él encontró lo que buscaba al pie del árbol. Las hormigas aquí eran carnosas y crujían muy bien entre sus dientes, proporcionando poco en cuanto a llenarle el estómago tembloroso pero por lo menos dándole algo de alimento. No sabían tan mal como había temido, y aprendió rápidamente a no hacer caso de los pequeños mordiscos en su lengua.

Los arbustos detrás de él se movieron, y varios hombres salieron, abalanzándose sobre él. Estaban bien alimentados y descansados, dominando su estado debilitado y magullándole las costillas antes de arrastrarlo a otro lugar. Le sorprendió la violencia pero, por otro lado, él había firmado una dispensa. Cualquier cosa sirve en el entrenamiento. Una capucha negra se deslizó sobre su cabeza, y se lo llevaron.

Escápate, se instó a sí mismo.

Pero la parte lógica de su ser rechazó esa idea. *Todavía no. Hay demasiados de ellos y estás debilitado. Prepárate para lo difícil.*

Lo difícil llegó más pronto que había esperado. Después de un viaje corto en camión, llegaron a una cabaña de algún tipo. Sin poder ver a través de la capucha, suponía que era una de las casucas que había visto más temprano esa semana. Se centró en lo que recordaba de las estructuras. Eran pequeñas, unos tres metros por tres metros. Las paredes eran de madera, de listones que eran, con suerte, clavadas en vez de atornilladas. Debe centrarse en escaparse en cuanto lo dejaran solo. Pero la casuca no era su prisión, era simplemente un lugar de interrogación.

"¿Quién eres, soldado?", una voz le preguntó mientras unas manos fuertes lo pusieron encima de una mesa.

Max trató de luchar, pero unas correas de cuero pronto se envolvieron alrededor de sus brazos y piernas.

"¿Cómo te llamas?"

"Sargento Maxwell Rankin, Cuerpo de Marines de los Estados Unidos".

"¿Qué unidad? ¿Quién es su oficial al mando?"

Max se negó a responder. *Resistir*, le instó su mente.

Unos brazos fuertes de repente lo levantaron al aire. Max sintió que sus rodillas rozaban un círculo apretado mientras lo bajaban a lo que suponía ser un barril. Los músculos de sus piernas reaccionaron, luchando para mantenerse a pie. Un puño se estrelló contra su cara, golpeándolo repetidamente hasta que se le falló la fuerza y se doblaron las rodillas. Su espalda chocó contra el agua del barril. De repente se le quitaron la capucha de la cabeza, revelando lo que había temido. Mientras ponían la tapa del barril en su lugar y la cerraban con una abrazadera de metal, él se concentraba en una serie de agujeros. Cada uno había sido perforado cuidadosamente para formar un círculo alrededor del barril a solo centímetros de la parte más superior.

De algún lugar, quizá uno de los agujeros, entraba más agua, elevando su nivel y haciendo que él se subiera para poder respirar. Con las piernas apretadas fuertemente contra su pecho, se dio cuenta de lo difícil que sería la respiración aun si pudiera alcanzar el aire de arriba. Con los ojos cerrados, se concentró, respirando lentamente y calmando los latidos de su corazón. *Sobrevivir*, se ordenó a sí mismo. ¡Sobrevivir y Escaparte!

Ahora, Max se despertó con una capucha y atado a una mesa. Se cerró los ojos contra el agua salpicándole en la boca. Había sido entrenado para esto, aun si nunca había experimentado esa sensación exacta. Aunque falsa, se sentía real, y él se atragantó, escupió y tosió. Su cuerpo se retorció, arqueándose para dejar la mesa contra las manos fuertes que lo sujetaban. Estos hombres no eran instructores de la escuela S.A.R.E., y no había médico al lado por si acaso se detectara el fallo cardíaco o la asfixia. Concentrándose en su entrenamiento, su mente volvió al lugar como si fuera una prueba final de resolución, recordando respirar lentamente por la nariz entre cada inmersión.

Trataba de recordar lo que sabía de la práctica. *Veinte segundos*. Ese era el tiempo más común para cada inmersión, aumentándose lentamente hasta cuarenta si no conseguían información—por lo menos si el interrogador tenía una buena reputación y seguía las reglas de la guerra y la Convención de Ginebra. Estos hombres no tenían tales restricciones, y no les importaría si su corazón se detuviera o él se ahogara.

A menos que me estén probando.

Max de repente entendió. No le estaban sacando información porque tenía poca o nada que ofrecer. También, si el Regimiento quisiera a Max muerto, lo habrían asesinado donde lo encontraron. *Esto tiene que ver con la venganza*, se dio cuenta. *Están enojados por lo de los chicos en la tienda de comestibles*. Armó su fuerza de voluntad y esperó a que los hombres lo pusieran de pie otra vez.

"Pues", una voz le preguntó, "¿qué tienes que decirnos?"

Max tosió y sonrió, entonces cantó en voz alta. "¡Desde los salones de Moctezuma a las costas de Trípoli! ¡Pelearé las batallas de mi país…!" No había nada como el himno del Cuerpo de los Marines para demostrar lo dispuesto que estabas a aguantar y morir.

Lo tiraron fuerte contra la mesa y empezaron de nuevo. Desde algún lugar de la sala él oyó a otro marine riéndose en voz baja.

Cathy Fletcher miraba fijamente hacia adelante con la cabeza desafiantemente alta pero agarrando al pequeño Joshua, reconfirmando que sus vidas no habían terminado por completo. Ella trataba de razonar su entorno. La apariencia de todo le recordaba a una ciudad universitaria, aunque una de las películas de zombis y los fines del mundo. Eso le hizo reír. Esto era, después de todo, una prueba viviente de que esas películas no estaban ni cerca de la verdad, excepto por el coronel.

Él tenía el aura clásica de *chico malo*, con ojos malvados y demasiado pequeños para su rostro y mejillas demacradas que hablaban de un hombre dispuesto a quemar los campos y salar la tierra si eso significaría la victoria total. Los condujo hacia un edificio alto con seis columnas y escalones amplios. La inscripción en un lado decía *Coliseo Conmemorativo de Soldados y Marineros*, pero ella no pudo evitar preguntarse qué encontraría dentro. Dos banderas andrajosas de los Estados Unidos volaban boca abajo en los mástiles de bandera en cada esquina del edificio.

"¿Dónde estamos?", ella preguntó. "¿Qué ciudad?"

"Se contestarán las preguntas después", él respondió con disgusto. Era un hombre inquietante con pensamientos que ella nunca querría que fueran revelados. Parecía indignado por la interrupción, pero ella insistió.

"¿Así que voy a ser la esclava *de usted* o la de otra persona?"

"¿Quién dijo algo de ser esclava?", él refunfuñó.

"Acaba de comprarme de Mike el Loco. ¿Qué fue eso si no el comercio de esclavos?"

"Se llama la supervivencia".

"No entiendo..."

"Pero lo entenderás", respondió en voz baja, una reacción extrañamente tranquila, más aterradora que si le hubiera gritado. Él era mucho más diferente que Clint, y la finalidad de sus palabras resonaban con la intensidad.

Sin embargo, ella continuó. "¿Seré, entonces, una sirvienta sexual? ¿O serviré a la casa? ¿Lo llamo *señor*? Quizá tengo experiencia en quitarme la ropa delante de los hombres, pero mi campo verdadero es la medicina. Soy enfermera. No me valore por mis tetas".

La ferocidad con que él giró la tomó por sorpresa, y ella se tropezó. En un instante, unas manos fuertes le agarraron la garganta, y unos ojos ardientes quemaban en los suyos. El olor pútrido del mal aliento hizo que la bilis se agitara mientras ella respiraba la pesadez de sus palabras.

"La sociedad está muerta", dijo con un gruñido, "enterrada bajo una capa de inmundicia. Lo único que importa ahora es la construcción de una sociedad nueva, y mis hombres necesitan esposas". Con un rápido movimiento de la cabeza, él dirigió los ojos de ella hacia Josh. "Dar a luz a hijos será difícil, y los defectos de nacimiento serán la nueva preocupación, pero una enfermera debe saber eso, ¿no?"

Ella asintió, pero en realidad ella nunca había pensado en la repoblación.

"¿Así que entiendes que eres de valor, una mujer con poca exposición o preocupaciones por el envenenamiento por radiación? Serás casada con uno de mis oficiales y con el tiempo ayudarás a dar luz a un mundo nuevo".

"¿Bajo su mandato?", ella preguntó. Esto le ganó una sonrisa del hombre y le dio escalofríos.

"Alguien tiene que ser líder".

Sus manos la soltaron tan rápido como la habían agarrado, y ella inhaló una bocanada de aire desesperado. Nadie dijo nada más, incluso cuando los centinelas armados abrieron las pesadas puertas de madera. El coronel condujo a todos adentro; entonces siguió su propio camino sin otra palabra ni para ella ni para los hombres. Ellos guiaron a ella y a Josh con ojos hambrientos. Ella podía sentirlos saboreando su carne pero estaba acostumbrada a eso y sabía sujetar a hombres como estos.

"Disfrútenlo, chicos", ella dijo, metiéndose en el rol que había aprendido en *Chochas en Abundancia*. "Pero mientras que no cuesta nada mirar, todo el resto me pertenece a mí".

Rápidamente apartaron la vista, cada uno avergonzado por sus propias razones. Se podía controlar muy fácilmente a los hombres; ella lo sabía después de años de aguantar a Clint. La mayoría de ellos recordaría a sus madres, hermanas o hijas cuando puesto en su lugar por una mujer.

Solo ellos como Clint insistirían en tomar lo que quisieran, y ellos eran los a quienes odiaba. Los sociópatas raros como él harían lo que quisieran—y eran los peligros verdaderos. No, estos hombres eran inofensivos, a diferencia del coronel.

Ella contempló su entorno, correcta en su suposición de que se había diseñado el coliseo para los eventos deportivos. Después de descender una rampa corta, salieron en lo que una vez había sido una cancha de baloncesto, pero diferente a cualquiera que ella hubiera visto antes. El espacio se abrió en un lado para acomodar un escenario grande. Una galería alta estaba arriba, con los asientos sacados y unas estructuras de madera erigidas en su lugar. Por debajo de ese mirador, no se veía ni un centímetro del piso de madera, reemplazado por una ciudad de tiendas de campaña de lona y estructuras improvisadas. Unos pasillos estrechos serpenteaban a través del laberinto vertiginoso.

Por uno de estos pasillos ella vio a una mujer con un vientre redondeado por un embarazo avanzado. Se ocupaba en tender la ropa en un tendedero para que se secara.

"¿Adónde voy?", Cathy les preguntó a los hombres, pero a ninguno de ellos parecía importarle nada excepto mirarla lascivamente.

"El escenario", uno dijo por fin. "Para la descontaminación".

Pero entonces otro hombre dio un paso adelante. Era un joven, algo tímido pero no de una mala manera. Era uno de ellos cuyos amigos lo habrían arrastrado al club para verla bailar y luego se habría enamorado de ella después de que ella le había mostrado atención. Ella odiaba tomar dinero de estos ya que no eran mucho más que niños, si es que uno estaba hablando de la experiencia.

Con una voz suave él sugirió: "La puedo llevar allí, señora".

Después de una mirada asesina hacia los otros, ella giró agradecidamente y le ofreció una sonrisa por su ayuda. "Gracias…"

"James. Um… Parker". Se sonrojó profundamente. "Soy James Parker, señora".

Arriba, Cathy vio a otros hombres que miraban desde el balcón. Estos llevaban uniformes de oficiales, y sus miradas babosas le revolvieron el estómago. Entregándole al joven las maletas de ella y de Josh, se aferró a su brazo y sonrió.

"Pues, James Parker, ¿por qué no me enseñas el lugar?"

Sus mejillas se pusieron aún más rojas mientras los demás se burlaban de él con silbidos y comentarios. Le preguntaron si sabía qué hacer con ella, pero el joven no hizo caso de las burlas y se quedó fiel a su oferta. La condujo a través de la ciudad autosuficiente sin una vez propasarse o presionar.

Después de trabajar años en *Chochas en Abundancia*, esto la relajó. Él era arcilla en sus manos, y ella lo convertiría en su primer aliado real desde los Klingensmith. "¿Qué es este lugar?", ella preguntó.

"Lo llamamos El Refugio", él rió, "pero no es un búnker o refugio verdadero. El coronel planeaba todo esto y nos llamó aquí después de los pulsos electromagnéticos". Se volvió serio otra vez y añadió: "Nos ha estado preparando para esto, y el Regimiento estaba listo. Pero ahora probablemente América ya no existe, y somos lo único que se queda de la libertad".

"¿La libertad?" Cat se olvidó de su acto encantador por un momento y dejó mostrarse un poco de su enojo. "Mi hijo y yo fuimos secuestrados y vendidos. ¿Cómo es eso la libertad?"

"No son esclavos, señora".

"¿Oh? ¿Cómo lo llamas?" Ella lo miró calmamente y esperó su respuesta mientras humeaba por dentro.

"Liberados. Así son todas las personas en El Refugio. ¿Ves a esa mujer allí? Ella va a dar a luz al primer niño nacido después de Día D".

"¿Día D?"

"El Día de la Destrucción, señora. El último día de libertad en el mundo. Esperamos poner el mundo boca arriba otra vez, y el coronel tiene un plan".

"¿Utilizará su ejército para expandir su territorio y empezar una nueva nación?"

"Sí, señora. Una nación, bajo Dios, indivisible, con libertad y justicia para todos".

"Entiendo", ella dijo, menos convencida que James. Hasta el momento, lo único que había presenciado eran la servidumbre forzada y la pérdida de *su* libertad como mujer. Cambiando de tema, ella preguntó: "¿Dónde viviré, James?"

"Hay unas tiendas vacías en el escenario en lo que llamamos el área de observación. Allí ponemos a los recién llegados, para ponerlos en cuarentena y estar atentos a cualquier enfermedad por radiación. Una vez que sepamos que usted no tenga problemas, le daremos su propia casita. Pronto, sin embargo, estaremos trasladándonos de aquí para repoblar el área a nuestro alrededor. Eso es cuando se le asignará un hogar y, con suerte, su propia granja con su nuevo esposo".

Cat se estremeció ante esa frase. "¿Y si me niego a casarme de nuevo?"

"Esa es una de las condiciones para recibir la protección del Regimiento y el precio por vivir en una nueva sociedad. Cada uno tiene que hacer su parte para repoblar el mundo y empezar de nuevo".

Cat frunció el ceño pero guardó sus pensamientos para sí. Por otra parte, dejó que él los condujera hacia unos escalones que conducían al escenario. Allí, unas personas con bata esperaban a ella y a Josh.

"La dejo aquí, señora, pero ¿puedo llamarla de nuevo? Me gustaría conocerla y..."

Ella levantó una ceja expectante y esperó.

"Y eres muy bonita, señora". Se sonrojó dulcemente. Ella odiaba tener que destruir algún día su enamoramiento, pero le devolvió la sonrisa y asintió.

"Por supuesto, James. Me gustaría. Gracias por todo. Has hecho de nuestra llegada una calurosa bienvenida".

Él sonrió ampliamente y saludó torpemente antes de apresurarse a unirse al resto de su escuadrón. Ellos, por supuesto, lo esperaban con risas y burlas y lo recibieron con giros rudos de cadera.

Con un estremecimiento, Cat condujo a Joshua por los escalones.

CAPÍTULO VEINTINUEVE

Linda miró a los recién llegados, una mujer joven con su hijo, y oró en silencio para que no se acostaran cerca de ella. Se tocó el estómago. Lo único que necesitaba para volverse loca era otro recordatorio de que había perdido a dos hijos. O peor, que quizá diera a luz a un monstruo horriblemente deformado por la radiación. Ella aborrecía la maternidad de todas formas en este momento, y esa madre, quien le consentía todo a su hijo, era más de lo que no podía aguantar. Miraba mientras las enfermeras y médicos examinaban a la pareja, sonriendo y riendo a veces y manteniendo una conversación educada sobre cada examen que hacían.

Magnífico, ella pensó. *Ella también es enfermera y ha encontrado ya ambos un lugar y un propósito en esta prisión.*

Linda odiaba a la mujer.

Para su disgusto, el personal pronto condujo a la mujer y a su hijo hacia su tienda. Miró los dos catres vacíos a su lado y gimió audiblemente, pero no tan alto para que ellos la oyeran. Mientras se acercaban, se dio cuenta de que la mujer era incluso más bonita que ella había pensado al verla de lejos. Una sonrisa ancha de la intrusa le hizo odiar aún más a la mujer—ella tenía cada uno de sus dientes intacto. Linda sintió distraídamente el espacio en sus encías de donde dos se habían caído recientemente.

"¡Hola!", la mujer dijo alegremente. "Soy Cathy, y este es Josh". Ella le tendió una mano, pero Linda solo frunció el ceño.

"Sabes por qué estamos aquí, ¿verdad?"

"Sí", Cathy respondió. "Me lo dijeron".

"¿Así que estás de acuerdo con criar una nueva generación de belicistas? O quizá estás desesperada por un nuevo papá para tu mocoso".

"Mi *hijo* y yo nos las arreglamos solos; hace tiempo que es así. ¡Y no tengo intención de casarme ni de criar a nadie a menos que yo decida volver a amar!"

Cathy se inclinó bastante, demasiado para el gusto de Linda, y susurró en un tono agradable. "Nuestro arreglo de vivienda es temporal, con suerte tan corto como el tiempo que mi hijo y yo vamos a estar aquí; así que prefiero que seamos amigas. De otro modo, te advierto que he perdido toda tolerancia por la mierda, las bromas y las perras. No me odies simplemente porque tengo un hijo y puedo tener más". Se irguió de nuevo y esperó una respuesta.

Las palabras tuvieron un efecto más profundo de lo que deberían tener, llenándola con cada emoción que había pospuesto desde Yellowstone. Sus ojos se llenaron de lágrimas, pero controló los llantos. "Yo..." empezó, no sabiendo cómo proceder, pero por fin llegaron las palabras. "Lo siento. Perdí a mi familia justo antes de las bombas", ella explicó. "Mis hijos, ellos..." Se atragantó con lo que venía a continuación, no vocalizado durante todo el tiempo desde la pelea con Bryan—la noche en que chocaron en Nebraska.

Yo, ella se admitió a sí misma, *yo lo maté, seguro, o lo alejé*.

"Se han ido", solo dijo, pasando por encima la manera horrenda en que cada uno se había muerto, "pero no estoy sola. Vine aquí con un... un amigo". Entonces puso una mano en su vientre y le dio a Cathy una sonrisa. "Favor de perdonarme, pero estoy aterrorizada de que mi bebé no sobreviva. O peor", ella añadió, "que la radiación le produzca efectos negativos".

Los ojos de Cathy se agrandaron con emoción, y la tensión entre ellas se evaporó. "¿Estás embarazada? ¿De cuánto estás?"

"No estoy segura. Por lo menos ocho semanas... fue la última vez cuando mi esposo y yo estuvimos juntos".

"Pues, entonces, ¿podemos empezar de nuevo? Soy Cathy". Le tendió una mano y sonrió cálidamente. "Mis amigas me llaman Cat".

"Soy Linda". Tomó su mano y la apretó, el primer contacto físico que había tenido con alguien en más de un mes.

"Pues, Linda, me alegro que vayamos a ser compañeras de cuarto por una temporada porque he estado estudiando para ser enfermera de parto. Haré todo que pueda para mantener a tu bebé y a ti sanos. Ahora mismo el médico dijo que me aceptará como otra asistente después de que nos hayan dado el visto bueno".

A pesar de que se le caían más lágrimas por las mejillas de Linda, ella sonrió por primera vez desde Yellowstone.

"Háblame de tu amiga", Cathy rogó, poniendo sus maletas en una esquina. "¿Dónde está?"

"Es *un hombre*, en realidad. Es un camionero que me recogió en Omaha y me trajo a Evansville".

"¿Es ahí donde estamos? ¿Evansville? Así... ¿Indiana?"

"Correcto".

"¿Dónde está él ahora?"

"No lo sé", Linda respondió, "muerto quizá. Nos atacaron unos pandilleros, y él los alejó. Es un verdadero tío duro, en realidad, un buen amigo para tener de tu lado. Era marine. Max luchaba contra ellos mientras me huía, pero el Regimiento estaba esperando a la vuelta de la esquina, y me encontré con ellos. Lo llevaron en otra dirección cuando llegamos; así que no tengo idea de qué van a hacer con él". Frunció el ceño. "De hecho, probablemente *está* muerto ya. Al parecer, mató a varios de ellos".

"Oraré que no lo maten", Cathy prometió. Después de una pausa añadió: "Pero una cosa que sí sé: no fío en el coronel y salimos de aquí un día".

Linda se rió, otra primicia de las últimas semanas. "Buena suerte con eso; es casi imposible. Pero si puedes encontrar un lugar mejor que este, quiero ir contigo". Entonces, añadió con toda seriedad: "Pero vamos a necesitar la ayuda de Max, *si* es que sigue vivo".

Max no tenía espacio para moverse y apenas aire para respirar. Afortunadamente sus captores habían sido lo suficientemente diligentes para abrir periódicamente la caja y darle un respiro. Pero, en caso de que la privación sensorial de estar encerrado en un ataúd no fuera lo suficientemente mala, solo permitían sus descansos en la sala *blanca*. Eso era peor que la caja en sí.

Ya estaba muy debilitado. Medio muerto de hambre y sin proteínas, su estómago constantemente ansiaba alimentos. Cuando se abría la tapa, permitía que sus captores lo subieran, dejándole caer por el costado. Aterrizaba con un ruido sordo, los músculos temblando de atrofia y fatiga al mismo tiempo. Con un jadeo se llenaban los pulmones para enderezar su cerebro. Parpadeaba contra la luz que le golpeaba al entrar por las ventanas altas superiores. En esta sala todo era un asunto de brillo: las sábanas, la litera, el piso. Incluso su comida era blanca: solo arroz. Un tazón blanco de arroz le esperaba en una mesa pequeña, con una cuchara blanca de plástico.

Max anhelaba algo más, cualquier cosa que les recordara a sus sentidos del color, pero aún los guardias vestían ropa quirúrgica o batas blancas cuando le atendían. Se negaban a hablar; nunca hacían ruidos—ni siquiera un golpe en la tapa para dejarle saber que habían llegado. Eran como fantasmas en su presencia.

Max acababa de alcanzar el tazón de arroz y tomar un bocado cuando se abrió la puerta y el coronel entró con dos guardias. Cuando llegaba el coronel, no importaba cuánto odiaba su conversación, era un placer tanto para los oídos como para su psique. Después de días, quizá semanas, sin sonido, la voz baja y suave del hombre rompió la temporada de silencio y le dio al marine un sentido de humanidad entre períodos de tortura.

Cuando habló el coronel, lo hizo con una voz apaciguadora como si le estuviera cantando a medias una canción de cuna a un niño inquieto. "No te pregunto cómo te sientes, sargento Rankin, porque lo sé. Diseñé esta sala y estos métodos yo mismo".

"He oído de ellos", Max respondió. "Estoy preparado".

"Sí, es obvio que te has entrenado para las fuerzas especiales. Pero aún así, la escuela S.A.R.E. solo prepara la mente y no la constitución del soldado. Cualquier otro a quien he conocido se habría roto antes de ahora, pero has aguantado. ¿Qué te impulsa, sargento? ¿Por qué no te has rendido?"

Max no le hizo caso de la pregunta; era del tipo de las que sondeaban la mente y hacía que un sujeto se deslizara con detalles personales. *Cada pregunta es un partido de ajedrez*, se recordó a sí mismo. "¿Así que eres coronel?", preguntó en vez de contestar.

"Lo soy. Y tú eras sargento de artillería".

"Lo soy. Una vez un marine, siempre un marine". Con un guiño cansado, Max añadió, "Oorah, y toda esa mierda, ¿verdad?"

"No lo sabría. Nunca fui marine".

"¿Ejército, entonces? Oh, que Dios no permita que sea de la Fuerza Aérea. Tendría que vomitar todo mi arroz. Ustedes los zoomies son ratones de oficina excelentes pero no saben nada de la guerra excepto el regresar a tiempo para pago por ver".

Max buscaba en el hombre detenidamente alguna reacción y no vio ninguna. Había algo extrañamente peculiar en sus modales y control. Fuera que fuera el servicio en el que hubiera alcanzado su rango, ciertamente no ofrecería detalles personales sobre sí mismo. El partido de ajedrez, como era lo normal, continuaba.

"Mataste a varios de mis hombres pero dejaste que el sargento Walters viviera. ¿Por qué? Tu vida se ha endurecido porque dejaste un testigo que reconoce tu cara y tu historia, y no me das la apariencia de ser un tío descuidado".

Max jugaba, pero decidió que una respuesta verídica aquí no le dañaría. "No quería matar a esos chicos. El primero fue un accidente. El borde del estante lo golpeó mal cuanto traté de desarmarlo. No aprecié su arma en mi cara cuando no teníamos motivos para pelear".

"Robar comida del Regimiento era un crimen, y él era la autoridad. Por haberlo matado, eres tan culpable como alguien que mata un policía".

"Si eso es cierto", Maxi dijo calmadamente, "entonces habría sido un crimen penado con la muerte, y yo estaría muerto ya. No, me mantienes con vida por otra razón".

"Muy bien. Supongo que los otros vinieron en su ayuda después de escuchar el alboroto, pero eso no explica lo del sargento Walters. ¿Por qué le pusiste las esposas de plástico y lo dejaste ir para luego poder identificarte?"

Max se encogió de hombros. "No soy matón".

"El rastro de sangre dice lo contrario. Mataste a muchos más que simplemente los hombres del Regimiento, y bastante eficientemente, como informó Walters. Mataste a varios de los pandilleros aquí en la ciudad. Shayde tiene un respeto extraño para ti y dice que debes ser aliado en vez de enemigo".

"Deja que yo y la mujer con quien entré salgamos. No tenemos interés en unirnos a tu Regimiento".

"No. Eso no sirve. Quizá mató a los tuyos, sargento Rankin, pero eso no te compra la libertad. De todas formas, no puedo permitir que retengas tu esclava blanca".

¿Los míos? ¿Esclava blanca?

Max sintió que la sangre dentro de sus venas comenzaba a hervir cerca de la superficie. Sintió que el tazón de arroz comenzaba a temblar en sus manos, y lo agarró con más fuerza.

¿Porque *soy negro y maté a hombres negros?*

Anheló bañar al coronel con el arroz y luchar contra los guardias. Pero en su estado debilitado solo serviría para ganarle otros golpes.

Me está intentando provocar, Max pensó, instándose el autocontrol. Esto era, a fin de cuentas, un partido de ajedrez que no podría ganar fácilmente, y nunca con la violencia. Su ingenio tendría que prevalecer sin importar la dirección en la que lo llevaran.

Con una voz tan calmada y apaciguadora como la del coronel, preguntó: "¿Es eso dónde me encontré? Una guerra de razas. Si es así, ¿por qué no linchar a tu prisionero negro en la plaza como ejemplo?"

"Porque los Nature Boys lo celebrarían y nos lo agradecerían. No, veo a ellos y las pandillas como el problema verdadero. Probablemente se van a matar por fin los unos a los otros con sus drogas y municiones robadas. Mis hombres llevan todo de valor cuando hurgamos—comida, agua, antibióticas y otras necesidades medicinales—pero dejamos para las pandillas un montón de las tinturas y pastillas más adictivas. Se matarán pronto o se debilitarán lo suficiente como para que mis hombres terminen el trabajo".

"¿Entonces eso es lo que esto es? ¿Una colonia de supremacistas blancas?"

"De ninguna manera, sargento. Tenemos muchas minorías bajo nuestra protección, pero *todos* los que acogemos son investigados. Necesitan poder contribuir algo a nuestra sociedad una vez replantados. Tú, por ejemplo. Tu único crimen fue matar a mis soldados. Si pudieras expiar eso, podríamos encontrar una ubicación adecuada para tu intelecto y entrenamiento dentro del Regimiento".

Max se rió. "Mi intelecto... ¿Porque soy más listo que los *monos callejeros* que maté?"

"No digas cosas así, sargento Rankin", el coronel dijo solemnemente, "esa manera de hablar es *racista*".

Jaque. Max se había dejado hacer un error por fin. Saboreó la ira en su boca y la tragó con fuerza. En vez de atacar, se movió para enrocar a su rey y restablecer el tablero imaginario. Era hora de entregarle algo a su captor.

"Linda no es y nunca era mi cautiva. La encontré con heridas al lado de la calle durante los ataques de los misiles. Su esposo se murió esa noche, y le di comida y traté sus heridas. Entonces la conduje en la dirección que quería ir. Pero ella *es* su propia mujer y puede quedarse contigo si quiere".

"Pero solo si ella lo quiere y sabes que no lo quiere".

"Tú eres listo", Max admitió. "Supongo que eras psicólogo en el servicio en que trabajabas. Apuesto a que tenías una práctica por aquí antes del ataque y creaste este Regimiento para jugar al soldado en tu tiempo libre. Probablemente no sirviste ni un solo día y *coronel* quizá sea título honorífico".

"Oh, sí, serví, sargento de artillería Rankin".

Entonces una idea se le iluminó a Max que le hizo reír a carcajadas, un sonido sonoro y estremecedor de locura que hizo que el coronel se estremeciera y que los guardias se tensaran. "Lo averigüé. ¡Tú eres de la Guardia Nacional! ¡Querías el uniforme y el título pero no podías o no pudiste hacer un compromiso de tiempo completo!" Se rió de nuevo. "¡Tú eres soldado de tiempo parcial!"

Los guardias lo golpearon de lleno en la sien, haciéndole tambalearse y escupir sangre contra la pared. Él sonrió a eso también. Por fin la sala tenía algo de color. Los siguientes golpes hicieron que dejara de ver blanco por completo cuando se desmayó debido al agotamiento por debilitamiento.

CAPÍTULO TREINTA

Stephanie Yurik miró a los niños aparentemente dormidos en el banco a su lado. Aunque no se movían, se parpadeaban y se revoloteaban los ojos mientras *Soñaban*. A pesar de las muchas veces que ella había presenciado este estado, se estremecía ante el poder que cada cuerpo pequeño poseía. Agradecida por su inocencia y edad, ella temía el alcance total de sus habilidades si se les permitiera madurar por completo.

"La infantería rusa siguió su cebo, general Braston, y van hacia Stuttgart".

El general estaba de pie cerca de la puerta, estoicamente escuchando el informe de ellos. "¿Están seguros que la mayoría de sus fuerzas se comprometió? Seguramente muchos han desviado".

"Los exploradores de usted hicieron su trabajo, guiando a los invasores adonde quería usted. Se acercan a Stuttgart con el ochenta por ciento de toda su fuerza".

"¿De qué tamaño son sus fuerzas en total, entonces? ¿Es tan malo como dijo el sargento Roark? Él informó de unos ciento cincuenta mil", Jake preguntó.

"Más grande", dijo Adán. "Por lo menos doscientos mil".

Braston soltó un silbido. "Diría yo que eso es fuerza completa. Están comprometidas a asegurar toda la región y aplastar toda resistencia, pero su prisa es el error. ¿Están nuestras fuerzas preparadas para cubrir el escape de Roark y Titus a Germersheim?", preguntó.

"Están preparadas", Eva, *Soñando*, le aseguró.

El plan de Braston, Stephanie sabía, era que el sargento Benjamin Roark y el coronel Frank Titus defendieran Stuttgart solo el tiempo necesario para atraer a los rusos a una escaramuza. Durante semanas se ponía el cebo, dejando noticias y panfletos de que la alianza de OTAN era más fuerte en Stuttgart y Ramstein. Tan pronto como el enemigo se enfrentara, las tropas estadounidenses fingirían romperse, haciendo una retirada rápida hacia Ramstein en una sola ruta. Los rusos, teniendo la ventaja, irían por la Carretera E35 y, al final, al río Rin en Germersheim.

En el camino al río Braston había atrincherado varios escuadrones de fuerzas especiales—una combinación de la 173a Brigada Aerotransportada del Ejército de los Estados Unidos basada en Fráncfort y el 313er Batallón de Paracaidistas de Alemania, basado en Ramstein. Su trabajo era hostigar a la fuerza perseguidora más grande, con la esperanza de reducir su número y deshabilitar tantos vehículos como pudieran en el camino al Rin. Allí, Braston y Richter esperaban volar el puente Rudolf von Habsburg y atascarlos en Germersheim. En aquel lugar, las fuerzas de la OTAN convergerían en una maniobra de flanqueo para rodear y asediar a los invasores.

"¿Y están *seguros*", Jake insistió, "que la batalla tiene que ocurrir allí? ¿En Germersheim?"

Adán y Eva respondieron secamente a la vez: "Sí".

El niño se despertó de su *Sueño* y se estiró antes de explicar: "Su trabajo es atraer el número más grande de las fuerzas enemigas al lugar de *nuestra* elección y mantenerlas allí".

"Entiendo todo eso", el general gruñó, mostrando su irritación. "Lo que no comprendo es *cómo*, en realidad, ganamos esto. Estamos superados en número y poder, poseyendo solo armas ligeras y cañones antiguos que hemos recogido de unos museos militares. ¡Diablos! Apenas tenemos suficientes municiones para mantenerlos inmovilizados durante una hora. Se abrirán paso, recuerda mi palabra, o se moverán hacia el norte y el sur hacia los otros puentes. Podríamos ser invadidos en un par de días".

La puerta del laboratorio se había abierto silenciosamente, y ni Jake ni Stephanie notó que Michael, cansado, había entrado. La preocupación estaba escrita en su frente, y los ojos hundidos delataban una falta de sueño. Se inclinó para estudiar los apuntes de Yurik.

"¿De veras es así de malo?", preguntó. "Podemos atraparlos fácilmente, pero ¿no hay forma de ganar la batalla?"

"No definitivamente", el general admitió, "y no sin grandes—y quiero decir *grandes*—bajas que no podemos permitirnos".

"Favor de tratar de relajarse", Stephanie rogó.

"¿De cuánto está, doctora Yurik?", Eva preguntó de repente.

Los tres adultos volvieron sus rostros sorprendidos hacia la niña *Soñando*. Todos estaban sorprendidos, pero más que nadie, Stephanie.

Con voz sorprendida, ella admitió: "Yo… ¡Si estoy embarazada, no lo sabía!" Sus ojos se movieron y se encontraron con los de Michael. Él sonrió ampliamente.

Eva cambió de postura en su *Sueño*, los ojos revoloteándose y abriéndose para enfocarse en la pareja. "Él crecerá a llegar a ser un líder poderoso", ella prometió, "y sus descendientes gobernarán un continente entero durante siglos".

La voz de Adán interrumpió. "Queremos estar allí en Germersheim cuando empiece la batalla. Es el paso fundamental para asegurar este continente y donde la alianza de la OTAN presenciará la victoria de usted. A Eva y a mí nos gustaría presenciar esto también".

"En absoluto", Michael respondió. Dirigiéndose a Jake, le preguntó: "¿Cómo lo hacemos, entonces? ¿Cómo damos el golpe mortal? Esto me parece tener todas las apariencias del Álamo, y esa batalla no terminó bien para los encerrados".

"Superará usted las fuerzas mayores", Eva insistió. "Ambos nosotros lo hemos visto, pero estamos allí también cuando usted las supere".

"No", Michael insistió otra vez, agitando la mano con desdén.

Jake estaba más abierto que su amigo y sugirió: "Michael, nuestros hombres tienen la vacuna y son más fuertes y mejor descansados que los rusos. Estos han marchado en trajes de protección contra químicos y radiación y sin duda están exhaustos. *Podemos* ganar esto si funciona la maniobra de flanqueo. ¿Pero qué daño hay si los niños *están* allí? Un par extra de ojos y oídos no dañaría nada—especialmente unos que son síquicos".

"No lo voy a arriesgar", el senador dijo firmemente. "Se quedan en el laboratorio para su protección".

"Si no nos permite estar allí, por lo menos escuche nuestro consejo", Adán rogó.

"¿Qué sugieren?", Jake preguntó.

"Negociar con su liderazgo. Tráigalos a su campamento y deténgase hasta que vea claramente un camino hacia la victoria".

Esterling soltó un suspiro. "¿Negociar? Has subestimado nuestra situación aquí, Adán". Dirigiéndose a Jake, le preguntó: "¿Cuál *es* la clave de ganar esta batalla? No podemos matar a todos ellos y no podemos mantener el asedio el tiempo suficiente para matarlos de hambre. ¿Podemos sorprenderlos con un ataque directo a través de los puentes?"

Jake negó con la cabeza. "No. Si atacamos por los puentes, se enfocarán su frente y nos flanquearán antes de cruzar".

Stephanie dijo: "Jake, ¿qué tal la idea de Adán? ¿No podrías convencerles a los rusos a hablar?"

"Sabrán que estamos superados en números y usarán una fuerza abrumadora *sin prestar atención* a lo que digamos".

Eva interrumpió: "Usted ganará esta batalla, pero solo un tratado asegurará la soberanía. Ivan Petrov establecerá su mandato y control en Waghäusel. Búsquelo en un *Sonderposten* con un techo de metal y tráigalo a hablar. Él sí escuchará".

"¿Quién es Ivan Petrov?", Jake exigió.

"En general al mando de esta invasión", Eva explicó. "Él se rendirá y hará lo que usted diga, volviendo a Moscú con una advertencia a sus superiores de que nunca más invadan Astia".

"¿Qué diablos es Astia?", Jake preguntó.

"Te lo explicaré luego", Michael prometió, al parecer estaba sorprendido por oír la palabra en voz alta.

Jake se puso de pie, frustrado porque los niños no habían ofrecido respuestas claras a su problema. "Mejor irnos. Germersheim es una cabalgata larga, y tenemos mucha preparación. Vamos a luchar nuestro Álamo, senador Esterling".

"Perfecto", el senador respondió, sonriéndole a su amigo. "Puedo ser yo William Travis y tú, Jim Bowie". Jake se rió pero Michael le dio a Stephanie otra mirada que delató una preocupación profunda. "Regresamos", él prometió.

"Estaremos aquí", ella respondió. Después de que salieron los hombres, ella le preguntó a Adán. "¿Por qué estás tan impreciso cuando les das detalles de las batallas? ¿No has visto lo todo?"

"Sí, he visto lo todo, y ellos superarán el ejército invasor".

"¿Pero cómo?"

"*Nosotros* los ayudaremos", Adán insistió. Tomó el bloc de notas de Stephanie y sacó una hoja en blanco, rápidamente garabateando una nota.

"¿Qué es eso?", ella preguntó.

"Esterling no escuchará, pero quizá escuche el general Braston. Este es el lugar y nombre del *Sonderposten*. Ponla en su mano antes de que se vaya y dile que es el procedimiento después de que fracase el plan del senador".

Stephanie aceptó la hoja, leyendo las palabras y preguntándose cómo ayudaría la batalla.

"También insiste en que el sargento Roark sea quien captura a Ivan Petrov", Eva sugirió. "*Eso* es muy importante".

David Andalón se inclinaba sobre su consola cuando la Dra. Yurik salió del laboratorio. Ella estaba de pie frente a él, cambiando el peso de un pie al otro nerviosamente como si le quisiera hablar.

"¿En qué te puedo servir, capitana?", le preguntó si mirarle.

"Parece que tengo un problema", ella dijo finalmente. "Eva cree que estoy embarazada".

Esta sí era una sorpresa, y él se levantó los ojos para encontrarse con los de ella. "¿Por qué es problema?", preguntó en voz baja.

"No quiero quedarme con él".

"Déjame tratar de comprender. El mundo como lo conocíamos se ha desaparecido después de perder más de setenta por ciento de su población y ¿no quieres traer otra vida al mundo?"

La postura de ella cambió, con ella enderezando la espalda y poniéndose de pie más alta. Sus ojos se entrecerraron y parecían perforar los de él como si estuviera lista para enfrentar su desafío. "No quiero un niño".

"¿No quieres un niño o no quieres un niño *de él*?"

Esto la tomó desprevenida, cerrándole la boca justo cuando estaba a punto de hablar.

"No lo quiero. Hasta los eventos... recientes... Quería romper con él. Ahora no veo manera de arreglarlo".

"La gente se desenamora frecuentemente. Michael es razonable; háblale".

"No puedo; ya no es quien era. Está muy concentrado en esta nueva sociedad y bloqueando la razón de todos menos el general Braston. Se está empeorando. Una vez lo veía como un gran líder—el presidente algún día. Pero está cometiendo errores. Hace solo un rato él y Jake se comprometieron a una batalla sin ningún camino claro hacia la victoria, y se negó a permitir que los niños ayudaran".

David asintió. "He visto cosas similares recientemente. ¿Pero por qué no dejar que Adán y Eva vayan? ¿Sospecha él que lo traicionarán?"

"No creo que sea eso. Los conozco; *los crié*, incluso, y nunca se han equivocado. Insisten en que será un éxito e incluso prometieron que su hijo llegaría a ser un rey de generaciones de reyes—pero solo si están presentes en la batalla".

"Entonces deben estar allí".

"Él dijo que no".

"Entonces, a pesar de su insistencia, ¿se quedan prisioneros en un calabozo elegante y escondidos del mundo real? ¿La decisión de Michael fue definitiva? ¿No hay manera de cambiar su mente?"

"Son experimentos, Dr. Andalón. Usted, de toda la gente, debe entender que un experimento *tiene que* mantenerse sin contaminación. Además", añadió, "el mundo de afuera no está listo para ellos".

"¿Así que no te importan como niños sino como experimentos?"

"¡Claro que me importan!"

"¿Entonces, en qué manera te importan más?", Andalón preguntó.

"Niños…"

"Pero estás dispuesta a matar el tuyo".

De nuevo su boca se cerró, pero esta vez se detuvo para ponderar.

"Stephanie", David le preguntó suavemente, "¿por qué te exigió que enterraras la verdad en cuanto al hijo de Brooke? ¿Tienen miedo ellos de que yo deje de ayudar al proyecto?"

"¿Lo sabías? ¿Cómo?"

Él se encogió de hombros y sonrió. "Soy un genio con mucho tiempo que gastar y ninguna clase que enseñar o discursos académicos que pronunciar. No me tardé mucho, una vez que me di cuenta de cómo habías codificado la corriente genética falsa".

"Entiendo".

"Así, ¿cuál era la razón? ¿Por qué me lo esconderían mi esposa y mi amigo de más tiempo?"

"Todo lo anterior, en realidad. Más que nada, fue para proteger a Brooke. Ella quería un niño muchísimo y no podía esperar. Eso es cómo él consiguió que ella le entregara el proyecto tuyo al principio. Él le prometió un *in vitro* silencioso".

"Me pregunté de las treinta monedas de plata de ella".

"No estés enojado, David. Brooke es una buena mujer y te quiere muchísimo".

"¿Y él? ¿Puedo odiar a mi amigo? Incluso *tú* has admitido haberte desenamorado de él; ¿por qué no puedo hacer lo mismo yo? ¿Por qué no debería yo quemar este experimento hasta los cimientos y marcharme?"

"Lo que estamos haciendo *es* incorrecto", ella admitió.

"¿Con Adán y Eva?"

"Sí. Lo todo. Los mejoramientos, la *existencia* de ellos; no es natural. Liberados al mundo, ellos lo cambiarían totalmente, quizá de manera peligrosa si no hubiera controles".

"¿Pero los amas?"

"Sí".

"Es lo curioso del amor, ¿no?", él preguntó. "Si amas algo, lo liberas y lo dejas vivir sin límites".

"¿Y si te daña o daña a otros después de que lo liberas?", ella respondió.

"Entonces, por lo menos fue amado de verdad". Los ojos de los dos se encontraron un momento, y David sabía que ella entendía lo que decía. "Quieren estar fuera—ser libres. Eso es *lo único* que quieren, ser niños y crecer a ser adultos. Pero saben que no puede ocurrir aquí, no con..."

"No con Michael", ella admitió.

"No, no con Michael. Él es ambicioso, y ellos son la clave de su poder. Pero si es demasiado débil, siempre va a vivir con el miedo de que ellos se lo vayan a quitar".

"Creo que teme lo mismo de Jake".

"Son diferentes tipos de líderes, esos dos. Es curioso cómo se guiaban el uno al otro por ese camino, ¿no?"

"Tenían buenas intenciones", ella insistió.

"¿Crees eso de verdad? Quizá al principio era así pero no ahora. Ya han reclamado este continente para ellos mismos, y Adán me ha asegurado que se aferrarán a él como Astia".

Los ojos de Yurik se agrandaron ante sus palabras. "¿Cómo llamaste este lugar?"

"Astia. Es el nombre que Adán utilizó".

"También lo he oído usar ese nombre pero en un contexto diferente. Dijo que sus cuerpos son la *astia* del futuro, o algo así. Pero antes lo utilizó como acabas de utilizarlo... como nombre de un lugar—*este* lugar".

"¿Qué significa?"

"Es la palabra finlandesa para *vasija*".

Era el turno de David de tener la conmoción en todo su rostro. "La dijo con el mismo significado".

"¿Qué quieres decir?"

"Los niños temen a Michael y me han pedido que los lleve a la batalla. Dicen que él los destruirá después de que vea el poder real de ellos a menos que tú y yo le convenzamos de que los deje ir".

"Nunca hará eso".

"A quedarse aquí, no. Quieren ir a Norteamérica, a recrear el continente para que los como ellos puedan vivir en paz".

"Eso... Oh, Dios mío, en realidad tiene sentido", ella se dio cuenta. "Son humanos, y la naturaleza humana es sobrevivir a toda costa".

"Así como ser *fructífero* y multiplicarse", el accedió. "Ellos quieren que todos los emotantes tengan la misma oportunidad de vivir. Hemos creado una raza nueva de humanos, Stephanie. No podemos dejar que él destruya a los niños".

"¿Qué piensas que Adán quiere decir por nombrar su nueva nación *Astia*? Hace un momento parecías entenderlo".

"Sus cuerpos tienen la clave para todos los problemas de Michael. Si puede aprovechar el poder como droga en vez de dentro de un ser humano, algo que él puede controlar por despachárselo a solo los más fieles de sus seguidores, entonces sí dominará todo el mundo. Piénsalo, ya no hay cosas electrónicas fuera de este laboratorio—ningún sistema de comunicaciones.

Él se encuentra sin radios, internet, radar y satélite y no tiene manera de predecir si esta o cualquier crisis futura terminará o cuándo. Dra. Yurik, Michael Esterling *no* necesita ni quiere a los niños. Solo anhela sus poderes y te tiene estudiándolos para averiguar su alcance".

"Y una vez que descubre lo útiles que son, los destruirá y creará un segundo grupo que sí *puede* controlar".

"No", David insistió. "Creará una granja para suministrar la esencia que necesita para aprovechar su poder. Esa es lo que verdaderamente quiere".

"Yo... Te creo", ella admitió. "¿Pero qué hacemos?"

"Voy a cumplir mi promesa a un par de niños a quienes he tomado cariño cada vez más. ¿Vas a ayudarme?"

"Yo... No sé. ¿Qué vas a hacer?"

"Primero, voy a encontrar una manera de llevarlos a ese campo de batalla y dejarles hacer lo que dicen que pueden hacer. Entonces, voy a encontrar una manera de darle a Michael lo que quiere sin dañarles a los niños y llevarlos a Norteamérica".

"Puedo ayudar con eso", ella prometió.

"¿Y qué hay del hijo *de él* que llevas?"

"David, este *no es* el hijo de Michael".

"Entiendo". Por dentro quería reírse, celebrar egoístamente una victoria privada contra ambos su amigo y Brooke. Se sentía bien sabiendo que Michael sufriría en la misma manera que él. Pero, a fin de cuentas, daba igual quién era el padre del niño si los otros podrían ser salvados de la destrucción. "Ven acá", sugirió, conduciéndola a un refrigerador. "Tengo una magnífica combinación prenatal que ha hecho maravillas para compensar nuestras dietas restringidas y la falta de vitamina D".

"¿Es la que les pones a Brooke y Mi-Jung?"

"La misma", dijo, asintiendo y sacando una jeringa y un vial del refrigerador. "Toma asiento, y empezaré".

"Gracias, David", dijo con una sonrisa cálida.

"No, Stephanie", dijo de detrás de ella, con su propia sonrisa. Lo único fue que la suya era más oscura, siniestra incluso, y coincidía con el triunfo secreto dentro de sus ojos. "Gracias *a ti*".

CAPÍTULO TREINTA Y UNO

Las dos mujeres se sentaban la una frente a la otra con Josh en el medio jugando en el piso con sus juguetes. Eran coches primitivos, tallados de madera, que el nuevo amigo de Cathy había encontrado por alguna parte. A decir toda la verdad, el soldado James Parker parecía comprometido totalmente a su meta de ganarse tanto a la madre como al hijo con sus encantos. Sin darle importancia a las posibilidades, o no, de tal, Cathy estaba feliz de que su hijo hubiera encontrado a un amigo en este hombre.

"¿Cómo es que les han dado el visto bueno tan rápido?", Linda preguntó, estupefacta.

"Josh y yo nos habíamos quedado dentro de una casa la mayor parte del tiempo, no en la cabina de un camión, como tú. Recibimos menos de la radiación, así que están permitiendo que escojamos un lugar en el piso".

"Pues, no es justo. Llegué una semana antes que tú y estoy harta de mirar a las personas nuevas que traen. Es asqueroso. ¡*Ellas* son asquerosas!"

Ella tenía razón, y Cathy lo sabía. El último grupo era desgraciado y unos cuantos de ellos incluso se murieron en las primeras veinticuatro horas. La radiación es un asesino voluble, matando a unos y pasando por alto a otros. La pura suerte es lo a que se reduce tu destino después de una guerra nuclear—y maldita sea la suerte por no estar al lado de todos. Ella se sacudió un escalofrío y se puso una sonrisa.

"Pues, tengo noticias buenas para ti", dijo con un poco de emoción. Esto era lo que había pensado revelar.

"¿Y cuáles son?", Linda preguntó.

"Puedes ir a otro lugar en un par de días también. Han decidido que el bebé está tan bien como puede estar, y voy a guardarte un lugar cerca de mí. Cuando suelten a tu amigo Max..."

"Cuando…", Linda se mofó de su optimismo. "Necesitaremos soltarlo si incluso todavía está vivo".

"Bien, *si* sueltan a tu amigo Max, él puede venir a reunirse con nosotras".

"¿Cómo puedes hacer eso?", Linda exigió. "¿Cómo puedes ser tan positiva después de todo *esto*?" Se movió las manos por el aire pero *esto* significaba todo el mundo que se había ido a la mierda. "¡No digas cosas como *guardarte un lugar* y *cuando suelten a tu amigo*! Ni siquiera quiero una tienda cerca de ti. ¡Quiero encontrar a Max, poner una pistola en su mano y correr detrás de él luchando para que salgamos de aquí! Pero obviamente está muerto y desaparecido para siempre, y eso no va a ocurrir. Hace varias semanas que lo trajeron aquí".

"Pues", Cathy dijo, poniéndose los ojos en blanco, "eso no es pedir mucho ahora, ¿verdad?" Después de un momento de silencio añadió: "Solo estaba tratando de ayudar, eso es lo todo, pero sé que probablemente tienes razón. Estoy segura de que lo mataron si él les es un riesgo de seguridad".

"No me voy a poner cómoda aquí como *tú*, y seguro que no lo voy a llamar mi hogar".

"Debes", la mujer menor dijo en voz baja.

"¿Por qué?", Linda exigió.

Cathy señaló el vientre de su amiga, ahora obviamente llevando un bebé. "Necesitas conformarte, Linda. Hazlo para el niño, tal como estoy tratando de hacer para el mío".

"¡Cat!" Una voz llamó desde el borde del escenario. "¡Oye, Cat!"

"Y aquí la razón por qué te conformas", la madre futura murmuró. "Viene más y más para verte, y te estás enamorando de él".

Cathy se sonrojó. "Él *es* guapo. Y más simpático que pensaba al principio, pero no me conformo con él ni con nadie. Estoy dejando que James se convierta en amigo, pero mostrar algo de interés crea suficiente distancia de brazo para retrasar un matrimonio arreglado con alguien menos agradable".

El rostro de Linda de repente se oscureció. "Hermana", dijo, "no seas tan tonta para creer que la distancia de brazo de cualquier mujer puede retrasar hoy en día. No es el mundo de nuestras madres o abuelas, y debes creer que la igualdad de género se murió con las bombas. Los hombres duros están tomando control, y hemos entrado de nuevo en la Edad Media. No te quemarán en una hoguera por brujería, pero por algo mucho peor— no encontrar tu lugar bajo un hombre o donde dicen que debes estar".

Cathy se puso de pie, tomando a Josh de la mano. "Creo que una mujer fuerte puede conducir a un hombre desde *cualquier* posición, si ella lo quiere hacer". De repente frunció el ceño, pensando en un cierto hombre encadenado a un bloque de hormigón y hundido en un lago. "Mientras tenga el hombre correcto". Con eso, salió arrastrando a su hijo y se apresuró al pez olfateando su anzuelo cebado.

James sonrió cuando la vio, esperando un abrazo ahora que los habían soltado de la cuarentena. Inmediatamente le tendió una mano caballerosa para ayudarles a los dos a bajar los escalones.

Rápidamente ella encontró que no había necesidad de fingir aceptación y la tomó, dándole esa recompensa al llegar al suelo. Pero rápidamente se regañó esa locura. ¡Son aguas peligrosas, Cat! Pero la chica dentro de la mujer no hizo caso de la cautela.

"¿Estás lista?", preguntó efusivamente. "Te encontré un lugar perfecto cerca de mi *excelente* inmobiliaria".

Cat soltó una carcajada antes de recordar que debe quedarse calmada. Ya iba perdiendo la batalla contra la chica de adentro. "¿Excelente inmobiliaria? ¿Aquí? ¿Nos mudamos al centro?" Ella señaló la vivienda mejor construida para los oficiales que estaban en un piso superior.

"De ninguna manera", dijo sin perder la chispa. "Pero hay dos cosas por aquí que reflejan el prestigio. Una es el lugar", dijo esto con un ojo en dos oficiales que ahora los observaban cuidadosamente, fríamente evaluando tanto a él como a ella. "Pero hay algo mucho mejor".

"¿Oh?", ella preguntó con interés. "¿Qué podría ser eso, señor?"

"La proximidad a los baños".

Cat se detuvo en seco. "¿Baños? ¿Tienen baños verdaderos aquí? ¿Hay agua corriente?"

Él se rió ante la reacción de ella a su sorpresa, asintiendo vigorosamente y compartiendo su emoción. "El agua aquí viene de acuífero, y el coronel planeó muy bien lo todo. Sabía que las bombas de agua eléctricas no funcionarían pero arregló una manera de usar dispositivos manuales si ese día llegara. También el calentador de agua es geotérmico, así que el agua se calienta bajo la tierra. Todo debería de haberle costado un dineral, pero el coronel estaba listo y tenía razón". El asombro genuino para el hombre se oía en su voz.

"Lo respetas profundamente, ¿no?"

"Es un genio. Pensó en lo todo—incluso el llegar a ser parte del Concilio de los Veteranos. Ellos alquilaban este edificio del condado de Vanderburgh hasta el ataque. Así es cómo hizo los mejoramientos. Una vez elegido presidente del concilio, lo incluyó en sus planes para el Regimiento e hizo mejoramientos sutiles adicionales uno por uno. Tenía todo aquí listo antes del día 754, el aislamiento por aspersión con que cubrió el interior de los cristales, las armas, las municiones, la comida—lo todo. Es nuestro salvador, de veras, y ahora va a reconstruir América". Se inclinó de emoción. "¡Y lo va a hacer aquí mismo en Evansville!"

La chica emocionada dentro de ella perdió ante la cautela. "James", dijo en voz baja y apretando la mano de Josh un poco demasiado. Él se retiró con un gruñido de protesta pero no dijo nada. Ella lo dejó y se centró en lo que necesitaba decir. "Le estoy agradecida, de veras. Pero escoge a quien salvar no según la necesidad de ellos sino por su valor al nuevo orden—su orden. ¡Me *compró* de Mike el Loco, por Dios!"

"Cat, te *salvó* de Mike el Loco, pero no te compró. Le dio al hombre una transacción, un sentido de valor ya que nunca permitiría que un hombre así entrara en El Refugio. No, lo necesita allí afuera, en la frontera, encontrando a personas de valor y listas para mostrar una lealtad verdadera cuando el Regimiento expanda la nueva nación. ¡Por eso lo hizo y fue todo para el bien!"

"James, eso es incorrecto. *Todos* merecen una oportunidad en el nuevo mundo, no solo el élite a quien él escoge". Ella miraba su cara y vio que sus palabras tenían el efecto equivocado.

Demasiado leal a su oficial de mando, el corporal Parker a pie frente a ella cambió de postura a algo más formal.

"Lo siento", ella dijo, "solo me molesta la manera en que Mike el Loco me trató". Ella cambió de tema, esperando recuperar la diversión. "Ven", dijo juguetonamente. "¡Muéstrame esta excelente inmobiliaria!"

Regresó su entusiasmo y continuó desde donde había parado, agarrándole la mano y guiándola. Josh se apresuró para seguirles, riéndose con la diversión y de la alegría en el rostro de su nuevo amigo. *No ha habido lo suficiente de eso para que él lo vea*, ella se preocupó. *Pero le cae bien el hombre y ¡este lugar* no es, *en realidad, tan malo!*

Resultó que la tienda de James no estaba en la planta baja. Esta, dijo, no era para los soldados; era solo para los recién llegados. Ya que los oficiales tenían el balcón superior, los soldados tenían el círculo exterior del coliseo, es decir, el pasillo principal que rodeaba ambos lados hacia la entrada trasera a las salas de almacenamiento y entre bastidores. Ya que era tanto un estadio de baloncesto como un centro-multiusos, había vestuarios y, como prometido, duchas. James los condujo a un espacio pequeño del pasillo occidental del edificio.

Ella entendía entonces lo que él había dicho en cuanto al aislamiento por aspersión cubriendo el interior de los cristales. Ninguna luz entraba ya que cada uno estaba cubierto con una sustancia pegajosa expandible—un intento del hombre pobre de bloquear tanta radiación como fuera posible. Por supuesto, ella no tenía idea de que si funcionaría ese método o no, y se preguntó por qué el coronel arriesgaría a sus hombres tan cerca del borde exterior de la estructura. ¡Sus hombres alistados, los peones, *pero seguro no sus oficiales bien protegidos!* A pesar de la lealtad feroz de James por el hombre, Cathy todavía no podía permitirse fiarse en él ni lo más mínimo.

La casa de James resultó ser mejor que ella había esperado, y la ubicación era perfecta. Había encontrado una esquina encajada en un pasillo que permitía que su espacio pequeño se abriera a un área más grande. Tenía la suerte de tener solo una pared construida de una lona azul, con las otras siendo paredes interiores cálidas. Además de su habitación, había añadido un lugar aparte para Cathy y Josh, habiendo puesto cuidado especial en que fuera de ellos y no de él.

Ella y Josh compartirían una habitación individual encajada entre la lona azul de James y un armario de mantenimiento. El tabique entre las habitaciones era lo suficiente delgado para permitir susurros pero lo suficientemente grueso como para que ella se sintiera respetada y segura con su amigo e hijo cerca. Él, de veras, era un hombre amable. Había ido tan lejos como para instalar dos catres, cada uno adornado con una colcha cuidadosamente escogida entre las que había encontrado mientras hurgaba en una tienda de segunda mano. La suya era blanca con rosas rojas y la de Josh, con coches de carrera y calles. El niño corrió de inmediato a la suya y empezó a jugar con sus juguetes de madera, trazando una aventura que ya no se restringía solo a su imaginación. Los ojos de Cathy se llenaron de lágrimas.

"Gracias", ella dijo con sinceridad. "Esto es perfecto".

"Esto no es todo", dijo. "Él puede asistir a la escuela otra vez".

"¿Qué?" Esto sí era una sorpresa.

"La escuela", James repitió. "Tenemos una maestra para los pocos niños en El Refugio. Aunque, a decir la verdad, no sé cuántos son más o menos de su edad. Hay una variedad de edades y no muchos niños, pero tendrá amigos y una maestra, y tú tendrás tiempo para ti misma entre el trabajo de enfermera y aguantar mis visitas en tu tiempo libre".

Ella no pudo decir nada y se quedó allí sonriendo estúpidamente ante esta cara increíble. De repente quería abrazarlo, besarlo y agradecerle todos a la vez pero se contuvo.

"¡Oh! ¡Casi se me olvidó!" Señaló un espacio vacío cercano. "Ese espacio frente a nosotros es perfecto para tu amiga, Linda. ¿Cuándo le dan el visto bueno?"

"Pronto, en unos cuantos días, como mucho". Se tragó la saliva, agradecida por su amabilidad pero no queriendo darle la impresión de que la había conquistado.

Él asintió. "Entonces recogeré otra lona, o dos. Al principio ella no tendrá las paredes interiores como las nuestras pero puedo conseguir una lona azul para que esté cómoda ella—y cerca de su única amiga".

Entonces Cat hizo algo inesperado y abrazó al hombre que ya había hecho tanto, besándole dulcemente en la mejilla. "Eres un amigo también", ella susurró. "Un hombre muy amable, pero no sé qué tan rápido puedo moverme, aun cuando enfrentando el fin del mundo".

"Toma tu tiempo", instó; entonces se retiró, sonrió y levantó un dedo como si le dijera que esperara. Entonces salió corriendo a su habitación, regresando con una toalla y jabón".

Era de la marca Dove—barato pero aromático y muy atractivo para la mujer que no se había duchado en más de una semana con la excepción del lavado químico cuando llegó por primera vez. Ella lo miró fijamente como si estuviera confundida, temerosa de encontrar la normalidad en una reliquia del pasado. "Necesito nuestras cosas", ella dijo por fin, superada por la emoción y el agotamiento debilitante, "pero probablemente estoy tan cansada que ni siquiera quiero regresar todo el camino".

"Las pondré en tu tienda", él prometió. "Tú y Josh, pónganse cómodos y vuelvo. Cuando regrese, vigilaré la puerta del vestuario para que puedan bañarse en privado".

Ella miró desde la puerta de su nueva casa, simple pero bien construida para la privacidad, y lo miró irse por donde habían venido. Él caminaba con un paso de niño, orgulloso de la simpatía que le había ofrecido a ella y con su cabeza en ensoñaciones nubladas. No vio a los dos oficiales que seguían mirando a la pareja joven desde otra parte el pasillo.

Al ver sus cabezas juntas, la seguridad breve que el joven había proporcionado se disipaba mientras Cathy reconocía el hambre en cada uno. La había visto antes, muchas veces, justo antes de pisar el escenario para bailar ante hombres como estos. Eran desenfrenados y llenos de deseo para la carne que su coronel les había comprado. Con un estremecimiento ella entró y miró a su hijo jugando. Él nunca la miró y así nunca notó sus lágrimas.

Por lo menos tendrá una escuela aquí, ella pensó. *Y pronto esos hombres sabrán que estoy prohibida para ellos y pasarán a otras.* ¿Pero era verdad? ¿Dejaría ella que el joven se acercara bastante para reclamarla para sí mismo?

"¿Cómo se llama?", el coronel preguntó.

"¿Quién?", Max respondió con labios gruesos debido a la droga. Fuera la que fuera, funcionó rápidamente y le confundió los pensamientos.

"Tu esposa".

"No soy casado", dijo secamente.

"Oh. Sí, tienes razón. Entraste con una esclava blanca—embarazada además".

¿Embarazada? Eso explica su hambre feroz. "Ella no es mi mujer, y nunca la toqué".

"Por supuesto que no", pero el coronel no sonaba convencido, "pero el color comprobará eso al final. Sin embargo, he decidido aceptarte entre mis oficiales, y te casarás con ella".

Esas noticias sorprendieron a Max y casi metió la pata. "Pero ya soy..." Se detuvo a tiempo y se recuperó. "Ya he decidido que no te serviré".

"No, no lo has decidido. Pero lo estás pensando, y por eso te visito más a menudo. Estoy convencido de que no mataste a mis hombres en sangre fría. Pero sus vidas vienen con un precio. Demostraste que valías por seis de ellos".

"Solo maté a tres".

"Mataste a tres y ganaste a uno que valía más que esos tres juntos. Eso te hace de valor—más que, incluso, el sargento Walters".

Otra voz habló dentro de la neblina química de Max. "No es justo, señor; me tomó por sorpresa. En una pelea justa yo habría ganado". Era él, el marine de la tienda de comestibles; ese, seguro.

"Quizá, pero nunca lo sabremos porque ustedes dos ahora son iguales", el coronel le dijo al sargento. A Max le dijo, "*Señor* Rankin, *voy a* aceptarte como sargento entre mis oficiales al lado de Walters. Todo se perdonará pero no antes de que dejaras este juego estúpido de prisionero de guerra. Dinos la verdad".

"¿Por qué tú me quieres *a mí* tanto?"

"Entre tú y Walters tendré el doble de experiencia de combate en el Regimiento. Háblanos. Dinos lo que estás escondiendo, y te daré tu pelotón propio al lado de él. Pero... te advierto que a todos los hombres aquí les caían bien esos chicos a quienes mataste. Tendrás que demostrar tu valor a ellos más que a mí si vas a evitar la muerte por una bala que viene desde detrás de tu espalda".

"No lo haré", Max susurró. "No puedo. Tengo que encontrar... a alguien".

"Sí, tu familia. Tu esposa es bonita, pero me pregunto cómo se reaccionará al aprender que tomaste una esclava blanca y le diste un bebé".

"¿Cómo...?"

"Buscamos tu casa, Rankin", Walters respondió. "Encontramos su foto y la de tu hijo. Sabemos que tienes familia pero no sabemos definitivamente dónde está".

"¿Así que nunca los secuestraron?"

Había un intercambio breve entre oficial y alistado seguido por una pausa y entonces lo que debía de haber sido la aprobación para que el sargento Walters siguiera.

"Traté de decirte esto cuando nos conocimos; no somos los malos, Rankin. Somos el último vestigio de América, tratando de empezar de nuevo en la mejor manera posible".

Max logró una risa drogada. "¿En Evansville, Indiana? Lo único que necesitamos es el béisbol y tarta de manzana y tu sueño está completo, coronel".

"Por lo menos me estás llamando eso ahora", el coronel dijo con un tono pequeño de victoria.

"Rankin... Max", Walters explicó. "Tú y yo empezamos con el pie izquierdo. Escucha al coronel. Eres como yo, un veterano con experiencia de combate. Escucha tus instintos, pero fía en tu mente y lo que te dice. Los marines son fuertes solos pero más fuertes con otros. Responderé por ti entre los chicos porque nadie te vio matar a los otros menos yo. Solo los oficiales saben la verdad, por el momento. Cambiaré algo la historia de la tienda de comestibles para que entiendan. Pero el hecho es que el coronel—no, todos nosotros—te necesitamos. Los hombres como tú y yo ganaremos de nuevo esta región de los pandilleros y los anarquistas. Hay una verdadera anarquía allí afuera, y es grande. La sentiste la noche en que te encontré. Luchaste bastante bien contra las pandillas pero no pudiste terminar el trabajo solo. Ellas son tu enemigo, no nosotros".

"Tengo que encontrar a Betty", Max metió la pata.

El coronel soltó un *hmmm* en voz baja mientras asimilaba el nombre de su esposa. "Betty". Saboreó el nombre en su lengua, y Max se estremeció. "Ni siquiera sabemos por dónde empezar a buscar y no tenemos garantía de que las pandillas ya no tengan a ella y a su hijo".

"Pues, estoy *seguro* que la tienen", Walters insistió. "Las pandillas juntaron a todos los hombres, mujeres y niños negros que podían tan pronto como se fue todo a la mierda. Prometieron una utopía. Hay una docena de facciones, pero no te preocupes, Rankin. Los encontraremos a medida que nos expandamos y empecemos a patrullar la región. Con tu ayuda, puedo por fin empezar a entrenar a los hombres a hacer exactamente eso".

Max escuchaba intensamente. Aunque drogado, agotado y harto de sus juegos, la propuesta del coronel tenía sentido. Por supuesto, todavía no estaba seguro que esta era la comunidad correcta para él. "Si me uno a ti, ¿significa eso que por fin crees que estoy libre de cargos de haber esclavizado y embarazado a una blanca?"

La respuesta del coronel le dio escalofríos a Max. "De ninguna manera. Eres responsable de su bienestar, sargento, pero no bajo el mismo techo. La alojarás por separado pero seguirás manteniéndola hasta que nazca el niño y todos pueden ver que no es el tuyo—si es cierta esa parte de tu cuento. Ninguno de mis oficiales la va a querer como esposa mientras aparezca mancillada, y no la voy a hacer puta para los alistados. Eso no es lo que somos en El Refugio. Somos... mejores... moralmente incorruptibles".

"Por supuesto que sí", Max accedió perezosamente, un poco asqueado por la referencia racial de una unión que quizá habrían disfrutado bajo circunstancias diferentes. *Mancillada*. Este hombre rebosaba prejuicios e ignorancia. O conocía muy bien los corazones de los hombres del Regimiento o tenía la mente de impartir justicia con una mano equilibrada. Max se cerró los ojos y dejó que la droga realizara su trabajo. El sueño ayudaría, si viniera, pero el coronel tenía demasiadas preguntas que hacer antes de que llegara esa bendición. Mientras tanto, sin embargo, él tenía mucho que considerar y, por fin, una decisión que tomar. Si él se quedara y ayudara a que este hombre ganara su imperio, ya sea que fuera intolerante o no, Max tendría mejor posibilidad que antes de encontrar a su familia.

CAPÍTULO TREINTA Y DOS

Sam Nakala extraía sangre de Adán mientras Mi-Jung recolectaba muestras de Eva. Aunque estaban sentados calladamente y sin moverse nada, los rostros de ambos niños delataban frustración, estaban hartos incluso, de la lentitud con que los adultos llevaban a cabo esta tarea.

"¿Cuánto tiempo tenemos?", David preguntó.

"¿Tiempo hasta qué, doctor Andalón?" La voz de Eva tenía una amargura que revelaba la frustración en vez de la calma habitual. "¿Tiempo hasta que Michael Esterling estropee la batalla sin nosotros?"

La droga corría por sus venas, intensificando la ansiedad y haciendo hervir los ánimos. David, necesitando su estado agitado antes de extraer las muestras, antes les había puesto a los dos epinefrina. Ahora, en un punto de inflexión de ira, las muestras deben proporcionar niveles suficientes.

"Quería decir", dijo con paciencia, "¿Hay tiempo para terminar este estudio antes de que vayamos?"

"No", Adán admitió con ira, lanzándole a su hermana una mirada castigadora. "Hay poco *tiempo* para nada y menos si no nos vamos pronto".

"Pues, entonces", el adulto respondió, "supongo que debemos apurarnos".

"¡Deben!" La manera en que Eva habló hizo que todos en el laboratorio se encogieran de miedo.

David clavó los ojos en los de Stephanie Yurik, quien asintió en silencio su acuerdo. Lo que iban a hacer era peligroso, pero ella estaba tan comprometida como él.

David tomó la bandeja de viales de sus asistentes y explicó cuanto podía. "Extraigan estos para rasgos de adrenalina natural", dijo. "Examínenlos en busca de cualquier cosa diferente a las muestras anteriores y aíslen todas las cosas relacionadas a sus glándulas suprarrenales. Trabajen durante toda la noche si es necesario; solo hállenlo antes de que regresemos". Después de una mirada hacia los niños irritados añadió: "Quizá estamos ausentes un par de días o más, pero trabajen como si no tuvieran mañana".

"Lo haré, profesor", Sam Nakala prometió, "pero a Brooke no le va a gustar cuando se entere".

"Brooke no tiene nada que decir al respecto", el doctor respondió bruscamente, sonando brevemente como los niños.

Mi-Jung, quien se había quedado callada durante todo el procedimiento, por fin habló: "¿Qué buscamos en realidad?"

Stephanie empezó a hablar pero tartamudeó y miró a David como si debiera deferir a él. Él asintió y ella siguió, decidiendo que la verdad era un buen lugar donde comenzar. Según la reacción de los dos asistentes, fue una buena decisión. "Las habilidades de estos niños se llevan en su flujo sanguíneo, y creemos que las encontrarán codificadas en sus catecolaminas o cortisol o aldosterona. Creo que podemos pasar por alto sus hormonas sexuales pero no vamos a eliminar nada".

"Así que es como la noche del fuego", Sam dijo, volviéndose al profesor con los ojos abiertos de miedo.

David asintió. "Exactamente. Cuando Felicima y los otros canalizaron sus habilidades, fue después de que yo les había inyectado con epinefrina— tal como hice con estos dos esta noche".

Los ojos de Sam se entrecerraron de repente, su mente calculando lo que sus oídos habían oído. Con manos firmes tomó las muestras y dijo lo que pensaba. "Fue malo hacerlo con primates, pero ahora lo has hecho con niños como si fueran especímenes".

"Hay una diferencia aquí, Sam", David prometió. "Los humanos y los monos tienen muchas diferencias, pero hay una que los separa".

"¿Cuál es?"

"La habilidad de comunicarse por medio de la habla", Adán interrumpió. "Los *especímenes* del doctor accedieron a estas pruebas, a diferencia de sus *monos*".

David asintió. "Ellos lo pidieron esta noche, y eso es lo que *tienes* que entender. Esa noche en el laboratorio en MIT, inyecté esos pobres monos sin saber el daño que hacía. Era malo y lo siento, especialmente ahora que entiendo cómo funcionan estas habilidades. Ambos Adán y Eva se sometieron a esta prueba para que podamos aislar un descubrimiento, y depende de ti y de Mi-Jung hacer precisamente eso. Encontrar la diferencia en estas muestras y lo que se podría extraer para aislarla como una droga—una que recrea sus poderes. Está allí, Sam. Hállenla para que podamos cosecharla".

"¿Cosechar?" La voz del joven tembló cuando habló, de repente consciente del papel de él mismo y de Mi-Jung en la siguiente etapa. "No me gusta cómo suena. Suena como si tuvieran intentos de cultivarlas".

"Es exactamente lo que él *intenta* hacer", Eva respondió bruscamente, haciendo que las manos de Sam sacudieran las muestras en la bandeja.

"Es la única manera de salvarlos", Stephanie explicó. "Si podemos separar los marcadores y aprender a sintetizar el resultado, entonces podemos proporcionarles a Michael y a Jake lo que quieren—acceso a las habilidades sin necesidad de mantener cautivos a los niños aquí en el laboratorio. Aíslen lo que se puede extraer y almacenar como píldora o inyección. Algo que se puede pasar a otro sujeto".

"Es la mejor manera", David insistió.

"Pero no estamos listos para ese tipo de experimento", Sam argumento. "¡Solo somos sus asistentes!"

"No, Sam, *están* listos. Y a estos dos les queda muy poco tiempo a menos que encuentren un sustituto para ellos".

"¿No quieres decir...?", Sam preguntó, con miedo de la respuesta.

Mi-Jung por fin entendió, volviéndose hacia Stephanie con los ojos muy abiertos de miedo. "¿Van a destruirlos?"

"Sí", la Dra. Yurik admitió. "Estos dos eran una fase temprana", dijo, "desarrollados solo para estudio hasta que pudiéramos aislar cómo sus habilidades se transmiten a través de sus cuerpos. Siempre estaban destinados a la destrucción, pero no hasta después de que hubiéramos comprendido la fuerza verdadera de su poder. David y yo acordamos recientemente que el *cómo* es más importante que el *cuánto* y, si aprendemos eso, podemos salvar a los dos".

"Siempre odiaba que Felicima estaba destinada a la destrucción", el joven dijo solemnemente. "Era parte del grupo destinado a la basura pero merecía una oportunidad de vivir. Cuando me dijiste cómo se quemó el laboratorio, me pregunté si *ella* fue la causa".

"Sí, fue ella", David dijo en voz baja. "La epinefrina solo es catalizadora. Creo que el poder de Felicima se fortaleció por el abuso de los otros—y también de mí. Estaba enojada, lo suficiente como para quemar el laboratorio aún si eso significaba suicidarse mientras mataba al Grupo Alfa".

"Si solo los pudiéramos estudiar más", Sam rogó.

"No", David insistió. "Nos acaba el tiempo, y las observaciones ahora no importan. Lo que *tenemos* que aprender rápidamente es *cómo* transferir estas habilidades a otros".

"Quieres decir, cómo transferirlas a Michael", la voz de una mujer dijo de la puerta. Todos los ojos se volvieron para mirar a Brooke. "Él quiere el poder para sí mismo, ¿verdad?"

"Sí", la Dra. Yurik accedió, "y también lo quiere tu hermano".

"¿Adónde llevan a los niños?", Brooke preguntó. "¿Los están sacando a la libertad?"

"Los llevamos a la batalla. Michael no puede ganar a menos que estén allí".

Brooke levantó una ceja hacia Stephanie. "¿Es cierto?"

"Sí, ciertísimo. Ni Michael ni Jake escuchaban y están a punto de ser matados".

"En ese caso", Brooke dijo, "no hay razón para ocultar esto de mí, Sam. Les ayudaré a sacarlos del búnker, David".

Brooke miraba mientras su esposo les daba las últimas instrucciones a Sam y Mi-Jung. Su decisión de ayudarlos, en vez de entregar a David, fue más fácil de lo que debería haber sido. Solo necesitaba oír la aceptación de David de sus propios errores previos para darle su apoyo. Por fin él también veía a la pareja como humanos en vez de experimentos, y eso le dio a ella esperanzas para su futuro como padre.

Stephanie Yurik le entregó a ella una máscara antigás.

"¿Para qué es esta?"

"Es nuestra salida".

"Espero que no sea letal", Brooke dijo al fruncir el ceño.

"De ninguna manera", David prometió. "Es una anestesia en aerosol".

"¿Un gas para dejar inconsciente? No hay tal cosa".

"Al parecer, era uno de los proyectos secundarios de Jake. Funciona como un sedante suave pero no es lo suficiente fuerte como para ser letal. Para nuestros sujetos más grandes o con más tolerancia sería más como pre-sedación, y tenemos bastante haloperidol para acabar con ellos", David explicó.

"¿Así que gaseamos a todos y salimos a pie?", Brooke preguntó.

Stephanie suspiró. La idea había sido de ella. "Más o menos".

"Hagámoslo entonces. ¿Cómo lo metes en la ventilación?"

"Eso es lo fácil", David dijo con una sonrisa. "El laboratorio utiliza los mismos conductos de ventilación que el resto del edificio pero tiene su propio sistema. Al cerrar dos reguladores y abrir dos otros invertimos el flujo de aire sin apagar el sistema principal".

"¿Y sabes a ciencia cierta que funcionará?" Todos los ojos se dirigieron a los niños, mareados y bajando de su adrenalina. Stephanie le había dado a cada uno una soda para que se quedaran despiertos.

"¿Ellos les dijeron que funcionaría?", Brooke se dio cuenta.

"Sí", David admitió. "Al parecer, Eva utiliza los conductos de ventilación para espiar todo el búnker cuando no estamos cerca".

"Interesante. ¿Así que simplemente salimos andando?"

"Sí", dijo una Eva soñolienta desde su banco. "Salimos a pie sin oposición y entonces viajamos cinco horas a Germersheim".

"¿Viajar?", David preguntó. "¿Dónde encontramos caballos?"

"No los encontramos", Adán respondió.

"Le diste al general Braston la carta", Eva le preguntó a Stephanie.

"Sí, justo antes de que saliera".

"Bien. Cuando el senador pierda su aplomo, buscará otra opción y recordará nuestra conversación. Las cosas estarán bien arregladas cuando lleguemos".

Ambos niños pusieron su bebida en el banco y se pusieron de pie. Se pusieron la máscara de antigás en la cabeza e indicaron que los adultos debían hacer lo mismo. Con un movimiento de la mano de Adán, un hilo de aire activó el mecanismo que cerraba la puerta del laboratorio, dejándola abrir por su propia cuenta. "Después de usted, doctor", dijo.

Brooke miraba atónita mientras Stephanie preguntaba: "¿Podrían haber salido de aquí en cualquier momento?"

"Por supuesto que sí", Eva respondió, "no somos monos en una jaula. Somos seres sintientes con una inteligencia y habilidades superiores".

"¿Por qué no salieron antes?"

"Porque estábamos esperando hasta que llegara el Dr. Andalón. Él es la clave de nuestra libertad verdadera y ahora la son los dos de ustedes".

David se subió una mochila a la espalda y abrió la puerta al pasillo principal. Tres alistados yacían desplomados contra el tabique, respirando bajo y superficialmente, pero muy vivos. Se arrodilló y les revisó el pulso para asegurarse pero sintió el rozo de Adán cuando pasó.

"Déjalos", el chico insistió, "y te diré quien necesita atención médica, si es que haya".

El doctor les dio a los hombres una última mirada y siguió al niño por el pasillo. Se sentía extraño, siguiendo detrás del niño que caminaba con tanta confidencia como si hubiera vivido este momento una docena de veces ya. Eva pasó apresurándose y se unió a su hermano, tomando la mano de él en la suya mientras paseaban. Los dos parecían ser dos niños normales abriéndose camino a una aventura, pero no eran nada normales. Sus intelectos combinados equivalían a una sala entera de muchos Einstein, y no había manera de evaluar el alcance de su poder.

David se metió la mano en el bolsillo de su bata de laboratorio, distraídamente palpando las jeringas tapadas. Odiaba sentir la necesidad de traerlas pero necesitaba el seguro que les proporcionaban a él y a los otros.

No necesitas esas, la voz de Eva habló claramente en su mente.

David perdió un paso, se tropezó, pero se recuperó.

"¿Estás bien?", Brooke preguntó.

"Sí, estoy bien. Me tropecé con mis propios pies, supongo. Los nervios".

Tampoco tienes razón para estar nervioso, la voz de Eva dijo calmadamente, esta vez aún más clara en su cabeza pero sintiendo como si el sonido hubiera llegado a sus oídos.

¿Me estoy volviendo loco?, se preguntó a sí mismo. *El estrés es demasiado.*

No, no estás volviéndote loco, Eva dijo otra vez. Más adelante, la niña se volvió y guiñó un ojo con picardía.

¿Te puedo oír?, pensó, esperando que la pregunta se transmitiera.

Sí, pero solo mientras mantenga yo nuestra conexión.

¿Así que estás haciendo esto?

Por supuesto, tú no tienes las mismas habilidades.

¿Entonces cómo puedes conectarte conmigo?

Cuando viajaste con nosotros al mundo de los Sueños, dejaste una parte de ti mismo allí. Piénsalo como el negativo de una fotografía—una imagen invertida pero con conciencia. Estoy conversando con esa parte de ti y puedo, entonces, hablar aquí contigo.

¿Pero cómo puedes saber qué hay en mi bolsillo? Seguro que no puedes leerme la mente.

No, mis poderes son limitados. Lo sé porque te vi meterlas allí. Eres un buen hombre, doctor Andalón. A pesar de tus limitaciones, tienes buenas intenciones, las cuales son nobles en la mayoría. Pero tienes que fiar en nosotros o tu camino se va a volver más oscuro de lo que te gustaría saber.

No las habría utilizado contra ustedes, a menos que se volvieran peligrosos al final.

¿Al final de qué, doctor? ¿Al final de la batalla si Michael y Jake te dicen que nos subyugues? No, desempeñarás un papel allí, uno que te cambiará la vida y nuestro camino.

No entiendo, admitió. *¿Qué papel?*

El silencio lo enfrió, provocando la ansiedad mientras caminaba los últimos pasos a las puertas blindadas. Aquí, varios soldados yacían dormidos.

Adán se movió rápidamente la muñeca, e hilos de aire se unieron alrededor de las cerraduras, haciéndolas girar al unísono y haciendo que las puertas pesadas se abrieran.

"¿En qué vamos a viajar?", Stephanie preguntó. "Más temprano dijeron que tenemos un viaje de cinco horas al campo de batalla. No hay nada fuera; entonces, ¿en qué vamos a viajar si no montamos a caballo?"

Eva dio un paso hacia delante, parpadeando contra la luz tenue de un mundo que nunca había experimentado. Después de pasar unos momentos con los ojos cerrados y dejando que los copos de nieve aterrizaran en su cara, se sacudió del trance y se levantó las manos en el aire. Como una maestra apasionada, ella condujo una sinfonía fantasmal de silencio, haciendo que los hilos de aire bailaran bajo su mando.

De niño, una vez David había visto un telar tejer una alfombra estampada, aunque no podía recordar exactamente donde lo había visto. Lo que nunca olvidaría, y ahora lo recordaba, era el lazo intricado de hilo hasta que aparecía mágicamente la alfombra capa por capa. Aunque era algo parecido, mirar a la niña tejer también era diferente, casi como si una impresora tridimensional respondiera a sus deseos por ensamblar una forma fantasmal. Ante los ojos de los adultos se alzaba el espectro fantasmal de un velero hecho de aire. Se bajaba lentamente al suelo hasta que la plataforma se quedaba justo por encima del suelo.

"¡*Estowen*!", el doctor Andalón dijo. "¡Parece real!" Dio un paso hacia delante, extendió una mano y encontró las tablas tan firmes como el apretón fantasmal de Adán.

"*Es* real, doctor", Eva dijo con naturalidad. "Suban a bordo, y embarquemos en una aventura".

CAPÍTULO TREINTA Y TRES

Linda Johnson miró fijamente las cuatro paredes vacías de lona azul, todo escueto excepto por un solo catre en la esquina. Su vida por fin había bajado al infierno. Incluso su estancia prolongada en el escenario en cuarentena se había sentido más como en casa, y este espacio extra de una tienda de tres metros por tres metros solo le recordaba de lo solitaria que su vida había llegado a ser. *Véte al carajo, Bryan. Al carajo con tu necesidad de visitar Yellowstone.* El sueño de toda la vida de su esposo de visitar ese parque le había quitado a su familia y la había metido en esta caja azul de una prisión—con un bebé por nacer y eternamente sola en tiempos apocalípticos. *De hecho, al carajo Theodore Roosevelt, también*, pensó, *por haber construido un lugar para vacaciones encima de un volcán. Pendejo.*

De haber sido una mujer poética, la madre futura hubiera encontrado consuelo en el hecho de que este pedazo de El Refugio era de ella; por fin, un lugar donde empezar su nueva vida con su bebé—si tuviera la suerte de nacer entero. Pero ella nunca aguantaba bien la tragedia; tampoco creía en su propia habilidad de cuidarle a este niño sola. *Si en realidad es un niño y no un monstruo deformado por la radiación de una película de bajo presupuesto.* Ni siquiera estaba segura de que lo amaría, con veinte o veintidós dedos de pie, o ninguno. Entonces se rió y ahogó un sollozo a la vez. La madre de Sloth de *Los Goonies* era mejor madre que ella cuando era una cuestión de este crecimiento en su matriz.

Una mano en su hombro le hizo saltar.

"¿Qué piensas?", Cat preguntó. "Sé que le falta color", dijo sin esperar una respuesta, "pero James está fuera por el trabajo y prometió que hurgaría para encontrar algo para romper el motivo azul".

"Es un lugar donde vivir", Linda respondió encogiéndose de hombros con indiferencia. "Estoy viva. Estoy bien y no estoy por allí mutando en la radiación. El azul está bien". Pero no lo estaba.

"Pues, tengo otra cosa para ti", Cat dijo con comprensión. De veras estaba convirtiéndose en una buena amiga y tener otra mujer cerca ayudaba a suavizar la soledad constante. Le ofreció una pastilla de jabón usada pero en excelente condición y una toalla grande de color blanco. "Ya he usado la pastilla una vez pero quiero que la compartas conmigo mientras dure. Quizá no seamos las últimas mujeres de la Tierra, pero por lo menos vamos a ser las que huelen mejor mientras dure esta pastilla".

Linda la miró fijamente. El aroma sí servía para devolver algo de humanidad a sus pensamientos acerca de ella misma y el niño. *¿Quizá eso es lo único que necesito?*, ella se preguntó, *un poco de normalidad*.

"Ve", su amiga le instó. "Incluso hice este letrero". Lo sostuvo, y Linda leyó: *Hora de Mujeres: Vuelve Más Tarde.* "Lo colgaré en la puerta tan pronto como entres. No hay hombres por dentro ahora mismo. El turno de noche terminó sus duchas hace dos horas, y están en sus tiendas; así que tómate tu tiempo y vuelve a sentirte mujer otra vez. Fíate de mí", añadió con un guiño, "mi primera ducha era maravillosa, y la tuya será igual."

"Gracias", Linda murmuró, tomando ambos el jabón y la toalla y sacando su único cambio de ropa de la maleta que había arrastrado desde el escenario de cuarentena.

"Deja tu ropa sucia justo dentro de la puerta, y entraré para lavártela en un momento".

Eso era el colmo. La simpatía de la mujer por fin le era demasiado, y todo se rompió de repente. Ella se cayó de rodillas; las lágrimas fluían, y los sollozos se agitaban en su pecho. Esto era el llanto, el dolor, que había contenido desde el accidente. No. Desde antes, desde el momento en que Old Faithful dejó de ser incluso fiable y le quitó a Seth y Suzy.

Ella no odiaba a este niño en su matriz. No era su culpa al igual que no era la culpa de Bryan. Era un esposo maravilloso—cariñoso y consentidor e insistente en crear un recuerdo familiar para los chicos durante una temporada en que lo único que les importaba era la tecnología y la fama en las redes sociales. El viaje era necesario, una buena idea, y de repente ella se odiaba a sí misma por haberle culpado por la tragedia. Los quería en su vida otra vez. Todos ellos, emocionada por el nuevo bebé y por hacer una guardería del espacio extra. Linda anhelaba que terminara esta pesadilla y que volviera el mundo real.

Cat se arrodilló y la envolvió en sus brazos empáticos. Ella también había conocido la pérdida en la vida, quizá no tanto como Linda, pero sin duda había experimentado bastante a manos del padre del niño. Sí, había hablado un poco de una parte de ello, aun si había evitado lo peor por el bien del niño. Eran diferentes, la madre futura de edad mediana y la madre soltera que luchaba, pero estaban unidas por un lazo similar—ser madres en un mundo ahora dominado por completo por hombres peligrosos. Se necesitaban la una a la otra para poder sobrevivir. No tenía ninguna idea de cuánto tiempo duraba el abrazo de su amiga, pero lo extrañó de inmediato cuando se retiró.

"Lo siento", Linda susurró mientras se iban apagando los sollozos.

"No te sientas así. Necesitabas eso. Todos nosotros, creo, y estoy seguro de que viene mi turno. Solo pido que estés allí para mí cuando ocurra".

"Nunca pensaba yo que tendría una amiga otra vez".

"Pues, la tienes", Cat prometió. "Ahora, ¡vete a tu maldita ducha! Hueles a un lavado químico y a antiséptica".

"Cathy", Linda preguntó con un cansancio que parecía hacer que se arrastraran sus palabras.

"¿Sí?"

"Gracias".

"De nada".

El jabón Dove había sido un lujo, Cat se dio cuenta cuando abrió la ración de detergente para ropa, uno regalado íntimamente por un joven que trataba, con éxito, de cortejar a una mujer hermosa. Al igual que esta cucharada de limpiador industrial fuerte era una forma de limpiar la suciedad, la piel muerta y las bacterias de su ropa, el jabón limpiaba su piel. El olor acre al abrir el contenedor le produjo arcadas. Era duro y olía de químicas, pero había lo suficiente aquí como para lavar su ropa una vez a la semana durante tres meses. Menos si James se esforzaba demasiado en su uniforme. En ese caso, ella se preocupaba de que este solo durara unas seis semanas para su grupo pequeño. Lo usó con moderación, añadiendo solo una pizca al agua caliente en el lavabo.

Ella fregó su ropa, la de Linda y la de Josh ya que estas todavía olían de limpiador de radiación. Esta sería la última vez de lavar primero la suya, se dio cuenta, ya que el agua se puso amarilla inmediatamente. Ella tuvo que drenar y rellenar el lavabo, desperdiciando más detergente en la ropa más importante. Estaba a mitad de fregar las rodillas de los pantalones tácticos de James cuando la puerta detrás de ella se abrió. Cat saltó. Alguien obviamente no había visto el letrero en la puerta.

Se dio la vuelta para encontrar a dos hombres que habían entrado. "Lo siento", ella dijo. "Es la hora de mujeres aquí, chicos. Necesitarán volver en unos treinta minutos".

Todo en cuanto a ellos olía mal. Los hombres carecían de sensibilidad humana; eran animales en una misión de muerte o desastre, y sus ojos se centraron en los de ella como si estuvieran a punto de devorar una comida después de semanas de hambre en el desierto. Estos ya no eran hombres. Eran depredadores que llevaban puestos uniformes de oficiales.

"Ustedes tienen que salir", ella dijo otra vez con más urgencia y, con suerte, convicción apoyando a sus palabras.

Ni el uno ni el otro respondió mientras continuaron hacia adelante. La sorpresa de su llegada disminuyendo, Cat se dio cuenta de que reconocía a los dos. "Caballeros", dijo, dándose aires como había aprendido en *Chochas en Abundancia*: "Temo que este no sea el lugar adecuado para nuestra primera reunión oficial". Este fue el truco que Tim le había enseñado cuando enfrentaba a un hombre que se negaba a respetar la palabra *no*.

Buscan controlarte, Tim había explicado, *es lo que quieren* más que tu cuerpo en sí.

Mientras le entraba el temor, ella luchaba por mantener su tono de voz firme. "He visto a los dos de ustedes", dijo, "mirando desde la galería y otra vez en el pasillo". Se detuvo, fingiendo desinterés y secándose las manos con la toalla antes de dar un paso hacia adelante. "Soy Cathy Fletcher", dijo con una sonrisa cálida, "pero mis amigos me llaman Cat. Espero que podamos ser amigos".

Uno de los hombres se detuvo, la humanidad dentro de él regresando, dejándole saber que había esperanza, por lo menos, para él. El otro siguió hacia adelante, y ella vaciló, poniendo una mano sobre su pecho y haciendo que girara. Ella se había equivocado. Sus ojos ni eran hambrientos ni lujuriosos, eran asesinos.

"¿Cómo te llamas?", ella le preguntó de manera casual, exactamente como si estuviera todavía en el bar. Pero no había ningún Tim que acudiera en su ayuda. No esta vez.

El sonido del tarareo se elevó sobre el chorro de agua de la ducha. Linda había escogido un momento inoportuno para animarse y alegrarse. El hombre se empujó hacia adelante.

"Está embarazada", Cat soltó, como si esperara que el niño en la matriz de su amiga le protegiera de lo imparable ahora.

No importa lo que las dos mujeres hayan aguantado en su vida, estaba bastante segura que el ama de casa nunca había sido violada por un hombre. No como todas las veces que Cathy había aguantado a Clint.

"¿Y?", preguntó el segundo, el que más se parecía a un animal. "¿Eso debe hacerme dejar de querer darle una mirada?"

"A algunos hombres no les gusta eso", dijo. "Les desagradaría a algunos".

"Me gusta. El bebé hace que sus pechos estén más llenos", dijo, "incluso a su edad".

Eso hizo que el primer hombre se riera. "Llena las bolsas caídas, eso sí".

"Ustedes son oficiales". Ella preguntó: "¿Qué pensará el coronel de esta invasión?"

"Nos prometió esposas", el de los ojos de animal contestó. "Y Hank, aquí, es el siguiente para elegir entre la nueva camada. Soy el segundo".

"¿Camada?", ella preguntó. "¿Así que ha pagado un depósito y puede elegir?"

"Más o menos. Hank quiere a ti, y quiero saber con que me quedo pegado. El último lote se veía enfermizo, y esta por lo menos tiene dientes y un bollo en el horno".

"Steve", el hombre llamado Hank le advirtió, "dale tu mirada y vámonos. Estás dañando mis posibilidades aquí".

"¿Posibilidades?", Cat se giró. "No estoy disponible, en caso de que no lo hayas notado. James Parker me está hablando".

Hank se rió. "Los cabos no tienen opciones. Se les asigna lo que queda después de que los oficiales toman el suyo".

Steve se empujó hacia adelante, y Cat se extendió instintivamente la mano para agarrarle el brazo. Falló y perdió el equilibrio. Se cayó torpemente contra el lavabo. Hank la agarró por detrás y la abrazó con fuerza mientras su compañero se movía hacia el sonido del agua corriente. El tarareo de Linda le atraía.

Cat luchó. El mostrador le mordía el costado con fuerza mientras él colocaba su peso encima de ella.

"Déjalo ir", el hombre siseó en su oído, un ligero toque de pasión al acecho. La quería en una manera peligrosa, y su mano libre se movió para sentir su cuerpo.

"Supongo que no eres un hombre que espera el matrimonio", ella dijo mientras sus manos llegaron a su cintura.

Sus dedos se detuvieron mientras le desabrochaba el cinturón.

"No eres feo", ella continuó con monotonía, "y tienes razón, un oficial es mejor opción que un cabo, pero forzarte sobre mí ahora no va a hacer nada excepto, quizá, ganarte un navajazo en la garganta mientras duermes".

Sus dedos arrancadores dejaron de moverse.

El tarareo de la ducha se paró abruptamente, interrumpido por un grito gutural seguido de la risa profunda de Steve.

Cat se retorció, intentando librarse, pero el agarre de Hank se apretó.

En la ducha, Linda protestó, su voz resonando sobre el sonido del agua corriente y rogando que el animal la dejara sola. Sus súplicas impotentes eran lamentables, justo el tipo de gemido para atraer al depredador.

Cathy contuvo su respiración, moviéndose la mano derecha y metiéndola lentamente en el contenedor de plástico. Tendría que arreglárselas sin detergente para una semana o más, pero ella agarró un puñado de detergente duro y se dejó caer la cadera. Encima de ella, Hank se deslizó, golpeando su barbilla contra el mostrador justo cuando ella se levantó la mano. En un instante el jabón entró en sus ojos y las manos de ella presionó los gránulos más profundos, frotando la carne suave, y clavándolos más profundos con la palma de su mano. Sus gritos eran más fuertes que los de Linda en el cuarto de al lado. Después de darle una patada rápida en la ingle, Cat corrió para salvar a su amiga.

Max miró dentro de la tienda, cuidadosamente revisando cada rostro. El sargento Walters, observó, nunca se inmutaba al invadir la privacidad de los que estaban dentro, levantando las solapas de las tiendas o abriendo las puertas de madera contrachapada para ver el interior. Estas personas no tenían libertad, ni privacidad, y este hombre trataba la poca propiedad de ellas como si vivieran en un estado policíaco. Y lo triste de todo esto, Max se dio cuenta, era que ninguno de ellos se estremeció cuando los sorprendió en posiciones comprometedoras o a medio vestir. América estaba muerta, al igual que su privacidad. Que viva el Rey Regimiento omnisciente.

"¿No la has visto por ningún lado?", Walters exigió. "¿Estás seguro que de veras estás buscando?"

"¿Estás seguro que ha salido de la cuarentena?", Max respondió bruscamente.

"Siéntete libre para buscar el escenario otra vez, pero el doctor insistió en que le había dado el visto bueno a la mujer esta mañana".

Max escudriñó el laberinto interminable de tiendas y casucas. Aunque organizada y limpia de basura según las órdenes estrictas del coronel, la ciudad dentro del coliseo era un desastre—peor que lo que había visto en Tijuana después del campo de entrenamiento básico. Encontrar a una sola persona dentro de esta sala de lonas y mantas era como la proverbial aguja en un pajar. "¿Es este el único lugar de viviendas para los civiles?"

"Sí,", Shayde accedió, "a menos que uno de los alistados le convenció a que entrara en la vivienda del perímetro".

"¿Vivienda del perímetro?"

"Sí, se construyó este lugar como un estadio deportivo, así que hay duchas y viejos vestuarios en los extremos este y oeste del edificio". Señaló el balcón. "Los oficiales viven allí, desde donde pueden mirar a los civiles. El coronel tiene su propia vivienda en el segundo piso cerca del centro de comando y control".

"¿Pero los alistados duermen en el pasillo?"

"No es así de simple. Los oficiales quizás disfrutan una gran vista de El Refugio, pero nosotros los alistados tenemos la paz, la tranquilidad y una cercanía a las duchas y su agua caliente interminable". Antes de que Max pudiera pedir detalles, añadió, "un acuífero geotérmico. Es el paraíso después de una noche larga de exposición a la radiación".

"Así suena. No puedo esperar para probarlo por mí mismo. ¿Así que los hombres reclaman a las mujeres?"

"Sí, pero no las de calidad. Es por eso que los oficiales disfrutan su vista. Pueden escoger primero a su esposa".

Max se detuvo, recordando cuando la sociedad vivía noblemente. "Nada de eso está bien, Shayde".

"Hace dos meses, no. Pero este es un mundo nuevo, R.T.S.P. ¿Recuerdas esas siglas de los marines? *El Rango. Tiene. Sus. Privilegios.* Siempre ha sido así, y *estamos* bajo la ley marcial—o estamos a punto de estar bajo ella.

"¿Las mujeres tienen voz?"

"Por supuesto. ¿Pero cuál escogerías si fueras una chica? ¿Querrías a un oficial presumido con potencial de riqueza después del restablecimiento o un soldado raso que arreglaba cigüeñales hace solo unos meses?" Antes de que pudiera contestar, el otro marine dijo: "Fíate de mí, vas a aceptar al oficial porque no hay más cigüeñales que arreglar, y tu manitas no sería más que un siervo de los nuevos señores. Las mujeres siempre escogerán a los oficiales ricos".

"Muéstrame el perímetro", Max exigió, de repente lleno de urgencia. No permitiría que le dañaran a Linda. "Todos y cada uno".

"Eso no será difícil ya que el turno de la noche está dormido y el de día ya salió para buscar comida y explorar". Walters lo condujo del escenario principal, y subieron la rampa. Como si tirara una moneda en su mente, se detuvo y entonces giró a la derecha. "Empezamos aquí. Tú miras a babor y yo miraré a estribor".

Walters había tenido razón. La mayoría de las tiendas, aunque erigida de forma más elaborada que aquellas en el escenario, o estaba desocupada o habitada solo por hombres. Estas tenían bastante espacio dentro de su asignación de tres metros por tres metros, lo máximo permitido para cada hombre según el coronel.

Al llegar al final de la fila, Shayde murmuró: "¿Qué tontería es esta?" Un letrero en la puerta decía: *Hora de Mujeres: Vuelve Más Tarde.*

Max sonrió triunfantemente. "Ahora, eso es exactamente el tipo de cosa que yo esperaría que colgara ella antes de ducharse". Un grito del otro lado de la puerta le clavó cerrada la boca e hizo que los dos hombres empezaran a correr.

Max, fatigado de su tiempo en cautiverio y sin aliento por falta de acondicionamiento físico, entró corriendo en lo que resultó ser un lavado de ropa. Vio a un hombre en el suelo con barras de teniente levantándose del suelo. Mientras se giraba el oficial, el marine podía ver que la carne alrededor de los ojos del hombre había sido quemada químicamente. Sin dudarlo, agarró la axila del hombre y lo empujó hacia adelante.

"Entra", gruñó, no dispuesto a permitir que el hombre saliera de su vista. Empujó al teniente, tropezando, dentro de las duchas detrás de Shayde.

Lo que Max vio entonces—nada durante la guerra lo había preparado para eso.

Shayde Walters se había derrapado hasta detenerse y estaba parado, congelado y mirando mientras una mujer salvaje, completamente vestida, estaba sentada encima del torso de un segundo hombre.

"¡No la mires!", la mujer gritaba. "¡No la mires! ¡Deja de mirarla! Ella no es la tuya", la mujer exigía. "¡No puedes mirarla! ¡No puedes mirar a ninguna de nosotras!"

Era una mujer hermosa, una joven pero no ingenua, con justo lo suficiente de experiencia en su rostro para sugerir una vida dura. Sus hombros estaban firmes, con músculos firmes que sugerían la aptitud física—posiblemente con experiencia en deportes o el baile. Los ojos de Max siguieron la manera en que sus tríceps temblaban, completamente enganchados, mientras ella hundía sus brazos en la cara del hombre. Con tristeza, él reconoció el temblor de sus antebrazos mientras sus pulgares se enterraron en los ojos del ofensor. Ni él ni Shayde se apresuraron para salvar al hombre, el daño era irremediable, y ella no estaba nada lista para calmarse.

Los ojos de Max humedecieron al mirar, y apartó la vista, encontrando a una Linda desnuda, agachada, horrorizada y mirando desde la esquina de la ducha. Él recogió una toalla; cerró calmadamente el agua y cubrió con la tela su dignidad. Con la excepción de estar aterrorizada, parecía estar sin daños.

En voz baja, le susurró una pregunta: "¿Él te tocó?"

Linda, como si acabara de ver que su compañero de viaje había llegado, asintió pero rápidamente negó con la cabeza. "Sí", dijo, "pero no en esa manera. Estaba a punto de hacerlo, pero Cat llegó primero".

Él se inclinó la cabeza hacia la mujer más joven, ahora menos frenética y murmurando las palabras en una voz más baja.

"No mires. No mires. ¡No la mires!" Por fin se desvanecieron bajo su aliento.

"Has encontrado a una buena amiga", él dijo, "pero ella está a punto de enfrentar muchos problemas".

Linda asintió, mirando sin parpadear el fluido orbital volviéndose espumoso de color rosado y avanzando lentamente hacia el drenaje.

El hombre, vestido con barras de capitán, se retorcía bajo el peso de Cat y lloraba lágrimas de sangre que bajaban por sus mejillas.

Shayde se movió para levantar a la chica.

"Para", Max mandó, y asombrosamente el otro sargento obedeció. "Cat", Max susurró. "Me llamo Max Rankin. ¿Linda te ha hablado de mí?"

Solo entonces levantó la vista de su obra, asintiendo al reconocer el nombre.

"Bien. Ahora, necesito que hagas lo que digo para que podamos cuidar a Linda".

"Ella necesita mi ayuda", Cat dijo, no viendo a los soldados que ahora estaban de pie sobre ella.

"Sí. Pero la salvaste y ahora debes ayudarla a encontrar ropa".

Ella asintió vigorosamente. "Sí. Ropa".

"Bien. Llévala al siguiente cuarto y ayúdala a vestirse. Detendré a estos hombres y me encargaré de que paguen por lo que han hecho".

"Depravados", ella murmuró distraídamente. "Depravados sucios que solo quieren mirar lascivamente. Es como empiezan, ¿sabes? Pero siempre termina con ellos tocándonos, las chicas, Tim. Ellos nos tocan; entonces nos toquetean; entonces nos esperan fuera del club. Pero no los dejas seguirnos, Tim. Eres un buen hombre".

Max no sabía quién era Tim, pero no la corrigió. "No, no los dejaré que las sigan".

Cat se levantó lentamente y caminó hacia Linda, levantándola a sus pies y ayudándola al siguiente cuarto.

Después de que se habían retirado las mujeres, el sargento Walters dejó escapar un silbido bajo. "Esto no es bueno, Max".

"¿Por qué no? Tal como yo lo veo, ella detuvo dos violaciones hoy".

"Eso no es el problema", Shayde insistió. "Estos son primos del coronel".

Max se cerró los ojos y maldijo en voz baja.

PARTE IV
MUNDO NUEVO
REGLAS NUEVAS

CAPÍTULO TREINTA Y CUATRO

La oficina del coronel apenas podía contener el número de personas dentro de ella. Max se puso de pie para permitir que las mujeres se sentaran cuando entraron. Linda, afortunadamente, parecía estar bien. Su rostro mostraba una irritación persistente como si hubiera comido un melón agrio, pero a pesar de eso parecía complacida de verlo. Él le dio una sonrisa que ella le devolvió rápidamente. Los ojos de ella se dirigieron rápidamente hacia la mujer más joven como si estuviera diciendo: "Cuida a esta".

Asintió sutilmente y siguió el movimiento ocular, recordando que había aprendido que la chica se llamaba Cathy Fletcher. Ella, resultó, tenía un camino lleno de problemas por delante. Todo ello, Max podía ver, fue escrito en el rostro del coronel.

"Siéntense", el oficial al mando del Regimiento exigió, y ambas mujeres obedecieron.

Max se acercó a la pared, encontrando una foto para mirar mientras escuchaba el intercambio. Era del tipo de fotos que los hombres tienen en sus oficinas, recuerdos de tiempos mejores o peores que los habían moldeado e impedido su inclusión plena en el mundo civil. Examinó una fila de hombres llevando uniformes de color azul claro y vio una versión más joven del coronel. El chico de la foto sonreía inocentemente, mostrando su alegría al estar de pie delante de un avión de asalto A-10.

Pilló a Shayde mirándolo estudiar la foto y levantó una ceja interrogativamente.

El hombre puso los ojos en blanco como si dijera: *Te lo dije; es coronel de verdad*.

A-10. Por lo menos tiene un elemento genial, Max pensó. Pero el hombre seguía siendo de la Guardia Nacional Aérea.

"Señorita Fletcher", el oficial superior preguntó, "¿de qué crimen estás acusando a mis oficiales?"

Ella se abrió la boca, en espera de preguntas pero no *esa* tan directa. Se la cerró de nuevo; entonces se la abrió para hablar.

Él la cortó.

"Porque me parece a mí", el coronel observó, "que ni la una ni la otra estaba dañada. ¿Estabas violada? ¿Ella estaba violada?" Sin esperar una respuesta, se dirigió a Linda. "Señora, ¿te tocó cualquiera de estos hombres?"

"No", ella dijo en voz baja, apenas más audible que un susurro. "Él entró en las duchas y me miró".

"¿Te miró? ¿Qué quieres decir?" Se frotó las sienes con desánimo. "No entiendo. ¿Es posible que entrara y te mirara de sorpresa, no esperando ver a una mujer dentro de las duchas de los hombres? Las duchas *de los hombres*. ¿Habías recibido permiso de mí o de otro oficial para usarlas? ¿Por qué estuvieron allí si no tenían permiso?"

"No", ella contestó rápidamente antes de cambiar de opinión. "Sí. Quiero decir, no lo sé. Cathy dijo que podíamos, pero ella colgó un letrero para que los hombres no entraran. Ella estaba fregando la ropa, y me duchaba. Entonces él entró y se puso allí a pie, mirándome".

"¿Y qué hiciste?"

"Grité".

"Entiendo. Gritaste, no porque estabas en peligro pero porque un hombre, uno de mis oficiales, te vio desnuda".

"Sí, pero parecía que quería hacer más, y yo tenía miedo".

"*Parecía* que quería hacer más. ¿Cómo se puede comprobar tal acusación?", el coronel preguntó.

Cathy contestó antes que Linda. "Algunos hombres tienen una manera, coronel, de mostrarle a una mujer su alma. Si ella tenía miedo, era porque él la hizo sentir de esa manera".

"¿Y eso era lo suficiente como para destruirlo?" La ira de repente fluía como si se hubiera roto un dique. Las palabras salían a chorros mientras gritaba el coronel. "¿Qué te dio el derecho de cegar a un hombre en un tiempo de peligro? ¡Un tiempo que se empeora cada día! ¿Qué te dio el derecho de quitarle la habilidad de percibir el peligro a su alrededor, de verlo acercarse, o, incluso, tener la habilidad de pararlo?"

"¡Tú!", Cathy gritó. "¡Cuando me trajiste aquí contra mi voluntad y soltaste tonterías como *repoblar* el mundo! ¡No pedí ser parte de tu *culto*!"

"¡Podría haberte dejado en ese complejo donde te encontré!", el coronel espetó.

"¡Debías de haberlo hecho!"

"Si lo hubiera hecho", el oficial superior explicó, recuperando la compostura, "habrías sido una esclava a ese hombre asqueroso y su séquito. Los rescaté a ti y a tu hijo, dándolos una oportunidad de una vida mejor".

"No tienes el derecho de decidir mi futuro".

"No, señorita Fletcher, en cuanto a eso estás equivocada. La sociedad que una vez te protegía está muerta. Los hombres como yo *debemos* decidir tu futuro, y eso incluye lo que le hiciste a mi oficial".

"Lo merecía".

"Quizá, pero ¡necesitamos que cada hombre en buena condición física defienda un futuro mejor! ¡Nada de lo que puedas decir puede excusar tus acciones! Un soldado ahora es ciego por tu culpa. Ciego y minusválido y ¡al lado de la libertad le falta un hombre de mucho valor!"

Ella tartamudeó, sin poder hablar claramente.

"Así que te pregunto otra vez", él dijo, de repente tan tranquilo como antes, "¿de qué crimen acusas a mi oficial?"

Max se estremeció, estudiando a la chica que nunca había pensado que quizá ella misma era culpable de un crimen.

Ella estaba sentada, atónita, mirando hacia delante y recordando los eventos otra vez en su mente. Cuando aparecieron las lágrimas, cayeron lentamente de los bordes de una niebla, desgarrándose para gotear por las mejillas que de alguna manera se habían quedado secas durante demasiado tiempo.

Algo en el pasado torturaba profundamente a esta chica, y el coronel anhelaba decir algo que le ayudaría. Una mirada hacia Shayde reveló que él compartía el deseo de proteger a estas mujeres, pero sus destinos ya estaban escritos. La chica había reaccionado exageradamente, y ahora un hombre valioso se había perdido.

"Tu silencio desmiente tus acusaciones", el coronel dijo con firmeza, dándole la espalda para mirar por la ventana. Por alguna razón, había dejado su ventana sin el aislamiento por aspersión que estaba en otras partes.

Sus ojos miraron fijamente la ciudad, hacia el norte, como si examinara la nube de ceniza y nieve que se caían a lo lejos. Nunca terminaría en su vida, Max y este hombre lo sabían, y se quedarían como una capa mugrienta sobre la sociedad. Las cenizas de guerra habían enterrado cualquier justicia que quizá hubieran recibido estas mujeres en un mundo diferente. "Quiero ayudarte", dijo por fin, "y creo que protegiste a esta mujer en la mejor manera que conocías. Pero no tienes autoridad alguna aquí, y ese hombre una vez la tenía. Así que te pregunto, ¿hay *crímenes* que quieres denunciar?"

"Sí", contestó secamente. "Había un segundo hombre, Hank. Me sujetó en el suelo y me toqueteó mientras su compañero, Steve, entró para molestar a Linda".

"Ah, sí. Eres soltera, y así tu cuerpo todavía te pertenece. Su aprovechamiento merece una recompensa pagada. Se le exigirá reparar el daño. Te lo garantizo".

"Gracias", dijo en voz baja.

Por lo menos había algunas noticias buenas que venían de este intercambio.

"Ya que Hank quiere casarse contigo, creo que eso será suficiente. Él está al frente de una patrulla ahora mismo; así que habrá una ceremonia en cuanto llegue. Se llevará a cabo en privado para evitar que otros piensen que solo tocar a una mujer es suficiente para reclamarla".

El cuerpo de Cathy se puso rígido. "¡No! ¡No quiero casarme con él! ¡Me niego a hacerlo!"

"Tengo miedo de que esa es la única manera en que Steve va a retirar las denuncias contra ti, según lo que me dijo esta mañana. Él dijo, y estas son *sus* palabras, la vida como un hombre completo ha terminado, y depende de su hermano de proteger y construir sobre lo que queda del legado familiar".

"¡No!", ella protestó. "No puedo".

"Él vivirá bajo tu techo mientras seas casada con Hank, y pagarás la restitución por cuidar, nutrir y cuidar al hombre a quien destruiste deliberadamente. Es mi decreto final".

"Tengo un hijo", ella dijo en voz baja. "Él no entenderá".

"Tu hijo ahora tiene un padre y un tío, así que el entendimiento vendrá con el tiempo".

"Coronel…", tartamudeó.

"Eso es todo".

Shayde se adelantó para ayudar a las mujeres de sus asientos y las condujo hacia la puerta. Una vez que habían ido, llegó a ponerse de pie al lado de Max. Intercambiaron una mirada de comprensión. El coronel no se había equivocado, y los soldados sabían que lo justo era lo justo. Pero también creían que los hermanos habían querido dañar a las mujeres. El veredicto los molestaba.

"¿Necesita más de nosotros, señor?", el sargento Walters preguntó, obviamente tan listo para salir del cuarto como Max.

"Sí, en realidad. Necesito su experiencia táctica combinada. Recientemente mandé a unos exploradores al norte a McCutchanville, e investigaron la actividad de pandilleros allí. Había un número grande de ciudadanos secuestrados allí".

Los dos hombres se ladearon la cabeza interrogativamente, confundidos por la ubicación extraña.

Parece que han reclamado las escuelas cercanas y el club de campo como bases para su punto de apoyo, así que los atacaremos como blancos militares". El coronel se detuvo: "De más importancia es que han tomado el aeropuerto".

"Por eso se siente tan vacía la ciudad", Max se dio cuenta. "Las pandillas saben que usted controla la ciudad, así que han estado impulsando a los residentes a ir al norte. ¿Son blancos o negros los ciudadanos?", le preguntó al coronel.

"Los exploradores solo vieron a cautivos blancos".

"¿Qué importa?", Shayde preguntó, no entendiendo inmediatamente.

"La restitución", Max explicó.

"¿Restitución? ¿Para qué?"

"Díselo, Rankin", el coronel exigió, "y por fin terminemos con la tensión entre tú y yo. Desde que te detuvimos has exigido saber dónde estoy en cuanto a la guerra de razas—pues, ahora es el momento de hablar francamente".

Max se detuvo, pensando en todos los argumentos que había tenido con Betty y cómo habían ido perdiendo a Tom a las pandillas—a esas pandillas llenas de odio que buscaban la venganza. Fuera lo que fuera que el Dr. King había previsto, esto no lo era. Esto era el futuro que quería su hijo, y las pandillas tenían suficiente poder para proporcionárselo a él y a los otros jóvenes que habían perdido la confianza en América—y que pensaban que América los había abandonado.

Max sintió que sus rodillas se debilitaban, recordando todo su tiempo conduciendo por las ciudades durante las protestas por la justicia racial. Acababa de salir del servicio en aquel entonces; era un nuevo camionero y luchaba por mantener rentable su ruta exigua. Las advertencias se habían difundido por todas partes de la industria, con los conductores de más edad advirtiendo de los disturbios de 1992 en Los Ángeles. Esa era una época profética, cuando un negro fue golpeado por los policías. En medio de esa protesta de odio, un camionero blanco había sido sacado de su camión y dejado hecho polvo. Su único crimen era ser blanco en un tiempo y lugar donde más melanina significaba más injusticia.

Pero eso no era el caso en las ciudades del medio oeste, no en el tiempo más reciente.

Los camioneros, sacados de sus camiones y quienes se veían en las noticias de Kenosha, frecuentemente eran hombres blancos, pero Max sabía que los asaltantes no siempre eran negros. Esta vez, la ira tenía más que ver con desestabilizar América e inquietar a la clase media—construcciones socialistas de una revolución que buscaba esclavizar a todo el mundo de forma igual. No, mucho del apoyo político y financiero de estos alborotos tenía más que ver con la desigualdad financiera que con la injusticia social verdadera.

Eso llegó a ser más evidente cuando incluso su camión fue golpeado por botellas de agua llenas de concreto y excremento. Max veía de primera mano que no habían atacado solo las empresas y corporaciones de los blancos sino las de los negros también. En cada situación los oportunistas saqueaban y destrozaban los frutos del trabajo de toda la vida de hombres como él—empresarios que habían elegido la autosuficiencia sobre la dependencia de los amos del gobierno.

Las personas jóvenes a quienes él veía apuntando armas y tirando cocteles molotov apenas eran mayores que Tom, dondequiera que estuviera él. Estos nietos y nietas de ellos que habían marchado con el reverendo estaban demasiado alejados de ideales como el amor y la igualdad. Ellos pensaban que los hombres valientes como Max habían luchado en el lado equivocado durante las guerras coloniales. El mejorarse por medio del mérito iba en contra de la narrativa deseada cuando el rendirse al estado tenía la meta de hacerles a todos felices.

Me llamaban un vendido y no veían el mal verdadero.

Esa era la guerra verdadera en la opinión de Max. La pobreza eran las esposas del esclavo de hoy en día.

Max había mirado mientras su propio hermano crecía adicto al sistema—amamantando las promesas hechas por los esclavizadores verdaderos. Era más fácil en su día atrapar a un hombre con promesas que con cadenas. Pero eso era algo que Max había averiguado solo después de alistarse en los marines para mejorarse. Sabía que los que eran campeones de las causas minoritarias también alababan las construcciones sociales que habían mantenido a personas como él empobrecidas y dependientes de las riquezas que ofrecían—los tenis de Nike asequibles, los iPhone y jeringas. Los señores verdaderos sobre su gente eran los falsos repartidores de la justicia racial y la igualdad.

A pesar de las protestas, Max había dado cuenta de que la bandera americana que colgaba de su espejo retrovisor lo convertía en la diana de un blanco, igual que el águila, globo y ancla de los marines en el marco de su matrícula. Él era un símbolo de la libertad y el autogobierno, convirtiéndolo en blanco de los alborotadores, no importa el color de su piel. Temía la mentalidad de rebaño durante este tiempo más que cuando era soldado en la guerra de Irak. Allí también el enemigo buscaba matarlo ya que era campeón de la libertad y la igualdad.

En las ciudades americanas, el enemigo intentaba castigarlo solo por haber probado que podrían escaparse de sus cadenas si tuvieran éxito con lo de la autosuficiencia. Max era la prueba de que podrían mejorarse si dejaran de escuchar a sus amos. Pero escuchaban atentamente las mentiras, y el mensaje era *llévate lo que quieras, y te premiaremos.* Por supuesto, el premio llegaría solo después de entregarles a sus amos unos de los privilegios que su gente quizá se hubiera podido ganado para sí misma.

"La esclavitud", Max dijo por fin, librándose de sus pensamientos. "Quieren la recompensa por la esclavitud".

Shayde se volvió con los ojos muy abiertos hacia su coronel, atónito y lleno de incredulidad. "¡No hay esclavitud ahora! ¿De qué está hablando?"

"Las plantaciones", Max murmuró, recordando un panfleto que Betty había encontrado en la habitación de Tom. "Una casa señorial por familia y un equipo de blancos que la trabaja".

"Exactamente", el coronel accedió. "Hay extremistas entre las pandillas que buscan invertir los papeles y hacer de los blancos sus animales de carga".

"Le ayudaré", Max prometió. "Pero solo porque mi esposa e hijo están allí fuera. Tengo que encontrarlos. Es posible que Tom se haya relacionado con ese grupo, y necesito ponerme en contacto con él, hacerle entrar en razón. ¿Dónde están agrupando a las familias?"

"En el aeropuerto de Evansville. Siéntete libre para buscar a tu familia mientras que tenga éxito la misión en general", el coronel accedió.

"Eso depende de lo que usted quiere decir en cuanto a éxito. Me ha estado llamando por mi rango pero todavía no formo parte del Regimiento. Coronel, ¿dónde está usted en cuanto a mi gente? Necesito saberlo ahora; ¿cuántos de sus hombres matarían a mi familia en el fragor de la batalla, como les hizo la caballería a los Siux en Wounded Knee? No puedo y no voy a permitir eso. Mataré a cualquier hombre que intenta matar por deporte a un negro, una negra o un niño negro. Máteme ahora o de una vez hábleme de su idea para este *nuevo* mundo".

"No todos los blancos son racistas, Maxwell Rankin". Los ojos del coronel se dirigieron a la foto de él parado de pie delante del A-10 Warthog. "Te vi mirando esa antes y sé que me estás juzgando por haber servido en la Guardia Nacional Aérea en vez de en servicio activo de tiempo completo. Pero no te equivoques—no soy otro George W. Bush que ganó un nombramiento debido a quién era mi papá".

"Pero sí se aprovechó del privilegio *blanco*".

El oficial superior normalmente tranquilo y estoico sonrió. "Quizá, ¿era mi privilegio que mi padre alcohólico no hacía caso de su esposa y sus hijos, bebiendo todos y cada uno de los días de su vida hasta que se murió?"

"Un padre alcohólico no significa que usted entiende", Max acusó. "No puede evitar el pase que le dio su piel".

"¿El color de tu piel te impidió llegar al rango de sargento de artillería? ¿O de comprar ese camión grande que tenías después de la guerra? Dime, sargento, ¿alguna vez no promocionaste a otra persona por algún motivo que no fuera el mérito? ¿Te pasaron por alto por el color de tu piel?"

"No. El cuerpo de marines era una meritocracia y ¡me gané lo todo!"

"Exactamente. Las Fuerzas Armadas de los Estados Unidos eran una muestra representativa de América, y lo mejor de todo era que no había negro, blanco, amarillo, rojo o moreno. Había azul, verde, color kaki y varios tonos de vestido para cada quien. Tratábamos a ellos que entraban en nuestros rangos con su odio como individuos y los echábamos porque nunca queríamos que sus creencias contaminaran la opinión de un soldado en cuanto a su hermano o hermana y su ayuda en llevarlo a casa. Mi padre me enseñó eso".

"Dijo que su padre era borracho".

"Sí, pero ¡nunca dije que no me enseñó nada! Lo que aprendí era *no* ser racista. Oh, él nació de uno, criado por un padre que le enseñó a odiar a cualquier persona que no era cómo él. Pero regresó de Vietnam un hombre cambiado en muchas maneras. Se habría muerto allí—quizá hubiera sido mejor para nosotros si se habría muerto—pero consiguió a un amigo, un hermano de Los Ángeles, California, quien literalmente lo levantó sobre su espalda y lo sacó de varios tiroteos".

"¿Y? ¿Su padre era soldado?"

"¡Mi padre era marine!" El coronel cambió cuando dijo esto, profundamente orgulloso pero lamentando una conexión que él y su padre nunca compartían. Pero este hombre sí entendía el precio que su padre había pagado.

"No me di cuenta de eso", Max dijo, consciente de que había juzgado mal.

"Un negro se tiró el cuerpo encima de una granada para que mi padre y sus compañeros pudieran volver a sus familias. La sangre, piel y cabello de un negro explotó tan cerca de mi padre que insistió hasta el día de su muerte en que Jim se había fusionado con él. Incluso el alma del negro había cavado un camino en lo más profundo de mi papá, o así me decía a la cara cuando no le hacía efecto el güisqui. Mi padre le debía su vida a ese hombre, pero sabía que su propia vida no valía tanto como habría valido la de Jim".

"La culpa del sobreviviente", Shayde dijo con un gruñido. "He oído de ella. El hombre que vive lo hace mientras desperdicia el regalo que ha recibido".

"No. No fue desperdiciada, solo creía que era así", el coronel explicó. "Papá regresó a casa después de sobrevivir dos períodos más de servicio y les transmitió el regalo a otros por salvarles a otros en el camino. Pero lo que verdaderamente era se murió allí, y solo volvió una sombra. No, el verdadero mal del mundo no era lo racista que era antes de la guerra sino el *privilegio* asumido que sugieres que aprovechaba. Ese *privilegio* no le salvó de ser escupido por una Jane Fonda aspirante en el aeropuerto. Esa mujer se le acercó con una sonrisa en su cara bonita, y cuando él se inclinó para escucharla, ella le escupió en el ojo y lo llamó un asesino de bebés. Antes de poder reaccionar, fue rociado por detrás por su novio jipi. Estuve allí, observándolo de niño".

"¿Qué le tiraron?", Shayde preguntó.

"Yo anticipaba que mi padre regresaría de Vietnam oliendo a soldado, áspero y curtido, con pólvora en su piel y un toque de Old Spice. Pero en vez de eso mi único recuerdo de mi padre en su uniforme azul del Cuerpo de los Marines proporcionaba un recuerdo de toda la vida de orines de gato".

"Lamento que eso fuera su llegada a casa", Max dijo, "y lamento que la mía fuera mejor".

"Eso no es lo que estoy diciendo. Me *alegro* de que la tuya fuera mejor. Lo que *estoy diciendo* es que no hay espacio en el mundo para extremistas, ni los de la derecha ni los de la izquierda, ni categorizaciones por color. La destrucción de propiedad no conduce a la igualdad; crea divisiones. Quemar empresas, sean grandes o pequeñas, es terrorismo e impacta a todos en la comunidad. Los derechos humanos existían en el mundo antes del fin porque los americanos se enfrentaban a la tiranía".

"¡No todas las personas contra quienes Walter y yo estamos a punto de luchar creen que la libertad es para *todos* los americanos!"

"No, supongo que no, pero siempre ha significado todos, da igual *lo que* creen o cómo los historiadores revisan la narrativa. Max, ¿sabes el nombre del primer americano matado en la Revolución Americana? Dime, marine, porque si no lo sabes entonces eso es parte del problema en cuanto a cómo se murió nuestro país".

"No. No lo sé", Max admitió.

"Crispus Attucks", Shayde susurró.

"Sí. Crispus Attucks. Traído a las colonias americanas por los mismos tiranos que lo mataron. Sobrevivió la esclavitud; se hizo marinero y entonces vivió como un *hombre* autosuficiente. No solo un *negro*, sino un hombre *americano* nacido en Boston. Fue la primera persona matada luchando por una voz en lo que llegó a ser reconocida como la Masacre de Boston. Cierto, se lo silenciaba años antes de que Martin Luther King pudiera levantar su voz para *toda* la gente americana, pero lo hizo con valentía y no porque estaba drogado. Es un verdadero héroe negro para celebrar".

"¿Qué tiene esto que ver con la misión?", Max exigió aunque sabía ahora que las creencias del hombre se correspondían exactamente con las suyas. El coronel era un buen hombre, con buenas razones para su deseo de repatriar la región.

"Hay un cuerpo de soldados completamente armados—de mentalidad criminal—secuestrando a ciudadanos y acorralándolos como esclavos. No puedo permitir eso en lo que queda de América. Y, recuerda mis palabras, América no se morirá mientras se recuerde el Espíritu de 76. Todavía no podemos ganar una batalla urbana, no cuando sus soldados viven como guerrilleros dentro de la ciudad. Pero lo que podemos hacer es atacar el aeropuerto—el verdadero cerebro de su sociedad ilegal. Les quitamos todas sus municiones y sus recursos y devolveremos la gente, toda la gente, da igual su color o sus creencias, a un estilo de vida protegido por leyes justas y un gobierno representativo. Los conquistaremos ahora, esta noche, mientras son más débiles que nosotros y ayudaremos a los sobrevivientes a designar un cuerpo autónomo. Pero tiene que ser uno que rechaza la esclavitud y respeta la propiedad de la tierra existente. De otro modo, hombres como Crispus Attucks y Jim, el amigo de mi padre, se murieron en vano".

"¿Por qué luchar una guerra? ¿Por qué no resolver esto pacíficamente?"

"Crecí en un tiempo cuando el reverendo fomentaba esa paz. Enseñaba que el racismo viene en muchas formas, pero que su cara más verdadera era el odio y la división, no una falta de consciencia o falta de un privilegio que se disfruta. La gente no es por naturaleza racista y no puede evitar dónde nace. Pero sí puede decidir cómo va a tratar a los demás. Con un entendimiento de los problemas sociales, podemos hacerlo con amor y encontrar soluciones verdaderas. Pero creer otra cosa es no ver el problema verdadero. La división es un arma utilizada por los que buscan más poder, y el poder siempre es motivado por la política. Estoy de acuerdo con Martin Luther King que la única manera de destrozar el odio es por medio de la no-violencia, pero la sociedad es diferente ahora, y en un estado donde mandan los señores de la guerra no le importa al equilibrio de poder el color de la piel. Tenemos una oportunidad de ganar la guerra y cortar en sus principios la división, pero *mi* objetivo para después de la guerra es una sociedad inclusiva. Espero que ahora nos entendamos y que tú entiendas mi posición".

Shayde dio un paso hacia adelante y le puso una mano sobre el hombro de Max. "Necesitamos tu ayuda, Perro Diablo. Nada de esto tiene que ver con la raza; es de conservar la libertad para todos. No lo puedo hacer solo y te necesitaré allí".

Max se detuvo, oyendo la voz de Tom argumentando en su mente. Entonces oyó a Betty, instándole a escuchar a su hijo. *Pero eso es el problema,* pensó. *Los jóvenes son cegados por las mentiras de los políticos.* "Pueden contar conmigo", por fin respondió.

Cathy se arrodilló al lado de Josh, abrazándolo fuertemente y susurrándole un amor consolador. Miró fijamente los coches de madera en sus manos, perdido en su asombro y queriendo la libertad de jugar solo. Nunca entendía las lágrimas de su madre, solo que *el tiempo de Joshie* había dejado de ser una prioridad para ella la noche en que mató a su padre. Ella lo dejó ir con una soltura reacia y lo miró enfurruñarse solo. Se levantó los ojos enrojecidos hacia James Parker y Linda.

"No puedes cumplir con esto", el cabo joven insistió.

"Cumpliré con ello, y lo tengo que hacer, pero tengo un plan. Te prometo que no le voy a pertenecer más que un par de días o semanas; entonces podré regresar. Van a ver".

Linda se rió. "¿Tienes un plan?"

"He vivido con un esposo abusivo antes y sé manejar a uno así mejor que cualquier persona que está viva, supongo. Da igual *lo que sea* Hank, no es Clint Fletcher".

"¿Quién?", James preguntó.

"Su ex esposo", Linda susurró, apuntando con un pulgar sobre su hombro hacia Josh. "El padre del chico".

"Lo siento. No sabía que era abusivo".

"Sociópata clínicamente loco, en realidad", Cat dijo con un suspiro. Contó su historia entera en voz alta por primera vez desde contársela a Jenny Klingensmith hace un mes, más o menos, empezando con la noche cuando él la esperaba en su apartamento. Lloró menos esta vez cuando habló de su hermana, y esta vez no le preocupaba que Josh estuviera escuchando. Eso le molestaba más que la historia en sí, que a fin de cuentas la había contado tantas veces que ella sabía que él podía manejarla tan bien como ella. Para el momento cuando habló del barco, el disparo y la última zambullida de Clint por el borde, ambos James y Linda miraron fijamente al niño.

"Ojalá que no hubiera querido hacerlo frente a él", James susurró.

"Clint siempre buscaba un público. El público adorador siempre le daba poder", Cat explicó. "Y, al parecer, había presenciado lo mismo cuando su papá lo hizo a su mamá años antes. Ojalá que yo haya terminado ese ciclo con Josh".

"Necesitas llevarlo al coronel", James insistió. "Es psicólogo y puede ayudar. No tienes idea qué pueda hacer ese tipo de trauma si no se trata".

"¿Más que su madre siendo forzada a casarse con Hank y vivir con Steve? No, el coronel es parte del problema, y estoy trabando un plan para escaparme de él también".

James se quedó callado ante eso, enojado porque se le exigía a la mujer de quien había estado enamorándose que viviera con dos oficiales.

"Mira", Cat dijo. "Viví con Clint durante tantos años que aprendí a sobrevivir. Además, todavía me quedan unos ases bajo la manga".

"¿Cómo qué?", Linda preguntó.

"Dame mi maleta", la mujer más joven susurró, como si revelara un secreto. "Te lo mostraré".

Linda se la entregó, y Cat abrió una cremallera. "Mike el Loco me quitó la pistola de Clint y también una navaja que había escondido. Diablos, incluso tomó las joyas y piedras preciosas que Clint había robado, pero pasó por alto la cosa más importante que nunca he tenido".

Ambos James y Linda se inclinaron. "¿Qué es?", Linda preguntó con un susurro, mirando dentro como si esperara un hacha o un machete o un arma nuclear.

"Mi plan de escape". Ella dobló la cremallera interior y reveló una sola puntada donde estaba cosido el mango. "Cuando fui a la escuela de enfermería, se confiaban en mí para trabajar con los químicos e incluso medicamentos". Ella se inclinó y añadió para que Josh no la oyera: "En mis clases avanzadas incluso manejaba venenos".

Linda se rió fuertemente, encontrando la idea de que su amiga llevaba un alijo de veneno lo más chistoso que había escuchado desde la noche del apocalipsis. Cat se dio cuenta de que esta era la primera vez que su amiga había reído desde perder a sus hijos en Yellowstone, y no era el veneno que era tan chistoso sino su admiración por la tenacidad de su amiga. Ella le dio una sonrisa orgullosa.

"Vas a utilizarlo contra Hank y Steve", Linda susurró de alegría. "¿Vengarte en silencio y terminarlo de una vez, entonces volver a nosotros?"

Cat asintió. "Sí. Es el plan. No lo haré de inmediato, pero es ricino; así que los únicos efectos secundarios serán una gripe fuerte compartida entre dos hermanos. Ya que todavía estaré trabajando en la enfermería, tendrá sentido que la contraje y se la pasé a ellos, pero no sobrevivirán. Después de que se hayan ido, nadie sospechará que no fuera simplemente la gripe. Seré libre para casarme y no permitiré que el coronel decida por mí. Me deberá eso, y si no lo hace, simplemente tomaré a Josh y saldré".

Linda no dijo nada, solo miró fijamente la maleta con asombro con los ojos muy abiertos.

James rompió el silencio incómodo. "No me gusta, pero sí merecen la muerte. Digo que lo hagas. Mata a los hijos de puta y regresa a mí. Solo odio que tienes que acostarte con él esta noche".

"Linda, ¿cuidarás a Josh? No quiero que esté presente él la primera vez cuando su mamá tiene que acostarse en una cama de un hombre".

"No puedo. Trabajo en la cocina esta noche".

"Entonces, ¿tú, James?"

Él se movió incómodo.

"¿Por favor?", ella rogó. "Solo esta noche. Duerme aquí en la cama a su lado y asegúrale que estoy trabajando o algo. Dios sabe que él está acostumbrado a que su mamá trabaja hasta tarde. Además, le caes muy bien y eres genial con él".

"Lo haré", el cabo prometió. "Pero solo esta noche. Entonces, trae tu culo aquí donde debe estar lo más pronto posible. Hazlo rápido porque creo que tu plan es maravilloso. Los dos se habrán ido, y nadie sospechará que tenías algo que ver. Será un caso de buena suerte para una recién casada".

"Tiene razón", Linda insistió. "Debes hacerlo más pronto que tarde. Pero para que lo sepas, no me quedo aquí. Voy a hablar con Max en cuanto vuelva por la mañana y tengo mi propio plan para alejar a todos nosotros de aquí. Preferiría arriesgarme en el camino con él y los dos de ustedes que quedarme aquí y ser violada por uno de los oficiales del coronel. Max nos llevará a nosotros si se lo pedimos; estoy segura que lo hará".

Una risa en el pasillo hizo que los tres saltaran, pero las voces todavía estaban bastante lejos.

"¿Dónde está mi esposa futura?", la voz de Hank llamó. "¡Aquí, gatito Cat! ¡Ven a papi!"

"No te preocupes", Cathy dijo. "Voy a estar bien. Solo cuida a Josh". Ella abrazó fuertemente la maleta y se puso de pie, justo cuando el teniente entró por la solapa de la tienda.

Hank ojeó la habitación y frunció un ceño hacia James, quien estaba sentado muy cerca de su esposa futura. A Linda le dijo: "Sé buena y lleva su maleta a mi vivienda, ¿no?"

"No sé cuál es la suya", respondió sinceramente.

"Yo sé", James dijo con los dientes apretados, "y te la puedo mostrar".

"Eso es un buen chico", Hank dijo con una risa. Agarrando la mano de Cathy, el oficial la condujo en otra dirección. Su ceremonia esperaba, y el entusiasmo *de él* obviamente eclipsaba el de su novia.

CAPÍTULO TREINTA Y CINCO

Michael Esterling estaba de pie en la cresta con vista al valle a lo largo del río Rin. Un estudiante de toda la vida de la historia, se maravillaba ante la región tan fundamental para todas las guerras alemanas hasta la fecha. Y no es de extrañar. El río alimentaba el corazón de Europa con sus afluentes, alimentando cosechas abundantes y líneas de transporte durante siglos. En algunos lugares él podía ver todavía vestigios de espalderas donde las uvas hacían famosas estas viñas.

Eso era antes de que el arsenal nuclear destruyera su grandeza y la lluvia radioactiva enterrara su esperanza.

Desde la Segunda Guerra Mundial las ciudades y pueblos a lo largo de esta vía fluvial no habían sido tan hollados y reducidos a escombros, y mirar el valle le hizo pensar en el general Patton. La primera vez que el comandante icónico de tanque rodó sobre estos mismos puentes y hacia el noroeste hasta Heidelberg, podría haberlo mirado con la misma tristeza, deseando haber visto el área en su mejor momento.

Esterling se encogió.

Patton había encontrado la muerte a treinta kilómetros de los escombros que estaban bajo él, y Michael se estremeció al pensar que él y Jake tendrían un destino similar. Dirigió su atención al campamento entre esta colina y la orilla occidental del río. Allí, el coronel Titus descansaba a su columna de soldados. No tenía que fingir su agotamiento después de su marcha desde Stuttgart—más de ochenta kilómetros a pie para mantenerse delante de las fuerzas invasoras.

"Por poco llegaron a tiempo", Jake dijo, entregándole a Michael sus binoculares. Al otro lado del río, los rusos habían entrado en el valle. "Unas cuantas horas más y los habrían alcanzado en el camino".

"¿Atacarán esta noche?"

"No lo creo", Jake dijo. "Este valle es el mejor lugar donde cruzar el Rin mientras manteniendo intacta una fuerza tan grande, pero es vulnerable al terreno más alto en tres lados. No, creo que pensarán que los estamos conduciendo hasta aquí por una razón y procederán con cautela. Por lo menos primero explorarán estas colinas e inspeccionarán los puentes". Dirigió una mirada nerviosa hacia la reserva natural al suroeste de su posición. Las colinas que había mencionado escondían la mayor parte de sus propias fuerzas—una situación lamentable hasta que Richter y las fuerzas alemanas se pusieran en su lugar durante la noche.

"Tendremos éxito", Michael le aseguró. "Adán y Eva lo dijeron".

"Los creo también, pero tengo mis dudas. Nuestros artilleros no tienen experiencia alguna con los cañones antiguos, y la caballería lleva solo unos meses montando a caballo. Literalmente ellos tienen más experiencia, y no estamos preparados".

"Igual que George Washington".

"No eres George Washington, Mike".

"No..."

Michael *se sentía* como el líder icónico, y la batalla por venir era muy parecida al enfrentar a los británicos en Nueva York. Lo único que tenía que hacer fue vencer a esta fuerza invasora y asegurar su liderazgo sobre la gente fracturada que sobrevivía dentro de la región. Por supuesto, los británicos nunca le dieron a Washington una oportunidad real de terminar la guerra hasta Yorktown, pero esta vez el líder del mundo libre sabía que el futuro incluía la victoria".

"¡Espera; eso no está bien!" La alarma llenaba la voz de Jake mientras arrebataba los binoculares.

"¿Qué no está bien?"

"Lo que hacen los rusos. Están persiguiendo en demasía. Mira, allí", señaló hacia el sur. Varios vehículos ya habían atravesado los puentes.

"Pensaba que se centrarían en el Rudolph von Habsburg".

"También yo, pero tienen prisa por terminar esto".

"Nuestra línea está al oeste de ellos. ¿No podríamos atacar todavía su flanco sur?"

"No como habíamos planeado, y Richter no está listo en el norte.

"Entonces tendremos que tratar lo que nos han dado. Ataca ahora, Jake. ¡Ganaremos!"

"No", Braston argumentó. "Debemos quedarnos con el plan. Titus tendrá que pelear solo esta escaramuza, y ojalá que sepa lo suficiente como para mover su línea hacia el norte para reunirse con nosotros".

"Por lo menos utiliza la artillería", Michael insistió. "Suaviza el ataque de ellos mientras él se libere".

"No", Braston argumentó. "Si revelamos nuestras posiciones antes de que las fuerzas de Richter estén en su lugar, los rusos se dividirán en dos, aprovechando la misma ventaja que queríamos nosotros. Peor, pillarían a Richter solo en el campo abierto. Si hacen eso, no hay camino hacia la victoria".

"Titus y sus fuerzas serán matadas, Jake. Dispara contra esos camiones y gira al enemigo antes de que crucen".

"Si disparamos nuestros cañones", Jake gritó, "dividirán sus fuerzas hacia el norte para Fráncfort y hacia el sur para cruzar en Strasbourg. Entonces volarán esos puentes y nos flanquearán entre ellos".

Esterling se detuvo. *Los niños prometieron que ganaríamos, pero ¿lo hacemos por atacar ahora o por esperar?* La decisión incorrecta les costaría la batalla. Miraba a Jake cuidadosamente para cualquier indicación de que el hombre quería traicionarle. *Él está resistiendo mi liderazgo; así que por supuesto quiere usurparme.* Fijó su postura.

"Hazlo", Esterling exigió.

"Es precipitado, Mike. No lo hago".

"¡Cambia el guion, Jake!" Esterling no había querido perder los estribos pero su frustración por fin ganó. Jake era el cerebro militar, pero él era el líder político que el mundo necesitaba.

"¿Guion? Mike, esta no es una campaña electoral. Sin deseo de ofender, pero ¡esta es una maldita guerra!"

"¿Así? ¿Me desafías? Supongo que tenían razón todos esos años".

Braston parecía estar confundido. "¿Quiénes tenían razón? ¿De qué hablas?"

Jake había olvidado su lugar. Amigo o no, Michael Esterling estaba a cargo, y los niños le habían asegurado que todo dependía del liderazgo *de él mismo.* "Había un dicho por la fraternidad", Esterling le dijo al general.

"Nadie puede decirle *no* a Jake Braston. Pues, acabo de hacerlo, y rechazaste una orden".

"¿Una orden? Confiaste en mí para manejar el lado militar. ¿Qué haces, Michael? Solo te estoy aconsejando que dejes que otros crucen para que podamos picarles más y detenerlos. Tu plan hará que el oso utilice toda su fuerza".

"¿Así que esto es todo? ¿La manera en que me traicionas? Adán y Eva dijeron que al final uno de ustedes lo haría; ¡nunca pensé que serías tú!"

"¿Te has enloquecido? No te..."

"¡Envía la maldita señal, Jake!" Su grito hizo que las cabezas se giraran entre las filas de los oficiales menores, y varios oficiales empezaron a murmurar una disidencia. "¡Ahora!"

El enojo en el rostro de Jake Braston mostró claramente la arrogancia del hombre. ¿Cómo se atreve a desafiarme?, Michael pensó.

Pero por fin el general se movió, llamando a un teniente y pasándole la orden de atacar. Pronto se oía el sonido de trompetas, seguido después de unos minutos por la réplica de los cañonazos. En el valle explotaron varios proyectiles, deteniendo el progreso de los vehículos rusos. Al otro lado del río el enemigo se apresuró a atrincherarse y establecer sus posiciones.

"Ves", Jake dijo con un toque de firmeza en su voz. "Impediste que cruzaran, pero hemos revelado nuestras posiciones. Seremos presa fácil en unos minutos". Señaló el otro lado del río y empujó los binoculares en el pecho de Michael.

Esterling los levantó y dirigió los lentes hacia la dirección que había indicado. Una fila grande de camiones se desviaba hacia el norte de Waghäusel por la Carretera 5, claramente en camino a Mannheim y los puentes allí. Unos minutos después un número igual se desvió hacia el sur en la Carretera 36. Jake tenía razón. Los rusos habían dividido sus fuerzas y se habían movido para flanquearlos.

"Necesitamos irnos", Braston murmuró. "Esto ha terminado antes de empezar, y necesitamos retirarnos a Ramstein".

"No. ¡Adán y Eva prometieron que ganaríamos! Teniente, haz una señal que todas las fuerzas ataquen directamente al enemigo que se queda en Waghäusel. Que todas crucen esos puentes ahora mismo".

"Eso es el suicidio", Jake advirtió.

"¡Ellos prometieron que yo no fracasaría mientras tomara control!"

Benjamin Roark saltó a sus pies el momento cuando dispararon los primeros cañones. El eco sacudió el campo e hizo que su tórax vibrara como un bombo. Se inclinó, recogió su rifle y mochila y rápidamente pasó los brazos por las correas. Una segunda carga lo mandó corriendo a la tienda del coronel. El oficial estaba al frente, mirando hacia el sur con un par de binoculares.

"¿Qué ocurrió?", Ben exigió.

"Los rusos nos siguieron en vez de acampar en Germersheim", Frank explicó. "Mandaron una fuerza a través del puente al sur para cortarnos, y Jake disparó contra ellos".

"¿Pero eso no es un problema, verdad? ¿Seguirán persiguiendo?"

"De ninguna manera. Se dieron cuenta de que era una trampa y dividieron sus fuerzas. Los camiones van hacia el norte y hacia el sur para cruzar el río más arriba y más abajo para flanquear. Ocuparán a Richter e impedirán nuestro ataque al sur".

"¿Qué va a hacer Braston?"

"Ahora mismo, Roark, no tengo idea. No puedo creer que reveló nuestras posiciones. ¡Una tontería! ¡Es más listo que eso!"

"¡Coronel!" Un sargento mayor de la brigada de señales se acercó corriendo, jadeando y sin aliento. "El general acaba de mandar que nos formemos filas y que estemos listos para cruzar el Rin".

"¡Tienes que estar bromeando! ¡Jake Braston ha perdido el seso! ¡Roark, súbete esa colina y confirma estas órdenes!"

"¡Sí, señor!" Ben se fue corriendo hacia los caballos y escogió uno que ya estaba ensillado. Mientras un soldado raso sostenía las riendas, él colocó el pie izquierdo en el estribo y se levantó, girando su pierna derecha por encima del caballo como en una película del oeste. Si hubiera tenido el tiempo, se habría reído de la idea de cabalgar para advertir a John Wayne o a Gary Cooper, mucho menos a Jake Braston. Con una patada, hizo que el caballo galopara hacia el cuartel general del general en lo alto de una colina cercana.

El campo pasaba rápidamente en un borrón de verdes y grises mientras la pesada nieve se apisonaba bajo los cascos puntiagudos de su corcel. Afortunadamente, no se había formado hielo en la superficie como solía hacer en casa. Con sus ojos fijos en la colina, pateaba los flancos del caballo con más fuerza, impulsando a la pobre bestia aún más rápido hacia su destino.

El general Braston se encontró con él lejos de la tienda del cuartel general. Ben desmontó y saludó.

"Roark, me alegro que estés aquí", el oficial superior dijo. Su rostro parecía demacrado, como si la preocupación lo hubiera estresado demasiado. "Esterling abusó de la autoridad y ordenó ese ataque. Ahora envía toda su fuerza a través de los puentes".

"Titus dijo que eso nos mataría a todos. Me mandó aquí para confirmar las órdenes".

"Mandaré a otro a confirmar, pero tú no vas a cruzar ese puente. Necesito que hagas otra cosa".

"¡Cualquier cosa, general! ¿Qué tiene en mente?"

"Necesito que cruces el río a escondidas y que entres en la ciudad. Busca al general ruso que se llama Ivan Petrov y secuéstralo. Tráemelo cuanto antes".

"¿Por qué secuestrar *a él*?"

"Porque se me prometió que podríamos ganar si lo hiciéramos".

"¿Cómo sabe usted que la persona, quienquiera que fuera, tiene razón?"

"Supongo que lo vamos a saber si encuentras a Petrov en estas coordenadas, en un gran almacén—un *Sonderposten* o algo así, sea lo que sea". Braston le entregó una hoja de papel.

Ben miró fijamente el nombre. "Es como un Walmart, creo, pero nunca he entrado en uno para hacer compras. ¿Quién le dio esto?"

"La doctora Yurik. Ella dijo que me fiara solo en ti para traérmelo, y que lo encontrarías escondido en ese edificio".

"¿Ella dijo que me enviaras a mí? ¿Entonces Adán y Eva dijeron que este es el camino a la victoria?"

"¿Sabes de ellos?", Braston preguntó con sorpresa.

"Stephanie y yo somos amigos, y los amigos hablan, señor. Si los niños dijeron que este es el camino, debemos escuchar, señor. Pero necesito ayuda. Esto no es algo que puedo hacer solo".

"Yo mismo seleccionaré a los hombres".

CAPÍTULO TREINTA Y SEIS

La lucha por venir sería difícil, si no imposible, pero Max y Shayde tenían la ventaja de la sorpresa, si nada más. Cada uno se bromeaba de pelear sin la visión nocturna y las comunicaciones, riéndose de lo mimados que estaban en Irak. Pero por dentro, cada uno se preocupaba por las incertidumbres, y ninguno de los sargentos sabía cómo terminaría la noche. Se pusieron de acuerdo de que un poco más de luz lunar habría mejorado sus posibilidades, pero sus fuerzas combinadas eran veinte personas—no lo suficiente si su información resultó ser incorrecta.

"Tenemos que entrar rápidamente", Shayde insistió, "y establecer nuestros puntos de control antes de que refuercen el perímetro".

"¿Cuál es su fuerza total?", Max preguntó.

"Tienen diez centinelas vigilando en todo momento, y los exploradores informaron que cambian de turnos cada seis horas. Eso significa cuarenta soldados".

"Pero es un aeropuerto; así que tiene que haber nidos de francotiradores en los torres y encima de los edificios", el cabo de Shayde añadió. Su voz delataba un pequeño acento neoyorquino.

"Chad tiene razón", Walters accedió. "Suponía yo que los que tienen suerte son los que no patrullan sino los que vigilan. Cuentan con diez o veinte más cambiando de turno o corriendo hacia su estación ante una alerta, así que eso nos compra unos cinco minutos una vez que nos vean. Afortunadamente ellos tampoco tienen visión nocturna".

Max soltó un silbido lento. "Así que somos veinte contra sesenta hombres bien armados. Si nos atascan, estamos fritos y nadie por nosotros".

"Felicitaciones", Shayde dijo con una sonrisa, "te acaban de subir a capitán".

"¿Cómo?", Chad preguntó, obviamente confundido. "Solo es sargento".

"El pendejo aquí acaba de llamarme el Capitán Obvio", Max dijo y escupió.

El cabo se rió fuertemente y Shayde sonrió.

"¿Qué tan cerca se acercaron los exploradores?", Chad preguntó. "¿Incluso sabemos dónde almacenan las armas, las municiones y los suministros de comida?"

"Es bastante fácil suponer donde está la comida ya que hay una pequeña zona de restaurantes ubicada en el centro de la terminal. Esta es Evansville, no Indianápolis, así que literalmente solo hay una terminal que tomar", Shayde explicó.

"Eso significa que el resto tiene que estar por encima de la zona de recogida de equipaje en la planta baja", Max dijo.

"¿Por qué piensas eso?", Shayde preguntó.

"Es el área más segura. Se diseñan a los aeropuertos para mantener a los no-pasajeros fuera de las terminales y la pista, y eso es fácil de hacer cuando están atendidas con todo el personal que tenga la AST. Pero sin su presencia el lugar más vulnerable que haya es la zona de recogida de equipaje. Siempre se abre al tráfico de la calle por un lado y a la tripulación por la otra, así que la apuntalan bastante bien. Tan bien, de hecho, que las paredes de los edificios más modernos son a prueba de explosiones. ¿Cuándo se construyó este?"

Los dos otros hombres se encogieron de hombros.

"Pues, he estado allí una o dos veces e incluso tuve un vuelo directo allí después de la guerra. La terminal tiene la apariencia de haber sido construida en los 50, así que debían de haber reforzado luego con puertas de metal la zona de recogida de equipaje. Nuestra mejor posibilidad es abrir una puerta en la pared. Shayde, por favor dime que tenemos C-4".

Walters sonrió. "¡Lo tengo aquí mismo, Perro Diablo! Explotar agujeros es mi parte favorita del trabajo". Había guardado ese secreto toda la noche.

Max asintió. Sus posibilidades de éxito se habían mejorado, aun si las probabilidades no se habían mejorado.

"Digamos que tenemos éxito", el cabo Chad preguntó. "¿Cómo llevamos las armas y las municiones al coliseo?" Fue una buena pregunta, una que ni siquiera Max había considerado. "Vi un par de caballos en el camino. Podría recogerlos", el cabo sugirió.

"No necesitamos caballos", Shayde dijo con desdén. "¿Cuánto podrían tener en el aeropuerto? No estaban preparados y almacenando durante años como hacía el coronel, y llegamos primero a la mayoría de las tiendas una vez que empezó el saqueo. Estoy seguro que podemos llevarlo sobre la espalda".

"Da igual. Si hay más que lo que podemos llevar, tendremos que neutralizar lo que no podemos llevar. No dejamos nada excepto la comida o van a luchar más fuerte la siguiente vez. Esta es la fase de conquista del coronel, lo que significa que tenemos que atemorizar, quitarles la habilidad de defenderse y dejarles un poco de esperanza para que nos traten en paz cuando volvamos. Él quiere guiarles a todos hacia la reunificación".

"De acuerdo", Shayde dijo.

"Hablamos entonces de nuestra entrada en la terminal. Aquí están los bosquejos que los exploradores proporcionaron", Max dijo, sacando unos mapas toscamente dibujados. "La recogida de equipaje está en el lado noroeste del edificio. Para llegar allí necesitamos desobstruir el estacionamiento y asegurar un lugar de vigilancia. Hace unos años la ciudad empezó a construir toldos solares en el estacionamiento. Nos darán una pequeña ventaja antes de nuestra entrada en la terminal. Pondremos a francotiradores bajo ellos para cubrir los techos. Después de eso habrá un tiroteo y un acorralamiento de los civiles. Lo terminamos con una limpieza de las oficinas del edificio en busca de toda la información posible". Miró a Shayde. "¿Quiénes son nuestros mejores francotiradores?"

"Jack y Dan, los dos sirvieron, y Dan puede dispararle un ojo a un cerdo a cien metros, pero ninguno de ellos podría desobstruir un estacionamiento tan silenciosamente o tan rápido como necesitamos. Podría ensuciarse, y disparar sonaría la alarma".

"Entonces los acompañaré y desobstruiré el estacionamiento. Envía a mi equipo a reunirse conmigo una vez que yo esté bajo los toldos; entonces, muévete para hacer la entrada. Esperaremos hasta que llegues al lugar de entrada antes de movernos al nuestro".

"Me parece buen plan", Shayde accedió.

"Apenas es un plan, desafortunadamente, pero sí es uno", Max dijo con un suspiro.

Walters miraba mientras Max guiaba a los francotiradores hacia el estacionamiento. Estaba lleno de autos abandonados, en su mayoría enterrados bajo la nieve y cenizas. Aunque se podría seguir muy fácilmente las huellas, había demasiados rincones y grietas en los que los patrulleros podrían esconderse. Tardarían varios minutos en atravesar esta primera línea de defensa, sin saber cuántos soldados encontrarían escondiéndose debajo de los toldos solares. Afortunadamente una tormenta había llegado, y la nieve que caía cubría su acercamiento.

Shayde ojeó el techo de la terminal, moviéndose lentamente y buscando cualquier reflejo de luz a través de la mira de su rifle. Había tantas sombras que no había manera de saber cuáles eran personas. En silencio maldijo la falta de visión nocturna o miras térmicas, pero por lo menos había adjuntado un supresor, hecho de una lata de aceite, para silenciar cualquier disparo. Pero incluso eso no duraría mucho cuando lo que se necesitaba era un silencio prolongado.

También deseaba un rifle mejor, sintiéndose más como civil con su Armalite sobre-modificado. En el servicio en los marines había llevado armas de asalto verdaderas pero ahora solo estaba *jugando* a soldado con un arma embellecida por un urbanita. Él nunca habría hecho estas modificaciones por sí solo antes de la guerra, no sin un montón de burocracia y dolores de cabeza de la ATF. Con una culata de acelerador de disparos y un gatillo binario, uno pensaría que tendría la misma potencia que la pieza totalmente automática que había llevado en la guerra, pero esta no estaba ni cerca a la verdad. La creencia que "de uso militar" significaba mejor posibilidad de matar era una falacia propuesta por ellos que nunca habían tenido en sus manos una pieza verdadera. "De uso militar" significaba basura sobrevalorada.

Cómo había conseguido esta pieza era toda una historia. Eran los primeros días después de los misiles, cuando exploraba su primera farmacia. Dobló una esquina, sorprendido al ver un pandillero igualmente sorprendido robando opioides. Afortunadamente el idiota nunca la había disparado y había cargado los cartuchos al revés. Se atascó, y Shayde lo derribó con un arma ligera. Se quedó con el rifle del hombre más por razones sentimentales que otra cosa y lamentó el día porque reflejaba su primera matanza de un civil. Servía como un recordatorio constante de que los criminales tienen las armas verdaderamente malas, conseguidas en lugares que nunca pisarían los civiles.

Esperaba que Max terminara pronto la limpieza del estacionamiento, mirando las tres sombras avanzarse por las filas. El "Todo en orden" iba a ser un trozo de tela reflectante que agitarían después de que ellos regresaran al borde sur. El cabo Chad buscaba cuidadosamente su señal.

"Oye, Chad", Walters susurró.

"¿Sí?", el chico respondió.

"¿Qué demonios *es* tu apellido?"

"Pescari".

"¿Es italiano? Suena a mafioso".

"Sí, y probablemente es por qué mi abuelo se mudó de Nueva York y me llamo simplemente Chad. Otra fila despejada, sargento".

"Debes usarlo. Te hace sonar más de tipo malo que *Chad*. Como tal estás, parece que deberías estar quejándote de los cafés con leche con especias de calabaza".

"Quizá, pero no me gusta mi apellido".

"Así que eres un urbanita que se mudó a la ciudad".

"Más o menos". Un segundo pañuelo se agitó. "Rankin ha terminado con la mitad".

"¿Qué hacían ustedes, los de las ciudades grandes, por estos lares? ¿Frecuentaban la piscina de cemento todo el día añorando la contaminación y los metros?"

"Chistoso". En realidad no pensaba que era chistoso. "No, papá compró un rancho de caballos al norte del río. Él y mamá no estuvieron en casa cuando se cayeron las bombas. Nunca regresaron a casa. Estaban en Indianápolis y probablemente nunca van a regresar".

"Eso apesta. ¿Por qué saliste del rancho para El Refugio?"

"Cuando el río se desbordó, inundó toda la propiedad—ahogando a los caballos en sus establos. Simplemente me alejé, andando a la ciudad. Vosotros sois los primeros que encontré".

"Vosotros sois... No *eres* de aquí, ¿verdad?"

"Dije que no soy de aquí". Chad se detuvo y entonces dijo: "Caramba, eso fue una escapada por un pelo. Él acaba de bajar a tres chicos sin un disparo. ¡Este tío es malísimo, sargento!"

"Lo sé; ¿cómo crees que *me* superó *a mí*?"

"Yo pensaba que eso era una historia inventada para que nos olvidáramos de que mató a Spike y Mole".

Shayde se tensó. "¿Dónde oíste hablar de eso?"

"Algunos de los oficiales se lo están contando a todos, diciendo que no confiáramos en él y que alguien debe hacer algo cuando está de espaldas. Pero no le interesa a nadie menos los skinheads."

"¿Qué skinheads? Nunca he visto ninguno en el Regimiento".

"No son como ves en las películas; parecen chicos normales. Los reconozco solo porque había un montón de ellos en Nueva York. Se quedan callados en cuanto a sus creencias, sin embargo, y nadie les presta mucha atención".

"¿Qué tan malo es? ¿Unos cuantos? ¿Varios?"

"Solo un puñado como esos oficiales, los hermanos Hank y Steve. Los he visto con ellos, seguro. He visto a Jack con ellos, también".

"¿Jack? ¿El Jack que acabamos de enviar con Max?"

"Carajo. No lo había pensado, sargento". Cambió el peso de su cuerpo de un pie al otro, siguiendo a los tres con su mira. "El estacionamiento está despejado, y van hacia los toldos solares. ¿Crees que es seguro que formen equipo?"

"Espero que sí, pero no podemos continuar cuidándolo. Vigila los techos; estamos a punto de movernos".

Shayde se dio la vuelta e hizo una señal a los hombres que yacían detrás de la berma. *Dos minutos*, advirtió. Los escuadrones se dividirían en cuanto avanzaran. El de Max se reuniría con él y el equipo de vigilancia; entonces irían a la entrada oeste. Él y Chad cruzarían con sus equipos hacia la entrada este, y los dos escuadrones se encontrarían de nuevo en el medio antes de entrar en las puertas.

"Francotirador", Chad advirtió.

"¿Él ve a Max?"

"No puedo determinar eso, pero el equipo no puede cruzar mientras esté allí".

"Nos acaba el tiempo, y no podemos permitir que él dispare primero. Esté atento a la señal de Max". Shayde ojeó hasta que lo encontró. Era solo un adolescente, un negro joven con un rifle que tenía mira ojeando el estacionamiento. El destello de su mira seguía el movimiento de aquellos a quienes miraba. *Tengo que dispararle*, Walters se dio cuenta y dejó escapar un suspiro.

Hay un momento de tiempo breve entre la respiración y el apretar el gatillo cuando el tiempo se detiene. La primera vez que un tirador lo experimenta, siente el latido de su corazón dentro del mismo rifle. Shayde puso la yema de su dedo contra el pedazo de metal tan pronto como se asentó el retículo. Ya que era gatillo binario, había un segundo disparo en el momento en que soltó el gatillo. Miró, buscando signos de vida mientras Chad ojeó, buscando testigos. Afortunadamente el silenciador amortiguó el sonido del disparo.

"Max vio tu destello. Indicó que fuéramos".

La mano de Shayde se agitó, indicándole al equipo de Max que se uniera a su sargento bajo el toldo solar más al norte. Tenían dos minutos para ponerse en posición, dándole a Shayde y su equipo un minuto de vigilancia. En el último minuto, cada vida estaba en las manos de Max y sus tres francotiradores. Hizo la cuenta regresiva en su mente. Al llegar a sesenta, se puso de pie y corrió. "¡Vámonos!", ordenó, y Chad y los otros lo siguieron.

Max esperó a que su equipo lo alcanzara. Odiaba esperar—eso es cuando piensas en lo que estás haciendo. Es mejor seguir al siguiente asesinato una vez que empieza la adrenalina.

No eres asesino, recordó que un sargento se lo dijo después de su primer asesinato en Irak. *Eres un arma—un arma en mano de otros. ¿Piensas que el rifle piensa en sus asesinatos?*

Los otros se habían unido a él junto con Jack y Dan.

"Quédense aquí", les dijo a los francotiradores, "y cuídennos la espalda". Ellos asintieron e intercambiaron una mirada. ¿Qué era? ¿El humor? ¿El asombro? Parecían diferentes desde que lo vieron despejando el estacionamiento, matando efectivamente una vez desenvainado.

"Vamos", les dijo a los otros, mirando hacia su derecha. Shayde y su equipo habían alcanzado la entrada sur. La tarea de Max era asegurar la del norte.

Salió corriendo, expuesto solo por unos segundos, pero eran segundos peligrosos. Se apoyó contra un pilar y esperó. No había movimiento dentro. Eso era bueno.

"Prepárense para entrar", dijo, y los otros asintieron.

Las puertas de vidrio estaban bloqueadas, igual que las ventanas por todas partes de la terminal. Encontró un lugar donde la madera se había deformado y miró hacia dentro. La luz tenue de la luna entrando por las ventanas superiores reveló filas de tiendas de campaña y sacos de dormir. *Seguro* que había alguien que vivía allí, y oró para que no fuera como el coronel lo había descrito.

¿Por qué la gente no puede ser mejor?, se preguntó.

La madera contrachapada se movió fácilmente bajo la palanca del equipo, y la pusieron en el suelo cuidadosamente para evitar hacer ruido. Max se movió, girando y guiando con su arma mientras ojeaba el interior. Se detuvo. Algo no estaba bien.

En algún lugar, un rifle estalló en el silencio. El equipo de Shayde también había entrado.

"¡Para!", una voz grito, más adentro de la estructura, pero los disparos continuaron.

Max dejó que sus ojos se adaptaran. *Haz un reconocimiento buscando amenazas*, se dijo a sí mismo. Pero no había amenaza. La terminal oscura estaba llena de filas de tiendas de campaña y ojos que le miraban fijamente, pero nadie se había movido para resistir.

¿Dónde están las guardias del interior? ¿Dónde están los soldados impidiendo que los prisioneros se liberen?

"¡Para! ¡Alto el fuego!"

Max reconoció la voz como la de Shayde. Alguien en su equipo estaba de matanza. El sonido de una pistola de gran calibre terminó con el del rifle, y Rankin lamentó la única opción de su compañero.

"¿Qué pasa, sargento?", uno de su propio equipo le preguntó.

"Esto no es un objetivo militar", Max dijo. "Nuestra inteligencia estaba equivocada. ¡Estos no son prisioneros; son refugiados! Necesitamos retirarnos y reevaluar". Se alejó de su cubierta, levantando una mano para señalar a Jack y Dan. Uno de ellos respondió con un tiro de francotirador.

El dolor fue instantáneo, mucho peor de lo que había anticipado que sentiría un disparo. Afortunadamente golpeó cerca de su hombro y no unos centímetros más a la izquierda. Max se movió fuera de la vista del tirador y les miró a los ojos a los de su equipo. Parpadearon, tan sorprendidos como él por el fuego amigo.

Que oxímoron más estúpido, pensó, moviéndose el brazo en su lugar, comprobando el rango de movimiento. Estaría rígido y dolorido más tarde.

"¿Qué diablos fue eso?", gritó, ya no preocupado por mantener el elemento de sorpresa.

"Lo siento, sargento", Jack respondió de su puesto. "¡Pensamos que usted era uno de ellos!"

"No es probable", Max murmuró. Se ocuparía de ellos más tarde.

Cambiar su peso a otro pie provocó más dolor mientras ojeaba dentro. Al otro extremo de la terminal larga, Shayde y su equipo habían entrado lentamente, revisando las tiendas y preparados contra la resistencia.

"Muévanse", Max exigió, guiando mientras lo seguía su escuadrón.

¿Mi escuadrón? Apenas conozco a estos chicos.

De repente se sentía más expuesto que nunca, pero preocuparse por otra bala en la espalda desperdiciaría su tiempo. "Estén atentos a las amenazas y tengan cuidado de no golpear a los no combatientes".

Ellos miraban fijamente a los recién llegados, mirando con cansancio y hambre.

"¡Max!", Shayde llamó desde la mitad de la terminal. "¡Nuestra inteligencia era mala, Max!"

"Lo veo también", respondió, mirando a los ojos de un hombre mayor acurrucado y protegiendo a tres niños. Una mujer mayor, probablemente su esposa, yacía sin vida a su lado. La familia entera apestaba de orines, excremento y miedo. "¿Quién trajo a usted aquí?", Max le preguntó.

"¿Qué?" La confusión en el rostro del hombre contestó la pregunta.

Para entonces Shayde se había unido a él.

"Estos no son cautivos, Rankin. Son refugiados de la ciudad—negros, blancos, morenos; hay una gran mezcla. ¡Es un albergue comunitario!"

"¿Por qué entonces las guardias armadas en el exterior? Algo no está bien. Dividámonos en pares y busquemos en el resto del aeropuerto".

"¿Te dispararon?"

"Sí. Un fuego no-tan-amigo de Jack y Dan".

"Tuvimos un incidente también. Uno de mis novatos se enloqueció. Disparó a cinco no combatientes antes de que yo pudiera pararle".

"Tengan cuidado", Max les dijo a los dos equipos. "Sea que sea este grupo, no nos hemos ganado ningún amigo esta noche".

CAPÍTULO TREINTA Y SIETE

Los árboles densos ofrecían protección mientras el escuadrón avanzaba sigilosamente entre los campos de fútbol. Si las ramas no hubieran estado desnudas y los bancos de nieve cenicienta no hubieran sido tan altos, podrían haberse movido mucho más rápido. El sargento Roark estaba agradecido por los cinco hombres a quienes Braston había enviado con él. Eran profesionales—eran sigilosos y tranquilos mientras buscaban peligros en el terreno por delante y vigilaban la retaguardia. Si encontraran resistencia, estaba seguro de que podrían manejarse solos y, más importante, realizar la tarea.

Lo peor de la misión había sido atravesar la línea rusa y preocuparse de cómo regresarían si tuvieran éxito. Pero los bancos de nieve habían hecho que las filas largas de tropas y camiones se quedaran en las carreteras principales, haciendo el escabullirse más fácil pero no simple. Nadaron el río al norte y cruzaron al este, entrando en el bosque. Tardaron horas a pesar de su mejor intento de hacerlo rápido, pero por fin vieron el objetivo.

Es menos un Wal-Mart y más un Dollar Store, Ben se dio cuenta, leyendo las rojas letras altas pintadas en un cartel blanco. Era un nombre extraño para una tienda.

La ubicación era simple pero una opción obvia para el cuartel general. El centro comercial tenía dos supermercados, este con su techo fuerte de metal, y otro que de alguna manera se había quedado intacto durante el bombardeo. También había un gimnasio y una zapatería, con los soldados haciendo de ellos unos cuarteles para el personal y para los ayudantes recién llegados. Ben miró la calle al *Sonderposten*. Estaba despejada de su lado, aunque hacia el este estaba ocupada con camiones y soldados descargando raciones y equipo.

"¿Estamos seguros de que él está allí dentro?", uno de los soldados preguntó.

"No hay certidumbre en nuestro trabajo", el sargento Roark explicó, "pero nuestra información es fuerte y órdenes claras. Estamos a la espera de una señal para entrar en el *Sonderposten*".

"¿Qué tipo de señal esperamos?", uno de los soldados preguntó. "En caso de que no lo haya notado, sargento, no tenemos comunicaciones".

"El general no lo sabía con seguridad pero dijo esperarla; así que aquí nos sentamos".

Braston miraba la escaramuza en el puente. Los rusos fácilmente lo habían hecho retroceder pero en la defensa de Michael, el movimiento tonto los había sorprendido. Alertos para no caer en una trampa, ocupaban posiciones en la orilla este de cada puente. Sin duda esperaban hasta que sus tropas flanqueadoras encontraran sus posiciones. Él ojeó nerviosamente hacia el sur. Solo tenían una hora más o menos antes de que lo hicieran. Afortunadamente, las fuerzas alemanas aguantaron mejor de lo que había esperado y les dieron dos horas—lo suficiente como para retirarse si Michael hubiera cambiado de mente.

"Te dije que funcionaría", Esterling gruñó a su lado.

"Sí, funcionó", Jake accedió, "pero somos una presa fácil una vez que rompa la línea del señor general Richter. Debemos retirarnos ahora y enviarle órdenes que nos siga".

"¿Por qué? ¿Para que nos alcancen en Ramstein? Es menos defendible; me lo dijiste tú mismo. No, nos aseguraron la victoria. Adán y Eva nos la prometieron".

"Por lo menos debemos permitir que Titus y los otros se retiren a esta cresta. Mueve la artillería primero".

Michael asintió. "Hazlo".

Jake le dio la orden a un asistente. Un movimiento al noreste le llamó la atención. "¿Qué diablos es eso?" Sus ojos se agrandaron, sus cerebros no creyendo lo que veían.

Esterling bajó sus binoculares y giró. Mientras lo hacía, sus ojos se agrandaron de sorpresa tanto como los de Braston. "¿Es un barco? ¿En la tierra?"

Ambos hombres se maravillaron ante el espectro fantasmal. Un velero reluciente se deslizaba por encima de la tierra atravesando árboles y edificios mientras las personas en la cubierta se quedaban firmemente de pie. Se dirigía directamente hacia su posición en la colina.

Jake agarró los binoculares de Michael y se centró en la maravilla. Con la vista más amplificada, podía ver claramente el brillo de su construcción, reconociendo los hilos de aire de su laboratorio subterráneo.

"Son Adán y Eva", dijo, amplificando la vista.

"¡Les dije que se quedaran atrás!", Michael se enfureció. "¿Cómo se libraron?"

"La doctora Yurik y David están con ellos. Espera… Por Dios, ¡Brooke está allí también!"

"¡Me traicionaron—soltaron a los experimentos del laboratorio! Sabía que traer a David significaría traer problemas. ¡Ni siquiera lo necesitábamos! ¡Stephanie tenía todo bajo control!"

"¿Pero qué te pasa, Michael?", Jake exigió. "¿De qué tienes miedo en realidad?" Pero Michael ya había revelado este lado nuevo de sí mismo. Jake lo reconoció como una codicia de poder. Quería que esta victoria fuera solo suya.

Un movimiento en las nubes les llamó la atención a ambos hombres y subieron la vista, jadeando al darse cuenta de que los niños no habían llegado solos.

"Esa es tu señal, Roark", Braston murmuró.

⚬

"Se hace tarde", un soldado se le quejó a Roark. "Braston dijo que solo teníamos unas cuantas horas, así que ¿por qué no irrumpimos? Debemos agarrar a este general e irnos".

"Porque no hemos recibido la señal", Ben respondió. Sus ojos no se habían apartado de la puerta de entrada del edificio. Los dos guardias parecían estar tan aburridos como él.

Mira hacia arriba, una voz le dijo en su cabeza. La reconoció al instante.

¿Eva?

Sí, Ben. Mira hacia arriba y verás nuestra señal.

Alzó los ojos al cielo. Al principio, lo único que vio eran las mismas nubes pesadas que habían persistido desde el apocalipsis. Cargadas de nieve, avanzaban hacia el horizonte.

No la veo.

Un chillido le giró bruscamente la cabeza hacia el noroeste. De niño había mirado los gansos migratorios volando en lo alto, siempre en una formación perfecta y aparentemente gráciles en su viaje. Pero estos no eran gansos. Eran más grandes. Se zambulleron hacia abajo después de volar muy por encima de la tormenta.

"¿Qué son aquellos?", uno de los soldados exigió.

"Águilas", otro dijo.

Cientos de águilas calvas reunidas en bandadas, bailando al viento un conjunto sin coreografía. A diferencia de los gansos, que se turnaban para seguir a un líder de turno, no había ningún arreglo para este vuelo. Igual a la nación de gentes que las había escogido como un símbolo de la libertad, estas volaban lado a lado como individuos—unificadas solo en su presencia y la dirección en que se movían. Cada una era libre de viajar en su propia dirección mientras mantenían un curso constante como un solo cuerpo.

Ve ahora, Eva instó.

Ben apartó los ojos del espectáculo de arriba. Los guardias también habían visto las aves. Sus rifles colgaban de portafusiles mientras que los hombres se protegían los ojos para enfocarse mejor. Miraban con asombro mientras el sargento Roark levantó su propia arma a su hombro. Dos disparos, amortiguados por un silenciador, se soltaron. Las balas subsónicas no emitieron ningún sonido mientras volaron hacia su objetivo, dejando caer la única resistencia entre él y la puerta.

"Vámonos", les dijo a los otros, y los guió dentro del *Sonderposten*.

Jake apartó sus ojos de las águilas volando en círculos en lo alto, mirando mientras el doctor Andalón y las dos mujeres bajaron de la cubierta reluciente a tierra firme. Adán y Eva los siguieron. El barco detrás de ellos se disipó como el humo de una vela que se quemaba a fuego lento, y, de repente, las aves chillaron. Braston saltó, sorprendido por el sonido mientras clavaba los ojos en los recién llegados.

Brooke vio su mirada y se encogió, señalando a David como si todo el asunto fuera cosa suya.

Pero Jake sabía mejor. Los niños habían planeado esto. Sabían que Michael no permitiría que ellos vinieran, así que activaron su propia cadena de eventos. De repente se dio cuenta de que habían previsto el resultado de la batalla y habían planeado todo de esta manera desde el principio. Su vehículo de llegada elegido era grandioso y llamó la atención de ambos ejércitos.

Justo cuando se acercaron, las fuerzas rusas avanzaron en masa a través de los puentes.

"Ha comenzado", Adán dijo tranquilamente.

"¿Pero ganaré yo?", Michael exigió.

"Depende", Eva dijo secamente, "de que si dejamos que sigas metiendo la pata o si por fin confías en nosotros para luchar la batalla por ti".

Jake y Michael miraron hacia la infantería que atacaba, cruzando por miles el puente. Abajo, Titus aguantó brevemente pero toda la línea de batalla se echó a correr en retirada a medida que se acercaba la ola de sangre. Se perdería la batalla en un solo ataque.

"¿Qué *pueden* ustedes hacer?", Esterling les preguntó a los niños. "Es obvio que ya hemos perdido".

"No", Adán lo corrigió. "Prometimos que no perderías". El niño se levantó las manos en el aire y lo trabajó como arcilla, moldeando y formando vórtices feroces. Las nubes comenzaron a agitarse, y las águilas se separaron cuando varios tornados se movieron hacia el sur. Estos tocaron tierra entre las fuerzas aliadas y los rusos.

Los escombros se arremolinaron, desenterrando lo que una vez eran suburbios en expansión y calles urbanas, y se expuso brevemente una civilización recién perdida. Los vientos rugientes arrancaron todo hasta sus cimientos.

"Los mantendré a raya", Adán le dijo a su hermana, "hasta que puedas liberar al general Richter en el norte. Él debe estar aquí cuando ocurra".

Ella asintió y se cerró los ojos, dando un paso hacia el norte y levantándose las manos en la misma manera que había hecho su hermano. Una sola águila se apartó de la bandada, volando rápidamente hacia las fuerzas enfrentadas. "Los alemanes ya están de retirada", dijo. "Cubriré su acercamiento, pero queremos que el enemigo esté más cerca. Su fuerza entera debe presenciar esto hoy".

"¿Dónde está Roark?", Adán preguntó tranquilamente.

Jake empezó a contestar, pero Eva respondió primero. "Está de regreso y casi al río".

"Bien. Necesitamos que Petrov lo presencie también".

Jake giró para mirar a Michael mientras los niños trabajaban su poder. No había estupor en su rostro; tampoco parecía sorprendido por la facilidad con que lo canalizaban. No, mientras que todos los otros hombres y mujeres en ese valle tenían un rostro de miedo o asombro, el del senador mostraba celos enojados. Los niños habían eclipsado al político, y todo el mundo lo veía.

CAPÍTULO TREINTA Y OCHO

Llegó la mañana y amaneció, la luz inundando por las ventanas superiores e iluminando la terminal. Habían tardado toda la noche en asegurar el aeropuerto, enfrentándose solo a una resistencia mínima. Quienesquiera que hubieran sido estos guardias armados, seguramente no estaban entrenados y no mostraban signos de lealtad obvia a nadie.

Shayde Walters caminaba con Max a lo largo de la fila interminable de sufrimiento humano. Cada centímetro de la terminal estaba llena de masas miserables. Hasta el momento habían contado cinco mil. Casi un cuarto de ellos yacían muertos entre los moribundos.

"Nunca he visto tal cosa", Shayde admitió. "Incluso en el extranjero el sufrimiento humano no era tan malo. Hace semanas que estas personas no comen, pero los soldados estaban obviamente bien alimentados".

Max no dijo nada. Lo había visto antes. La cobardía y el miedo son lo que provocan tal sufrimiento, y lo reconoció al instante por lo que era.

"Tenían un líder", Shayde dijo. "Encontramos su cuerpo en una de las oficinas administrativas. Se voló los sesos hace semanas, según parece, pero sus pocos soldados nunca lo averiguaron. Seguían la vigilancia a pesar de no tener liderazgo o dirección".

"¿Puede alguno de ellos hablar por el grupo?", Max preguntó en voz baja, masajeándose el hombro herido. "¿Hay un líder dispuesto a defender a los demás?"

"Todavía no", Shayde respondió. "Todos están muy debilitados, y la mayoría sigue en estado de choque".

"Por lo menos aprendimos qué le pasó al resto de la ciudad. Parece que huyeron al norte cuando se desbordó el río y encontraron refugio donde pudieran. Debemos buscar en los hoteles, en las escuelas y en los supermercados para el resto", Max sugirió.

"¿Has tenido alguna suerte?"

"¿En encontrar a mi familia? No. Afortunadamente no están aquí, pero eso no significa que no los encontramos en un estado parecido".

Shayde se detuvo cuando llegaron a la puerta de la zona de recogida de equipaje. "¿Estás seguro que estás listo para esto?"

Max asintió. El otro marine le había prometido una sorpresa, pero ninguna indicación de lo que había encontrado.

Walters abrió la puerta, y Rankin se quedó sin aliento. Este grupo, quienesquiera que eran, había estado ocupado durante las últimas semanas recogiendo y almacenando recursos. La sala, que antes se utilizaba para organizar el equipaje, no era grande en comparación con la de otros aeropuertos, pero estaba llena de todo tipo de rifles, pistolas y municiones—lo suficiente como para armar a todo un ejército.

"Mira estos estarcidos, Max. Saquearon la armería de la Guardia Nacional. Hay todo tipo de municiones, incluso granadas".

Pero Max miró fijamente las torres de cajas al lado de las armas. Contenían comidas listas para comer y raciones secas, lo suficiente como para durar meses de racionamiento. Había cientas de ellas amontonadas hasta el techo.

"Ese hijo de puta", Max dijo, dejando soltar las palabras sin jadear.

"¿Cuál? ¿El hombre muerto en la oficina, o el coronel?"

"Sabes que estaba hablando del coronel".

"¿Piensas que sabía de esto?", Shayde preguntó.

"¿Por qué otra razón nos mandaría en una misión así? Dijo que estaban almacenando recursos y probablemente sabía que estas personas no eran prisioneros. Nos mandó aquí para que lleváramos todo esto de vuelta pero inventó esa historia para conmoverme y hacerme venir".

"¿Habrías venido solo para llevar esto?"

"Ni en sueños".

"Hay agua potable", Shayde la señaló, "un montón. Pastillas purificadoras también".

Esto le enojó a Max más que nada. "Todas estas personas podrían haber sido salvadas... alimentadas *e* hidratadas todo este tiempo. Ninguna de ellas tenía que morirse. Tenemos que llevar lo todo de vuelta, Shayde", dijo en voz baja, "incluso la comida".

"Entiendo lo de llevar las armas, ¿pero la comida y agua? Estas personas no van a sobrevivir si hacemos eso".

"Si las dejamos aquí, otra persona las llevará, especialmente ahora que están sin vigilancia. Es nuestra realidad ahora—sobrevivir o morirse".

"¿Así que vamos a dejar que se mueran de hambre? ¡Están demasiado débiles para llegar a El Refugio y no podemos dejarlos sin nada!"

"No", Rankin dijo. "Dejaremos lo suficiente como para que se mantengan vivos por un tiempo y entonces regresaremos con más. Pero esto es cómo el Regimiento realiza el sueño del coronel de reconstruir la sociedad. *Nosotros* controlamos los recursos. *Nosotros* los guardamos de manos egoístas como las que los acumulaban y enseñaremos a estas personas que se fían de nosotros. Así es cómo el coronel asegura su gobierno nuevo".

Los sargentos Walters y Rankin se callaron después de eso, cada uno pensando en cómo transportar todo eso a casa de forma segura.

Cathy Fletcher se despertó más temprano que lo normal, desesperada por estar libre de la cama de Hank. Se había equivocado al creer que podía manejar a cualquier hombre, obligada a entregarse a sus deseos. Estaría muerta al no haberlo hecho, y eso habría estado bien si no fuera por Josh. El chico necesitaba a su madre, y ella haría cualquier cosa que tuviera que hacer. Sobrevivir era lo único de importancia en este mundo.

Ella se deslizó del colchón y se vistió, ansiosa por ducharse para borrar la noche. Ese pensamiento provocó escalofríos, recordando cómo un solo baño la había puesto en esta situación. De todas formas, necesitaba ducharse, y el agua corriente le sonaba bien. Mirando brevemente la mesita en la esquina de la casita, vio dos tazones de un guiso de la noche anterior. Hank los había traído, comiendo lo suyo tan vorazmente como había hecho con su cuerpo. El de ella se quedaba allí, frío y no deseado, un símbolo de lo que ella le había entregado a él.

Hank se movió en la cama detrás de ella, gimiendo calladamente. El sudor de su pasión gastada había bañado su lado de la cama. Cat frunció la nariz y tragó un poco de bilis ante el pensamiento de su toque; entonces recogió los tazones y las cucharas antes de entrar en la habitación de al lado.

Con cuidado para no despertar a Steve, ella recogió su tazón y lo puso con los otros. No podía esperar a que estos dos hombres se murieran y sonrió ante la idea de su destino.

Pronto, pensó. *Se morirán con una fiebre, sudando y vomitando las tripas.*

Cathy se detuvo mientras el ciego murmuraba en su cama, dándose la vuelta y arrojando una manta al suelo. Ella se acercó a él, escuchando sus murmuraciones.

"Frío", dijo. "Hace mucho frío". Entonces él se dio una vuelta y vomitó.

Ella se maravilló del sudor que se caía de su espalda. Entonces se acercó a él sigilosamente y con cuidado extendió una mano. Repugnada, le tocó la piel. Se quemaba de fiebre. Él vomitó otra vez.

No, pensó. *Todavía no.*

Todavía con los tazones, regresó rápidamente a la casita de Hank. Tirando de la manta de sus hombros, ella maravilló de la cantidad de sudor que se caía de él también. Los ojos de ella se posaron en los tazones en sus manos, y ella de repente estaba agradecida por la falta de apetito. Poniéndolos en la mesita, corrió a su maleta y palpó el forro de la costura. No estaba. Alguien le había robado el ricino.

Ella hurgó sus pensamientos del día anterior, pasando rápidamente por los eventos infernales de la noche de su boda.

¿Cuándo no estuvo en mi vista?, se preguntó; entonces ella recordó.

¿Cómo la metió ella en los tazones?, preguntó. Entonces se le ocurrió. *Son oficiales y comen aparte de los alistados. Se les sirve de una olla diferente.*

Cathy rápidamente se deslizó de la casita y se movió a través del balcón. Echó un vistazo dentro de la casita contigua, abriendo la puerta y conteniéndose la respiración. Un hombre y una mujer yacían dentro, sin vida y dentro de una cama llena de vómito. La siguiente que revisó era igual y las siguientes también. El coronel le sospecharía de inmediato.

Max estaba encima de un tren largo de carritos de equipaje, todos conectados y siendo arrastrados por tres caballos. Chad Pescari montaba el primer caballo, alto en la silla y radiante de orgullo por su ingenio. Fue su idea reconocer a las granjas de caballos de los alrededores y requisar dos yeguas y un semental. También sugirió que conectaran los carritos para llevar los suministros de vuelta a El Refugio. Ambos Dan y Jack yacían a los pies de Max, sujetados fuertemente por unas esposas de plástico.

El viaje a la ciudad había sido más lento de lo que le hubiera gustado, pero nadie los había desafiado o intentado tomar su botín.

"Debemos de ser una vista ridícula", el sargento Walters dijo desde el siguiente carrito.

"Tenemos mayor problema una vez en casa", Max respondió.

"¿Oh? ¿Qué es eso? ¿Dónde almacenar todo esto?"

"Cómo deshacernos de los carritos. No podemos simplemente dejarlos fuera de El Refugio; llamarán la atención. Tenemos que tirarlos en algún lugar".

"No había pensado en eso", Shayde admitió. "Pero hay una tienda de ruedas a unas cuadras. Podemos meterlos allí hasta que los necesitemos otra vez".

"¿Y los caballos? ¿Cómo vamos a mantenerlos vivos dentro de la ciudad? Tenemos que soltarlos".

"¡Serán útiles!", Chad gritó desde adelante.

Max se rió. "No puedo creer que el único vaquero entre nosotros es un neoyorquino". Se dio la vuelta para mirar a Shayde y preguntó: "¿Por qué piensas que el coronel inventó todo eso? De la venganza. ¿Qué quería? Podría haberme dicho cualquier cosa para hacerme venir".

Shayde se encogió de hombros y señaló a los hombres a los pies de Max. "Pregúntaselo a uno de ellos. Si te dispararon deliberadamente, quizá tienen respuestas".

"Sí, tenemos tiempo para un poco de interrogación", accedió. "¿Qué piensas, Dan? ¿Jake? ¿Por qué me dispararon?"

"Se lo dijimos; ¡fue un accidente!", Jack respondió. "No anticipábamos que usted iba a salir, ¡y pensamos que era usted uno de *ellos*!"

"Entiendo", Max dijo, agarrando la envoltura de cuero de su Ka-bar y apretándola con enojo: "¿Porque todos nos vemos iguales?"

"¡No!", Dan gritó. "¡Era el fragor de la batalla! Simplemente me reaccioné. ¡No pensé! ¡Reaccioné y lo siento!"

Max se enfurecía pero luchó para calmarse las emociones. *Tengo que ser sensato aquí. No sé qué ocurrió de veras.* Pero en el fondo se lo preguntaba. Algunas personas *podrían* haber hecho un error así.

Pero no yo, se dio cuenta.

Mike Salwell, el chico jugando a pandillero—el amigo de Tom—había tenido razón. Era la hora de decidir en qué equipo estar.

Él apartó los ojos de Dan y Jack. Estaban cerca, apenas a doscientos metros de El Refugio. Podría cortarles el pescuezo ahora, pero después, ¿qué? ¿Dejaría Shayde que viviera? Parecía ser hombre honesto, pero también un soldado—motivado por el deber. Lo mataría a tiros.

¿Y qué más da si lo hace? Sin Betty y Tom, ¿qué propósito tengo?

Más adelante, el caballo de Chad resopló y bailó ansioso.

"¡Tenemos un problema, sargento!", el joven gritó.

El sonido de disparos resonaron en un edificio, seguido por el sonido de metal sonando por todas partes a su alrededor.

"¡Somos presa fácil!", Shayde se dio cuenta. "¡Bájense!"

Chad se cayó de su caballo, y su caballo se encabritó. Una mancha de rojo se formó en la sien de Chad. Max se liberó de sus pensamientos, entendiendo que habían entrado en una emboscada.

Se puso de pie y corrió por encima de los carritos, apurándose hacia delante justo cuando los caballos decidieron salir corriendo. Con un salto, se agarró al primer carrito, perdiendo pie y cayéndose por el borde. Una bala atravesó una caja de raciones al lado de donde había estado su cabeza. Sus dedos se extendieron hacia el borde y apenas lo agarraron, dejándole estirado sobre la calle mientras los caballos corrían. Sus botas casi se arrastraban contra el suelo.

Detrás de él, Shayde y los otros habían saltado libres del tren, encerrados en un tiroteo en ambos lados. Max se apartó de ellos, dándose cuenta de que los carritos podrían volcarse en cualquier momento. Intentó levantarse pero encontró que no pudo. Su rifle colgaba de su portafusil, enganchado en el guardabarros del carrito. Estaba tenso, y él tendría que agacharse antes de poder liberarse. La blancura alrededor de sus nudillos le decía que eso nunca ocurriría; se liberaría cuando fallara su agarre y se caería a una muerte segura.

Su mano derecha frenéticamente palpó su costado, encontrando la envoltura de cuero y sacando su cuchillo Ka-bar.

Cortó el portafusil, enviando el arma a estrellarse contra la calle debajo de las ruedas del carrito de equipaje. No tenía tiempo para envainar de nuevo el cuchillo y lo dejó caerse al suelo también. Solo entonces encontró la fuerza para levantarse por encima del primer carrito y apurarse a encontrar el nudo. Oró poder desatarlo a tiempo, anhelando el cuchillo que ahora yacía inútil en la calle.

Tuvo éxito. Los caballos se alejaron, corriendo calle abajo, y el tren de carritos se ralentizó, chocando contra el costado de El Refugio.

Sin aliento, miró hacia el sonido de los disparos. Shayde y su equipo habían entrado en los edificios, despejando cada cuarto mientras los disparos sonaban desde adentro. Detrás de él, las puertas del *Coliseo Conmemorativo de Soldados y Marineros* se abrieron de repente y varios alistados del Regimiento salieron corriendo. Corrieron entrando apresuradamente en la batalla.

Buenos luchadores, Max notó, *hombres con instintos.*

Trató de ponerse de pie, con el intento de encontrar su arma y ayudar, pero el agotamiento le dobló las rodillas y se desplomó en la calle. Dos pares de botas de combate se acercaron, y él las siguió hacia arriba con la mirada, fijándose en el uniforme táctico y el cinturón tejido alrededor de cada uno. Dos soldados lo habían encontrado, pero no eran del Regimiento. Max trató de concentrarse, pero debe haberse golpeado la cabeza en la carrera enloquecedora para liberar a los caballos. El mareo hizo que su visión se nublara.

Uno de los soldados habló desde detrás del pasamontañas cubriéndose el rostro.

"Ves, te dije que había decidido en qué equipo estar", la voz de un chico dijo.

"Sí, tenías razón", Tom respondió.

Max reconoció la voz de su hijo al instante, y lágrimas de alegría cayeron suavemente de su cara. "Hijo..."

"No", Tom dijo furiosamente, mirando por encima del hombro hacia el tiroteo. "No puedes llamarme eso. Eres un vendido, y mamá está muerta porque tú no estuviste en casa". Levantó su rifle, empujando la boca del cañón contra la frente de su padre. "Nunca estabas allí para nosotros, ¡siempre eligiendo el camino!"

"No soy un vendido, hijo. Estás luchando la guerra equivocada", Max dijo con lágrimas en sus ojos, la emoción de las últimas semanas de preocupación mezclándose con la alegría de haber encontrado a su hijo. Que Betty no había sobrevivido hizo que su pecho se agitara, sollozando tristemente por la única mujer que había amado. "Entra conmigo, Tom; tú también, Mike. Hay un lugar para ustedes en la nueva sociedad... ¡será para todos nosotros!"

Tom bajó el pasamontañas con una mano pero empujó el silenciador del rifle más profundo en la piel de su padre con la otra mano. El sonido de botas en el pavimento avisó que la batalla había terminado y que los miembros del Regimiento estaban corriendo para ayudar a sus colegas. Dio la vuelta hacia ellos brevemente, debatiendo qué dirección debe tomar.

Pero al final, su hijo escogió la violencia sobre el amor. "No hay lugar para mí en su mundo", el chico dijo enojado, retirando el rifle y alejándose calle abajo. Mike lo siguió corriendo.

Shayde corrió hacia Max, él y su equipo se detuvieron sin aliento. "¡Persíganlos!", ordenó.

Pero Max encontró su propia voz de mando: "¡No! ¡Déjenlos ir!", dijo.

Los soldados dudaron, mirando de un sargento al otro, no sabiendo a quien obedecer.

"Es mi hijo", Rankin dijo, poniéndose de pie. "Solo necesita tiempo para pensarlo". Pero dentro del corazón de Max, el padre se había desaparecido temporalmente. Era soldado, entrenado para apartarse de la emoción para seguir con la lucha. Pronto lo único que se quedaría sería el marine. "¿Dónde está el coronel?", preguntó. "Necesitamos hablar".

"Hay un problema", uno de los soldados respondió. Era joven, pero valiente. Uno de los hombres que habían salido corriendo para ayudar mientras la mayoría de ellos se había encogido dentro.

"¿Cómo te llamas, soldado?", Shayde exigió.

"Parker... James Parker, sargento". Dos mujeres salieron, y James dio una vuelta hacia ellas. "Cat, Linda, favor de regresar adentro", dijo.

"¿Eres amigo de ellas?", Max preguntó. "¿Eres el soldado que trataba de ayudarlas?"

"Sí, sargento".

"Pueden quedarse. Ninguna de las dos ha visto el sol del día durante bastante tiempo. Ahora, dime, ¿cuál es el problema?"

"Los oficiales… Todos están muertos, sargento. Cada uno de ellos se murió durante la noche. Ninguno de los hombres sabe qué hacer o a quién seguir. Por eso la mayoría se quedó dentro y no ayudó. Están tratando de decidir cómo dividir los recursos e ir por caminos separados".

Max intercambió una mirada con Shayde; entonces preguntó: "¿Todos ellos muertos? ¿El coronel también?"

"Todos ellos".

"Creo que fue un veneno", Cathy Fletcher dijo.

"Entonces, haz que el médico lo confirma", Max ordenó. "Necesitamos saberlo".

"Está muerto también", ella respondió. "Soy la única aquí con conocimientos médicos, y me parece veneno de ricino".

Girando hacia Shayde, Max sugirió: "Así es cómo resolvemos esto. Toma a estos hombres y reestablece el orden. Toma control de la armería primero; entonces establece tu autoridad".

"¿Mi autoridad?", Shayde preguntó.

"¿Tienes problema con eso?"

"Sí, tengo problema con eso. Eres mejor líder, Max. Tienes la mejor mente para la batalla. Solo soy un tipo de morteros y C-4 a quien le gusta explotar cosas. Mi decisión es seguirte a ti, y así será con la mayoría de los que me siguen".

"Pues, entonces", Max dijo tranquilamente, "parece que de veras *sí* tenemos un problema porque yo no la quiero".

"Tiene que ser la tuya", Shayde insistió, "y tiene que ser ahora. Te ayudaré a tomar control del Regimiento y te ayudaré a mantenerlo unido. ¡Es nuestro *deber*!"

El *deber*. Esa palabra otra vez. Max tragó. No había forma de escaparlo. Asintió. Betty se había ido, y Tom lo había repudiado. Lo único que se quedaba era un marine con una misión. "Entonces, vamos a hacer lo correcto", dijo. El dolor de corazón por su esposa e hijo tendría que esperar.

CAPÍTULO TREINTA Y NUEVE

"¡Atención!", Jake les gritó a las tropas de Titus. "¡Cúbranse!" Señaló la pared de vórtices entre ellos y los rusos. "¡Es de nosotros, pero no los retendrá por mucho tiempo! ¡Pónganse detrás de ella y prepárense!"

Poco después, sus oficiales entendieron y reunieron a sus escuadrones en posición.

Jake dirigió su atención a los recién llegados del norte. "¡En filas!", gritó por encima del sonido de los vientos furiosos. El señor general Richter lo encontró entre el caos.

"¿Qué es esto?", el alemán exigió. "¡Esto es una locura! ¿Qué no me has contado?"

"¡Te lo explicaré luego; simplemente sabe que es de nosotros!"

"¡No! Explícamelo ahora. ¿En qué diablos estamos involucrados?"

Jake suspiró profundamente; entonces se dio la vuelta para mirarlo directamente. Señaló a los niños de pie como maestros de un concierto infernal. La hora para negociaciones y acuerdos de trastienda había terminado. Era la hora para que los aliados de Michael conocieran su poder. "Ellos", explicó, "son nuestra arma secreta. ¿Esas personas con ellos?" Señaló a David, Stephanie y Brooke con sus batas de laboratorio. "Son tres de las personas más inteligentes que se quedan en el mundo y nos dieron una manera de recrear la sociedad... *nuestra* sociedad, en la forma en que la queremos. Puedes apoyar a Esterling ahora o estar pisado bajo sus pies después. De todas formas, esta ahora ya no es Alemania. ¡Diablos, ya no es Europa!"

"Escondiste todo esto de nosotros. ¡Querías el poder desde el principio!" El general Richter parecía estar al borde del asesinato, sus ojos llenos de una furia desenmascarada.

"En una hora o dos, vas a cantar otra canción", Jake dijo. "Ahora, ¡haz que tus hombres se pongan en filas con los nuestros o vamos a desgarrar a todos ustedes!" Era tirarse un farol. No había forma de saber si Adán y Eva se pondrían de acuerdo con ese nivel de violencia, pero funcionó. Los ojos de Richter rápidamente pasaron de la ira al miedo. Los soldados siempre saben cuando están vencidos. Asintió y obedeció.

Jake volvió al lado de Esterling. "Todo está en su lugar, Mike".

"No lo podría haber hecho solo, ¿verdad, Jake?" El hombre estaba muy roto, confundido y por fin cuestionando su habilidad de ser líder. Eso significaba que por fin estaba listo.

"Tenemos nuestros talentos". Señaló a David. "El suyo es la ciencia. El mío es liderar a soldados, y el tuyo es llevar a los políticos y a la gente a un nuevo mundo".

"Siento lo de antes. Debía de haber escuchado a los niños, y especialmente a ti".

"Perdonado". Jake vio a un escuadrón de soldados que traía a un oficial ruso por la colina. "Es la hora", llamó a Adán. "¡Todo está en su lugar!"

Ambos niños asintieron en silencio; entonces giraron sus brazos en el aire, lanzando su viento cautivo hacia las líneas enemigas.

"¡Todo está en su lugar!", Jake le gritó a Adán.

David miraba solemnemente mientras los niños chasqueaban sus brazos como si estuvieran pescando con mosca. Había estudiado el clima en la universidad como curso electivo; no era su especialización. Siempre biólogo, incluso durante aquellos tiempos, cuestionaba lo todo—desde cómo un fenómeno afectaría los ecosistemas hasta cuánto viento sería necesario para llevarse a una persona. Setenta millas la hora fue la respuesta más simple ya que un viento sostenido de esa velocidad en teoría podría superar a la gravedad.

El poder que presenciaba en el campo de batalla era mucho más, y su estómago se retorcía mientras miraba a miles de personas volando hacia atrás en una sola ráfaga. Para ser claro, ellos no simplemente se cayeron. Tampoco simplemente fueron golpeados hacia atrás el uno contra el otro. Cuando los niños soltaron su furia, las ráfagas entraron en ambos valles y dispersaron a hombres y mujeres adultos como una hojarasca ante la primera ráfaga del invierno. Nadie sobrevivió esa ráfaga inicial, y muchos se hicieron pedazos ante los ojos de David. Cometió el error de mirar a un hombre en particular, haciendo una mueca cuando la cara y la piel expuestas del hombre se despegaron. Afortunadamente desaparecieron rápidamente entre el enredo de los cuerpos.

Mientras el rugido disminuía, la colina se quedaba en un silencio absoluto. Uno por uno los soldados aliados se volvieron con los ojos muy abiertos hacia los niños pequeños parados, el uno al lado del otro. La pareja giró para enfrentar al enemigo al otro lado del río.

"General Petrov", Michael por fin dijo con una voz lo suficiente alta como para que todos la oyeran. "Eso era solo un ejemplo de nuestro poder. Favor de no hacernos destruir todo tu ejército".

"Yo era un producto de su Guerra Fría", Ivan Petrov dijo con arrogancia, extendiendo sus manos esposadas para que todos las vieran, "pero recuerdo una lección de América". Se rió, entonces les sonrió a todos que miraban. "Cuando bombardearon ustedes a Japón en Nagasaki, solo tenía una más que dejar caer". Se reía de forma casual mientras caminaba, acercándose a Adán y Eva. "Su tirarse un farol en aquel tiempo, como hoy, fue usar las dos de manera precipitada en espera de que no necesitaran otra".

El hombre de repente se abalanzó sobre los niños, al haber sacado un cuchillo de algún lugar escondido dentro de su ropa.

Brooke gritó, haciendo que David se apartara la vista, pero el horror en el rostro de ella hizo que sus ojos volvieran a los niños. Si lo habían previsto, ninguno de los dos se movió. Los dos se cayeron al suelo ante el peso de él. La visión de sangre fluyendo a raudales de la garganta de Adán hizo que la boca del Dr. Andalón se llenara con bilis. Antes de que alguien pudiera moverse para ayudar, el cuchillo se hundió profundamente en el pecho de Eva.

Un disparo ensordeció a todos los que estaban cerca. Jake dio un paso adelante mientras Petrov se rodó; entonces le tiró dos veces más.

"Para", la niña pequeña susurró. "¡No le tires otra vez!"

Jake se quedó paralizado ante su orden pero sostuvo la pistola firmemente apuntándole al oficial ruso moribundo.

"¡David!", Eva llamó en voz baja. "Ven acá".

Él intentó moverse pero encontró que sus piernas no lo harían. Tenía miedo. *¿Por qué no previeron su muerte?*

La previmos. La voz de ella habló directamente en su mente.

Un gran batir de alas le llamó la atención al cielo mientras el gran número de águilas volaba como un solo cuerpo. Juntas planeaban en el aire, batiendo una última vez con alas poderosas antes de aterrizar en la cima de la colina. Los humanos estaban a pie, o yacían, entre ellas, pero las grandes aves no mostraban miedo. Se paraban majestuosamente, cada una frente a los niños moribundos y mirando con expectación.

Cúranos, doctor, la voz de Adán dijo débilmente. Su tiempo se acababa.

"No sé hacerlo", David dijo, por fin capaz de moverse los pies. Se arrodilló entre ellos, poniendo una mano tierna sobre cada uno. De haber sido su padre verdadero, habría mostrado el mismo amor lúgubre que estaba mostrando en este momento. Las lágrimas se caían, y su pecho sollozaba mientras los miraba morirse ante sus ojos.

¿Recuerdas que cuando dije que *reparaste tus propios genes, David?*, la voz de Eva le preguntó. *Hiciste más que reconstruir tu habilidad de reproducir. Reparaste tu cuerpo entero. Tú eres diferente, doctor Andalón. ¡Completamente!*

Estira el cerebro a nosotros, Adán rogó débilmente, *no dentro de nuestros cerebros sino dentro de nuestros cuerpos. Siente el poder de esta colina y el mundo a tu alrededor. Encuentra la vida.*

David se cerró los ojos y se concentró. Al principio la negrura lo abrumó pero las luces lentamente emergieron. Se sentía exactamente como cuando viajó con ellos dentro del mundo de los *Sueños*, aunque esta vez extremadamente solo sin los niños. "No puedo", admitió derrotado.

Sí, puedes, Eva explicó. *Nos conoces por más que simplemente nuestros cuerpos físicos, doctor. Nos has visto al nivel más básico. Has elaborado un mapa de nuestro ADN y visto cómo nuestras células interactúan dentro de nuestros tejidos. Inténtalo otra vez, y apúrate. Adán ya se ha muerto.*

"¿Está muerto? Si está muerto entonces no hay nada que yo puedo hacer en realidad".

Apúrate, la voz de Eva instó, apenas más que un susurro.

Lo intentó otra vez, cerrándose los ojos. El momento en que emergieron las luces, seleccionó una, imaginando que su resplandor suave era un lugar inexplorado que podía visitar. Estirando la mano, tiró de ella hacia su consciencia. Ya no sintiéndose solo, se puso de pie en la inmensidad del vacío.

Es un arte, David se dio cuenta, *y la moldeo como arcilla.*

Palpaba el éter bajo sus rodillas, sintiendo su repiqueteo rítmico de vida. *Este mundo en que vivimos no se ha muerto completamente*, se dio cuenta. El valle se materializó a su alrededor, llenándose con una belleza palpitante. Enterrada bajo la nieve cenicienta y la destrucción, encontró una vida extrañamente alcanzable. Cada brizna de hierba, aunque dormida, marrón y marchita, prometía que una primavera nueva volvería. El latido dentro de sus raíces vibraba en un patrón parecido mientras que las personas se reunían a su alrededor.

Pronto todo ser vivo emergió como una esencia resplandeciente de su forma física. Reconoció de inmediato la diferencia entre animal y fauna.

"Lo veo", gritó. "¡Sé qué hacer!"

"¿David?", Brooke puso una mano tierna sobre el hombro de su esposo. "¿A quién estás hablando?" La forma de vida dentro de su matriz latía fuera de ritmo, ciertamente diferente de la suya. David la encontró extrañamente parecida a la de Michael, quien estaba cerca, de pie. Él apartó la mano de ella.

"Retírense", Andalón dijo. "Todos ustedes".

Las águilas se acercaban mientras los humanos se retiraban, fantasmalmente calladas mientras se acercaban a los humanos moribundos. Se podía distinguir el repiqueteo de la vida dentro de cada ave. Él había estudiado cada uno de sus patrones entretejidos intricadamente en el laboratorio.

¿Estás unida a ellas?, le preguntó a Eva. *Las trajiste aquí, ¿pero su fuerza de vida está compartida también?*

Sí, David. Tienen lo suficiente como para revivirnos naturalmente. Toma de ellas la que es la nuestra y ponla de nuevo en nuestros cuerpos.

Una neblina vaporosa se formó alrededor de él. ¿Mi propia fuerza de vida?, se preguntó. De alguna manera sabía que así era. La moldeó como arcilla en un hilo de luz palpitante, extendiéndola en su mente y estirando los hilos hasta dentro de cada ave. Con cuidado desenredó el trozo que pertenecía a los niños que se quedaba en cada ave; entonces lo acercó y lo metió dentro de las formas físicas de los niños.

Cuidado, Eva advirtió. *No metas demasiado de ti mismo dentro de nuestros cuerpos. Hay lo suficiente dentro de la bandada como para que no necesitas unirte a nosotros. El resultado sería algo que no deseas.*

El corazón de Adán empezó a latir, y la carne cortada de su cuello se fusionó.

La niña había tenido razón. Él los conocía de nivel celular, y reparar sus cuerpos resultó ser fácil. Pronto el pulso de Eva se fortaleció, y ambos niños le sonrieron al doctor.

Los espectadores reunidos se quedaron sin aliento mientras los dos se pusieron de pie al lado del doctor.

"Y ahora, él", Adán dijo en voz alta. "Cura al mensajero moribundo y restaurar lo que le quede de la vida".

David giró hacia el hombre moribundo en el suelo. El repiqueteo de dentro se había debilitado con su pulso. "No hay bastante", dijo.

"Utiliza una parte de la tuya", Eva instó. "Pero no demasiado".

Dos de las balas habían pasado completamente por su cuerpo, y esas heridas eran más fáciles de reparar. La tercera se quedaba atascada cerca del corazón. David reparó el tejido más cerca del objeto extraño, empujándolo hacia arriba lentamente hasta que emergió un pedazo retorcido de plomo. El general viviría pero, como la bala, él había cambiado de forma—aunque todavía era Ivan Petrov, la fuerza motriz de vida sería utilizable solo una vez reforjada. Como último toque de atemperamiento, extrajo energía de uno de los reunidos a su alrededor.

Michael Esterling miraba mientras primero los niños se reanimaron y luego el cuerpo del general ruso se movió.

Jake Braston otra vez levantó su arma.

"No," Eva dijo. "Ya no es amenaza en su nueva forma".

"¿Qué acaba de ocurrir?", exigió Michael. "¿Qué acaba de hacer David?"

"Nos curó y nos restauró la vida, senador... ¿O debo decir canciller? Astia ya es la suya, exactamente como quería".

No... no reclamé nada hoy. *Ustedes* vencieron el ejército, y todos presenciaron *su* poder, no el mío".

Adán habló para que todos lo oyeran. "El general Petrov tenía razón al decir que solo poseías dos armas en esta batalla. Pero subestimó al doctor Andalón y su amor y respeto por ti. Sam Nakala y Mi-Jung tienen un regalo que te espera a tu vuelta a Ramstein".

"¿Un regalo?"

"Querías nuestras habilidades pero no nuestros cerebros. David les encargó extraer una forma utilizable de nuestra destreza que puedes utilizar como la tuya. Tendrás nuestro poder, y es el tuyo para emplear y regalar como decidas tú".

"¿Qué impide que otros lo utilicen?", Michael exigió. Miró brevemente hacia el señor general Richter. Seguro era que el hombre tenía ambiciones, además de un ejército.

"La clave para abrir su utilidad se escogió cuidadosamente", David dijo con cansancio. "La vacuna de radiación modificó tu código genético, y solo las personas con esa resecuenciación pueden utilizarlo".

"¿Y cuándo no esté la vacuna? ¿Cuándo se nos acabe nuestro suministro? ¿Y luego qué?", Esterling exigió.

"Lo tendrás para siempre. La gente de Astia pasarán el código a sus hijos, y tus descendientes seguirán potenciando la esencia formada por primera vez en Adán y Eva".

"¿Y qué hay de ellos?", Stephanie Yurik preguntó. "¿Los dejarás en libertad, Michael?"

"No puedo, no. Son demasiado poderosos".

"Entonces, mándanos a otro lugar", Eva dijo. "Tienes nuestro código y la habilidad de utilizar nuestra destreza. Mándanos a Andalón".

"¿Andalón?" Michael clavó los ojos en su amigo, preguntándose qué ambición tenía su amigo.

"Es cómo ellos llaman Norteamérica, Mike, no yo", David respondió. "Voy a llevar a los niños allí. Encontraremos el centro de la población en el valle del río Ohio y nos incorporaremos dentro de su sociedad. Es lo que queremos los niños y yo".

"Parece justo", Michael mintió. Con ellos muy alejados y al otro lado del agua, ninguno de ellos sería capaz de impugnar su reclamación a Astia, pero siempre serían una amenaza—igual que cualquier descendencia que produjeran. Intercambió una mirada con Jake, y el general asintió con la cabeza, entendiéndolo. Ayudaría a desecharlos como había prometido.

"David", Brooke dijo con alarma. "Te guardaste esta parte del plan. ¿Por qué no me dijiste que ibas a regresar a Norteamérica? No quiero salir. Quiero quedarme".

"No es lo todo que me guardé".

Brooke de repente tenía miedo. Pensando en las inyecciones, sus manos se bajaron al vientre. "¿Qué hiciste, David?"

Michael había estado mirando a su amigo cuando hablaba, pero su vista se movió rápidamente al vientre de Brooke cuando ella lo palpó. El niño... *Su* niño... crecía dentro de esa matriz.

"Michael Esterling nunca nos dejaría salir", Adán dijo. "Ahora mismo, él y tu hermano están maquinando un plan, y cada uno se está preguntando cómo matarnos otra vez. Pero ahora tienen que incluir a tu esposo".

"Y también te matará a ti, Brooke", Eva añadió, "porque llevas en tu matriz un emotante".

"*Quieren* hacerlo, pero no lo harán", David dijo. Señaló al general ruso ahora de pie sin hablar y con hombros caídos.

Petrov se levantó la cabeza y empezó a hablar. Pero mientras salían las palabras, la voz era la de David. "El general Petrov ya no controla su mente. Aunque lo cree, no estaba reanimado en un estado tan puro como el de los niños. Está bajo mi control si así lo decido, y el tratado que van a hacer con él solo tiene vigor si yo y los niños quedamos ilesos. Se lo ofrezco como regalo, Michael. Le añadí un poco de tu fuerza de vida también. Puedes controlarlo, pero solo si te lo permito. Como bono adicional, tú y yo podemos comunicarnos por nuestra conexión en su mente si se necesita modificar nuestro tratado".

Michael parpadeó incrédulo. Por supuesto que ahora tenía que dejarles ir. David lo había jugado a la perfección. Necesitaba el tratado con los rusos más que necesitaba que los niños estuvieran muertos—si es que le habían dicho la verdad y ahora tenía acceso a sus poderes.

"David", Brooke insistió. "¿Qué le has hecho a mi hijo?"

"El hijo *de Michael* es resecuenciado. Adán y Eva prometieron que un Esterling siempre gobernaría el mundo pero no revelaron cómo. El hijo en tu matriz es un emotante, como ellos. Él será capaz de ejercer su poder, haciéndole una amenaza directa a su padre. Vienes con nosotros, trayendo nuestra última ficha de negociación contra Michael".

"No tu última ficha", Michael dijo, poniendo su brazo alrededor de Stephanie Yurik. "Estoy esperando a otro".

"No, Michael", Stephanie dijo, apartándose. Se acercó a Benjamin Roark, agarrándole por la mano y entrecruzándose los dedos con él. "Este hijo no es el tuyo, y también David me puso una inyección". Ella miró al doctor, y él asintió.

"Todos los emotantes regresarán a Andalón con el doctor excepto el hijo de Esterling", Adán explicó. "Esas son las condiciones del tratado y la única garantía de que Astia será la tuya".

Michael no podía creer lo que oía. Estaba vencido a pesar de la victoria en el campo de batalla. Tenía una sociedad que construir, y eso superaba por mucho la amenaza que dejaría salir. Podría, a fin de cuentas, arreglar el problema de los emotantes más tarde.

"Váyanse", dijo. "Ahora, antes de que cambie de mente".

David se inclinó la cabeza hacia los niños, y Eva agitó las manos en el aire. Hilos de aire se tejían y convergían mientras una vez más creaba el Estowen.

"Necesitarán suministros", Jake dijo, y ayudó al sargento Roark a cargar raciones y agua para su viaje.

"Yo no voy", Brooke le dijo a su esposo.

"No tienes opción, cariño. No ahora. No es como cuando la tenías antes cuando escogiste el *atajo* sobre *mi* ciencia. Michael matará a tu hijo si te quedas".

"Yo no haría eso, Brooke", Esterling prometió. "No tienes que salir".

"Y yo no le dejaría hacer eso", Jake añadió.

Ella miró a David. "¿No hay otro camino?", ella preguntó.

El doctor se apartó la vista. "Lo siento, Brooke. Es el precio del perdón que me pediste. Volver a casa conmigo como mi esposa, o quedarte aquí".

"No iré", ella dijo.

"Entonces esto es un adiós", David dijo, empezando a subir a bordo al Estowen.

"¿Y qué de Mi-Jung?", Michael preguntó de repente. "¡Le has estado poniendo inyecciones también!"

Adán contestó. "Ella lleva un hijo especial quien será padre de una línea de los resecuenciados más fuertes", explicó. "Aunque él mismo no será emotante, su habilidad de ejercer todos los poderes será extraordinaria. Sus hijos tendrán acceso a todas las destrezas que ha creado el Dr. Andalón, pero nunca podrá reclamarlas como las suyas".

Michael miraba mientras cargaban el resto de los suministros. Jake sacó su pistola y se la extendió, la empuñadura primero, a David. "Ten esta", dijo. "La vas a necesitar allá".

"No", Michael dijo. "No le des nada de armas. Ellos no las necesitan".

"Michael", David dijo, girándose con una sonrisa, "por lo menos en ese aspecto estamos de acuerdo". Entonces subió al barco con la doctora Yurik y los niños.

Todos los reunidos miraron salir el barco, deslizándose por encima de la tierra en su camino al océano y más allá. El doctor y sus hijos por fin se habían embarcado en su viaje profetizado. Viajaban a Andalón.

EPÍLOGO

David Andalón estaba de pie en la cubierta de *Estowen*, maravillándose de la velocidad con la que cruzaban el océano. Aunque una tormenta rugía sobre sus cabezas y las olas alcanzaban la cubierta, el escudo de Adán protegía el barco y evitaba que todo, excepto una neblina fina, les salpicara a los pasajeros. El doctor miraba mientras los niños trabajaban el barco como la tripulación durante la edad de veleros. Eva mantenía el barco unido, etéreo pero lo suficiente resistente como para soportar a las personas y los suministros. También trabajaba la jarcia del barco, girando las velas como una maestra, mientras su hermano las llenaba con vientos constantes. En total, el viaje debería de haberles tardado un mes, pero lo completaron en solo una semana.

"No puedo creer que casi estamos", Stephanie Yurik dijo, uniéndose a David en los rieles.

"No puedo creer nada de eso. ¿Tomamos la decisión correcta?"

"Por supuesto que sí", ella insistió. "Michael está loco por el poder, y no quiero ser parte de su *Nuevo Orden Mundial*".

"Quería decir, en cuanto a Brooke".

"Oh".

"La quiero", él admitió, "aun si nunca le puedo perdonar. Ojalá que ella se hubiera unido a nosotros. Quizá yo hubiera superado su traición con el tiempo".

"Lo hará, Padre", Eva respondió. "Ella vendrá a Andalón pero no como tu esposa. Ella seguirá adelante más fácilmente que tú".

Esto lo chocó fuerte, la dureza de su sabiduría. A veces pensaba en decirles a los niños que *no* revelaran hechos en cuanto a su vida personal, pero en alguna manera esto le acercó al pasar página.

"¿Adónde vamos?", Stephanie preguntó. "¿Nos reunimos a la población principal o nos aventuramos para encontrar a rezagados?"

"Los niños sugirieron que navegáramos tierra adentro pero primero insistieron en que hiciéramos una parada en el camino", David respondió. "Ellos dijeron que me era importante".

"Y aquí está", Adán dijo en voz alta con una sonrisa.

Mientras el horizonte se precipitaba al encuentro de *Estowen*, los niños redujeron la velocidad de su acercamiento a lo que una vez era un puerto amplio. El perfil de la ciudad, una vez majestuoso y reconocible, se había ido—punto de impacto de un bombardeo letal.

Todo lo que se quedaba eran escombros; pero David sabía de inmediato donde estuvieron. "Boston", susurró. El barco parecía brillar mientras se doblaba en lo que una vez era el canal de Boston, entonces se dobló en el río Charles. Vio que los dos niños lo miraban y esperaban su reacción. "¿Por qué estamos aquí?", preguntó. "No hay nada aquí excepto recuerdos malos".

"Hay más aquí que solo lo que sabes", Eva respondió. "Saliste de aquí un hombre roto, un fracaso que nunca entendía sus logros. Además, aquí está la universidad que te rehuía, que se reía de tus esfuerzos y que bromeaba de tus hazañas".

"Incluso tu esposa dudaba de tu éxito", Adán añadió. "Pero ahora la cuidad está desmoronada, vaporizada e inhabitable durante muchos años. Pero aquí estás, cambiado por la vida y más fuerte por tus fracasos. Y estamos contigo, los productos de tus esfuerzos, encarnados y listos para curar esta tierra".

"Cada vez que este lugar ridiculizaba y se burlaba de tus progresos, perseverabas. Superaste las limitaciones de la humanidad", Eva añadió, "por aprovechar nuestro potencial y no hacer caso de las barreras que otros encontraban".

"Nunca te rendiste", su hermano insistió, "y creaste una nueva raza de humanidad. La gente de este continente luchan por comida y agua, pero tú le ofreces un medio de supervivencia real".

"No he hecho nada", David insistió.

"En tu equipaje tienes la solución a sus crisis", Eva añadió. "Trajiste suficientes viales para asegurar el nacimiento de muchas generaciones por venir. Mientras se pelean por preocupaciones mundanas como el color de la piel y la riqueza, les ofreces la vida y un futuro mejor".

"Seguro que no están tan bonitos", David argumentó, con lágrimas formándose en sus ojos.

"Por supuesto que lo están", Adán contestó. "Son humanos".

"Eso significa que están condenados si la humanidad prevalece. Esa es la parte que yo trataba de extraer y mejorar", David argumentó.

"Sabe esto, Padre", Eva le consoló, "nunca debes quitar la humanidad por completo. La van a necesitar cuando llegue el momento".

"Pero quiero hacerlo", David protestó. "Odio esa parte de mí, el fracaso emocional que sigue siendo derribado".

"Eso no es la humanidad, Padre", Adán dijo con una sonrisa. "La humanidad es cuando te levantas y lo intentas de nuevo".

Estowen tocó tierra solo por un tiempo breve, unas cuantas horas para dejar que David cincelara un mensaje para aquellos que puedan encontrar este lugar más tarde. Una vez que regresó a bordo, el velero zarpó. Viajaron al norte a un gran río que se unía a un gran lago, casi lo suficiente grande como para llamarlo un mar. Desde allí se aventuraron al suroeste.

David Andalón por fin tenía una misión—hallar la humanidad y mejorar sus posibilidades. Michael Esterling y Astia vendrían y, cuando lo hicieran, esta gente debe estar preparada.

¡Gracias por disfrutar el Proyecto Andalón!

Favor de ayudar al autor por dejar una reseña.
¡También visita el sitio web para aprender lo que sigue en la saga
de Andalón!
www.tbphillips.com